Das Buch



Der Beginn … ch Böll eine Reihe öffentl… ner persönlichen Bescheidenheit sehr widersprachen, die er aber als kategorische Verpflichtung verstand, anderen, vor allem seinen Schriftstellerkollegen in der Bundesrepublik und im Ausland, zu helfen. Eröffnet wurde diese Phase seiner öffentlichen Arbeit mit der programmatischen Rede vom »Ende der Bescheidenheit« zur Gründungsversammlung des Verbandes deutscher Schriftsteller im Jahre 1969, der ein Jahr später die Rede über die »Einigkeit der Einzelgänger« folgte. 1970 wurde Böll zum Präsidenten des PEN-Zentrums der Bundesrepublik Deutschland und 1971 zum Präsidenten des internationalen PEN gewählt. Von der Wirksamkeit der Arbeit in diesen Organisationen war er fest überzeugt: »Ich vermute nicht nur, ich weiß: Menschen sind durch Resolutionen gerettet worden, nicht nur vor dem Gefängnis, auch vor dem Tod.« Gleichzeitig greift Böll aber auch in die innenpolitische Auseinandersetzung ein. Er macht Wahlkampf für die SPD, warnt vor »Gewalten, die auf der Bank liegen« und vor der gnadenlosen Verfolgung von Terroristen (»Will Ulrike Meinhof Gnade oder freies Geleit?«). Mitten in die Hetzkampagne, die Böll als »Sympathisanten« verleumdet, trifft die Nachricht, daß ihm die Schwedische Akademie den Nobelpreis für Literatur zuerkannt hat. »Der Weg hierhin war ein weiter Weg für mich«, bekennt er bei der Entgegennahme des Preises.

Der Autor

Heinrich Böll, am 21. Dezember 1917 in Köln geboren, war nach dem Abitur Lehrling im Buchhandel. Im Krieg sechs Jahre Soldat. Danach Studium der Germanistik. Seit 1949 veröffentlichte er Erzählungen, Romane, Hör- und Fernsehspiele, Theaterstücke und war auch als Übersetzer aus dem Englischen tätig. 1972 erhielt Böll den Nobelpreis für Literatur. Er starb am 16. Juli 1985 in Hürtgenwald.

Heinrich Böll
Schriften und Reden

Zur Verteidigung der Waschküchen. 1952–1959 (10601)
Briefe aus dem Rheinland. 1960–1963 (10602)
Heimat und keine. 1964–1968 (10603)
Ende der Bescheidenheit. 1969–1972 (10604)
Man muß immer weitergehen. 1973–1975 (10605)
Es kann einem bange werden. 1976–1977 (10606)
Die »Einfachheit« der »kleinen« Leute. 1978–1981 (10607)

Heinrich Böll:
# Ende der Bescheidenheit
Schriften und Reden
1969–1972

Deutscher
Taschenbuch
Verlag

Schriften und Reden
1969–1972

entnommen aus:
Heinrich Böll Werke
Essayistische Schriften und Reden 2
1964–1972
Herausgegeben von Bernd Balzer
Verlag Kiepenheuer & Witsch, Köln (1978)
ISBN 3-462-01259-2 (Leinen)
ISBN 3-462-01258-4 (Broschur)

November 1985
Deutscher Taschenbuch Verlag GmbH & Co. KG,
München
Lizenzausgabe mit freundlicher Genehmigung des
Verlages Kiepenheuer & Witsch, Köln
Umschlaggestaltung: Celestino Piatti
Gesamtherstellung: C. H. Beck'sche Buchdruckerei,
Nördlingen
Printed in Germany · ISBN 3-423-10604-2

# Inhalt

# Editorische Vorbemerkung zur Werkausgabe 1978

Die Bände *Essayistische Schriften und Reden* 1–3 enthalten die zwischen 1952 und Juni 1978 entstandenen Arbeiten dieses Genres. Ihre Zahl ist größer, als zu erwarten war: trotz Werner Lengnings verdienstvoller bibliographischer Arbeit (W. L., *Der Schriftsteller Heinrich Böll. Ein biographisch-bibliographischer Abriß*) war doch eine Reihe von Aufsätzen, Rezensionen, etc. unentdeckt geblieben; einiges lag auch – bislang unveröffentlicht – in Heinrich Bölls Archiv.

Dennoch ist diese Sammlung nur *nahezu* vollständig: So konnte etwa die mehrfach geübte Praxis, private Briefwechsel ohne Zustimmung Bölls zu publizieren, nicht durch die Aufnahme solcher Briefe in die Werkausgabe nachträglich autorisiert werden. Dazu waren Versprechungen zu respektieren, wie Böll sie z. B. Bischof Scharf gegenüber (vgl. *Ich habe die Nase voll*, 1974) öffentlich geäußert hat, wobei die Öffentlichkeit des Versprechens nicht das Entscheidende war, wie das Fehlen einiger Texte in diesen Bänden belegt.

Verzichtet wurde schließlich auch auf Texte (zumeist Resolutionen, Aufrufe, öffentliche Erklärungen), die Böll zusammen mit anderen Persönlichkeiten verfaßt, die er zum Teil auch nur mitunterzeichnet hat.

Ein weiteres »Defizit« ist nur scheinbar: bei verschiedenen in den Bibliographien verzeichneten Titeln handelt es sich – wie sich bei den Vorbereitungen zu dieser Ausgabe herausstellte – *nicht* um selbständige Veröffentlichungen, sondern um Nachdrucke unter verändertem Titel.

Auf eine Differenzierung der Texte in Aufsätze, Kritiken, Reden, Feuilletons etc. wie in den früheren »Schriften«-Ausgaben wurde hier bewußt verzichtet, um für den Leser den Nachvollzug des »Fortschreibungsprozesses« nicht zu erschweren, in den das gesamte Werk Heinrich Bölls einbezogen ist.

Diese Absicht bestimmte auch das Prinzip der Reihenfolge, die sich grundsätzlich an der Chronologie der Erstveröffentlichungen orientiert. Bislang nicht publizierte ältere Texte wurden freilich ihrer Entstehungszeit entsprechend eingeordnet, und bei Artikelserien, Briefwechseln etc. wurde der sachliche Zusammenhang über das Prinzip einer rigiden Chronologie gestellt.

Das Quellenverzeichnis macht die entsprechenden Abweichungen von der zeitlichen Reihenfolge deutlich; es ist überdies für die folgenden Bände erweitert um einige Anmerkungen vor allem in den Fällen, in denen die Kenntnis an Böll gerichteter Artikel oder Briefe für das Verständnis der Repliken unabdingbare Voraussetzung ist.
Textgrundlagen für diese Ausgabe waren – soweit vorhanden – die früheren bei Kiepenheuer & Witsch erschienenen Ausgaben, sonst die jeweilige Erstveröffentlichung – in wenigen Fällen das Originalmanuskript.

Bernd Balzer

## Editorische Vorbemerkung zur Taschenbuchausgabe 1985

Die ersten fünf der auf insgesamt neun Bände konzipierten Taschenbuchausgabe *Schriften und Reden. 1952–1985* folgen in Wortlaut und Chronologie der Werkausgabe *Essayistische Schriften und Reden 1–3*, die 1978 im Verlag Kiepenheuer & Witsch erschienen ist. Einige offensichtliche Druckfehler wurden stillschweigend beseitigt und aufgrund der eigens für die Taschenbuchausgabe erstellten Register einige Unstimmigkeiten in den Schreibweisen von Eigennamen ausgeräumt.

# Vorwort zur »Krebsstation«

Die Suche nach einem neuen Realismus, wie sie sich in der Bundesrepublik um die Gruppe 61, um die Zeitschrift *Kürbiskern*, um verschiedene kleine Verlage und die »Kölner Schule« bildet, kommt nicht von ungefähr; immer noch hat unsere Literatur die Arbeitswelt nicht entdeckt, schon gar nicht die Welt der Arbeiter. Die Kriegsliteratur hat immerhin den Arbeiter in einer Entfremdung dargestellt: als Soldat. Wie heikel die Annäherung der Literatur bei uns an die Welt des Arbeiters ist, hat sich anläßlich der schnöden Diskussionen um Max von der Grün gezeigt, der plötzlich zwischen die beiden Blöcke geriet, die sich als *interessiert* an Darstellungen der Arbeitswelt zeigen: zwischen Gewerkschaft und Industrie, und als dritten Block könnte man die nehmen, die ihre eigene Welt lieber entfremdet, was man auch *überhöht* nennen kann, dargestellt wissen wollen: die, die in ihr leben. Jahrzehntelang hat man im Westen (ich schließ' mich in dieses »man« ein) den sozialistischen Realismus mit sanftem Spott bedacht. Die Rache hat schon angefangen, sie wird weitergehen. Was inzwischen an Autoren, Regisseuren, Grafikern aus Polen, der Tschechoslowakei, Jugoslawien und der Sowjetunion hierzulande begehrt ist, scheint zu beweisen, daß der sozialistische Realismus – und wenn auch nur als verhaßter dogmatischer Gegenpol – die Autoren dort, wo er regierte, weder entmündigt noch entmannt hat. Einzig verwerflich erscheint am sozialistischen Realismus heute nur noch der ihm aufgezwungene doktrinär-dogmatische Optimismus, der nicht nur in etwa, sondern fast buchstäblich jenem Schrei nach der heilen Welt entspricht, der bei uns noch lange nicht verklungen ist. Und doch ist der Schrei nach der heilen Welt, nach christlicher Kunst und Literatur nur der verwandelte Wunsch nach dem griechischen Deus ex machina, der alle Probleme spielend und automatisch löst. In der christlichen Literatur nach Maß nahm dann (etwa bei Claudel) die Gnade die Rolle des Deus ex machina ein und wirkte meistens nur peinlich, so peinlich wie der zur Pflicht erklärte Schlußoptimismus beim sozialistischen Realismus administrierter Prägung. Der Westen, der sich unbeirrt weiter als »christlich« deklariert, wird seine Pleite nicht nur noch erleben, auch (was wichtiger ist) bald erkennen und zugeben müssen. Erst seit einer halben Gene-

ration hat er die Zeit seiner braven christlichen Literatur hinter sich, und es könnte sehr bald die Zeit kommen, wo man etwa Grass als großen »Abendländer« einzufangen versuchen wird.
Wahrscheinlich wird sich die Entwicklung von Kunst und Literatur in der Welt umkehren: der Westen wird seiner »formalistischen« Spiele müde werden und einen neuen Realismus suchen. Pop, Op und Happening sind Zwischenstationen, auf denen die ganze westliche Ästhetik, deren Wunschtraum immer noch das griechische Ideal war, auf den Kopf gestellt wird; und das ist gut so: Zersetzung ist erste Künstler- und Schriftstellerpflicht. Der Osten wird die »formalistischen« Spielereien alle hinter sich bringen müssen, nichts wird ihm erspart bleiben (ein Künstler oder Schriftsteller, dem etwas erspart bleibt oder der sich etwas erspart, ist keiner), und er wird doch zu seiner großen, seiner wunderbar langatmigen realistischen Tradition zurückkehren. Es wird – hier wie dort – noch viel Hin-und-Her-Geplänkel geben. Jeder, jeder Staatsmann verlangt im Grunde seines Herzens nach der »heilen«, seine Politik bestätigenden Literatur, mag sie nun christlich-abendländisch-gnadegeladen sein oder sozialistischer Realismus, der getrost kritisch bleiben darf, wenn er sich nur zum Ende hin zum Guten aufschwingt.
Solschenizyns *Krebsstation* könnte zu einem Bindeglied zwischen dem alten und einem erneuerten sozialistischen Realismus, könnte zum Vorbild für die im großen ganzen etwas kläglichen Versuche des neuen Realismus hier werden. Das Ärgernis, das manche westliche Autoren (und bald gewiß auch östliche) am Weiterleben des Romans nehmen, besteht ja nur im Mißverständnis ihrer eigenen Lage und Möglichkeit: daß sie Gedichte in Prosa schreiben, eine großartig-kurzatmige Poesie der Situation.
Bei der Lektüre der *Krebsstation* darf keinen Augenblick lang vergessen werden, daß der Roman ins Jahr 1955 placiert ist; zwei Jahre nach Stalins Tod, als die Zeit der Rehabilitierung, die Zeit der großen Hoffnung begann. Die beiden Hauptpersonen, gegeneinander gestellt, sind Rusanow und Kostoglotow. Der erstere ein per Natur und per Charakter opportunistischer Funktionär, Fragebogen- und Verhörspezialist, Denunziant auch, Privilegierter, der sich plötzlich – aus Not, da die Zeit drängt und der Weg nach Moskau weit ist – in ein ganz gewöhnliches Proleten-Krebskrankenhaus versetzt sieht. Was er weinerlich ver-

mißt? Etwa seine Privattoilette (»Wenn ich wenigstens eine Einzeltoilette benutzen könnte! Ich leide! Was für eine Toilette das hier ist! Keine Trennwände, alles ist offen!«). Und als Anmerkung an dieses Gejammere in Klammern die Notiz des Autors: »Die Benutzung eines öffentlichen Bades und einer öffentlichen Toilette untergräbt unweigerlich die Autorität eines Funktionärs. An seinem Arbeitsplatz stand Rusanow eine Toilette zur Verfügung, die der Allgemeinheit nicht zugänglich war.« Schlimmer noch jammert er, der an einer Krebsgeschwulst leidet und gleichzeitig eine gesellschaftliche Krebsgeschwulst *ist*: »In jener herrlichen, anständigen Zeit, den Jahren 1937–38, war die gesellschaftliche Atmosphäre endlich einmal von allem Schmutz gereinigt, damals konnte man frei atmen. Alle Lügner, Verleumder, Anhänger der eilfertigen Selbstkritik oder superklugen Intellektuellen waren verschwunden, zum Schweigen gebracht, und prinzipientreue, zuverlässige Staatsbürger wie Rusanow gingen würdevoll mit erhobenem Kopf einher.« Es ist gewiß kein Zufall, daß am Schluß des Romans Rusanows Tochter Alla, eine angehende Schriftstellerin, von der man ahnt, daß sie reüssieren wird, sagt: »Depressionen steigern die schädliche Wirkung eines Buches. Aufrichtigkeit ist *schädlich*. Subjektive Aufrichtigkeit kann unter Umständen im Gegensatz zur wahrheitsgetreuen Schilderung des Lebens stehen – können Sie eine solche Dialektik verstehen?« sagte sie zu Djomka, dem Bettnachbarn ihres zum Proletpatienten erniedrigten Vaters. Und es ist denn auch diese frische, energische, siegessichere junge Alla, der Solschenizyn ironischerweise das Schlußwort des Romans gibt. Ihrem von Krebsgeschwulst und krebsartigen Angstträumen geplagten Vater, den die mögliche Heimkehr der von ihm Denunzierten aus den Lagern beunruhigt, sagt sie (das ist der allerletzte Satz des Buches): »... mach dir *gar keine Sorgen, alles, alles* wird ausgezeichnet.«

Kostoglotow, der auf ewig nach Usch-Terek, einem entlegenen Kaff, Verbannte, erinnert sich merkwürdigerweise voll Freundlichkeit seiner Verbannung, an das befreundete Ärzteehepaar Kadmin, deren Hunde und Katzen; er meditiert (worüber zu meditieren sich wahrscheinlich lohnt): über die Relativität von Luxus und Konsum. Auf seine, Kostoglotows Heimkehr wartet wahrscheinlich irgendein anderer »Rusanow«, der ihn seinerzeit denunzierte, um die Welt »heil« zu halten.

Das Personal des Romans ist zahlreich: Ärzte, Ärztinnen, Krankenschwestern, Putzfrauen, Besucher; erstaunlich ist, was der Roman an Mitteilung über die Sorgfalt der ärztlichen Behandlung in der Sowjetunion – und das im Jahre 1955 – enthält. Es ist ein Buch voller Bitterkeit, auch Heiterkeit, und was ich nicht zu begreifen vermag: daß es in der Sowjetunion nicht erscheinen soll oder darf. Daß es wirklich die Krebskrankheit auf dieser Erde gibt, diese Erkenntnis dürfte auch den heftigsten Befürwortern einer »besseren Zukunft« keine Schwierigkeiten mehr machen, und daß es gesellschaftliche Krebsgeschwulste gibt, die nicht Schriftsteller sind, sondern die »Rusanows«, eine solche Erkenntnis könnte den sozialistischen Realismus nur befreien und seine Literatur so »konkurrenzfähig« machen wie es Solschenizyns Roman ist. Der Roman zeigt auch in seinen unzähligen Gesprächen den ungeheuren Wissensdurst des Sowjetmenschen, der liest und liest und gesprächig ist bis zur Redseligkeit.

Wird Krebs nicht auch durch Zersetzung bekämpft?

# Zuschreibung

*Nachwort zu Gerd Hoffmann, »Chirugame«*

Hoffmanns Beschreibung zu beschreiben wäre sinnlos. Sie beschreibt sich selbst. Inhaltsangabe unmöglich, Deutung kann nur gewagt sein, weil sie zu weit führen muß.

Hoffmanns Beschreibung ist beides, durchsichtig und geheimnisvoll, und die Summe dieser beiden Eigenschaften wäre die dritte Eigenschaft: realistisch. Beschrieben wird ein Licht-Spiel, eine Licht-Operation, mit OP-Messern vollführt. Die Namen der Spieler-Operateure: Mateon, Markon, Lukon, Johanon deuten sich selbst, gedeutet werden muß nur die Tatsache, daß ihre Namen zwar nahe neben den bekannten liegen und doch ganz und gar daneben. Nahe-Nebeneinanderliegen kann äußerste Entfernung bedeuten. Das dem einen Violett nächstgelegene Blau kann weiter von anderen Blaus entfernt liegen als Gelb von Rot.

Daß ich beim Lesen von *Chirugame* zugleich hörte, sah, Bewegung spürte, als führe mich jemand in ein Menuett, läßt mich vermuten, wie weit hier die Mystik gefundener Realität gelungen ist. Ich hörte Musik und weiß nicht welche, eine fast sphärische Atonalität, »Flötentöne«, die auf dem dumpfen Verkehrslärm, den meine Ohren hörten, heitere choreografische Linien zogen, und ich sah etwas, das mich an Feiningers Aquarelle erinnerte, und doch war am Anfang nur das Wort, Hoffmanns Wort. Ich tat ja nichts anderes als diese Beschreibung *lesen*; sie könnte als Science fiction mißverstanden werden, weil sie dieser nah und doch ganz und gar neben ihr liegt.

Das mit LICHT operierende Quadralon-Legendalon, dessen planmäßig subtile Tätigkeit beschrieben wird, leugnet nicht, daß es dem Neuen Testament *ent*sprungen ist. »Werde nicht kleinmütig«, sagt eins zum anderen, und »Ich bleibe bei euch«. Der Schritte, Schaltvorgänge, Sprünge, Informationen sind immer 17 + 4, und die Mehrzahl der Summe dieser beiden. Ein Glücksspiel, bei dem um Glück gespielt wird, aus Licht, im Licht, mit Licht wird im Rhythmus von 17 + 4 das KOSTBARE herausoperiert.

Die vier, die das Quadralon-Legendalon bilden, »werden nicht kleinmütig«. Das KOSTBARE ist L, Johanon »übernimmt die

Stimmführung zum quadralen befreienden Kanon von der Erschneidung des großen L«, von dem in der zweiten von siebzehn Informationen gesagt wird: »Das Wort geriet an Institutionen.«

Die Beschreibung *Chirugame* enthält viel »frohe Botschaft«, neue Verkündigung. Den großen Vier »ist nach dem Quadralon-Erlebnis Auftrag gegeben, kanonisiert als Legendalons zu wirken, Kunde zu ertasten von den möglichen Bedeutungen des großen L.« Dieses im Licht-Spiel mit OP-Messern herausoperierte L kommt natürlich nicht von ungefähr und irgendwoher: Das »gesichelte Lachen« der Legendalons »übertönt zwanzig Jahrhunderte als Chromosekunde«, und nicht zu vergessen: »Das Wort geriet an Institutionen.« Aktuell ausgedrückt: Partei-, Kirchen-, Katholiken- und Heimatvertriebenentage sind wortreiche Wortlosigkeit, stummes sinnloses Gerede, erst recht, wenn sie den »Dialog« institutionalisieren, das Wort zum Ping-Pong-Ball degradieren; auf Kirchen- und Katholikentagen wenigstens sollten sie's besser wissen, denn es gibt da ein paar ältere Texte, von denen der eine anfängt: »Im Anfang war das Wort«, und in dem anderen gibt es Passagen, deren Deutlichkeit nicht zu übertreffen ist: »Und das Wort ist Fleisch geworden«, »Licht vom Licht.«

Licht- und lustvoll ist Hoffmanns Beschreibung *Chirugame.* Sie scheint nicht für, sondern mit einem Spinett geschrieben, dessen Tasten Wort, Bild, Musik, Tanz gleichzeitig aufs Papier projizieren, hart und zart. Diese Beschreibung hat viele Seiten, sie ist »nur« eine realistische Beschreibung, ein Spiel und die Beschreibung eines Spiels; sie ist ihre eigene Vertonung, ihr eigenes Drehbuch, ihre Choreografie und ihre eigene Illustration! In heiterer Blasphemie, die nicht jugend- und nicht erwachsenengefährdend ist, wird den Institutionen das Wort wieder weggenommen, und das heilige mit Licht um Licht spielende Quadralon spielt miteinander 17 + 4, erfreut sich im Rhythmus 17 + 4.

# Deutsche Meisterschaft

Zensuren nach 20 Jahren Bundesrepublik? Ich bin kein Präzeptor. Ich bin Schriftsteller und Bürger der Bundesrepublik Deutschland, eines Staates also, der sich keines Verbrechens schuldig gemacht hat; dessen Vergehen darin bestehen mag, seine außenpolitische Position nicht richtig einzuschätzen, und der sich weigert, die unerbittlichen Folgen eines Weltkrieges zu akzeptieren; eines Staates, an dessen Innenpolitik ich einiges auszusetzen habe; der aber in den meisten Dingen auf eine fast schon peinliche Weise redlich und untertänig ist und sich gewöhnlich auch trotz seiner wirtschaftlich hohen Potenz unterordnet. Als Bürger dieses Staates möchte ich einige Anmerkungen machen über das, was war und ist.

Im ehrwürdigen Dom meiner Vaterstadt Köln während des Pontifikalrequiems für Konrad Adenauer hielten hohe Offiziere mit Ritterkreuz ohne Hakenkreuz darin die Ehrenwache, in Gegenwart zweier Kardinäle, in Anwesenheit des gesamten diplomatischen Korps, der Präsidenten und Ministerpräsidenten einiger Länder. Es waren alle beieinander, alle dabei, und dieses wohl größte gesellschaftliche Ereignis in der Bundesrepublik Deutschland, diese große Trauerfeier mit ihrer phantastischen Regie war, wie verlautet, von Herrn Globke entworfen. Es fehlte nichts: nicht der vielgeschändete Vater Rhein, nicht die Mutter Natur im lieblichen Rheintal, und alle, alle waren einverstanden mit diesen auf eine schizophrene Weise verkratzten Ritterkreuzen der deutschen Gegenwart, aus denen die Vergangenheit herausgekratzt war.

Ich behalte mir das Recht vor, Geschichte bildhaft zu sehen, und dieses Bild war das Bild des Einverständnisses. Aber ich stelle mir ganz andere Feiern vor, die nie stattgefunden haben und nie stattfinden werden: das gesamte Kardinalskollegium hält ein Pontifikalrequiem für eine Handvoll namenloser Erde aus Treblinka, oder es versammelt sich am Grab eines verhungerten sowjetischen Kriegsgefangenen, oder: die Sozialdemokratische Partei Deutschlands lädt ein zu einem großen Trauer- und Reueakt für jene Frau, die als Leiche in den Landwehrkanal geworfen wurde.

Ich weiß sehr wohl, diese Vorstellungen sind politisch vollkom-

men unrealistisch, weil sie nichts einbringen; solche Vorstellungen sind unvernünftig, poetisch, es gibt da schließlich eine Dampfwalze, die heißt: das Leben geht weiter.
Das Versäumnis nach 1945 bestand darin, daß die Christen sich standhaft und bis zum Stadium »Schaum vor dem Mund« vor dem Sozialismus gefürchtet und ihn als himmelschreiendes Abschreckungsmittel verketzert haben. Deutschland hatte die einmalige Chance, den verlorenen Krieg, die durch Bomben, allgemeine Verarmung, eine fast schon demokratische Gleichheit der Chancen und Existenz entstandenen Situation als »geschenkte Revolution« wahrzunehmen. Ob es Deutschland von den Alliierten gestattet worden wäre, die Chance wirklich wahrzunehmen, diese Frage ist heute hypothetisch, da die Realitäten sich in der Bundesrepublik und der DDR unerbittlich anders entwickelt haben. Christen und Marxisten hätten möglicherweise gemeinsam und ohne dem Interessendruck der jeweiligen Besatzungsmacht zu erliegen, eine dritte Kraft entwickeln können, notfalls auch gegen den Widerstand der jeweiligen Besatzungsmacht. Statt dessen haben sich beide Teile Deutschlands »diktierten« Gesellschaftsformen gebeugt. Die Jugend im Osten und Westen Europas fängt an, das Diktat zu spüren und sich dagegen aufzulehnen, um Veränderungen dort herbeizuführen, wo sie die bisherigen Formen und Inhalte für überholt, unaufrichtig oder falsch hält.
Veränderungen der Welt und der Gesellschaft sind immer durch Minderheiten bewirkt worden, die das, was ihnen einfach vorgesetzt wurde, prüften und der Achtung nicht für wert hielten.
Es gibt keine »vorgesetzte« Autorität. Autorität muß sich als solche bilden, bewähren, muß ständig gesprächsbereit sein, sich der Kritik – der Prüfung – stellen. Autorität kann nur entstehen, sie darf nicht einfach »verfügen«. Sie kann raten und beraten, und es ist immer problematisch, wenn eine einzige Person oder Institution den Anspruch erhebt, »Autorität« zu sein, gleichgültig ob als Politiker, Parteifunktionär, Professor, Feldwebel, Lehrer, Richter, Pfarrer, Partei, Politbüro oder Regierung. Sie muß der Kritik und auch der Ironie ebenso unterliegen wie die von ihr vertretenen Auffassungen und die von ihr gestellten Forderungen. Wenn also heute »vorausgesetzte« Autoritäten kritisiert und abgelehnt werden, ist das ein erfreuliches Zeichen. Insofern ist es nicht wichtig, ob die »rebellische Jugend« eine

Minderheit ist und ob ihr Auftreten möglicherweise aus diesen oder jenen Gründen »hochgespielt« wird. Wichtig und entscheidend ist, wie sich eine oft genug unartikulierte Mehrheit verhält; ob sie sich an die vorhandene Autorität anschließt, sich von ihr »schützen« läßt oder ob sie – nicht etwa einen angeblichen Mittelweg findet, denn es gibt keinen Mittelweg! – sondern eine dritte Kraft entwickelt, vergleichbar dem, was den meisten Jugendlichen in der ČSSR vorschwebt: Weder Kapitalismus noch den von Moskau administrierten kryptokolonialistischen Kommunismus, sondern den eigenen Weg zum Sozialismus. Es ist nicht die Frage der »Unauffälligkeit« oder »Auffälligkeit«, es ist die Frage, ob man re-agiert oder agiert. Bisher verhält sich die etablierte Gesellschaft im politischen Sinn nur reaktiv, was unaufhaltsam zur Reaktion führt.
Aus diesem Grunde ist auch die außerparlamentarische Opposition in der Bundesrepublik für mich eine natürliche Folgeerscheinung der bisherigen Entwicklung. Von Natur gehört jeder Künstler zur außerparlamentarischen Opposition, ohne daß dieser Name immer dafür bereitstünde. Insofern habe ich also nicht nur große Sympathien, sondern verfolge die Tätigkeit der außerparlamentarischen Opposition mit großer Aufmerksamkeit, mische mich auch gelegentlich darin ein. Was mich beunruhigt und was ich für lebensgefährlich halte, ist die Verbindung von Sexwelle und außerparlamentarischer Opposition. Ich glaube, daß da ein nicht mehr pseudo-kommerzielles Element hineinkommt und daß eine Art Sexualfaschismus entsteht. Ich nenne das ohne jede Einschränkung so. Die proklamierte Promiskuität ist keine Lösung für die Menschen und auch keine demokratische Lösung; es ist eigentlich eine Elite-Lösung. Die Eliten haben sich immer Promiskuität erlauben können und erlaubt – ganz gleich, unter welchem religiösen Vorzeichen die jeweilige Kultur stand. Und ich glaube, eine außerparlamentarische Opposition, deren erklärtes Ziel eine Demokratisierung der Gesellschaft und eine Abschaffung oder Beseitigung aller Autoritäten ist – wofür ich sehr bin, einschließlich der Abschaffung kirchlicher Autoritäten, der gesellschaftlichen sowieso –, schafft, indem sie sich an die Sexwelle anhängt oder von ihr überronnen ist, so viel »violence« – ich kann da nur das englische Wort gebrauchen –, daß sie wieder, obwohl theoretisch gegen die sogenannte »Repression«, neue Repression schafft. Ich glaube, die Sexwelle ist inzwischen

ein Konsumgegenstand, der durchaus Eingang in alle bürgerliche Welt hat, sogar im Grunde bürgerlichen Ursprungs ist. Wenn sich die außerparlamentarische Opposition nicht bald, und zwar sehr artikuliert zu diesem Problem äußert, sehe ich sie untergehen in dieser bürgerlichen Promiskuität. Die Auffassung von der Sexualität ist entscheidend. Das Bordell und alle Nebenformen des Bordells zum Beispiel sind typisch bürgerliche Erscheinungen. Der freie Mensch ist – als Idealwesen nie erreichbar – auch sexuell nicht unterdrückbar, und gerade Prostitution ist ja eine Unterdrückungserscheinung.
Ich fürchte, daß die politischen Ziele durch diese Beimischung korrumpiert werden; man müßte sich klar abgrenzen. Auch die publizistischen Organe der außerparlamentarischen Opposition sollten sich klar darüber sein, daß sie im Grunde dabei sind, einen bürgerlichen Sexualfaschismus zu fördern.
Wir leben in einer Gegenwart, die alles Vergangene enthält. Ich weiß nicht, wer die barbarischen Wortbildungen »Bewältigung der Vergangenheit« und »Wiedergutmachung« zu verantworten hat. Ich erkläre mich unschuldig an diesen Wortbildungen, unschuldig auch daran, sie benutzt zu haben. Ich glaube nicht, daß zwischen einem Deutschen und einem Juden meines Alters je Unbefangenheit entstehen kann. Es mag Freundschaft möglich sein, Vertrautheit, Unbefangenheit nicht.
Ich war 15 Jahre alt, als durch die Intrigen der Herren von Papen, von Schröder und von Hindenburg einem Mann die Macht in die Hand gegeben wurde, der klipp und klar die Vernichtung des Judentums zu seinem Programm erklärt hatte. Allerspätestens im Januar 1944, im Jahr der zweiten ausgefallenen Olympiade, konnte es kaum einen höheren Offizier der Deutschen Wehrmacht mehr geben, der nicht gewußt hätte, daß die »Endlösung« beschlossen war und was dieses Wort bedeutete, und natürlich wußten sie alle schon vorher, was mit den Russen, den Polen, den Tschechen und Jugoslawen geschehen war, geschehen sollte und geschehen würde. Ich bin weder Diplomat noch Politiker. Ich bin ein überlebender Zeitgenosse, ein Deutscher und Schriftsteller, und ich möchte hier öffentlich erklären, daß jeder junge Deutsche, der den Wehrdienst verweigert, meine volle Sympathie hat. Bedenke ich den Geist der in der Gegenwart ausgekratzten Vergangenheit, dem die Bundeswehr huldigt, bedenke ich die obskure Tätigkeit, der unser derzeitiger Bundes-

kanzler oblegen hat, gedenke ich jenes Herrn Globke, mit dem zu zieren Konrad Adenauer sich nicht gescheut hat, bedenke ich unsere innenpolitischen Sorgen, dann muß ich sagen: Die deutsche Zweideutigkeit ist noch lange nicht zu Ende, auch dann nicht, wenn kein amtlicher Mund sich irgendwelcher Antisemitismen mehr schuldig macht.

Dem fünfzehnjährigen Jungen, der im Januar 1933 Untertan eines terroristischen Staates wurde, muß ich nachträglich zubilligen, was ich ihm, als er fünfzehn Jahre alt, nicht zugebilligt habe: den Verworrenheiten zu erliegen, als fast seine gesamte Umwelt, die bürgerliche, die adelige und ein großer Teil der proletarischen dieser Verworrenheit erlag. Damals habe ich mich ausgenommen, heute nehme ich mich nicht mehr aus, da ich überlebt habe. Ausnahme zu sein oder gewesen zu sein, das war ein Luxus, den ich mir geleistet habe. Ich schäme mich seiner nicht, sehe aber auch keinen Grund, mich seiner zu rühmen, da mir kein Preis dafür abverlangt worden ist.

Neun Olympiaden später betrachte ich solche kindlichen luxuriösen Wünsche, nicht dazuzugehören und doch überleben zu wollen, als eine aufreizende private Belanglosigkeit. Schließlich war ich Angehöriger der Deutschen Wehrmacht, und das langt mir. Außerdem habe ich eine Abneigung gegen ein Männerlaster, dem ich natürlich hin und wieder erliege: das Bramarbasieren, die Anekdote von der eigenen Schläue, den Gefahren, denen einer entronnen ist, das peinliche Kleingeld der Überlebenden, die sich gleichzeitig schämen und rühmen.

Auch zwischen Deutschen meines Alters gibt es keine Unbefangenheit, wenn sie nicht die Jahre zwischen 1933 und 1945 in enger Vertrautheit miteinander verbracht und jede Nuance der Geschichte dieser Jahre miteinander erlebt und reflektiert haben, und das kann ich nur von sehr wenigen Freunden und nahen Verwandten sagen.

Es gab da Augenblicke des Umfallens, die von außen gesehen relativ verständlich erscheinen mögen: etwa nach der Eroberung und Besetzung Frankreichs im Jahre 1940. Die Glorie schmeckte plötzlich einigen, denen Hitler und der Krieg gar nicht geschmeckt hatte. Fanfaren, ein Regen von Marschallstäben, die deutsche Flagge über Paris, der militärische Effekt, da gab's manch zustimmendes Nicken, das mir peinlicher in Erinnerung ist als der Parteieintritt eines Familienvaters im Jahre 1933.

Ich nenne diese Beispiele nur, um anzudeuten, wie wenig ich auch gleichaltrigen Deutschen gegenüber unbefangen sein kann. Selbst der gesundeste deutsche Nationalismus erscheint mir noch als sehr krank, und jetzt schon erwarte ich mit Pein die Olympiade 1972 in München, vorausgesetzt, daß ich sie erlebe. Ich nehme an, die wird phantastisch organisiert sein, wie die Olympiade 1936 in Berlin. Man wird die Deutschen loben, und sie werden sehr stolz sein. Ich schließe mich jetzt schon von diesem zu erwartenden Stolz aus. Ich war Teilnehmer an den beiden ausgefallenen Olympiaden 1940 und 1944, und diese beiden Olympiaden genügen mir. Schließlich wird man in München wohl auch wieder das Deutschlandlied intonieren, und immer, wenn ich diese Melodie höre, höre ich einen anderen als den gesungenen Text, ich höre einen Vers von Paul Celan: Der Tod ist ein Meister aus Deutschland.

Gewiß kann sich kein deutscher Politiker leisten, die Tatsache zu kritisieren, daß die Olympiade 1972 auf bundesdeutschem Boden stattfinden wird, nicht sehr weit von den ehemaligen Konzentrationslagern Dachau und Mauthausen entfernt. Diese peinliche Nationalhymne wird erklingen, die Nationen der Welt werden einmarschieren ... Flaggen gehißt – und das alles wird vorbereitet, ohne daß man bis dato weiß, wie es mit dieser zweiten deutschen Flagge, mit diesen anderen Deutschen, die ja wohl auch einmarschieren werden, vor sich gehen soll. Es sind schon Überlegungen angestellt worden, ob man München für die Dauer der Olympiade für exterritorial erklären soll. Ich gestatte mir heute den Luxus, selbst den gesundesten deutschen Nationalismus angesichts solcher Lächerlichkeiten für krank zu halten.

Ich habe Angst vor jeglicher deutschen Meisterschaft. Ich war fünfzehn Jahre alt, als Hitler an die Macht kam, fast zweiundzwanzig, als der Krieg ausbrach, etwas mehr als siebenundzwanzig, als er zu Ende war. Ich habe zuviel deutsche Meisterschaft gesehen und erlebt.

Die deutsche Nachkriegsmeisterschaft hat darin bestanden, hinter dem Rücken Konrad Adenauers, der eine neue Ehre nicht nur zu schaffen schien, sondern schuf, alte Ehrlosigkeit, endgültig verlorene Ehre wieder einzuschmuggeln und sie immer kräftiger, immer deutlicher aufzuputzen. Und das alles geschieht vor der schimmernden Wehr deutscher Wirtschaftsmeisterschaft.

Das Jahr 1969 scheint das Jahr der deutschen Bundeswehr und der Wehrdienstverweigerer zu werden, man wird uns zeigen wollen, wer der Meister im Lande ist.

## An die Mitglieder des »Politischen Nachtgebets«

Liebe Freunde!
Es ist nicht zu fassen, daß es Ihnen bisher verweigert worden ist, Ihre Texte in einer katholischen Kirche zu beten. Bedenke ich die Sorgfalt, mit der jede einzelne dieser Veranstaltungen vorbereitet wurde, und den höflichen, engagierten Ernst, mit dem Sie mit dem Kölner Erzbischof und seinen Vertretern verhandelt haben, so werfe ich Ihnen vor, daß Sie nahe daran waren, Perlen vor die Säue zu werfen. Mit der Theologie ist es fast soweit wie mit der Kunst: keiner weiß mehr so recht, wo sie anfängt, wo sie aufhört, ob es sie überhaupt noch gibt; nach allen Seiten hin werden die peinlichsten Konzessionen gemacht, langsam, aber mit unaufhaltsamer Stetigkeit bröckelt das bis etwa 1960 unkritisch überkommene und übernommene theologische Bewußtsein und Selbstbewußtsein ab – und den Verfassern dieser »Politischen Nachtgebete« wird es verweigert, sie in einer katholischen Kirche zu beten!
Es ist nicht zu fassen; ich frage mich, ob es Ihnen nicht zu wünschen wäre, daß Sie Ihre Verhandlungsbereitschaft aufgäben, bevor Ihr Angebot angenommen werden könnte. Annahme könnte in diesem Fall nur bedeuten, was die Studenten »umfunktionieren« nennen, gröber ausgedrückt: einkassieren. Ich begreife Ihren Eifer nicht, unbedingt in »geweihten« Räumen Aufnahme zu finden. Ist das noch wichtig? Würde es nicht Ihre Zuhörer, die Gemeinde, die sich in Köln um Sie gebildet hat, eher abschrecken? Ich begreife auch nicht, wieso freie Menschen, die die eine oder andere Kirchensteuer zahlen, mit einer Kirchenbehörde *verhandeln.* Sie haben das erste »Politische Nachtgebet« einem katholischen Pfarrer angeboten; der stimmte zu, wurde aber dann zurückgepfiffen, und in dieser Tatsache drückte sich ja die per saecula saeculorum geübte Schnödigkeit aus, die eine der Grundregeln amtlichen kirchlichen Handelns ist. Es sollte doch endlich genug sein mit der Höflichkeit gegen Unhöfliche, mit der Fairneß gegen Unfaire, und das Zeitalter der Demut gegenüber offiziös-offiziellen Vertretern der katholischen Kirche sollte endgültig vorbei sein. Solange der Kölner Bischof ungerührt die Steuern der katholischen Veranstalter dieses Nachtgebetes kassiert, sollten diese ebenso ungerührt ihre ernste

Arbeit weiterbetreiben. Mehr bleibt über dieses Problem kaum zu sagen.
Wer die Texte aufmerksam liest, wird feststellen, daß sie von Mal zu Mal straffer und klarer werden, und da es sich weder um künstlerische noch um literarische Veranstaltungen handelt, gibt der Erfolg, die wachsende Gemeinde, Ihnen, den Veranstaltern, recht. Die drei Elemente: Information, Meditation, Diskussion, machen das vierte Element: die Aktion, zur Selbstverständlichkeit. Es ist nicht nur logisch, es ist der Sinn dieser Veranstaltungen, bloße Innerlichkeit – was in diesem Fall auch bedeutet: Kircheninnerlichkeit – zu vermeiden: das heißt, die Veranstaltung ist mit sich selbst nicht zu Ende, was ja das Elend aller bisherigen sowohl katholischen wie evangelischen Kirchen-Innerlichkeit gewesen ist: in den Veranstaltungen des »Politischen Nachtgebetes« spielt die Eigen-Tröstlichkeit, die eigene Gewissensreinigung eine geringe Rolle, sie sollen Aktion werden und nicht nur karitative, sondern gesellschaftlich-politische. Insofern ist das »Politische Nachtgebet« außerparlamentarisch, außerkonfessionell und kann sich zu einem Mobilitätszentrum entwickeln, das sich nicht in bloßen Re-Aktionen auf jeweils zu verdammende Ereignisse beschränkt, keinen aktuellen Anlaß braucht, um aktiv zu werden, nicht demonstrativ bleibt: es ist in sich aktiv, und es mag sein, daß es diese Kraft behält, weil es die Meditation als Element aufgenommen hat. Sie sollten sich völlig frei machen von Empfindlichkeit für oder gar Ärger über irgendeine Kritik irgendwelcher etablierten Konfessionen; was Sie tun und planen, kann gar nicht in irgendeine der Kirchen – jedenfalls in keine der im Augenblick korporierten – integriert werden; Sie können nur Gäste sein, *fremde* Gäste, weil Sie nicht betreiben, was jede korporierte Konfession betreiben muß: »Interessen«. Ihr Engagement, die christlichen Artikulationen zu vermenschlichen, die Menschwerdung der Gesellschaft zu betreiben, ist notwendigerweise fremd, und die klassischen »Interessenvertreter« mögen beim »Politischen Nachtgebet« wittern, so viel sie mögen: sie wittern das Falsche, weil sie gar keine Wahrnehmungsorgane für das haben, was hier vor sich geht. Auch deshalb ist Ärger über irgendeine offiziös-offizielle kirchliche Kritik verlorene Zeit und verlorenes Gefühl.
Der Vorwurf schließlich, Politik gehöre nicht in die Kirche, ist von einer geradezu absurden Frechheit. Wer hat denn mit un-

verbesserlicher Blindheit, massiv und mit unüberhörbaren Gewissensdrohungen von den Kanzeln herab Politik betrieben? Wer hat die Gesellschafts-, die Schulpolitik der Bundesrepublik mit unmenschlicher Borniertheit zwanzig Jahre lang in den Kirchen blockiert? Diese Frage brauche ich wohl nicht zu beantworten. Sie beantwortet sich selbst.

# Blumen für Beate Klarsfeld

In recht schulmeisterlicher Weise hat Günter Grass in einer Rede, die die *Zeit* abdruckte, festgestellt, es habe kein »Anlaß bestanden, Beate Klarsfeld Rosen zu schicken«. Nun, mir erscheint diese Feststellung ziemlich anmaßend, peinlich und, da öffentlich getan, ganz und gar fehl am Platze. Ich frage mich mit der mir zustehenden Bescheidenheit, ob es Günter Grass zusteht, festzustellen, ob und wann ich Anlaß habe, einer Dame Blumen zu schicken. Ich hatte Anlaß und bin bereit, den Anlaß allen Schulmeistern unter meinen Kollegen öffentlich kundzutun. Ich war diese Blumen Beate Klarsfeld schuldig:

A 1. als konsequente Fortsetzung meines bisherigen schriftstellerischen Tuns, mag's so belanglos oder belangvoll sein, wie es eben sein mag und wie die Schulmeister feststellen mögen;

2. weil ich's mir selbst schuldig war, als Person, als einer, der soeben 3 x 17 alt geworden ist und der 15 Jahre und einen Monat alt war, als der bürgerliche Politiker von Papen Hitler zur Macht verhalf;

3. meiner Mutter wegen, in Erinnerung an sie, die im November 1944 während eines Tieffliegerangriffs starb; sie vereinte Eigenschaften in sich, die selten vereint sind! Intelligenz, Naivität, Temperament, Instinkt und Witz, und sie bestärkte mich darin, die verfluchten Nazis zu hassen, ganz besonders jene von der Sorte, zu der Herr Dr. Kiesinger zählt: die gepflegten bürgerlichen Nazis, die sich weder die Finger noch die Weste beschmutzten und die nun nach 1945 weiterhin schamlos durch die Lande ziehen, die sogar vom Zentralkomitee deutscher Katholiken eingeladen werden, Reden zu halten.

4. meiner »Generation« wegen: den Toten und den Überlebenden, unter den Überlebenden denen, die es sich nicht leisten können, Frau Klarsfeld via *»flower power«* ihre Sympathie auszudrücken, weil sie sonst ihre Posten als Volksschullehrer, Studienräte, Fernsehredakteure, Verlagsdirektoren verlören. Ich kann's mir leisten und leiste es mir, spiele den »Freiheitsbock« für viele, von denen ich weiß, daß ihre Freiheit nicht so weit geht wie meine.

B 1. Weil – siehe die Rede von Günter Grass – unsere, der gesamten kritischen Schriftsteller Kritik an Dr. Kiesinger immer noch positiv für die Bundesrepublik zu Buche schlägt: Wir spielen die lächerliche Rolle des »Gewissens der Bundesrepublik«, sind im Ausland vorzeigbar, wo man gleichzeitig über die Neonazis in der BRD herziehen kann, während die resp. Regierungschefs der entsprechenden Länder mit Dr. Kiesinger frühstücken. Wie immer und mit welchem Kaliber wir Kiesinger angreifen: es passiert uns nichts, weil wir die »prominenten« Vorzeigeidioten der BRD sind. Mag sein, daß uns irgendwo heimlich einer ins Kerbholz gehauen wird und eines Tages in der Ära Strauß – wiederum mit Willy Brandt als Vizekanzler – die Rechnung präsentiert wird;

2. weil aus der denunziatorischen Mottenkiste der bürgerlichen Primitivpsychologie sofort jenes Wort heraussprang, dessen sich leider auch Günter Grass bedient: das Wort »hysterisch«.

*Schlußbemerkung:* Zum drittenmal: Ich bestimme selbst (natürlich mit der mir zustehenden Demut!), ob ich Anlaß habe, einer Dame Blumen zu schicken. Ich tat's bewußt *und* spontan, und ich bin bereit, vor sämtlichen Höhen- und Tiefenpsychologen diese Tatsache zu bekennen. Als ich von Frau Klarsfelds »Tat« hörte, war's elf Uhr abends: eine relativ ungünstige Zeit, Blumen auf den Weg nach Paris zu schicken. Ich hatte also Zeit, mit meiner Familie zu diskutieren, darüber zu schlafen, beim Frühstück noch einmal zu diskutieren, nachzudenken, und ließ dann doch – gemischt rational-irrational – drei Stunden vergehen, bevor ich meinen zweitältesten Sohn zum nächsten Blumenladen schickte, den Auftrag aufzugeben.

Später habe ich Frau Klarsfeld noch einmal Blumen geschickt, und ich werde – Pardon! – ihr ein drittes Mal Blumen schicken, wenn *ich* Anlaß dazu sehe.

# Es wird immer später

## *Gedanken zum Sacharow-Memorandum*

In dem Augenblick, da das Vernünftige ausgesprochen oder hingeschrieben wird, wird es immer als utopisch verlacht, bestenfalls als poetisch oder prophetisch abseits gestellt. Was die deutsche Regierung im Jahre 1969 nun so krampfhaft sucht, das sogenannte Gespräch mit Moskau, wurde von vernünftigen deutschen Publizisten schon vor 1950 vorgeschlagen, und als das erste »Gespräch mit Moskau« dann stattfand, brachte es nicht viel mehr ein als ein deutsches Botschaftsgetto in Moskau und ein sowjetisches Botschaftsgetto in Rolandswerth, und schon 1957 war es wieder diffamierend, von den Bürgern der Sowjetunion auch nur als »Menschen« zu sprechen. Jene klägliche Denunziationsschrift des kläglich gescheiterten Komitees »Rettet die Freiheit« ist allzu rasch vergessen worden, vergessen, weil der miese Trubel scheiterte, und doch waren Politiker, die heute noch Töne angeben, seine Initiatoren.

Vor zwei Jahren noch riskierte einer seinen guten Ruf, wenn er für die Beendigung des Krieges in Vietnam plädierte; heute sitzen die Vertreter des Vietcong gleichberechtigt an einem runden Tisch. Möglicherweise wird eines Tages ein Augenzeuge ausrechnen, wie viele Tote, Verwundete, Obdachlose und Entehrte die Frage nach der *Form* des Tisches gekostet hat. Was sie den Künsten vorwerfen – Formalismus –, üben die kommunistischen Politiker bis zum Übermaß, und doch stünde es eher einer Großmacht wie den USA an, Friedensverhandlungen notfalls auf einem Küchenstuhl an der Ecke eines Küchentisches zu führen. Die Kleinen, ob sie siegreich oder unterlegen sind, haben ein Recht auf Formen, sie können sich auch eine scheinbare Demütigung nicht leisten.

Das bundesdeutsche Gespräch mit Moskau wird immer und immer wieder scheitern an der *formellen* Anerkennung der DDR, und wenn sie eines Tages fällig wird, wird sie tatsächlich nur noch eine Formfrage sein. Und bis zur Erledigung dieser Formfrage wird die Bundesrepublik auch nicht andeutungsweise das in Moskau haben, was man eine »gute Presse« nennt. Auch in den Beschimpfungen und Verdächtigungen steckt eine gute Menge Formalismus, fast schon Manierismus. Es sind nie die

Vernünftigen, die auf Wunder hoffen; offenbar warten die Politiker auf solche, offenbar warten sie auch darauf, daß die Geschichte sich auf den Kopf stelle und verlorene Kriege zu gewonnenen werden lasse. Dieses Wunder wird nicht geschehen, und selbst das Wirtschaftswunder (das keins ist) wird die Geschichte nicht auf den Kopf stellen.

Aus Vernunft und als Sozialist, ausgestattet mit den Kenntnissen und Erkenntnissen der Naturwissenschaften und der Technologie, gibt der sowjetische Professor A. D. Sacharow einen prophetischen Ausblick auf die Zukunft der Menschheit, die ihm düster erscheint, wenn nicht . . . Dieser »Wenn nicht« gibt es zahlreiche in Sacharows Manifest, ich kann sie nicht alle aufzählen. Manche Probleme werden nur an-, einige ausgesprochen: Probleme der Geohygiene, der Rüstung, der mehrfachen Menschheitsvernichtungskapazität der bereits vorhandenen Atomwaffen. Er nennt den Rassismus, den Nationalismus, den Faschismus, eingehend kritisiert er nur da, wo jeder kritisieren sollte: am Leib des Staates, in dem er lebt, und da ich hier als Deutscher schreibe und Sacharow auch die »deutsche Frage« für ein ungelöstes und unheilvolles Problem hält, habe ich mit der deutschen Frage angefangen.

»Gebildet« hat sich Sacharows Manifest aus dem Milieu der wissenschaftlichen und technologischen Intelligenz, wo über Grundsätze und konkrete Fragen der Außen- und Innenpolitik und über die Zukunft der Menschheit große Besorgnis herrscht. Aus Sacharows Formulierungen spricht eine uneingeschränkte Ehrfurcht vor der Erde und ihren Bewohnern, den Menschen, eine Frömmigkeit, die man »christlich« nennen könnte, hätten die christlichen Parteien dieses Adjektiv nicht bis zur totalen Schändlichkeit verunstaltet. Und mögen die Parade-Christen nun ihr schlaues Spiel treiben, und was »christlich« am Sozialismus Sacharowscher Prägung sein mag, als »verfremdetes Christentum« bezeichnen. Ich benenne diese ehrfürchtige Frömmigkeit nach dem Geist, aus dem sie kommt: sozialistisch. Ja, verfremdet haben sich die Christen: die Arbeiter, die Wissenschaften, die Künste sind ihnen endgültig davongelaufen. Mit List und Tücke erhalten sie in den Staaten, wo sie den Ton angeben, ihre absurd lächerliche Stände-Ideologie aufrecht, entfremden krampfhaft – und bisher mit Erfolg – diejenigen, die nach Sacharow zueinander gehören: Arbeiter, wissenschaftliche Intelligenz und Künste.

Während Sacharow, der ganz und gar aus dem »materialistischen Milieu« kommt, vor jeder Kombination der kybernetischen Technik (Computer) mit der Massenpsychologie warnt, jener tödlichen Maschine, die bei uns unter den schlichten Namen »Werbung« oder »Verbrauchertest« arbeitet und die genau auszurechnen weiß, was »ankommt« – während der »Materialist« Sacharow warnt, wird das Wort »Ankommen« auch in kirchlichen Kreisen (leider auch in Kreisen kirchlichen Widerstands) immer geläufiger. Nimmt man die Christen beim Wort, die ihren »Advent«, die Ankunft, zum Ankommenwollen um jeden Preis geschändet haben, so offenbart ihre Sprache ihren Totalausverkauf. Die Ankunft, das Ankommen, vor dem Sacharow warnt, ist die An- und Niederkunft von thermonuklearen Waffen und Trägerraketen, deren Herstellung laut Sacharow bald nicht kostspieliger sein wird, als die Herstellung von Militärflugzeugen im Zweiten Welgkrieg war.

Sacharows Manifest ist ein Hilferuf der Vernunft und der Erkenntnis, der Hilferuf eines Naturwissenschaftlers, den Einsichten und Forschungsergebnisse weder zynisch noch eitel oder blind gemacht haben und der sich nicht von popularisierbaren Effekten der Wissenschaft, etwa der Weltraumfahrt, in Euphorie versetzen läßt.

Es mag schon sein, daß Schriftsteller und Künstler gelegentlich zu früh und ohne Grund außer sich geraten. Ein »zu früh« – und es gibt kaum eins – richtet keinen Schaden an, wenn die Politiker immer und immer wieder zu spät zur Vernunft kommen. Vereinfacht interpretiert, erwartet Sacharow eine Vorverlegung der Vernunft in die Politik, und es ist gewiß kein Zufall, es mag der Einsicht und Einsamkeit des Wissenschaftlers entsprechen, daß er die Abschaffung jeglicher politischen Zensur für eine unerläßliche Bedingung der Vernunft hält.

Er sieht in den Künsten und in der Literatur Bundesgenossen. Das mag auf den ersten Blick überraschen, wird bei näherem Zusehen verständlich: Während die Wissenschaftler und Technologen immer weiter ins Weltall vordringen und dort möglicherweise in der Unfaßbarkeit der Organisation des Kosmos etwas von der Unfaßbarkeit Gottes spüren, spüren sie wohl gleichzeitig auch die Trauer der Erdverlassenheit, und es könnte ihnen das, was man Kunst nennt – und man mag noch soviel Untröstlichkeit, sogar Trostlosigkeit und »Schmutz« dieser Erde »verkünden« – als die wahre Offenbarung des Irdischen erscheinen. Aus dieser Erde, auf dieser Erde von aus Erde Gemachten für aus Erde Gemachte gemacht, wird sie zur Stimme des Menschen, Trost in der Einsamkeit und Angst in Laboratorien und an Zeichenpulten, deren Exaktheit von der Erde weg ins Unendliche führt. Ich kann mir vorstellen: Wenn da einer auf dem Weg zum Mars wäre, und es wären alle Funkverbindungen zu seiner Kommandostelle abgebrochen, und er erwischte auf Grund eines unvorhersehbaren technischen Zufalls von irgendwoher den albernsten Song, er würde wohl weinen, weil er die »Stimme der Erde« hört. Oder hörte er auf Grund eines anderen technischen Zufalls »Pornographie«: wahrscheinlich würde er da oben im Weltraum den Zensor segnen, dem sie entgangen ist. Die vernünftigste und utopischste der Sacharowschen Forderungen ist, neben den politischen für die Geohygiene, die Bekämpfung des Hungers und die Rüstungsbeschränkung, die Forderung nach Informationsfreiheit und Abschaffung der Zensur.

Was Sacharow der Sowjetregierung vorwirft, ist nicht Sozialismus, sondern der Mangel an Sozialismus. Nicht mit Vernunft, nur mit Unvernunft ist es zu erklären, daß etwa Solschenizyns Romane ausgerechnet denen nicht zugänglich sind, in deren Sprache sie geschrieben sind. Das sind Vorenthaltungen unvernünftiger Art. Solschenizyn »bewältigt nicht Vergangenheit«, er schafft Gegenwart, indem er Licht in jene düstere Periode sowjetischer Geschichte bringt, von der wir alle *für* und nicht *gegen* die Sowjetunion hoffen, daß sie vergangen bleibe.

Kein deutscher Roman, keiner, hat (das mag an unserer vorläufig-endgültigen Provinzialisierung liegen) so viel Licht in die Dunkelheit deutscher Vergangenheit gebracht wie Solschenizyns *Erster Kreis der Hölle,* den die Sowjetbürger im Jahre 2000 als ihr *Krieg und Frieden* des 20. Jahrhunderts erkennen werden, den sie jetzt schon nicht als Beschimpfung, sondern als Erlösung sollten begrüßen dürfen. Es gibt keinen Roman der Sowjetliteratur (keinen publizierten jedenfalls), der diesem vergleichbar wäre, gewiß nicht Pasternaks *Doktor Schiwago.* Und der *Erste Kreis der Hölle* ist von jemandem geschrieben, der 1918, also ein Jahr nach der Revolution, geboren ist. Ein vorenthaltenes Werk dieser Größe verliert nicht an Kraft, es gewinnt, weil es gegenwärtig ist.

Ist die Sowjetregierung so schwach, daß sie einen Roman, daß sie

Romane zu fürchten hat? Ich kann es nicht glauben. Der Index hat der Römischen Kirche mehr Lächerlichkeit als Nutzen gebracht, und das Imprimatur-Privileg bischöflicher Kanzleien ist nur ein peinlicher Rest jener Bangigkeit vor dem Geist, der weht, wo er will. Ob die Sowjetregierung diese ihre Form des Imprimatur-»Klerikalismus« beibehalten will? Es ist schon recht, wenn Solschenizyn gegen Publikationen im Westen protestiert, solange seine Werke in der Sowjetunion nicht erscheinen dürfen, und doch möge er uns erlauben, daß wir seine Romane hier mit Freude, nicht mit Triumph begrüßen. Bis zum Jahr 1962 erfuhr ich auch nur aus der Zeitung, ob ein Buch von mir und welches in der Sowjetunion erschienen war, und doch empfand ich nichts daran als ärgerlich, obwohl ich mich durchaus nicht zu denen zähle, die den Deutschen mit Freundlichkeiten aufwarten.
Sacharows Gedanken zur Geburtenregelung sind von einer delikaten Humanität, die alle überraschen mag, die sich mit Vorurteilen gegenüber der »materialistisch« geschulten Intelligenz haben füttern lassen. Er nennt dieses Problem »heikel«, erklärt Sterilisationspläne für schlechthin »barbarisch«, hält eine standardartige, dogmatische Lösung »für alle Zeiten und alle Völker für falsch«, erkennt die »Vielschichtigkeit« des Problems, und das verkürzte westliche Geschrei derer, die blindlings »für« oder »gegen« die »Pille« sind, verblaßt dagegen zu einem demagogischen Gestammel, hinter dem man den wahren Materialismus erkennt: Angst um die Börsenkurse der Pillenhersteller oder Angst vor dem Nachwuchs an billigen Arbeitskräften.
Politik wird, so scheint es, immer zu spät mit Vernunft unterlegt: Zu spät wird eines Tages die DDR anerkannt werden, so spät, daß es auch ihren Bewohnern nichts mehr einbringt; zu spät werden unsere gewieften »Wehrpolitiker« erkennen, daß es schlecht um die geistige und gesellschaftliche Rüstung der Bundeswehr bestellt sein muß, wenn einige tausend denkender und planmäßig agierender junger Leute einen solchen Riesenapparat in Unruhe versetzen können; zu spät wird über den Frieden in Vietnam verhandelt; zu spät wird man in den USA mit der Lösung des Negerproblems beginnen; zu spät wird in Südamerika, wenn es einmal so heftig erwacht wie Afrika, eine Lösung der sozialen Probleme versucht werden; zu spät und mit Gewalt, weil die jeweils bestehende Gesellschaft die Vernunft der Wissenschaften und der Literaturen immer als »zu früh« abseits stellt.

Zu spät werden die großen etablierten Kirchen erkennen, daß nicht etwas vergleichsweise so Harmloses wie eine Reformation im Gange ist, eher eine fortschreitende Explosion des für ewigkeitsbeständig gehaltenen Atoms »Gehorsam«. Zu spät werden sich Kirchen und Adel von ihren immensen Besitztümern, von ihren Schatzkammern, den peinlich-pompösen Klamotten trennen, die sie sich immer noch umhängen; zu spät werden sie erkennen, daß der Himmel den Naturwissenschaften gehört, daß die Techniker dort oben in der offensichtlich öden Unendlichkeit des Weltalls die Erde wie ein Juwel sehen und möglicherweise, ohne es zu ahnen, in der Erde jenen mit »Saphiren bedeckten Boden« des Himmels erkennen, der im Alten Testament erwähnt wird.
Einen Aspekt der westlichen Welt, den immensen Besitz der Kirchen und ihren noch bestehenden Einfluß aufs sozialpolitische Geschehen, hat Sacharow nicht berührt, wohl, weil dieser Aspekt in seiner Welt keine Realität hat und er sich auf Informationen aus zweiter oder dritter Hand nicht verlassen mag; wahrscheinlich aus Höflichkeit und Ehrfurcht, die wir, die wir in dieser westlichen Welt leben, nicht zu übernehmen brauchen. Es ist höchste Zeit, wenn nicht zu spät, daß die Kirchen sich von ihrem Himmelsidealismus ab- und der Erde, diesem verruchten und verfluchten saphirblauen Juwel, zuwenden und den Materialien der aus Erde Gemachten. Es geht nicht ums »Ankommen«, es geht um die Ankunft. Computer schlucken Zahlen und Daten, Merkmale und Gewohnheiten, sie schlucken Löhne und Gewinne, schreiben Rechnungen, und es mag schon sein, daß sie eines Tages Bücher schreiben und Bilder malen, doch alles, was aus ihnen herauskommt, ist im wahren Sinn des Wortes und konsequenterweise demoralisiert, was bedeutet dehumanisiert. Es bleibt da noch genug aufzuarbeiten, was nicht Sache der Wissenschaftler und der Computer ist; es fehlt nicht die neue Offenbarung, es fehlt die Zersetzung der Materie Statistik durch das Licht und die Zersetzung allzu »einleuchtender« Computerergebnisse durch die Dunkelheit des verborgenen Schmerzes, der nirgendwo »ankommt«.
Ein ganzer Katalog von Zersetzungsaufgaben, den die Literatur allein nicht übernehmen kann, wartet der »am Himmel« arbeitslos gewordenen Theologen: die Zersetzung der von Computern diktierten Kleiderlehre, der Geldlehre, der Arbeitslehre, der

Lehre von der Geschlechtlichkeit des Menschen und seiner Wohnung auf dieser Erde. Den Kern von Vernunft in der Ekstase der Jugend zu erkennen, der Vernunft, die es erfordert, daß – milde ausgedrückt – bald »eine Veränderung der Besitzverhältnisse« stattfindet, die bisher geltende Lehre vom Besitz zersetzt wird.

Die fürchterliche Last des geplagten und leidenden Oberhaupts der immer noch mächtigsten Kirche, des Bischofs von Rom, ist noch zu sehr die Last des Himmels, die durch die Last an Besitztümern nicht leichter wird. Wer könnte eher als die Kirche des Bischofs von Rom auf Besitztümer verzichten? Sie, die doch keine »Nachkommen« hat. Es wird immer später.

# Die Studenten haben den längeren Atem

Der Bundesrepublik droht Rassismus; die düsterste aller Instanzen, der Volkszorn, richtet sich gegen die Studenten, die die Gemütlichkeit stören. Der Ruf nach Ruhe und Ordnung ertönt, die Politiker erwägen harte Maßnahmen: Stipendienentzug, Relegation. Das einstige »Die Juden sind an allem schuld« könnte leicht zu einem »Die Studenten sind an allem schuld« werden.
Die Politiker der Bundesregierung und die Landesregierungen stehen vor einer wichtigen Entscheidung: Werden sie ihre große Macht dazu benutzen, den Volkszorn als Vehikel für noch größere Popularität zu mißbrauchen, oder werden sie Größe zeigen, indem sie den hochgeschürten Volkszorn mißachten und zugeben, daß keineswegs »die Studenten an allem schuld« sind?
Offenbar genügten Analysen, hochqualifizierte Kommissionsberichte von Fachleuten nicht, es mußte agitiert werden, und das haben die Studenten getan. Wären sie nicht unruhig geworden, hätten sie nicht Analyse in Aktion umgesetzt, die deutschen Universitäten wären längst ihrem Dauerschlaf erlegen.
In einer konservativen Zeitung las ich einen spöttischen Kommentar über die Aktion Kölner Theaterwissenschaftler im Düsseldorfer Kultusministerium, nur vergaß die Zeitung zu erwähnen, daß auf 400 Kölner Theaterwissenschaftler 1 (in Worten: ein) Professor kommt. In der ČSSR, deren Theater- und Filmleute im Ausland begehrt sind, kommen auf 400 Theaterwissenschaftler 50 (in Worten: fünfzig) Professoren.
Sollten diese Proportionen in keinerlei Verhältnis zum Ergebnis stehen? Es ist absurd, daß die kapitalistischen Länder durch das Bildungssystem der sozialistischen Länder profitieren; es ist absurd, daß es in der BRD mit ihren zahlreichen Fernsehstationen keine ernsthafte Fernsehakademie gibt; daß jedermann auf diesem einflußreichen Instrument herumdilettieren kann.
Dieses bildungs- und staatspolitisch so wichtige Medium Fernsehen, diese Riesenindustrie erweitert ihre Bürokratie und baut und baut, aber die schöpferischen, ja schöpferischen Kräfte werden mißachtet und verschlissen. In der ČSSR kann ein Regisseur sich zwei (!) Jahre Zeit lassen für einen Film, hier werden die wenigen guten Regisseure so lange gehetzt, bis ihnen nichts anderes übrigbleibt, als unter ihr Niveau zu gehen.

Woher kommen die besten, die am häufigsten preisgekrönten Filme? Aus den sozialistischen Ländern. Wer möchte sich da noch erregen, wenn die Studenten ein sozialistisches Bildungssystem fordern. Was anders meinen sie denn, wenn sie von Demokratisierung sprechen?

Beim Ruf nach »Räten« denkt Herr Jedermann, der den Volkszorn repräsentiert, natürlich an die Räterepubliken, die ihm vermiest und systematisch suspekt gemacht worden sind, jedenfalls die, die scheiterten. Und doch sitzt Herr Jedermann selbst möglicherweise in irgendeinem Rat, im Kreisrat, im Gemeinderat, im Elternbeirat, im Vorstand seines Vereins. Sowjet ist das russische Wort für Rat. Herr Jedermann sitzt also im Kreis-, Gemeinde-, Schulsowjet.

Unser gesamtes Bildungswesen steckt voll mehr oder weniger offener Arroganzen, die nicht personal-, sondern systembedingt sind. Arroganz der Universität gegenüber dem Gymnasium, des Gymnasiums gegenüber der Volksschule, und Arroganz der drei gegen die Realschule. In diesem System wird immer von oben nach unten Hochmut abgegeben und von unten nach oben Ressentiment weitergereicht.

Das alles geht auf Kosten der Schüler und Studenten, die dem typisch deutschen Akademikerstolz und dem typisch deutschen Nichtakademikerressentiment ihre Buße zu zahlen haben. Blind und je nach Milieu schutzlos, gerät der Volksschüler erst einmal in die Arroganzsphäre der höheren Schule, und hat er nach entsprechender Mühsal des Deutschen wahres Vaterland, das Abitur, dann in der Tasche, rennt er blind und je nach Milieu wiederum schutzlos ins Labyrinth der Universitäten.

Ein germanistisches Seminar mit 800 Teilnehmern ist nicht nur eine vollkommen sinnlose Bildungsveranstaltung, es ist nicht einmal als absurder akademischer Kindergarten funktionsfähig. Ein Gespräch über 25 Teilnehmer hinaus ist sinnlos, weil es zu einem peinlichen Konzert monologischer Statements erstarrt, zu einer Abladegelegenheit für Ressentiments und Eitelkeiten wird.

Sinnlose Proportionen zwischen Lehrerschaft und Studenten erzeugen eine Langeweile, die nur noch der Langeweile in Kasernen vergleichbar ist.

Der Volkszorn sollte sich nicht gegen die Studenten richten, sondern gegen ein System, in dem nicht die Kinder, sondern die Herren des Volkes ausgebildet werden.

Vielleicht sollten jene empörten Arbeiter und Angestellten, sollte Herr Jedermann sich einmal aufmachen und sich mit eigenen Augen davon überzeugen, welche ernsthafte Arbeit Studieren bedeutet und unter welchen Um- und Zuständen jene arbeiten, ohne die es in den nächsten Generationen weder klassische noch technische, keine naturwissenschaftlichen und keine medizinisch »Gebildeten« mehr geben wird.
Ich denke, über die materielle, die statistische Seite des Problems gibt es kaum Meinungsverschiedenheiten, wohl auch nicht über den Bedarf der Gesellschaft an akademisch geschulten Männern und Frauen. Die Meinungsverschiedenheiten beginnen bei der Einschätzung des *Systems,* und wer könnte es den Studenten verdenken, daß sie dieses System der Züchtigung und Weitergabe von typisch deutschen Arroganzen und Ressentiments verändern wollen. *Das* ist mit Demokratisierung gemeint, *das* ist mit dem Ruf nach Räten gemeint: eine Entfeudalisierung des Bildungssystems.
Das Dilemma der agitierenden Studenten, die so dringend und nicht zufällig nach Kontakt mit der Arbeiterschaft verlangen, liegt zum Teil in der Tatsache, daß sie mit einem arroganten Vokabularium die Abschaffung der Arroganz propagieren; daß sie, ohne es zu wissen, Zerrbilder des »Professoralen« sind; von einem System geprägt sind, das sie bekämpfen.
Gewisse modisch gewordene Soziologievokabeln wirken aus zweiter Hand schon fad, aus fünfter Hand wirken sie lächerlich; man muß sich schon die Mühe geben, sich jenem Volk, dessen Zorn auf einen gelenkt wird, verständlich zu machen.
Die Universität ist schließlich nur ein Modell unseres Gesellschaftssystems, ein auf extreme Weise überfälliges. Die Arroganzstruktur von oben nach unten und die Ressentimentsstruktur von unten nach oben, sie gelten auch für andere Partien unserer Gesellschaft, die alle hierarchisch sind. Das fängt beim Mobiliar eines Abteilungsleiters in Funk, Fernsehen, im Industrie-, Versicherungs- und Bankwesen an, wo man die Statussymbolik bis zur Absurdität, bis zum Wandschmuck und der Qualität des Sessels kultiviert, während da, wo gearbeitet wird, wo die Filme geschnitten, komponiert, betextet werden, eine unerträgliche Enge herrscht.
Unsere Gesellschaft ist eine Repräsentationsgesellschaft von absurder Lächerlichkeit – und es ist gut, daß da, wo sie sich bisher

am feierlichsten repräsentiert hat, an der deutschen Universität, die Unruhe ausgebrochen ist.

Es wäre Sache der Studenten, sich verständlich zu machen; sich der Demolierungen zu enthalten, weil sie vollkommen sinnlos sind und fast schon Formen des guten alten, bürgerlichen Studentenulks annehmen; es ist sinnlos, ein Institut zu besetzen, wenn man weiß, daß man es nicht halten und von dort aus nicht wirklich die Macht ergreifen kann; das mag als symbolischer Akt einen gewissen Sinn haben, aber Politik mit symbolischen Akten – die machen ja die bürgerlichen Parteien, etwa, indem sie die Bundesversammlung nach Berlin einberufen (eine Symbolik voller Brisanz und von fast schon schwachsinniger Fahrlässigkeit!).

Bei aller Ungeduld empfiehlt sich Ausdauer und dazu eine kritisch durchdachte »Verhältnismäßigkeit der Mittel«; aber Vorsicht, dieser vieldeutige Ausdruck hat dem Bundeswehrsoldaten Corsten das Leben gekostet, und die Schuldigen sind mit mehr oder weniger Kavaliersstrafen davongekommen, die auf Bewährung ausgesetzt wurden. Es ist schon mehr eine mehr als merkwürdige Gesellschaft, die in gleichem Atemzug Studenten ohne Bewährung für Monate ins Gefängnis schickt, die »Verhältnismäßigkeit der Mittel« wird daran sichtbar.

Diese Gesellschaft ist aufs äußerste gereizt, es wäre klug, sie weiter zu reizen, aber nicht mit Gewalt, sondern durch tiefes Schweigen, scheinbares Verstummen und eine planmäßige Zersetzung des überholten Systems.

Die Studenten sind in der besseren Position: Sie sind die Staatsanwälte und Studienräte (ich wende hier die vorläufig noch geltenden Titel und Amtsbezeichnungen an, von denen ich hoffe, daß sie verschwinden), die Amtsgerichtsräte (lauter Räte!) von morgen; es ist sinnlos, wenn sie ihre potentiellen Verbündeten unter den Professoren und Dozenten verschrecken und wenn sie sinnlose Aktionen fortsetzen, die via Massenpresse und Fernsehen den Volkszorn hochschüren.

Das Volk wird immer im falschen Augenblick und am falschen Gegenstand zornig: Man hat in den Kriegsjahren so wenig vom Volkszorn gespürt. Welch ein Aspekt, wenn das Volk am richtigen Gegenstand und im richtigen Augenblick einmal zornig würde: über ein veraltetes System, in dem nicht seine Kinder gebildet, sondern seine Herren gezüchtet werden.

Es ist unbegreiflich, daß etwa die Arbeiter nicht erkennen, wie sehr die Studenten ihre wahren Verbündeten sind. Man muß es ihnen begreiflich *machen*, nicht durch ein reziprok-arrogantes Vokabularium und nicht durch den Pseudoulk, der mit der »Gewalt gegen Sachen« begangen wird. Man kann nicht Politik machen, wenn man sich über seine Mittel und seine möglichen Verbündeten nicht klar ist, die »Verhältnismäßigkeit« ergibt sich dann aus der Erkenntnis der eigenen Situation.
Fidel Castros Guerillatechnik läßt sich nicht unverändert in einer durch und durch technisierten Gesellschaft anwenden: in einem Kuba konnten drei Männer mit drei Gewehren es riskieren, einen Bauernhof zu besetzen, und sie konnten hoffen, dort Verbündete zu finden, und Fidel Castros Erfolg war nur möglich durch seinen Gegner Batista.
In der Bundesrepublik herrscht kein Batista-ähnliches System: das hierarchische System, das durch Arroganzwellen von oben und durch Ressentimentwellen von unten eine *scheinbare* Harmonierung aufrechterhält, ist durch die Verstrickung aller Interessengruppen miteinander fast total gesichert. Es von außen durch eine Revolution im herkömmlichen Sinn verändern zu wollen, ist sinnlos, das würde Mord und Selbstmord bedeuten. Es muß von innen heraus, mit seinen eigenen Mitteln, indem man es ständig mit sich selber konfrontiert, geändert werden, möglicherweise, indem man die *Schaltung* so ändert, daß zunächst einmal Arroganz von *unten* ausstrahlt und logischerweise oben Ressentiment entsteht. Das bedeutet das, was die Studenten wollen: Bewußtseinsänderung.

# Pfäffische Drei-Tage-Freiheit

Der linksrheinische Karneval ist immer eine Artikulationsmöglichkeit der Opposition gewesen, eine einzigartige, weil sich rheinische Literaten und Volk, Intellektuelle und Proletariat einig waren in ihrer Opposition gegen die Obrigkeit. Die unerfreulichen preußischen Importe: Militär, Gendarmen, Beamte waren die beliebten Spottgegenstände des rheinischen Karnevals. Der Karneval war antipreußisch, den Preußen so fremd, daß sie ihn in seiner Exotik dulden und belächeln konnten, wie englische Kolonialbeamte und -offiziere irgendeinen Negerkult belächeln und hinnehmen konnten. Für die Kirche (die katholische meine ich, Karneval und Katholizismus sind unzertrennlich, über Fasching und Fastnacht wäre da lange zu meditieren) war der Karneval nichts anderes als ein Drei-Tage-Ventil, heidnischen Ursprungs zwar, aber durch den Aschermittwoch ließ er sich geschickt und klug ins »Kirchenjahr« einfügen, und nach dem Motto: Unbarmherzig gegen die Sünde, aber barmherzig gegen die Sünder, durfte letzterer durchs Aschenkreuz (das in der rheinischen Mentalität lange Zeit als eins der wichtigsten »Sakramente« galt!) und Buße wieder heimkehren ins Reich der Gnade. Da die Kirche in ihrer »unaussprechlichen Güte« und aufgrund ihrer »Barmherzigkeit mit dem Sünder« sich immer entgegenkommend zeigte und zeigen konnte, da sie via Beichte den sehr oder weniger reuigen Sünder (dem die Sünde, weil sie eben noch Sünde war, desto mehr Spaß machte) wieder in den »Griff bekam«, wurde sie auch fast nie zum Gegenstand des Spottes gemacht: durch den Aschermittwoch hatte sie den Karneval ganz »in der Hand«. Wer zuletzt lacht, lacht am besten. So hat die Kirche sich dem Karneval gegenüber immer im eigentlichen Sinne des Wortes »pfäffisch« verhalten und auch das Volk »pfäffisch« gemacht

Ich kann hier nicht sämtliche sehr komplizierten historischen Komponenten berücksichtigen; es gab ein paar »Sprünge« in der jüngeren deutschen Geschichte, die ihren Einfluß auf den Karneval genommen haben: 1914, 1918, 1933, 1945 – ich muß die Rückwirkungen, die diese Daten auf den Karneval gehabt haben, überspringen. Heute ist der Karneval total kommerzialisiert, er ist durch den Proporz und die Beschissenheit der Verantwortlichen ganz in die Hand der Bourgeoisie geraten, deren einzige Freiheit ihre Schlüpfrigkeit ist (an der angesichts der Sex-Welle keiner mehr Anstoß nimmt), deren politischer Witz zum blöden Kalauer verkümmert ist und die sich darauf beschränken muß, nicht die Mächtigen, sondern die Ohnmächtigen zu verspotten: die APO, die Gammler, die Beatniks – das tut sie denn auch mit Erfolg, sie darf sicher sein, daß der Applaus kommt, wenn Studenten und Intellektuelle verhöhnt werden. Der heutige Karneval ist ein Mißbrauch der Drei-Tage-Freiheit, die schon kurz genug war, aber sich immerhin ursprünglich gegen die Mächtigen richtete. Inzwischen dürften auch die Kirchen im Karneval keinerlei Schonung mehr genießen: Religionen ja, aber die Kirchen nicht; sie sind derart verstrickt, verfilzt, undemokratisch, daß sie zum Ärgernis auch für den Karneval werden müßten. Freilich sehe ich keinen Weg, wie eine Befreiung des Karnevals, der natürlich in die Hände der Opposition gehört, möglich wäre: über Rundfunkräte, Fernsehräte, sitzen ja, die mit konzentrierter Bosheit angegangen werden müßten, in den Kontrollgremien, und so entsteht ein schlüpfriger, pseudokritischer Mischmasch, der die Gesellschaft nicht angreift, sondern sie permanent bestätigt.

# Die verhaftete Welt

## *Über Alexander Solschenizyns Roman »Erster Kreis der Hölle«*

In Solschenizyns *Erstem Kreis der Hölle*

> »Achtung!« sagte er streng. Die sieben Gefangenen und die sieben Wachhabenden wandten sich ihm zu. »Ist die Ordnung bekannt? Den Verwandten darf nichts gegeben werden. Von den Verwandten darf nichts genommen werden. Alles geht nur über mich. Die Gespräche betreffen nicht: die Arbeit, die Arbeitsbedingungen, die Lebensbedingungen, die Tagesordnung, die Lage des Objekts. Es dürfen keine Familiennamen genannt werden. Von sich ist nur erlaubt zu sagen, daß alles gut ist und daß man nichts braucht.«
> »Worüber sollen wir denn reden?« schrie irgendeiner. »Über die Politik?«
> Klimentjew würdigte diese Frage keiner Antwort; sie war zu albern.
> »Über unsere Schuld«, riet finster irgendeiner der Arrestanten. »Über unsere Reue«!
> »Über die Anklage wird nicht gesprochen, sie ist geheim«, sagte Klimentjew ungerührt. »Fragen Sie nach der Familie, den Kindern. Und weiter: Eine neue Verfügung verbietet von heute an Händedrücken und Küssen beim Wiedersehen.«
>
> S. 227
>
> Nach den Instruktionen waren Tränen nicht ausdrücklich verboten, aber unangebracht waren sie auf jeden Fall.
>
> S. 269
>
> Zum Nachteil der Beherrschten und zum Vorteil der Herrschenden ist der Mensch aber so beschaffen, daß man ihm, solange er lebt, immer noch etwas wegnehmen kann.
>
> S. 633

Solschenizyns *Erster Kreis der Hölle* (S. Fischer 1968) hat eine ungeheure Spannweite, zahlreiche Verspannungen, einige Dimensionen: eine Prosadimension, eine geistesgeschichtliche, eine politikgeschichtliche, eine gesellschaftliche; er ist von vielen Seiten her zu vielen Seiten hin gewölbt, eine Kathedrale unter den Romanen, mit einer genau bemessenen Statik, die hält; daß er auch Spannung im herkömmlichen Sinn enthält, beruht nicht auf romanhaften Mitteln, eher auf jener Statik, für die man während der Lektüre ständig fürchtet, ob sie die verschiedenen Ver-

spannungen und die Spannweite auch tragen wird; Spannung wird hier wie Verspannung eher zu einem architektonischen Begriff; daß der Roman außerdem zeitgeschichtliche Mitteilung enthält, ist nur eine Feststellung über den Stoff, das Baumaterial, die knappe Handlung.
Die Handlung beginnt mit einem Telefongespräch des Staatsrats zweiten Grades Wolodin, der einen befreundeten Professor vor gewissen ausländischen Kontakten warnen möchte, und dieser erste Bruch im Bewußtsein eines begabten Diplomaten, dessen Karriere mit allem eleganten Drum und Dran und allen Privilegien gesichert ist, ist nur der »Einstieg« in die Kathedrale. Das Telefongespräch findet um Weihnachten 1949 herum statt, der Roman endet knapp zwei Tage später mit der Beschreibung eines Gefangenentransports durch Moskau. In einem Lieferwagen mit der Aufschrift »Mjasso-Viande-Fleisch-Meat« werden Gefangene aus dem ersten Kreis der Hölle wegtransportiert und wissen noch nicht, in welchem Kreis sie nun auskommen werden. Der Korrespondent der französischen Zeitung *Libération,* auf dem Weg ins Dynamostadion zu einem Hockeyspiel, liest die Aufschrift des Lieferwagens, zückt sein Notizbuch und schreibt mit seinem bordeauxroten Füllfederhalter: »In den Straßen Moskaus sieht man immer wieder Wagen mit Lebensmitteln, äußerst sauber und vom sanitären Standpunkt einwandfrei. Die Versorgung der Hauptstadt kann nur als vorzüglich bezeichnet werden.«

Der Roman umfaßt 87 Kapitel, 670 Buchseiten, sein Personal zu überschauen, ist selbst nach der zweiten Lektüre schwierig; es wäre leichter, wenn der Verlag sich entschlösse, einer neuen Ausgabe ein exaktes Personenregister hinzuzufügen, mit Angabe des Alters, des Geschlechts, der Funktion, der Stellung, der politischen Position – letzteres, weil es so viele Übergänge und Verstrickungen sowohl unter den Häftlingen wie unter den Nicht-Häftlingen gibt (über die Begriffe frei und unfrei wird später zu sprechen sein). *Verhaftet,* natürlich nicht im kriminaltechnischen Sinn, sind sie alle, ihre Verhaftung hat viele Ursachen, von denen die meisten für den Westen unbegreiflich sind. Die Tatsache, daß Solschenizyn die Publikation seiner Romane im Westen untersagt hat, ist nur unter dem so irdischen wie metaphysischen Sinn dieser Verhaftung zu verstehen. Daß er dabei – und das allein könnte ein Grund für die Sowjetregierung wer-

den, der Berner Konvention beizutreten! – das Opfer jenes »abmachungslosen« Zustandes wurde (und mit ihm die Sowjetregierung), mag als ironische Komponente im Spiel der gegenseitigen »Publikationsfreiheit« betrachtet werden.
Es ist diese Verhaftung, die die Russen zu dem am wenigsten auswanderungsfreudigen Volk dieser Erde gemacht hat. In diesem Sinn bezeichne ich alle Personen des Romans, Häftlinge und Nicht-Häftlinge, als in der Sowjetunion verhaftet, auch politisch. Um jegliche Mißdeutung, auch böswillige Verfälschung auszuschließen: Ich meine nicht die Art Verhaftung, die durch die Polizei erfolgt, ich meine die, die einer sich selbst auferlegt: Mag die Semantik ans Werk gehen und herausfinden, was »haften an« und »haften auf«, Haft, Verhaftung alles für Hintergründe haben kann. In meinem Sinn blieb etwa James Joyce bis ans Ende seiner Tage Irland und dem Katholizismus »verhaftet«.

Die Pauschalohrfeige für die Dummheit des Westens am Schluß des Buches mag sich auf die Tatsache beziehen, daß westliche Beobachter zwar hin und wieder Zeichen sehen, manche sogar erkennen, des Entzifferungsschlüssels, nach dem diese Zeichen gedeutet werden können, aber nie habhaft werden: möglicherweise weil er täglich, stündlich, wöchentlich wechselt, der ungeheuren Masse Zufall in einem solchen Riesenreich unterliegen mag. Auch ich bin des Entzifferungsschlüssels nicht habhaft, ich bin kurzatmig, der Osten Europas ist langatmig, er ist nicht nur passionserfahren, gelegentlich passionssüchtig, er ist im wahren Sinn des Wortes passioniert und nicht erst seit der Revolution und nicht erst durch den Stalinismus.
Unter der vielfach statisch gestützten hohen Spannweite des *Ersten Kreises der Hölle* werden mir nicht nur einige als ganz gut empfundene westliche Romane, werden mir ganze Ergebnisse von Literaturdekaden zu dekorativen Seitenkapellen oder Nischen, oder, da sie außerhalb dieser Kathedrale erbaut worden sind, zu Behelfs- oder bestenfalls auch eleganten Eigenheimen. Natürlich, die fürchterliche Dialektik angesichts eines solch großen Werks liegt in der Tatsache, daß es eine ungeheuerliche Masse Leiden und Geschichte summiert und durchleuchtet. Die Form, der Ausdruck, die Art, in der Solschenizyn Prosa selbst komponiert und in Zucht hält, die bis in die letzte Freiheit *tra-*

*gende* Komposition macht sichtbar, daß hier nicht nur ein großer Autor am Werk ist, sondern auch ein Mathematiker, jemand, dem naturwissenschaftliche Formeln jedenfalls nicht fremd sind. Hier ist Prosa Formelmaterial, geistige und epische Luzidität treffen aufeinander zu einer Parabel im mathematisch-physikalischen Sinn.

Wenn ich den Ausdruck Metaphysik vermeide, dann nur, weil ich für *diese* Art noch keinen Namen weiß. Jedenfalls werden hier weder Ordnungen vorgegeben oder vorgeschoben, und trotzdem wird Ordnung geschaffen. Es wird »integriert« im mathematisch-physikalischen Sinn, und es mag sein, daß hier jene neue »materialistische Metaphysik« entsteht, die manche Physiker ahnen. Wie die westlichen Autoren das Dogma von der Geborgenheit ablehnen, lehnt Solschenizyn nicht etwa die Zukunft ab, er bezieht sie nur nicht mehr als Ideal-Ziel, dem Himmel der uns abhanden gekommenen Metaphysik vergleichbar, mit ein. Er summiert Gegenwart, und es darf nicht vergessen werden, daß es die Gegenwart des Jahres 1949 ist, vier Jahre vor Stalins Tod, daß dieses Buch geschrieben wurde in den Jahren 1955 bis 1964. In der Sowjetunion von 1969 verhaftet sein und verhaftet werden, ist etwas anderes, als es im Jahr 1949 war.
Solschenizyn vermeidet glücklicherweise die »Sinngebung«, er notiert, registriert, entwickelt aus ihm bekannten Elementen, aus Erlebnissen und Erfahrungen, und da er nicht *gegen* vorgegebene und vorgeschobene Ordnungen angehen, nicht im Text gegen sie polemisieren muß, erreicht er eine Nüchternheit und Trockenheit, mit denen er sich gleichzeitig dem herkömmlichen, auf Optimismus getrimmten sozialistischen Realismus und auch den Intentionen des *nouveau roman* als überlegen erweist. Das liegt nicht nur daran, daß er am eigenen Leib erfahren hat, was seine westlichen Kollegen nicht erfahren haben: den Stalinismus. Es liegt auch daran, daß im Westen der Sinn für verborgenes Leiden abhanden gekommen ist: dessen eine und einzige Verwendung als Komponente sexueller Lust stellt möglicherweise den großen Frevel dar, der noch nicht erkannt wurde. Ich schreibe dem Werk Solschenizyns Offenbarungscharakter zu, einer unpathetischen Offenbarung, nicht nur über das bloß stofflich-geschichtliche des Buchs, den Stalinismus, auch über die Leidensgeschichte der Menschheit. Insofern ist hier der Stalinismus »nur« Anlaß, schreckenerregend genug und doch »nur«.

Den Häftlingen im *Ersten Kreis der Hölle,* dem Lager Mawrino in der Nähe Moskaus, obliegen verschiedene Aufgaben, die alle den Zweck haben, Überwachungsmethoden zu verfeinern und neu zu entwickeln, also weitere Gefangene zu liefern. Sie werden permanent verstrickt, sind Gefangene und doch als Forscher frei, während ihre Bewacher frei und doch Gefangene der permanenten Angst sind, verhaftet zu werden, wobei keineswegs sicher ist, ob sie das Glück haben werden, in den ersten oder das Pech, in den siebten Kreis der Hölle zu gelangen. Auf dem Weg zur Weiterentwicklung der Phonoskopie, die die Identifikation einer Person an Hand der Stimme auf Tonband ermöglicht, werden den Gefangenen fünf Stimmen auf Tonbändern übergeben, zum Vergleich mit der Stimme Wolodins, dessen Anruf aufgenommen wurde, und die sich unter den fünf Stimmen befindet. Der einzige Triumph der Gefangenen besteht darin, daß sie drei von den fünf Verdächtigen als unverdächtig ausschließen können, ihr Trost also darin, daß von fünfen nur zwei verhaftet werden, darunter Wolodin. Dessen Einlieferung ins Ljubjanka-Gefängnis wird im vorletzten Kapitel ausführlich geschildert, die Unterwerfung des Herrn Staatsrats zweiter Klasse, der schon die Flugkarte nach Paris in der Tasche hatte, unter die pedantischen, langwierigen, absurd undurchschaubaren Anfangsdemütigungen, die den Leser eindringlich daran erinnern, wie es bei der Verhaftung der ihm wohlbekannten Insassen des »ersten Kreises« zugegangen ist.

Gewiß ist es kein Zufall, daß dieser erste Kreis der Hölle ein Laboratorium ist, ein gut ausgerüstetes, gut funktionierendes Laboratorium. Stelle ich mir vor, daß die Weltraumphysiker, -mediziner, -techniker und sämtliche Hilfskräfte wahrscheinlich doch einer strikten Überwachung, einer ständigen Kontrolle durch verschiedene Geheimpolizeien, möglicherweise auch monatelang einer strengen Klausur unterliegen; daß es nicht nur chemische, technische und physikalische, sondern auch nationalökonomische und vor allem Werbe-»Laboratorien« gibt, in denen neue Manipulationsmethoden ausgebrütet, alte analysiert und weiterentwickelt werden; daß wahrscheinlich doch sogar die Träume der im innersten Kreis dieser Himmel Arbeitenden überwacht werden müssen, damit sie nichts ausplaudern – dann ist Solschenizyns *Erster Kreis der Hölle* sehr rasch »entstalinisiert«, werden Gefangenschaft und Freiheit, Ahnung und Ahnungslosigkeit der Gefangenen und Freien, der Manipulierten und der Manipulierer recht relativ. Ich kenne nicht die Proportionen zwischen Bewachern und Freien etwa in einem Weltraum-Forschungszentrum, im »ersten Kreis des Himmels«, ich denke, die Proportionen und Bedingungen sind nur relativ verschieden von denen im *Ersten Kreis der Hölle.* Geheimwelten gibt es genug, auch Welten verborgenen Leidens, deren Offenbarung nicht sexuelles Leiden allein wäre. Insofern betrachte ich den *Ersten Kreis der Hölle* als zwar an den geschichtlichen Stoff Stalinismus gebunden und doch als eine Offenbarung darüber hinaus.

Der Unterschied zwischen verhaftet sein im seelischen und im juristischen Sinn: das könnte vielleicht der Schüssel zum Verständnis der Sowjetunion sein, die ja doch, mag's auch noch so oft abgestritten werden und mag's auch verfassungsmäßig nicht zutreffen, von Russen, von Rußland bestimmt wird. Das muß nicht bedeuten, was es immer mehr zu werden droht; imperialistisch, nationalistisch, unter Stalin auch schon wieder zaristisch. Erst bei der Lektüre Solschenizyns wird mir klar, welche Bedeutung Chruschtschows Eröffnungen über den Stalinismus im Jahr 1956 gehabt haben. Unter vielen anderen eben die eine, daß auch Solschenizyn entlassen wurde, schreiben konnte, sogar publizieren durfte. Daß er immer noch schreibt, aber nicht mehr publizieren darf, zwar in der Sowjetunion lebt, dort verhaftet ist, aber noch nicht verhaftet wurde, kann doch nur bedeuten: es ist noch nicht entschieden, ob die Sowjetregierung begreifen wird, was Politiker auf der ganzen Erde nie so recht begreifen: Daß ein Autor in der Sprache verhaftet genug ist; daß Solschenizyn als Person und als Autor, als 1918 geborener, ganz und gar von der Geschichte der Sowjetunion bestimmter Autor nicht etwa typisch oder symbolisch, daß er für die Sowjetunion gegenwärtig und wirklich ist. Die Sowjetunion könnte, wenn er nicht verleugnet und verketzert würde, stolz auf ihn sein. Schließlich geht er politisch nicht weiter als Chruschtschow in seiner berühmten Rede gegangen ist, er hat nur die Ent-Stalinisierung beim Wort genommen und zu Wort gemacht: Er ist der Sowjetunion verhaftet wie einer der »Helden« des Buches, der Häftling Rubin, der dem Sozialismus so verhaftet bleibt wie der Sowjetunion, der ganz und gar unnationalistisch und doch kein Kosmopolit ist, als Marxist, der seine eigene Häftling-Verhaftungs-Situation genau durchschaut, seinen Bewachern weit überlegen ist. Daß diejenigen, die man die Nest-Beschmutzer nennt, meistens die sind, die das eigene Nest zu reinigen trachten, setze ich längst als selbstverständlich voraus.

Solschenizyns Buch kommt von weit her, es ist hoch gewölbt, es ist auch eine Offenbarung für die mehr oder weniger hilflos operierende westliche Literatur; es kommt aus der großen russischen Tradition, hat den sozialistischen Realismus durchgangen, überwunden, erneuert, und es ist in der Kühnheit seiner Konstruktion, die sich als statisch gesichert erweist, gegenwärtig; es hat den Atem Tolstois und den Geist Dostojewskijs, vereinigt also diese beiden im neunzehnten Jahrhundert und bis in die gegenwärtige Literaturkritik als antagonistisch betrachteten Geister, und es *ist* Solschenizyn, unverkennbar. Über Camus und Sartre hinaus vollendet er die uralte Auseinandersetzung über »frei« und »gefangen«, nicht bildhaft, nicht philosophisch, sondern im Material, dem nicht nachgeholfen, nichts vorgegeben und nichts vorgeschoben wird. Die Begegnung etwa zwischen dem scheinbar allmächtigen Minister Abakumow und dem Häftling Bobynin: der zitternde Minister, der wohl weiß, wieviel Kreise die Hölle hat, und der souveräne Bobynin, der schon manchen Kreis der Hölle durchschritten hat.

In solchen Szenen, denen viele gleichzusetzen wären, wird die Einheit von Realität und Symbol nicht erfunden oder gefunden, sie ergibt sich aus dem vorhandenen Material wie das Ergebnis einer gelösten mathematischen Formel. Es wäre müßig, weitere Beispiele aufzuzählen. Wäre ich Maler und Graphiker, ich würde versuchen, den *Ersten Kreis der Hölle* innerhalb eines zu erfindenden Ordnungssystems, das die Form einer riesigen Rosette haben könnte, graphisch sichtbar zu machen. Vorstellen kann ich mir eine solche Möglichkeit, Literatur einleuchtend und auf einen Blick sichtbar zu machen, nicht mit dem Total-Erkennungsanspruch einer Kritik, sondern als Hilfsmittel. Jedenfalls: Diese Prosa fließt nicht in epischer Gelassenheit dahin, sie ist kein Strom, eher ein See, der sich aus vielen Quellen, kleinen und großen, speist. Ich weiß sehr wohl, daß ich hier vielerlei und sehr verschiedene Vergleiche anwende: Kathedrale, See, Rosette; das liegt daran, daß dieses Buch so viele Dimensionen hat.

Es gibt sehr wenig Romanhaftes in diesem Roman: Auf Seite 9 telefoniert Wolodin, auf Seite 232 wird den Spezialisten in Mawrino der Auftrag erteilt, seine Stimme zu identifizieren, sie fordern Vergleichsmaterial an, bewirken damit weitere Telefonüberwachung, auf Seite 588 wird Wolodins Stimme halb identifiziert, am Ende des Romans wird er verhaftet. Etwa in der Mitte des Buches ist der Roman am meisten Roman; das von den Häftlingen angeforderte Vergleichsmaterial für die Stimme Wolodins wird aufgenommen anläßlich einer Abendgesellschaft im klassisch-üppig bourgeoisen Stil, die der Staatsanwalt Makarygin gibt, und auf dieser Abendgesellschaft laufen nun einige der sparsamen Romanfäden zusammen. Wolodin ist Makarygins Schwiegersohn, seine Frau Dotnara (genannt Dotti – man bemerke die sehr westliche Namensverkürzung, die wohl nicht zufällig an die Gewohnheiten des bei Tolstoi geschilderten Hochadels erinnert) ist ganz mit Problemen beschäftigt, die keineswegs Probleme einer klassenlosen Gesellschaft sind: Dienstboten und Ehebruch, während Wolodin in seiner Wohnung aus der Reihe der Ahnungslos-Privilegierten langsam in die Reihe der Ahnungsvollen hinüberwechselt; und es ist eben jenes Telefongespräch mit seiner Frau, das »in einer ganz bestimmten Zentrale des Nachrichtenwesens« auf Magnetophonband aufgezeichnet wird, und zwar »nachdem Rubin irgendwann im Laufe des Nachmittags darum gebeten hatte, die Ferngespräche ausnahmslos aller Verdächtigen überwachen zu lassen«. Nicht nur, daß hier der Häftling in das Leben des Herrn Staatsrats eingreift. Einige besondere absurde »Zufälligkeiten« mehr treffen hier auf der Abendgesellschaft bei Makarygins zusammen: Klara, die unverheiratete Tochter Makarygins, im Range eines Leutnants im Staatssicherheitsdienst freie Mitarbeiterin und Überwacherin im Lager Mawrino, verliebt in den Häftling Rostislaw (und jener in sie!), nimmt als erste den Hörer ab und ahnt nicht, daß in eben jenem Lager wenige Stunden später dieses Telefongespräch zur Verhaftung ihres Schwagers führen wird. Es laufen also in zwei Kapiteln einige Fäden zusammen und sofort wieder auseinander. Im übrigen ist die Unterhaltung auf Makarygins Gesellschaft sehr geistreich, es ist die Unterhaltung von Ahnungslosen, es ist Privilegierten-, es ist Prälatengerede. »Keinem der Menschen, die sich auf dem Teppich des engen Vorraums drängten, wäre es in den Sinn gekommen, daß sich in diesem schwarzpolierten Hörer, in diesem an sich unbedeutenden Gespräch jenes geheimnisvolle Verderben verbarg, das jeden von uns sogar noch im Knochen eines toten Pferdes zu finden weiß« (S. 396).

Nur in diesen beiden Kapiteln, die genau in der Mitte des Romans liegen, und das ist bei einem Mathematiker gewiß kein Zufall, wird dem klassischen Roman ein makabrer Zoll gezahlt, wird Schicksal »zusammengeführt«. Alle anderen Schicksale, es sind zahlreiche, werden nur dokumentiert: Spiridon, Sologdin, Simotschka und Myschin, Stalin und der Häftling Dryssin, der die Briefe seiner Frau vorenthalten bekommt, sie dann nur im Büro des Majors Myschin lesen darf – »Nein, lesen Sie ihn hier. Einen derartigen Brief kann ich Ihnen nicht in die Gemeinschaftsräume mitgeben. Was werden die Gefangenen bei solch einem Brief für einen Eindruck vom Leben in der Freiheit bekommen. Lesen Sie!« Und Dryssin liest u. a.: »Lieber Wanja, du bist gekränkt, daß ich so selten schreibe, aber ich komme spät von der Arbeit und gehe fast täglich nach Brennholz in den Wald, und dann später, am Abend, bin ich so müde, daß ich geradezu umfalle ... das ist kein Leben, sondern Zwangsarbeit ... Wenn man sich wenigstens am Freitag ausschlafen könnte – aber man muß sich zu den Demonstrationen hinschleppen.« Und der völlig niedergeschmetterte Dryssin wird aufgefordert, seiner Frau einen Brief zu schreiben: »optimistisch, munter, richten Sie sie auf«. Und weiter: »Schreiben Sie eine Antwort. Eine zuversichtliche Antwort. Ich genehmige mehr als vier Seiten. Sie haben mal irgendwie geschrieben, daß sie auf Gott vertrauen soll. Also dann schon lieber auf Gott als so ...«
Der Gefangene Dryssin, dessen Schicksal im Roman auf wenigen Seiten dokumentiert wird, hat keinerlei »romanhafte« Funktion, er ist nur einer unter Millionen, und er muß auch noch aus dem Lager hinaus Optimismus und Munterkeit in die »freie« Welt hinausposaunen. Die wahnsinnige Absurdität der Verhaftung von Verhafteten, die schon in den Büchern der Tschukowskaja (*Ein leeres Haus*) und von Jewgenija Ginsburg (*Marschroute eines Lebens*) auf großartige Weise an Einzelschicksalen dokumentiert wurde, wird bei Solschenizyn auf eine Weise vertieft, erweitert und ent-individualisiert, die bisher keinen vergleichbaren Ausdruck gefunden hat.

Außer dem, was es sonst noch alles sein mag, ist unser Jahrhundert das Jahrhundert der Lager, der Gefangenen, und wer nie gefangen war, dem ist, mag er sich des Glücks oder des Zufalls rühmen oder schämen, *das* Erlebnis des Jahrhunderts erspart geblieben oder – das mag jeder nehmen, wie er will – entgangen. Für die Überlebenden, und das sind wir, die wir hier lesen oder schreiben, ja alle, gibt es nur die Möglichkeit, unsere Gefangenschaft zu erkennen, mag einer eine solche erlebt haben oder nicht. Wer sie erlebt hat, weiß, wie relativ Luxus ist: Mitten in der Ödnis eines Hunderttausend-Mann-Lagers sind ein Stück Seife und eine Schüssel Wasser *wirklicher*, weil vorhandener Luxus, und fünf Zwölftel von einer Zigarette, wenn eine ganze einhundertzwanzig Mark kostet und fünfzig Mark das *gesamte* Vermögen darstellen, das ist *wirklich*, nicht nur symbolisch weitaus mehr Genuß als der des Nabobs, der an einem Abend einige hunderttausend verspielt und nichts davon hat, weil er's nicht *spürt*, während der, der fünfzig Mark für fünf Zwölftel einer Zigarette ausgibt, immerhin noch weiß, daß er mit diesem Schein zu Hause seine Monatsmiete bezahlen könnte. Der Schwachsinn der westlichen Luxusgesellschaft – und ihrer Opfer, der Kriminellen, die daran teilhaben möchten, besteht ja darin, Luxus für etwas Absolutes zu halten und zu nehmen. Man muß in diesem Jahrhundert einfach wissen, daß der Besitz einer Konservendose und einer leeren Flasche für einen Gefangenen *wirklich* Leben oder Tod bedeuten, um Luxus einschätzen und genießen zu können. Auch diese Geheimphilosophie (in der ein gut Teil Theologie steckt) der Gefangenen geht unsichtbar und doch greifbar durch den *Ersten Kreis der Hölle.*

Greifbarer noch eine andere: die von der Liebe, der Keuschheit und der Ehe. »Ja, ja, lieben«, flüstert der junge Gefangene Rostislaw. »Lieben! Aber nicht die Geschichte, nicht die Theorie, sondern Mädchen!« Und weiter: »Aber *was* haben sie uns weggenommen? Sag es mir! Das Recht, in Versammlungen zu gehen? Staatsanleihen zu unterzeichnen? Das einzige, mit dem uns das Ungeheuer wirklich zu schaden vermochte, das war, uns die Frauen wegzunehmen! Und er hat es getan. Auf fünfundzwanzig Jahre hinaus! Der Hund!!! Wer hat eine Ahnung . . . was eine Frau für einen Gefangenen bedeutet?«

Und wer hat schon eine Ahnung, was es für die Frauen der Gefangenen bedeutet, von ihren Männern jene »Freiheit« geschenkt zu bekommen, mit der sie in den meisten Fällen nichts anfangen können. Wer kann schon von einem für mindestens fünfundzwanzig Jahre Verurteilten »Freiheit« annehmen? Da entsteht, was möglicherweise in beiderseitiger Freiheit nie entstanden wäre, entsteht aus dem Material Gefangenschaft jenes im Westen so verpönte Etwas, das gar keine Tugend ist, sondern eine Eigenschaft: Treue. Die Sexqual und der Qualsex der westlichen Literatur sind ja auch nur Ausdruck einer nicht erkannten Gefangenschaft und einer absurd interpretierten Freiheit.

Daß sie – Sexqual und Qualsex – nicht nur für die sowjetische Zensur, auch für den aufgeklärten, den bewußten Sowjetbürger, den Nicht-Ahnungslosen, völlig uninteressant sind, ist wohl eins der Zeichen, das schwer zu entziffern ist. Interessant wären sie wahrscheinlich für die übersättigte, gelangweilte Klasse der Privilegierten und Ahnungslosen in der Sowjetunion, für die auch Dienstboten ein Gesprächsthema sind. Ein ganzes Kapitel lang (Kap. 39) unterhalten sich der weibliche Leutnant des Staatssicherheitsdienstes Klara Petrowna Makarygin, Tochter eines Staatsanwalts, und der Gefangene Rostislaw im Laboratorium in Mawrino über die sowjetische Gesellschaft, über Methoden der Urkundenfälschung und über Privilegien. Und es ist der Gefangene Rostislaw, der hier den Keim der wunderbaren Zersetzung legt. Dauernd stecken diese beiden Verliebten die Köpfe zusammen. Und was flüstert der Gefangene der hochprivilegierten Tochter aus der Klasse der klassenlosen Bourgeoisie ein: »Wogegen richtete sich die Revolution? Gegen die Privilegien! Was war den russischen Menschen zuwider? Die Privilegien! Die einen hatten nur Arbeitskleider, die anderen trugen Zobel, die einen gingen zu Fuß, die anderen fuhren in Karossen. Die einen mußten dem Pfeifen der Fabriksirenen gehorchen, die anderen stopften sich in den Restaurants den Wanst voll. Ist es nicht so?«

»Natürlich«, sagt die brave, verliebte Tochter des Herrn Staatsanwalts, die am Abend desselbigen Tages in der Wohnung ihrer penetrant bourgeoisen Mama an jener üppigen Party teilnehmen wird, wo es Kristall und Silber, erlesene Speisen und Weine, geistreiche Gespräche geben wird und sogar entliehene Dienstboten; und die den Telefonhörer aufheben und das Gespräch mit ihrem Schwager Wolodin beginnen wird, das, auf Tonband aufgenommen, noch in der Nacht desselbigen Tages in eben jenem Labor, in dem sie verliebt mit dem Gefangenen Rostislaw Wadymitsch Doronin plaudert, dazu dienen wird, ihren Schwager zu entlarven.

»Richtig«, sagt Rostislaw. »Aber warum entsagen die Menschen jetzt nicht den Privilegien, sondern erstreben sie?« So geht es fort in jener wunderbaren Zersetzung des weiblichen Leutnants.

Die vielen Zitate und Anspielungen könnten den Eindruck erwecken, als handele es sich um viele Romane und Romanzen in *einem* Roman vereint. Es ist nur schwer, sich des Zitierens zu enthalten, wenn man den größten Teil der 670 Seiten zitieren möchte. Dieser Roman hat nicht den berühmt-berüchtigten epischen Fluß, er stockt immer wieder, fängt neu an, stockt wieder, hat ganze Kapitel voll bitterer Solitüden und Paraphrasen, etwa auf das Thema: Besichtigungen menschenfreundlicher Kommissionen, die total, aber auch total in die Irre geführt werden. Oder die fürchterlichen halbstündigen Besuche der Ehefrauen, die manchen Gefangenen einmal im Jahr genehmigt werden. Das Stocken ist das Stocken der Lang-, nicht der Kurzatmigkeit, die den Reiz des westeuropäischen Romans ausmachen mag. Es ist eben dieser Atem, der an Tolstoi erinnert, eben jener Sarkasmus und die Feinheit der psychologischen Sichtung des Materials, die an Dostojewskij erinnert. Doch es *ist* Solschenizyn, unverkennbar inzwischen, da man mehr von ihm kennt.
Es gibt da auch Spezialisten im Lager Mawrino, die sich weigern, Überwachungsmethoden weiterzuentwickeln bzw. deren Weiterentwicklung geschickt sabotieren, da nur sie, die einzig zu diesem Zweck verhafteten Spezialisten, wissen oder wüßten, wie die Methoden zu entwickeln wären. Mir erscheinen sie wie die wahren sozialistischen Wissenschaftler. Außerdem erweisen sich die weiblichen Mitarbeiterinnen, jene Leutnants des Staatssicherheitsdienstes, junge Mädchen, von denen die meisten erst nach Lenins Tod geboren sein können, als höchst unzuverlässig, während mancher Häftling sich als zuverlässig erweist. Diese Erkenntnis stimmt trotz des erschütternden Leidensmaterials fast optimistisch. Immerhin werden doch in der Sowjetunion Renten an die Opfer des Stalinismus gezahlt. Worin also mag Solschenizyns schreckliches Vergehen bestehen? Natürlich darf es in einem marxistisch angelegten und geführten Staat so viel Absurdität nicht geben, aber wird man sich auf die Dauer der Erkenntnis dieser im Stalinismus verursachten Massenverhaftung von Verhafteten verschließen können, wenn man gleichzeitig Renten an die Opfer des Stalinismus zahlt?
Einhundert Jahre nach *Schuld und Sühne* und nach *Krieg und*

*Frieden* erscheint dieses Buch, leider nur im Westen, für den es nicht geschrieben ist. Es ist geschrieben für die Befreiung des Sozialismus. Wir haben keinen, nicht den geringsten Grund, über den *Ersten Kreis der Hölle* als einer Darstellung stalinistischer Untaten, Absurditäten und Verstrickungen zu triumphieren. Wir haben eher Grund, uns zu fragen, ob es einem westlichen Autor gelingen könnte, die Welt der Ahnungslosen und die Welt der verborgen Leidenden in unserer komplizierten Verstricktheit derart sichtbar zu machen.

# Ende der Bescheidenheit

*Zur Situation der Schriftsteller in der Bundesrepublik*
*Rede zur Gründungsversammlung des Verbandes deutscher Schriftsteller am* 8. 6. 1969 *im Kölner Gürzenich*

Anläßlich der Gründung eines Gesamtverbandes Deutscher Schriftsteller möchte ich hier einige Überlegungen zur gesellschaftspolitischen Situation der Schriftsteller in der Bundesrepublik anstellen. Damit kein Mißverständnis aufkommt: es geht hier nicht um kulturelle Nuancierungen, nicht um die Fragen: Kunst, Antikunst, gibt es noch eine Literatur, gibt es keine mehr? Das gehört in die Feuilletons, in denen wir uns ja ausgiebig tummeln. Es geht nicht um unseren Anteil an Erstellung von Kunst, Poesie und möglichen Ewigkeitswerten. Es soll hier öffentlich Tacheles geredet und unser Anteil an den merkwürdigen Sozialprodukten betrachtet werden, die wir erstellen.
Hin und wieder mögen wir ganz kluge Leute sein, als Vertreter unserer Interessen in einer Gesellschaft, die von Interessenvertretern dirigiert wird, sind wir wie Schwachsinnige. Dieser Schwachsinn hat z. T. ehrenwerte Ursachen, etwa die, daß wir zu sehr mit unserer Arbeit, die eine öffentliche ist, beschäftigt sind, als daß uns finanzieller Kram sonderlich interessieren könnte, solange wir halbwegs zurechtkommen. Andere Ursachen mögen Bescheidenheit und Idealismus sein. Ich schlage vor, daß wir die Bescheidenheit und den Idealismus einmal für eine Weile an unsere Sozialpartner delegieren: an Verleger, Chefredakteure und Intendanten.
Es mag manchen von uns trösten, daß er möglicherweise Ewigkeitswerte schafft, dieser Trost sei ihm unbenommen, wenn er uns nicht hindert, uns hier und heute, gestützt auf diesen Gesamtverband, Gedanken darüber zu machen und einmal öffentlich darzulegen, wie wir unser Geld eigentlich verdienen. Vornehmerweise nennt man das Geld, das wir bekommen, Honorar. Das klingt, als wären wir sehr feine Leute. Ich fürchte, wir sind sehr feine Idioten. Wir lassen uns dirigieren, kujonieren, Prozente und Honorare diktieren, ohne je ernsthaft darüber nachzudenken, wer sie festgelegt hat und wie sie sich errechnen. Der geistige und politische Kredit, den wir der Bundesrepublik einbringen, ist ohnehin honorarfrei: wir verlangen nichts dafür.

Es geht auch nicht um unsere gesellschaftliche Ehre, die verschaffen wir uns selbst. Es geht um unsere gesellschafts- und finanzpolitische Stellung.

Und so muß ich mir auch eine verlockende Abschweifung verkneifen in die Gefilde einer Poetik des Geldes: etwa aufzuzählen, was ein Fünfmarkstück je nach Lebenslage für einen Menschen bedeuten kann. Ich muß mich hier auf die Volkswirtschaft beschränken, und wenn ich die Broschüre *Buchhandel in Zahlen* richtig entziffert habe, dann haben die Buchverlage in der Bundesrepublik allein in einem Jahr 2,5 Milliarden DM umgesetzt. Dieser stattliche Umsatz ist erschrieben worden, mag der Verfasser nun Helmut Heißenbüttel heißen, oder mag er unter dem Pseudonym Josef K. für irgendeinen obskuren Verlag Schnulzen ausbrüten. Rechnen Sie noch den Anteil an von Schriftstellern Geschriebenem für Film, Funk und Fernsehen hinzu, so wird Ihnen klar, daß wir Mitarbeiter einer Riesenindustrie sind, die uns bisher unsere Honorare einfach diktiert hat. Vergleiche ich das Interessengetümmel im Wirtschaftswunderland mit einem Freiwildgehege, so sind wir darin die Karnickel, die zufrieden und freundlich in herkömmlicher Bescheidenheit ihr Gräschen fressen. Ich will die Chancen unserer Animalisierbarkeit nicht überschätzen und die Position des Tigers anstreben, aber die Position des Karnickels steht uns nicht mehr zu Gesicht. Ich muß mir eine weitere verlockende Meditation verkneifen: ob der freie Schriftsteller nicht ein Fossil sei, lediglich von Museumswert.

In Wirklichkeit sind wir tarifgebundene Mitarbeiter einer Großindustrie, die hinter einer rational getarnten Kalkulationsmystik ihre Ausbeutung verschleiert. Ja, ich sagte Ausbeutung, und ich will gleich hinzufügen, daß ich den Begriff Ausbeutung nicht absolut, sondern relativ gesehen habe. Unter einem Ausgebeuteten stellen wir uns – dieses Klischee ist uns eingehämmert worden – einen elend dahintaumelnden Kuli oder südamerikanischen Minenarbeiter vor. Zweifellos sind das Ausgebeutete. Und doch ist auch ein Star-Boxer, der im Rolls-Royce zum Kampf fährt und um eine Kasse von 1 Million Dollar boxt und, wenn er Glück hat, 200 000 davon mit nach Hause nimmt, genauso ein Ausgebeuteter wie sein heruntergekommener Kollege, der sich in muffigen Vorstadtsälen für 30 Mark pro Abend die Fresse einschlagen läßt.

System und Problem der Ausbeutung werden durch die Promi-

nierung einiger weniger verschleiert, durch die ständige Herausstellung von ein paar Namen. Im übrigen verweise ich hier auf das Referat von Carl-Heinz Trinckler *Die Ausbeutung des Schriftstellers in der neo-kapitalistischen Gesellschaft**.
Entziffert man die Kalkulationsmystik bei einem Buch, das im Laden 20 DM kostet, so sieht das so aus:

| | |
|---|---|
| 45 % Rabatte – also Zwischenhandel irgendwelcher Art | = 9,– DM |
| 25 % Verlagsunkosten und -gewinn | = 5,– DM |
| 20 % Herstellung | = 4,– DM |
| 10 % Autorenhonorar | = 2,– DM |

Ob es einen, auch nur einen einzigen Käufer eines Taschenbuches gibt, der weiß, daß von den 2,50 DM oder 2,80 DM die er bezahlt, der Urheber, der, der das Buch immerhin geschrieben hat, 5 oder 6 Pfennig, wenn er Glück hat und sehr geschickt gewesen ist, 8 Pfennige mitbekommt? Das sind 2 bis 3 Prozent vom Ladenpreis. Ich weiß, Büchermachen, Bücherverkaufen, das sind riskante Geschäfte, ich will hier die Problematik des Verlegers und Buchhändlers nicht bagatellisieren oder demagogisch vereinfachen, diese Ziffern sollen nur klarmachen, wie hoch sich der Anteil eines Autors berechnet. Der Übersetzer gar, also der, der das Buch immerhin in der deutschen Erstausgabe dem deutschen Leser zugänglich gemacht hat, bekommt oder bekam im normalen Falle für die Taschenbuchausgabe in Worten und Ziffern nichts; wenn er beim Abschluß des Vertrages für die gebundene Ausgabe so schlau gewesen ist, daß er fast schon in Verruf gerät, bekommt er möglicherweise einen, ja einen einzigen Pfennig vom Taschenbuch mit. Der Fernsehzuschauer denkt wahrscheinlich immer gleich in Zigtausenden. Er sollte wissen, daß ein Autor, der schließlich wissen muß, wie, wissen muß, wo, der eine Unmenge Vorwissen, Quellenstudium investieren, der Drehbuch und Text verfassen, der in den meisten Fällen bei den Dreharbeiten und beim Schneiden dabeisein, viele Besprechungen absolvieren muß, für einen Kulturfilm, auch Kulturfeature genannt, wenn er Glück hat, fünftausend, im Normalfall zwischen drei- und viertausend Mark Honorar bekommt. Das entspricht ungefähr der Gage, die ein mäßig bekannter Schauspieler in einem mäßigen Fernsehspiel für eine mäßige Rolle bekommt.

* gehalten im Hamburg-Zentrum im Januar 1969 vom damaligen Vorsitzenden des Norddeutschen Schriftstellerverbands.

Es geht nicht darum, festzustellen, andere verdienten zuviel – es geht nur darum, festzustellen, wie hoch unser Anteil ist.

Als erstes nach der Gründung dieses Gesamtverbandes sollten wir sämtliche Honorarbedingungen prüfen, neu mit unseren Partnern diskutieren und möglicherweise kündigen.

Daß der Autor bei der Wiederholung eines Fernseh- oder Rundfunkbeitrages nur die Hälfte, daß er unter bestimmten, funkintern abgemachten Bedingungen nur ein Zehntel bekommt, gilt als unumstößliche Regel. Wer hat diese Regel aufgestellt? Daß er die Hälfte des Honorars vor, die andere Hälfte nach der Sendung bekommt, gilt als unumstößliche Regel. Wer hat sie aufgestellt?

Mich interessiert hier die legale Situation nicht: ob wir streikberechtigt sind oder es wären. Wichtig ist, daß 99 Prozent der freien Schriftsteller einen Streik nicht einmal für zwei oder drei Monate durchhalten könnten, so frei sind wir freien Schriftsteller. Aber versuchen Sie doch bitte einmal, einen Augenblick lang zu träumen, sich vorzustellen, alle Autoren, Übersetzer, Kritiker, Lektoren, Bearbeiter, die vielen scheinbar freien Mitarbeiter dieser Riesenindustrie würden ein Jahr lang – nicht aufhören zu schreiben, sondern ein Jahr lang ihre merkwürdigen Sozialprodukte der Gesellschaft vorenthalten: Was würde aus dem Fernsehen, dem Rundfunk, den Feuilletons, der Buchmesse, aus diesem Riesenzirkus, dem sogenannten Weihnachtsgeschäft?

Träumen Sie diesen Traum einmal international, oder wenigstens europäisch, dann erst wird Ihnen klar, welche Mammutindustrie wir füttern, eine Industrie, die uns ihre Bedingungen diktiert.

Machen Sie sich klar, welche Lobby oder Gewerkschaft uns zukäme an Stelle der bescheidenen Regionalverbände, die bei einem Stadtoberhaupt oder einem Kultusminister ein paar tausend Mark zusammenschnorren mußten, damit sich deutsche Dichterinnen und Dichter wieder einmal in ihrer rührenden Ewigkeitswertigkeit öffentlich präsentieren konnten. Kein Geringerer als Fjodor Michailowitsch Dostojewskij hat von sich gesagt: »Ich bin ein proletarischer Schriftsteller«, und ich denke mir, er setzte sich bewußt mit einer solchen Äußerung in Gegensatz zu den Gentleman-Autoren seiner Zeit. Nachdem in Presse, Funk, Fernsehen und Schule so viel über deutsche Literatur gesprochen und geschrieben wird, ist es Zeit, die Öffentlichkeit einmal mit den Bedingungen zu konfrontieren, unter denen wir unser Geld, genannt Honorar, verdienen. Das Honorar, das wir vom potentiellen Leser unserer Bücher bekommen, entspricht in den meisten Fällen nicht einmal jenem Obolus, den der Märchen- und Geschichtenerzähler auf dem Markt bekam: 5, 6, 8 Pfennige für einen Taschenbuchroman, und selbst zwei Mark von zwanzig bei der gebundenen Ausgabe sind da nicht sehr viel.

Das Verrückte ist, daß wir wie Unternehmer versteuert werden. In diesem Jahr der Mitbestimmungsdebatten wird der Geist des Unternehmers, der durch seinen Mut, sein Risiko den Laden in Schwung hält und Steuerprivilegien verdient, dieser Geist wird von einer gewissen politischen Clique wieder sehr gepriesen werden. Wie sieht das beim »Unternehmer« Schriftsteller aus? Da setzt sich also einer hin und schreibt, einen Roman. Je nach Arbeitsweise braucht er dazu ein, zwei, drei Jahre. Nicht nur im Normalfall, in fast zehn von zehn Fällen, rechne ich die Prominenz ab, die die Lage verschleiert, macht er Schulden, mögen diese auch den hübschen Namen »Vorschuß« haben. Sein Risiko ist groß, auch sein Mut, er unternimmt tatsächlich etwas, aber ist er im Sinne der kapitalistisch naturrechtlichen Definition ein Unternehmer? Seine Produktionsmittel sind in einem gerade lächerlich geringen Maße aufwendig: etwa 20 bis 40 DM für Papier, ein paar Farbbänder, Bleistifte, wahrscheinlich braucht er an Schreibmaterial weniger als ein Obersekundaner im gleichen Zeitraum; seine Schreibmaschine ist steuertechnisch längst tot, abgeschrieben, Schrott. Was er wirklich braucht, um sein riskantes Unternehmen durchzuführen, ist Geld zum Leben, dazu macht er Schulden, nimmt Vorschüsse. Kann er das etwa später, wenn möglicherweise Honorare fällig werden, wie man so hübsch sagt, als Produktionskosten von der Steuer absetzen? Keineswegs. Nicht einmal ein Arbeitszimmer bekommt er ohne weiteres genehmigt, das kostet schon Kämpfe, ist im Glücksfall Ermessensfrage.

Es ist schon nicht mehr absurd, es ist irrsinnig, daß Umwelt und Gesetzgeber, die dauernd mit den Produkten dieses merkwürdigen Wesens Schriftsteller konfrontiert sind, nicht nur so wenig, sondern gar nichts von den Umständen zu wissen scheinen, unter denen dieses Wesen arbeitet. Das gesellschafts- und steuerpolitisch Interessante an einem Autor ist, daß er mit Produktionsmitteln von lächerlich geringer Aufwendigkeit allein, ohne

andere Arbeitskräfte auszubeuten, dieses seltsame Etwas zustande bringt, das man Manuskript nennt und das in dem Augenblick, wo es, auf den Tisch des Verlages gelegt, zur Publikation bestimmt, unvermeidlicherweise zum Handelsobjekt wird, mag der Verfasser nun James Joyce oder Jerry Cotton heißen.
Dieses seltsame Objekt hat aber noch andere händlerische Aspekte, es ist auch ein Titel, als Titel ist er verkäuflich ins Ausland, in Buchklubs, als Taschenbuch, Film, Hörspiel, Fernsehspiel, und es gehört keineswegs in die Gefilde grauer Vorzeit, sondern ist nackte und harte Gegenwart, daß der Verleger an diesen sogenannten Nebenrechten, deren Vergabe ihn einige Briefe oder Telefongespräche kosten mag, mit 50 Prozent beteiligt war und ist, und zwar in einem Augenblick, wo dieser Titel keinerlei Risiko mehr für ihn bedeutet. Es gab Zeiten, wo ich für das Auslandsrecht eines Romans nach Abzug der verschiedenen Provisionen und der Steuern noch irgend etwas zwischen 180 und 300 DM in der Hand behielt. Es wäre Sache des Gesetzgebers, sich solche Anteile am Sozialprodukt einmal anzuschauen. Er verläßt sich darauf, daß die Interessenverbände ihre Ansprüche anmelden, sich mit ihrem Sozialpartner zurechtkämpfen, und das, genau das sollten wir von heute ab tun.
Es müßte gesetzlich verboten sein, daß ein junger Autor in diese 50 : 50-Falle gelockt, daß ein Übersetzer pauschal abgefunden wird, Musterverträge sollten ausgearbeitet werden.
Zum Vergleich einige Angaben aus Schweden, einem Land mit weitaus weniger Einwohnern als der Bundesrepublik, also mit einem größeren Verlegerrisiko. Kein Autorenhonorar darf in Schweden weniger als 16²/₃ Prozent vom Ladenpreis des Buches betragen. Der Verleger hat nur das Recht für die schwedische Buchausgabe, alle anderen Rechte verbleiben beim Autor. Der schwedische Staat zahlt für jedes urheberrechtlich geschützte Werk, das aus einer öffentlichen Bibliothek entliehen wird, 6 Öre, etwa 5 Pfennig, im vorigen Jahr wurden 3 000 000 Schwedenkronen an einen Fonds des Schriftstellerverbandes überwiesen, in diesem Jahr sollen es 6 000 000 Schwedenkronen sein. Im übrigen darf in Schweden kein Honorar, auch für die billigste Ausgabe eines Buches, weniger als fünf Prozent betragen.
Nun zurück zu diesem seltsamen »Unternehmer«-Schriftsteller. Sein Buch erscheint, kostet im Laden zwanzig Mark. Nehmen wir an, es wird, was man einen Achtungserfolg nennt, es werden

innerhalb von ein bis zwei Jahren dreitausend Exemplare verkauft. Der Autor hat also einen nationalökonomisch meßbaren Endumsatz von sechzigtausend Mark erzielt, indem er außer seinem Risiko – etwa zwischen zwanzig bis vierzig Mark an Produktionskosten investiert hat. Sein Honoraranteil beträgt sechstausend Mark, er hat sie normalerweise schon als Vorschuß in der Tasche gehabt, ausgegeben und voll versteuert – wie ein Unternehmer. Nehmen wir an, sein Buch wird ein mittlerer Erfolg; es werden zehntausend Exemplare verkauft; dann beträgt der vom Autor erzielte Endumsatz zweihunderttausend Mark; ganz abgesehen davon, daß er Lektoren, Kritiker, Packer, Buchhalter, Setzer und Drucker in Arbeit hält, also eine ganze hübsche Summe an Lohnsteuer mobilisiert – das nenne ich mir wahren Unternehmergeist: durch so geringe Investierung 200 000 DM in irgendwelche Kassen klingeln lassen. In seine eigene klingeln 20 000 DM – eine scheinbar hübsche Summe, aber rechnen Sie davon die Steuern ab, bedenken Sie die Tatsache, daß einer nicht nur nicht am laufenden Band Romane produzieren, daß er keinesfalls am laufenden Band mittlere Erfolge produzieren kann; daß Vorschüsse zu Buche stehen, neue schon – dann wird dieses scheinbar recht hübsche Sümmchen, das in etwa dem Jahresgehalt eines Studienrats entspricht, schon merklich geringer, ganz rasch schwindet es, wenn Sie es auf zwei, drei Jahre umrechnen.

Nun nehmen wir aber noch den Ausnahme-, den Sensationsfall: Es werden 100 000 Exemplare verkauft, der erzielte Endumsatz, der in irgendwelche – zu einem erheblichen Teil in die Kassen des Finanzamts – klingelt, beträgt zwei Millionen DM. Wenn das kein Unternehmergeist ist: auf einer steuertechnisch schon gestorbenen Schreibmaschine, auf Schrott also – erzielt einer einen Umsatz von zwei Millionen. Sein, des Autors Anteil, beträgt 200 000 DM, und in diesem Augenblick glaubt er und mit ihm das Publikum, er habe sein Glück gemacht. Irrtum. Sie erinnern sich vielleicht noch daran, wie erstaunt der Autor Konrad Adenauer war, als ihm klar wurde, wieviel Steuern er von seinem Autorenhonorar bezahlen mußte.

Als Unternehmer unterliegt der Autor der progressiven Einkommensteuer, und da er erst nach zwei, drei Jahren seinen Bescheid bekommt, was weder seine Schuld noch die des Finanzbeamten ist, sondern Schuld einer Administration, die ständig ihre

Leistungsfähigkeit überschätzt – kann ihn ein solcher Erfolg, von dem er glaubt, er wäre sein Glück gewesen, ruinieren, weil plötzlich unerbittlich Summen fällig werden, die er gar nicht mehr besitzt. Auf diese Weise wird der Unternehmer-Schriftsteller von einer Gesellschaft bestraft, die ständig den Unternehmergeist lobt.

Es geht hier nicht darum, Privilegien zugebilligt zu bekommen, im Gegenteil, wir würden sie ablehnen, es geht um etwas so Gewöhnliches wie Verrücktes, um Recht, um eine rechtmäßige Besteuerung. Ich betone: ich behandle hier nur einen, einen einzigen von vielen Aspekten unserer Arbeit: den Aspekt, wo unsere Arbeit zum Handelsobjekt wird. Die Art, in der wir unser Geld verdienen, ist kompliziert, schwer erfaßbar, steuerlich kaum analysierbar, das sollte den Gesetzgeber nicht berechtigen, uns der Einfachheit halber unter die Unternehmer einzustufen. Wir sind ein Problem der Steuer-Minderheit, und Minderheitenprobleme sollten nicht mit der Dampfwalze gelöst werden. Mag also dieser Verband gemeinsam mit Steuer- und Finanzausschüssen nach einer rechtmäßigen Lösung suchen. Da es außerdem kaum eine Berufsgruppe gibt, deren Steuermoral durch Kontrollmitteilungen fast schon institutionalisiert ist, sollte uns wenigstens die lächerliche Zettelwirtschaft, sollten uns so absurde Steuern wie Mehrwert- oder Umsatzsteuer erspart bleiben. Natürlich braucht dieser Verband erst einmal Geld, um sich als Interessenverband zu installieren. Ich habe da neulich gelesen, daß der Bund deutscher Radfahrer im Jahre 1968 292 000 DM für seine Verbandsarbeit bekommen hat, daß er aber im Jahre 1969 nur mit 205 000 DM rechnen kann. Die Bundesvereinigung Deutscher Schriftstellerverbände bekam im Jahre 1967 10 000 DM, im Jahre 1968 nichts, und wir werden feststellen, wieviel dieser Gesamtverband Deutscher Schriftsteller dem Innenministerium, dem Verlegerverband, dem Börsenverein, den Rundfunk- und Fernsehanstalten wert ist. Wie weit wir Verbündete unter den Journalisten und Publizisten finden, unter Redakteuren, Lektoren – das hängt davon ab, wie der Beruf des Schriftstellers definiert wird. Es gibt da zahlreiche Übergänge, und ich schlage vor, daß wir nicht zimperlich mit althergebrachter deutscher Dichter-Attitüde die Grenzen ziehen. Ich schlage außerdem vor, daß dieser Verband sich nicht nur mit Wohlwollen, mit engagierter Aufmerksamkeit der weiteren Entwicklung des Verlags der Autoren annimmt und ihn als mögliches Modell vor den Unkereien der bürgerlichen Presse schützt.

Wenn ich jetzt komisch zu werden scheine, so ist das weder meine Schuld noch meine Absicht. Ich konfrontiere lediglich Kernsätze aus einem Standardwerk übers Naturrecht mit dem berüchtigten Paragraphen 46 des Urheberrechts, konfrontiere dann beides mit unserer Situation. Zunächst die Zitate aus dem Standardwerk übers Naturrecht: »Grundlegend für die naturrechtliche Ordnung der Sozialwirtschaft ist das Privateigentumsprinzip. Aus dem Privateigentum an Produktionsmitteln folgt nämlich eine Form der Sozialwirtschaft, die auf dem freien Austausch von Gütern und Dienstleistungen beruht: die Marktwirtschaft.« Ein weiteres Zitat: »Im Eigentumsrecht erfüllt sich das Wesen des Rechts am vollkommensten. Denn das Eigentumsrecht besteht in der ausschließlichen und uneingeschränkten Herrschaftsgewalt über Sachen. Recht ist immer, wie wir ausgeführt haben, Herrschaftsgewalt.« Weiteres Zitat: »Nach der traditionellen Naturrechtslehre begründet das Eigentumsrecht die ausschließliche Verfügungsgewalt des Eigentümers.« Über solche Texte würde ich natürlich gerne, unabhängig von den uns berührenden Problemen, sehr lange meditieren. Ich muß mir das leider ersparen. Ich konfrontiere ihn nur mit dem § 46 des Urheberrechts, wie es am 9. September 1965 neu formuliert worden ist. »Zulässig ist die« – honorarfreie versteht sich – »Vervielfältigung und Verbreitung, wenn Teile von Werken, Sprachwerke oder Werke der Musik von geringem Umfang, einzelne Werke der bildenden Künste oder einzelne Lichtbildwerke nach dem Erscheinen in eine Sammlung aufgenommen werden, die Werke einer größeren Anzahl von Urhebern vereinigt und nach ihrer Beschaffenheit nur für den Kirchen-, Schul- und Unterrichtsgebrauch bestimmt ist.« Es ist doch merkwürdig, daß die anbetungswürdige Heiligkeit des Privateigentums vom Gesetzgeber nur da aufgehoben wird, wo es um Urheberrechte geht.

Daß ein Taschenbuch, vom Autor aus gesehen, für den Obolus, den er mitbekommt, schon geschenkt ist, habe ich oben festgestellt, nun werden wir aber durch ein Urheberrecht, das in peinlichem Gegensatz zum ansonsten geltenden Naturrecht steht, gezwungen, Kurzgeschichten und Romanauszüge nicht etwa an die respektiv armen Schulkinder zu verschenken, denen wir möglicherweise ganz gerne etwas schenken würden, nein, an Verleger und Herausgeber.

Ich denke, dieser Widerspruch ist zu offensichtlich, als daß wir noch lange darüber sprechen müßten, denn jeder verdient am Schulbuch, jeder: der Herausgeber, der Verleger, der Drucker, der Vertreter, der Buchhändler – alle verdienen, wenn auch weniger als am gewöhnlichen Buch – nur dieser Urheber, dieser Autor, wird durch ein Gesetz gezwungen, zu verschenken.

Es sind hier zwei Feststellungen zu treffen: Warum gilt diese legalisierte Wegelagerei noch? Und warum erlöscht die Schutzfrist? Wenn vor siebenhundert Jahren ein hübsches Bauernmädchen dem Herzog gefiel, er es zum Kebsweib nahm, später zur Gräfin erhob, ihr einen Landsitz mit Schloß schenkte, so gehören Schloß und Landsitz noch heute den gräflichen Nachkommen jener hübschen Bauernmaid, obwohl die Dienstleistung, der sie ihn verdanken, schon fast ein Jahrtausend zurückliegt. Und wehe dem, der diesen Privatbesitz antasten möchte! Ich sehe nicht ein, wieso die mehr oder weniger großen Provinzen, die wir uns erschreiben, siebzig Jahre nach unserem Tod der Allgemeinheit übergeben werden. Dieses uralte, so überaus witzig formulierte Naturrecht, das sich mühelos auf den Kapitalismus umfrisieren ließ, behandelt uns einerseits als Unternehmer, beraubt uns aber gleichzeitig durch Rechtsbruch unserer Rechte. Einen ganz typischen Rechtsbruch stellen auch die Vorschläge des Stockholmer Protokolls dar. Besonders in der Bundesrepublik, die sich dauernd mit der DDR konfrontiert und in Konkurrenz sieht, besteht die Gefahr, daß sie Autoren via Entwicklungshilfe enteignen wird. Die Bundesrepublik müßte ihre gesamte Rechtsbasis neu überdenken, wenn sie, um mit einem sozialistischen Staat zu konkurrieren, hier plötzlich Autorenrechte sozialisiert. Es wäre doch eine weitere Absurdität, wenn der Anerkennung-Nicht-Anerkennungs-Fetischismus ausgerechnet auf Kosten der Autoren ausgetragen werden sollte. Es wäre Rechtsbruch.

Was die Ausbeutung verstorbener Urheber betrifft, so hätte ich da für einen Doktoranden der Nationalökonomie ein paar Vorschläge zu machen: noch einmal, wenn auch nur annähernd, zu erforschen, was ein Lied von Schubert inzwischen allen Beteiligten außer Schubert und seinen möglichen Nachkommen eingebracht hat, oder was Dostojewskij oder Tolstoi, alle Film-,

Funk-, Buch- und Fernsehrechte eingeschlossen, eingebracht haben. Wahrscheinlich wären Krupp oder Klöckner stolz auf einen solchen Umsatz. Ob die lebenden Autoren auf dem Umweg über ein Urhebernachfolgerecht an dieser gewaltigen Plünderung teilhaben möchten – das sei jedem einzelnen überlassen. Kein Geringerer als Walther von der Vogelweide seufzte zu einem gewissen Zeitpunkt seines Lebens in dem Vers auf: »Ich hân mîn lêhen«, was schlicht übersetzt bedeutet: ich habe ausgesorgt. Es widerspricht also nicht allerbester deutscher Dichtertradition, sich materielle Sorgen für das Alter zu machen. Vielleicht findet der Gesetzgeber einen Weg, unsere Sozialpartner: Verlage, Funk, Fernsehen anteilig auch für den Zustand mitverantwortlich zu machen, der den meisten von uns nach dreißig-, vierzigjähriger Ausbeutung sicher ist: verschlissen zu sein, abgeschoben, vergessen. Ich fordere alle Maler, Grafiker, Bildhauer, Komponisten auf, sich der Ausbeutung, der sie erliegen, bewußt zu werden.

Es ist, hoffe ich, klar geworden: ich habe über einen Aspekt unserer Arbeit zu referieren versucht, nur diesen einen: wie wir unser Geld verdienen, welch einer Verkehrung des Naturrechts, welch einer absurd rechtmäßigen Steuergesetzgebung wir unterliegen.

Zwanzig Jahre nach Gründung der Bundesrepublik, die sich permanent auf ihre »freiheitlich-demokratische« Grundordnung beruft, sieht so die gesellschaftspolitische Position einer Minderheit aus, die es versäumt hat, ihre Honorar- und Arbeitsbedingungen zu analysieren; die im Windschatten der Prominenz ihre Probleme hat verschleiern lassen; mit einem muffig gewordenen Ehrgefühl irdischen Lohn gleichzeitig verachtet und ihn doch via Mäzenatentum oder Almosen annimmt. Wenn Sie sich vorstellen, daß die meisten Schulbuchverleger es nicht einmal für angebracht halten, dem beraubten Autor von den Lesebüchern, die in Auflagen von 50 000 bis 100 000 Exemplaren erscheinen, ein Belegexemplar zu schicken; die von manchem Lyriker, der sich Sorgen um die Miete machen muß, honorarfrei Gedichte abdrucken, so brauche ich über die Schnödigkeit dieses Gewerbes kein Wort mehr zu verlieren.

Es ist hier nicht Anlaß, zu klagen oder anzuklagen, ich stelle nur fest, und die wichtigste Feststellung: weder Staat noch Gesellschaft, auch nicht in einer »freiheitlich demokratischen« und au-

ßerdem noch »christlichen« Grundordnung, scheren sich einen Dreck um eine Minderheit, die es versäumt, sich in ihrer Gesamtheit zu solidarisieren; die sich damit begnügt, hin und wieder ein paar Lorbeerblätter hingestreut zu bekommen. Lorbeer kostet nicht viel, wir können ihn uns in der nächsten Drogerie selbst kaufen, so viel Geld bringen wir allemal noch auf. Außerdem gilt es festzustellen: wer gesellschaftspolitisch nicht vorhanden ist, ist auch politisch nicht vorhanden, er bleibt im Gestrüpp der Feuilletons hängen.
Ich wiederhole ein Zitat aus dem Naturrecht: »Recht ist immer, wie wir ausgeführt haben, Herrschaftsgewalt.« Verschaffen wir uns also erst einmal Herrschaftsgewalt über die Sachen, die wir produzieren, anstatt sie zu Bedingungen herzugeben, die aus einer Zeit stammen, in der es in den Kochbüchern noch die Rubriken »Billige und schmackhafte Gerichte für Dienstboten« gab. Verschaffen wir uns erst einmal Überblick über die volkswirtschaftliche Relevanz unserer merkwürdigen Sozialprodukte, bevor wir uns vom kulturellen Weihrauch einnebeln lassen, dann erst kommen wir aus dem Resolutionsprovinzialismus heraus, der unsere wieder einmal erhobenen Zeigefinger golden schimmern macht, uns im Feuilleton als Gewissensfunktionäre und Korrektoren für das windschiefe Vokabularium der Politiker willkommen heißt, und hängen wir uns den hingestreuten Lorbeer nicht an die Wand, streuen wir ihn dorthin, wohin er gehört: in die Suppe.
Eine weitere Feststellung: Wir verdanken diesem Staat nichts, er verdankt uns eine Menge; mag er also darauf gefaßt sein, daß er uns nicht länger auf dem Umweg über einen Pseudo-Geniekult oder auch nur auf dem Umweg über einen Pseudo-Individualitätskult zerspalten und zersplittert halten und einzeln abfertigen kann. Ich fordere alle Kollegen, auch die der Emigration, auf, darüber nachzudenken, ob die alte, bürgerliche Alternative Solidarität oder Individualismus, die aus der Zeit des oben zitierten Kochbuchs stammt, noch gültig ist; niemand wird uns zwingen können, auch nur die kleinste literarische Nuance aufzugeben, uns in den Feuilletons nicht weiter zu befehden und gleichzeitig gesellschaftspolitisch solidarisch zu sein. In dem Augenblick erst, in dem wir einsehen, daß diese alten Klischees nicht nur nicht mehr stimmen, sondern nie gestimmt haben, in diesem Augenblick sind wir auch politisch vorhanden.

Die Konfrontation unserer Situation mit der zurechtfrisierten Rechtsauffassung der Gesellschaft hat mir eine Analyse dieser Gesellschaft erspart. Mit dem Naturrecht, das ich für überfällig halte, habe ich gegen eine Rechtsauffassung argumentiert, in der es noch gilt. Auf die gleiche Weise möchte ich mit einem krypto-feudalistischen Begriff operieren, dem der Prominenz. Auch darüber ausgiebig zu meditieren erspare ich mir, ich meine nur, daß einsam verstaubender Lorbeer, daß ein Name wenig nützt, wenn dieser Schall und dieser Rauch nicht, bevor sie vergehen, einem Zweck dienstbar gemacht werden. Mögen also die namhaften Kollegen diesem Verband ihren Schall und ihren Rauch leihen, damit er energisch ins politische Dasein treten kann.

# Dank der Eltern

*Rede zur Abiturienten-Abschlußfeier an der Montessori-Schule in Köln*

Denken wir einmal neun Jahre zurück, an die Intrigen, die versteckten und die offenen Bosheiten, mit denen diese Schule und besonders ihre Voraussetzung, die Montessori-Volksschule, zu verhindern oder zu behindern versucht wurde, so ist dieses erste Montessori-Abitur schon eine kleine Feier wert, und die Damen und Herren, die ausgerechnet auf Kölner Boden ein solches Experiment wagten, sind nicht nur des Lobes, auch des Dankes würdig. Ich spreche diesen Dank hier öffentlich im Namen der Eltern aus. In einem Bildungssystem und unter Bildungsvorstellungen, denen auch nur die Andeutung von Freiheit und Spiel im Zusammenhang mit etwas so Todernstem wie Bildung verdächtig ist, das Zucht, Züchtigung, Zensuren für unerläßlich hält, das numerierte und numerierbare Leistungsnachweise verlangt – in diesem System mußte mancher Kompromiß geschlossen werden, und so wurde den Lehrern und den Schülern eine doppelte Last aufgeladen: sich einem System gewachsen zu zeigen, das durch die Montessori-Methode eigentlich widerlegt werden sollte. Ich hoffe, daß dieser Kompromiß nicht von Dauer sei; daß mit diesem ersten Abitur das etablierte System Vertrauen gewinnt zu einer Methode, die sich auch der zensierten Leistung nicht zu schämen braucht. Es sind also hier nicht nur Lehrer und Schüler, es ist auch eine Methode geprüft worden, von der ich hoffe, daß sie in späteren Jahren in ihrer reinen Form geprüft werden kann. Kritische Stadien traten ja, wie Lehrer, Schüler und Eltern erfahren haben, immer dann ein, wenn gegen die Montessori-Methode als Kompromiß gegenüber dem ringsum herrschenden Schulsystem mehr oder weniger Gewalt angewendet wurde, von unten und von oben aus Angst vor den Leistungsrastern der Umwelt, die alles, alles Neue mißtrauisch beobachtet. Daß Gewalt Gegengewalt erzeugt, ist ein simples Gesetz, und um die Schüler- und Studentenkrisen zu beurteilen, brauchte man kaum Psychologie, nur die elementarsten Gesetze der Physik zu kennen. Bis vor etwa sechs Jahren erzeugte diese Gewalt lediglich Unterdrückung und Unterdrückte. Wenn Sie das Wort »Druck« aller psychischen und physikalischen Nebenbedeutungen entkleiden, es als Buch- und Zeitungsdruck verstehen, im Sinne des englischen print und der niederdeutschen Printe, die ja ihren Namen davon hat, daß sie ein gedrucktes, geprägtes Backerzeugnis ist – dann verstehen Sie vielleicht, warum ich gesellschaftliche Präge-Erzeugnisse, bedingungslos Angepaßte, Gehorsame, nicht für die besten Erzeugnisse von Bildungssystemen halte. Die Krise der Familie, der Schule, der Universität, der Kirchen hat ihre Ursache darin, daß die Menschen, vor allem die jungen, sich nicht einfach mehr wie in einer Präge-Anstalt ab-fertigen lassen; meditieren Sie nur eine halbe Minute über die Worte Fertigung, Abfertigung, Fertigmachen, erkennen Sie die Ursache aller Unruhe in der Tatsache, daß die jungen Menschen sich nicht mehr fertigmachen lassen wollen. Deshalb ist ihnen auch die Trennung von Lehr- und Lernmethode bzw. -form und Lehr- und Lerninhalt mit Recht verdächtig, sie lassen sich nicht einfach mehr etwas vorsetzen, so wie man eine Suppe vorgesetzt bekommt. Sie wollen prüfen, am Lehrinhalt die Lehrform und umgekehrt – und ein Wort wie »systemimmanent«, das etwas geschraubt klingen mag, ist genau das passende. Die Montessori-Methode kennt dieses Vorsetzen, das ungeprüftes Übernehmen voraussetzt, nicht. Ich will nun nicht zu optimistisch werden und voraussehen oder voraussagen, diese Methode könnte, konsequent angewendet, einiges von dieser Bildungskrise abwenden, und doch muß ich feststellen: in ihr steckt die Möglichkeit, dieses verkorkste Bildungssystem, das aus Arroganzwellen von oben und Ressentimentswellen von unten besteht, zu verändern. Dabei ist diese Methode keineswegs auf ein weltanschaulich verstandenes Ideal gerichtet, und sie setzt nicht Engel als Lehrer, Schüler und Eltern voraus; sie geht davon aus, daß man Wirklichkeiten er-fassen kann, auch komplizierte Wirklichkeiten, und daß sie den abstrakt intellektuellen Begriff des Erfaßbaren beim Kind auf den haptischen Begriff zurückführt; in dieser Voraussetzung liegt ein Realitätsverständnis, das Erfassen im Sinne von Erkennen stufenweise ermöglicht. Auch Adam, der erste Mensch, hat in diesem Sinne die Welt erfaßt und erkannt, und beides hat ihn befähigt, den schwierigsten aller Prozesse zu vollziehen: die Nominierung, die Benennung der Welt, der Menschen, Tiere und Pflanzen auf ihr.

Ich könnte lange über alle diese Zusammenhänge meditieren, aber ich will die Ungeduld der Absolventen, die endlich, endlich mit dem Schluß dieser Feier auch den Schluß ihrer Schulzeit in der Hand und in der Tasche haben möchten, nicht mehr länger strapazieren. Ich erspare mir Ermahnungen, Rückblicke, Ausblicke, erspare Ihnen Rührung und mir sentimentale Abschweifungen in die eigene Schulzeit, ich erspare mir auch den Entwurf des »wahren Mannes« oder der »wahren Frau« oder gar des »Erwachsenen« – das alles gibt es gar nicht; die paar wirklich Erwachsenen, denen ich in meinem Leben begegnet bin, waren Ungeheuer: geprägt, geformt, sie wußten alles und nichts, waren durch nichts mehr zu überraschen, unkorrigierbar – und das mag ich weder den Lehrern noch den Schülern wünschen. Ich beglückwünsche die Lehrer und die Schüler, ich danke noch einmal im Namen der Eltern und hoffe, daß die Schule bald ihr eigenes Heim bekommt, mit der Volksschule zusammen dann gemeinsam das etablierte System widerlegt.

# Antwort an Pfarrer Kurscheid

Sehr geehrter Herr Kurscheid,
Ihr Brief wäre privat schon peinlich genug, veröffentlicht bekommt er eine fast exhibitionistische Dimension. Zunächst einmal verbitte ich mir strikt, mit aller gebotenen Schärfe, daß Sie mir irgendwelche Reuebeurkundungen in ihrem äußerst unangenehmen Deutsch wörtlich vorschreiben und mir ein solches Idiotenwort wie »Knarre«, das ich nur aus Kitsch-Kino-Kriegsfilmen kenne, auch nur vorschlagsweise nahelegen.
Ein Infanteriegewehr ist ein Mordinstrument, ich bekenne mich schuldig, ein solches Instrument fast sechs Jahre lang mehr oder weniger »getragen« zu haben. Was ich mit diesem Gewehr getan oder nicht getan habe, geht Sie einen Dreck an, denn weder Sie noch Ihre Kirche, noch irgendeiner Ihrer Amtsbrüder hat mir jemals nahegelegt, die Annahme dieses Mordinstruments zu verweigern oder es niederzulegen.
Ja, ich bekenne mich schuldig, am Verbrechen des Zweiten Weltkriegs in jener Eigenschaft teilgenommen zu haben, die der hochwürdigste Major der Reserve Defregger in seinem berüchtigten Interview mit geradezu wonniger Vollmundigkeit ausgesprochen hat: als *deutscher Soldat.*
Sie werfen mir vor, sehr geehrter Herr Kurscheid, daß ich nicht desertiert bin. Abgesehen davon, daß Sie gar nicht wissen können, ob ich oder ob ich nicht . . . werfen Sie mir also vor, daß ich nicht Selbstmord begangen habe. Auch dessen, *nicht* Selbstmord begangen zu haben, bekenne ich mich öffentlich schuldig.
Worin außerdem meine Schuld bestehen könnte, das geht weder Sie noch Ihre Kirche, noch irgendeinen Ihrer Amtsbrüder einen Scheißdreck an. Darauf angesprochen worden, und zwar öffentlich wie privat, bin ich in Moskau, während einer Diskussion im dortigen Schriftstellerverband, und dort auch habe ich bekommen, worum ich nicht gebeten hatte, worum ich weder Sie, Ihre Kirche noch irgendeinen Ihrer Amtsbrüder je bitten würde: eine Art Absolution.
Ein sowjetischer Dichter rief mir aus dem überfüllten Saal zu: »Wie froh bin ich, daß ich Sie nicht erschossen habe«, und in dieser spontanen Menschlichkeit eines Kommunisten entdecke ich weit, weit mehr »Christlichkeit« als Sie, Ihre Kirche und Ihre

Amtsbrüder, was Schießen und Töten im Krieg betrifft, je aufgebracht haben.
Unsere »Alte Verbundenheit«, auf die Sie anspielen, bestand wohl überwiegend in den entscheidenden Jahren 1934 bis 1938, und ich erinnere mich nicht, von Ihnen *damals* den Rat gehört zu haben, ich sollte, wenn ich eingezogen würde, desertieren. Damals hätte Sie dieser Rat, wäre er bekanntgeworden, unweigerlich ins KZ gebracht, und Ihre Kirche, die in permanent peinlich totaler Unschuld sich durch alle Kriege hindurchgeschwindelt hat, hätte Ihnen gewiß nicht beigestanden.
Indem Sie den Zweiten Weltkrieg als ein Verbrechen bezeichnen, jeden Teilnehmer als potentiellen Verbrecher avisieren, tun Sie dem hochwürdigsten Major Defr. einen schlechten Dienst. Ich nehme doch an, daß Ihnen der Begriff des Gradunterschieds nicht ganz fremd ist, und ich betone energisch, daß ich Anspruch auf einen gewissen Gradunterschied zwischen mir und Herrn Defr. erhebe.
Sogar die unerbittlich gerechte weltliche Justiz macht ja einen Unterschied zwischen schweren und leichten Kriminellen. Es wird Ihnen also, wenn Sie konsequent bei Ihrer Verbrecher-Theorie bleiben, nichts anderes übrigbleiben, als den Herrn Defr. unter die »schweren Jungs« einzustufen.
Da Sie außerdem ein wenig in Definition geschult sein müßten, empfehle ich Ihnen eine Meditation und anschließende Predigt über den Terminus »Geiselerschießung«. Eine »Geiselerschießung« angeordnet zu haben, wäre schon ein ganz hübsches Verbrechen für einen Hochwürdigsten, aber von der gesamten deutschen Presse, vom Funk und vom Fernsehen wird ja dieser Terminus *fälschlicherweise* auf Herrn Defr. Delikt angewendet. Es handelte sich um einen Akt nackter Rache, um eine brutale Repressalie, nicht einmal nach dem rüden »Kriegsrecht« der Nazis waren die Bauern von Filetto Geiseln.
Da ich außerdem eine gewisse Logik bei Ihnen voraussetze, nehme ich an, daß es in Ihrer Pfarre keine Gedenktafel für die »Gefallenen« gibt. Ich nehme außerdem an, daß Sie fürderhin gegen jegliche Art inner- oder außerkirchlicher »Gefallenenehrung« protestieren werden.
Nicht so ganz überzeugt, ein wenig von literarischem Leichtsinn befallen, habe ich einmal an den Herausgeber des lieblichen Christenblattes *Bayernkurier* geschrieben, bösartiger

Schwachsinn wäre mir bisher nur von katholischer Seite widerfahren. Nach der Lektüre Ihres Briefes habe ich keinen Grund mehr, mich des literarischen Leichtsinns in dieser Sache zu zeihen.
Und da dies keineswegs von einem »reaktionären«, sondern von einem »fortschrittlichen« Pfarrer kommt, hätte ich, wäre ich nicht unsterblich in einige Sterbliche und meine eigene Sterblichkeit verliebt, allen Grund, diejenigen zu beneiden, denen das Schicksal beschert war, für das Sie mich bestimmt haben: erschossen worden zu sein.
Da Sie an einer der modernsten Kirchen des ach so heiligen Köln residieren (Architekt: Rudolf Schwarz, Kirchenfenster: Georg Meistermann), bleibt nur noch der bittere Schluß, die geringen Wirkungen des modernen Kirchenbaus und der modernen Glasmalerei auf die damit Beglückten zu beklagen. Was ich Ihnen wünsche: unverbrüchliche Verbundenheit mit dem hochwürdigsten Herrn Major D.

# Kritiklos untertan

## *Über Heinrich Mann*

Im *Untertan* ist die deutsche Klein- und Mittelstadtgesellschaft bis auf den heutigen Tag erkennbar. Es bedarf nur weniger Veränderungen, um aus diesem scheinbar historischen Roman einen aktuellen zu machen: den Mißbrauch alles »Nationalen«, des »Kirchlichen«, der Schein-Ideale für eine handfest-irdisch-materielle bürgerliche Interessengemeinschaft, der alles Humanitäre, sozialer Fortschritt, Befreiung jeglicher Art verdächtig ist, deren Moral heuchlerisch ist, die kritiklos untertan ist. Ich war erstaunt, als ich den *Untertan* jetzt wieder las, erstaunt und erschrocken: fünfzig Jahre nach seinem Erscheinen erkenne ich immer noch das Zwangsmodell einer untertänigen Gesellschaft.

# Wilde Poesie der Flüche

## *Über Sean O'Caseys Autobiographie*

Das Gerücht, irisch und katholisch wären kongruente Begriffe, hält sich hartnäckig, wenn es auch durch Yeats, Shaw, Beckett und Synge schon hinlänglich und weltöffentlich widerlegt ist.
Die englische Reformation und ihr Cortez, ihr Vollstrecker in Irland, Cromwell, haben das Problematische der englisch-irischen Beziehungen zwar nachdrücklich, und doch, wie ich glaube, nur scheinbar aufs Konfessionelle reduziert. Martin Walser würde hier mit Recht auf die Begegnung Caesar-Vercingetorix verweisen und den Sieg des Römischen über das Keltische beklagen. Tatsächlich ist diese Begegnung des Römers mit dem Gallier kein schlechtes Modell für die komplizierten Grausamkeiten, die verübt werden, wenn phantasieloser Ordnungssinn mit militärischer Übermacht auf phantasievolle Völker stößt, deren jeweilige »Exotik« der Ordnende nicht versteht. Neuestes Beispiel: Die Weltmacht USA, der es an Panzern, Flugzeugen, Nachschub aller Art nicht fehlt, zieht sich zurück vor einem Volk von Fußgängern und Radfahrern.
Fußgänger der Geschichte, Poeten waren es, die wider alle Vernunft Ostern 1916 in Dublin Caesar herausforderten und, ohne es zu ahnen, das Ende des Kolonialismus einleiteten. »Ein Lied überdauert die Stimme der Vögel, ein Wort überdauert die Schätze der Welt«, so heißt ein irischer Spruch: Das könnte Vercingetorix gesagt haben, als er in Caesars Zelt trat, und Caesar hätte laut gelacht. Inzwischen fällt den Zaren und Caesaren das Lachen nicht mehr so leicht. Die Weltmacht England hatte nicht viel zu lachen von Ostern 1916 an. Die geschichtlichen Auseinandersetzungen zwischen England und Irland wären keineswegs konfessionell mit »hie katholisch, hie protestantisch« auszudrücken. An allen irischen Freiheitsbewegungen jedenfalls waren Protestanten heftig und führend beteiligt.
Ein wenig von der vielstöckigen Kompliziertheit englisch-irischer und protestantisch-katholischer Beziehungen muß ich hier andeuten, um halbwegs der Autobiographie eines weiteren Iren protestantischer Herkunft gerecht zu werden: Sean O'Casey.
Das sechsbändige Werk hat biblische Ausmaße und biblische Größe. Diese wilde Flut von Seligpreisungen und Flüchen ist das

protestantische Gegenstück zu Joyces *Ulysses,* noch nicht so recht als solches erkannt und doch die notwendige Ergänzung, kein Jota weniger irisch, kein Jota weniger »blasphemisch«. Die aufgeklärte Intelligenz hat den Propheten Joyce schon früh erkannt, die neue Linke hat ihren Propheten O'Casey offenbar noch nicht entdeckt. Seine Autobiographie enthält hinreichend Theorie und praktische Beispiele zum Thema Repression in Schule, Kirche, Ehe, Kulturleben. Mir scheint, die neue Linke hat bisher zuviel »Theologie« gelesen und zuwenig Bibel. Hier wird Bibel vorgelegt.

Ausführlich und handgreiflich ist mit diesen sechs Bänden die Biographie eines Dichters gegeben, der wie kein zweiter Anspruch auf einen Titel hätte, den die gebildete Gesellschaft bisher nur als herablassendes Klischee sich hin und wieder entrungen hat: Arbeiterdichter. Ob je einer auf die Idee kommen würde, bei Kafka von Angestellten- und bei Goethe von Beamtendichtung zu sprechen? Man sollte O'Casey zur Pflichtlektüre für die Gruppe 61 machen (und natürlich auch, zum Nachholen und zur Erfrischung müder Herzen, für die Gruppe 47).

Sean O'Casey war achtzig, als er starb, streitbar und umstritten bis zum letzten Atemzug. Umstritten zu sein ist freilich meiner Meinung nach der einzig mögliche Status eines Autors, mag ihn der Streit auch gelegentlich ärgern. Als O'Casey vierzehn war, verdiente er vier Schillinge die Woche als Lagerist, obwohl er einer privilegierten Schicht angehörte, die er selbst so beschreibt: »Wir Evangelischen waren irgendwie doch ein besserer Menschenschlag als die armseligen Katholiken.« Im Detail hört sich das so an: »Als Protestant und Angehöriger der Belegschaft fegte er nicht weiter (als bis zur Türschwelle), sondern überließ den Kehricht einem katholischen Lehrjungen, der ihn dahin beförderte, wo er vielleicht von den städtischen Straßenkehrern abgeholt wurde.« (O'Casey spricht in seiner Autobiographie von sich auch in der dritten Person.)

Man sieht: Der Sprung von Sean O'Casey zu Bernadette Devlin ist weniger weit als ein Katzensprung. Der zum Klassengegensatz eingetrocknete Konfessionsgegensatz war im nichtbefreiten Irland von 1898 so problematisch, wie er im Ulster des Jahres 1969 immer noch ist. Der Großvater von Miß Devlin wurde, weil im Burenkrieg verwundet, mit einer Straßenkehrerstelle belohnt; er durfte wahrscheinlich dann den Kehricht von den Schwellen protestantischer Lagerhäuser wegfegen.

O'Casey hat die kümmerlichen Vergünstigungen, die ihm seine protestantische Herkunft einbrachte, nie lange wahrgenommen. Unbekümmert um die moralischen Folgen gibt er zu, daß er später seinen heuchlerischen Chef, gemeinsam mit einem katholischen Kutscher, ausgiebig bestahl, als ausgleichende Gerechtigkeit für seinen und des Kutschers himmelschreiend »christlichen« Lohn. Unbekümmert schreibt er außerdem: »Und eines Tages sagte er in einem Anfall von Bosheit zu einem der evangelischen Flüsterer, er würde lieber das Mieder eines Mädchens als ein Gebetbuch öffnen.«

Mit dreizehn erst lernte O'Casey, zeitlebens mit einem schweren Augenleiden behaftet, von seiner Schwester das Lesen – nach protestantischen Schulerfahrungen, die ihn zu der Bemerkung veranlaßten: »Verflucht sei jede Schule, die je gebaut, verflucht sei jeder Lehrer, der je geboren wurde.«

Das schrieb nicht einer, der Schule und Schulbildung verachtete; es war einer, der leidenschaftlich Bildung begehrte. Der Fluch galt dem konfessionellen Schul*system*. O'Casey haßte und verachtete nur den von Prügel und Kriecherei bestimmten Weg, auf dem ihm Bildung geboten wurde. Er las und lernte mit einer hungrigen, leidenschaftlichen Intensität, wie ich sie nur noch aus den Autobiographien von Jack London und Maxim Gorki kenne. Mühsam entzifferte sich O'Casey seines verstorbenen Vaters kleine Bibliothek, jedes Buch war für ihn DAS BUCH; jeden Groschen gab er für antiquarische Bücher aus, entdeckte Shakespeare, die Poesie der ganzen Erde.

Wie das herablassende Wort »Arbeiterdichter« (an dem freilich die, die den Titel annahmen, mit schuld sind) nie zutraf, so traf auch das ebenso herablassende Wort »Autodidakt« nie und nicht auf O'Casey zu. Welcher Dichter hat, was er als Dichter lernte, je auf dem üblichen Bildungsweg gelernt? Und wer muß nicht, wenn er zu schreiben anfängt, manchmal mühsam das Gelernte und Angelernte von sich werfen, um als »Autodidakt« wieder anzufangen?

Das sind Herablassungsklischees einer Bildungswelt, die bisher wenig Schöpferisches hervorgebracht hat. Der größte Teil der neueren Literatur ist doch in die ehrenwerten wie erdweiten Gefilde des Kleinbürgertums verwiesen und nicht selten in jene Übergangsschicht, wo der materielle Standard schon unter dem proletarischen liegt.

Es ist dieses herabgekommene und herabkommende Kleinbürgertum, für das bis auf den heutigen Tag Bildung so schwer zu erlangen ist wie für Arbeiter. Knut Hamsun war, Eyvind Johnson ist ein »Arbeiterdichter« wie O'Casey, der um die vierzig war, schon viel politische und soziale Geschichte nicht nur erlebt, auch aktiv mitgemacht hatte, als er bekannt zu werden begann.

Leichtgemacht wurde es ihm und hat er es sich nie. Er hatte nicht nur Respekt vor dem großen William Butler Yeats, er bewunderte ihn, und doch gab er Yeats nicht nach, wenn es bei seinen Stücken um außerliterarische, bloß diplomatische Argumente ging. Gewiß war es für Lady Gregory und Yeats nicht leicht, angesichts des zwiekirchlich heuchlerischen Moralismus ihr geliebtes Abbey-Theatre zu halten. O'Casey machte es ihnen nicht leichter, er war hartnäckig, radikal, kompromißlos, unvernünftig, ob er nun mit dem englischen Premier MacDonald über die Arbeiterbewegung, mit anderen englischen Politikern über das »irische Problem« sprach, oder ob Frau Shaw ihm diplomatische Ratschläge gab.

Er haßte Bevormundung, er ging aus Irland weg wie so viele vor ihm und nach ihm. Wir wollen uns nicht einbilden, das Problem emigrierender und emigrierter irischer Schriftsteller wäre lediglich auf zwieklerikale Einflüsse zurückzuführen. Es liegt auch daran, daß Irland weniger Einwohner hat als die beiden Berlin. Man stelle sich nur vor, alle deutschen Autoren hätten in Berlin gelebt und lebten dort: Was würde sich da an Bosheit, an Intrigen sammeln, an gemeinsam kirchlich-sozialdemokratischem Moralismus auf Publikationen einwirken! Ich schätze, das Telephonbuch für die ganze Republik Irland ist kleiner als das Berliner Telephonbuch. Und natürlich sammelt sich in einem kleinen Land alles in der Hauptstadt, in Dublin, das kaum soviel Einwohner hat wie Köln. Man stelle sich erst einmal das vor: alle deutschen Autoren in Köln!

O'Casey verließ Irland, verbittert, böse – und gewiß waren andere verbittert über und böse auf ihn. Er machte nicht halt vor den heiligsten aller heiligen Kühe. Er schrieb in der Emigration diese eintausendsiebenhundertsechzehn Seiten Poesie, voll sprachlicher Kraft und blasphemischer Wildheit, grob und zart, gerecht und ungerecht, subjektiv und objektiv, bockig und verbockt, gelegentlich weitschweifig und weit herholend, fromm, wenn es um Menschen und ihre Zukunft geht.

O'Casey kennt keine Grenzen, er macht nicht halt vor der Verehrungsstätte jener Heiligen, von der Miß Devlin ihren Vornamen hat; er macht nicht halt vor dem heiligmäßigen Matt Talbot, einem irischen Arbeiter, der sich kasteite, irdischen Lohn verachtete – und prompt von den Unternehmern beider christlichen Konfessionen gegen Streikende, Gewerkschaftler, gegen »Materialisten« ausgespielt wurde. Und auch die heiligen Kühe Chesterton, Belloc, Knox und Orwell werden nicht geschont.
Wieso haben sich die Theologen im Laufe der Geschichte dazu herabgelassen, die Wildheit des Alten und die lebensgefährliche Sanftmut des Neuen Testaments mundgerecht zu verharmlosen, handlich den Katechismen anzupassen, Krieg und wieder Krieg, Ausbeutung und wieder Ausbeutung und noch einmal Ausbeutung und wieder Krieg in peinlich gehorsamsgeübten römischen, deutschen, anglikanischen, zaristischen etc. Kirchen als Recht zu verkünden? O'Casey schleudert den Kirchen ihr Latein und ihre Theologie in wilder poetischer Verstümmelung zurück. Sind die Blasphemien eines Joyce, der beißende Spott eines Shaw, die »Zersetzung« eines Beckett – lauter Iren – nicht die einzig mögliche Antwort auf die Reduzierung beider Testamente auf einen pflichtbedingten unfrohen Alltag?
Es ist nicht mein Problem, wie Irland mit seinem »Nestbeschmutzer« O'Casey fertig wird; kleine Länder mit einer Geschichte voller Demütigungen haben ein Recht auf Empfindlichkeit. Große Länder haben kein Recht auf Schonung. Die Nestbeschmutzer sitzen ohnehin immer mitten im Nest; die, die man so nennt, meistens draußen. Es ist sehr schwer, ein Nest von draußen zu beschmutzen.
Leider verschweigt auch O'Casey sich selber einiges: den Stalin-Hitler-Pakt zum Beispiel. Und wenn er Hitler einen »guten Katholiken« nennt, so ist das ein peinliches Mißverständnis mitteleuropäischer Konfessionsproblematik. Ich erwarte von einem alten Kardinal nicht, daß er öffentlich abschwört, überläuft, seinen Glauben preisgibt, und O'Casey war ein »alter Kardinal« des Kommunismus. Ich sehe nur, wem er die sechs Bände gewidmet hat: seinen Söhnen und der Jugend aller Länder, jeder Farbe, jeden Glaubens; dem schottischen Dichter MacDiarmid; zwei Bände den römisch-katholischen Theologen O'Hickey und McDonald, einen Band einem evangelischen Pfarrer.
Es ist nicht Zufall, daß er, der die Kirchen fürchterlich be-

schimpft, drei der sechs Bände Klerikern widmet, die er verehrt und in seinem Werk ausführlich würdigt. Es gab Mißverständnisse zwischen ihm und Yeats, sogar zwischen ihm und Lady Gregory, die er verehrte. Ich habe den Eindruck, als wäre O'Casey einer der undiplomatischsten Dichter gewesen, die je gelebt haben – und ich halte das für ebenso schmeichelhaft wie seine »Umstrittenheit«. In seiner Autobiographie hebt er auch – und das ist wunderbar an ihr – das dumme Alternativ-Klischee »engagiert« oder »nicht engagiert« auf. Dieses Klischee ist gar nicht auf ihn anwendbar. Gern würde ich von manchem erklärten Nicht-Engagierten so viel poetische Kraft, so viel Wortsinn, Wortspiel, Wortwitz, so viel Wörtlichkeit lesen.

Es wäre schade, wenn dem ersten Band der Autobiographie, *Ich klopfe an,* mehr Kredit gegeben würde als den folgenden. In allen Autobiographien gelingen die Kindheiten am besten, und das liegt nicht an den Autoren, sondern an der Poesie der Entfernungen: Je näher einer an die kälteste aller kalten Heimaten gerät, ans Grab, desto wärmer wird in der Erinnerung das Nest, aus dem er gekommen ist. Und O'Casey hatte ein bitter armes Nest, aber ein warmes: Was er über seine Mutter schreibt, macht auch sie biblisch (ähnlich biblisch-großartig hat O'Connor über seine irdische Mutter geschrieben; ähnlich schreibt O'Casey über seine Frau).

Als der alte Shaw im Sterben lag, wollte er Eileen O'Casey-Carey in der Nähe haben, und er sagte zu ihr: »Es ist sehr schön, das Streicheln einer weichen irischen Hand zu fühlen und den Klang einer weichen irischen Stimme zu hören.« Damit ist viel gesagt, mehr, als ich ausdrücken kann. Über Irland.

## Untergrund im Widerstand

*Über Ernst Kreuder, »Hörensagen«*

Während der »underground« längst in die Beletage aufgerückt ist und – möglicherweise gegen seine Intentionen – Verbrauchsgut einer im Verbrauch verbrauchten Gesellschaft zu werden beginnt, wird ein Untergrunddichter wie Ernst Kreuder kaum noch wahrgenommen, noch weniger erkannt. Er ist von der *Gesellschaft vom Dachboden* bis zu diesem Buch *Hörensagen* über die *Unauffindbaren* und viele weitere Buchpublikationen unbeirrt geblieben. Noch bevor sie da war, hat er das Heraufkommen einer angepaßten, dem Geldverdienen und Geldausgeben unterworfenen Gesellschaft vorausgesehen. Die jungen Leute, die geboren wurden, als Kreuders *Gesellschaft vom Dachboden* erschien; die sich heute in Kellern, Hinterhöfen und möglicherweise auf Dachböden ihre (oft nur scheinbar) eigenen Welten schaffen, die Langhaarigen, die Gammler, die »Kriminellen« und wie sie alle genannt werden mögen, die »Asozialen«, die nicht Gesellschaftsfähigen, sind immer schon gewesen, sind immer wieder und immer noch die Hauptpersonen aller Gesellschaften, die je ein Buch von Ernst Kreuder bevölkerten. In *Hörensagen* erreicht er, wie ich glaube, einen neuen Höhepunkt, auch eine neue Aktualität, die freilich nicht aufdringlich verpopt oder allzuleicht erkennbar ist. Bins, der sich am Schluß als der »Ich-bin's« herausstellt, hält dem Erzähler den Stoff, die Story wie ein reichlich verwickeltes Knäuel hin, von dem er gelegentlich ein paar Faden abspulen darf; nicht in chronologischer Reihenfolge; mysteriös, doch nicht mystifiziert, nicht direkt, nicht »frisch von der Leber weg«, sondern eben nur *Hörensagen.* Fama, Klatsch, Kolportage, Bankraub, Verfolgungen, wechselnde Quartiere, wechselnde Kode, eine, wie Kreuder es liebt, zusammengewürfelte Gesellschaft, die vorgeschriebene gesellschaftliche Schranken einfach nicht wahrnimmt. Ich will hier nicht versuchen, der Dummheit unserer Uhren entsprechende Zeitenfolge zu konstruieren für ein Buch, das sich bewußt der exakten Chronologie entzieht. Es ist schwer genug, im herkömmlichen Rezensentenstil »verständlich« zu machen, was nicht so leicht »verstanden« werden möchte: eine Verteidigung der Poesie gegen die Unterwerfung des Menschen in einer Zeit ständig fortschreitender Unterwerfung.

Daß hier Luis, der Chef einer Bankräuberbande, mit dem geraubten Geld ein Institut gegen die gebräuchlichen Phrasen gründen will; daß später mit eben jenem Geld die Herstellung jener Pille finanziert wird, die Geldverdiener und Geldausgeber aus dem absurden Zirkel befreien und der Poesie wieder zuführen soll; daß ein Gefängnisdirektor mit von der Partie ist, eine bildschöne junge Pharmazeutin zur Bande überläuft, das sind nur Partikel, die ich hier preisgebe, um der ominösen Rezensentenpflicht der »Inhaltsangabe« andeutungsweise gerecht zu werden. Der Erzähler begibt sich in *Hörensagen* ganz in die Position des Rechercheurs, der von dem alternden Bins, den ich mir wie Theodor Däubler vorstellte, stückchenweise das lückenhafte »Material« geschenkt bekommt. Daß zwischendurch Seitenhiebe verteilt, Seitenhinweise gegeben, die bestehende Gesellschaftsordnung permanent und total in Frage gestellt wird, versteht sich bei Kreuder von selbst. Daß er den, wenn auch bitteren, so doch zuverlässigen Humor verliert, wenn's ums Kinderkriegen geht, entspricht nicht ganz seinem poetischen Auge für die Natur, das er sich durch die Naturideologie der Nazis nicht hat verderben lassen; daß er, der dem inthronisierten Zeitgeist so beharrlichen Widerstand entgegensetzt und Widerstand gegen ihn fordert, ihm in diesem Punkt erliegt, mag an einem Mißverständnis liegen oder von mir mißverstanden werden. Doch wie soll jene Gesellschaft aus Freundschaft und Brüderschaft entstehen, wenn die Nachkommenschaft, die proles, die die Proleten zu diesen macht, ausbleibt, und hin und wieder müssen ja auch Kinder geboren werden, aus denen dann bildschöne Pharmazeutinnen werden, die überlaufen können.

Es liegt – ich weiß vorläufig kein besseres Wort – eine Religiosität in *Hörensagen* verborgen; sie anarchisch oder katakombenhaft zu nennen, hieße wieder jene Klischees und Phrasen heraufzubeschwören, die eben durch *Hörensagen* widerlegt, entlarvt und abgeschafft werden sollen, es ist eine Untergrund- und Widerstandsreligiosität (vorläufig muß ich's noch so nennen), die jenen Zustand herbeizuführen versucht, in dem Poesie nicht mehr als die Exekutive für irgendeine Legislative mißbraucht werden kann. Was sichtbar wird, ist nicht immer das, was gesehen werden sollte, was sichtbar gemacht wird, bestimmen nicht immer die Poeten, sondern die, die Poesie gegen oder für irgendeine Legislative »einordnen«.

Kreuder bringt scheinbar unvereinbare Elemente zueinander: hin und wieder ein bißchen *Nick Knatterton*, dann wieder riecht's wunderbar nach Hebels *Zundelheiner und Zundelfrieder*, und doch ist das alles nicht »gemischt« und nicht »nachempfunden«, es *sitzt* einfach in Rheinhessen.

Einem Denken freilich, das literarische und geistige Ränge in der Art der Fußballbundesligisten verteilt, muß dieses Buch verborgen bleiben. In keinem Bericht über die Buchmesse (ich habe sie – zugegeben – nicht alle gelesen) habe ich unter den Neuerscheinungen Ernst Kreuder erwähnt gefunden. Und doch hat alles, was er geschrieben hat, nicht etwa an Aktualität verloren, es ist immer aktueller geworden. Im Gegensatz zum »underground«, der die Konsumwelt einfach hinnimmt, die Werbe-, die Plakatwelt sogar einverleibt, ist Kreuders Untergrund im Widerstand, nicht in der Kapitulation.

# Ein Satz aus der Geschichte: Der Ort war zufällig

Blättere ich die Notizen vom Jahr 1966 Tag für Tag durch, dann habe ich den Eindruck, die Bewegungen und Tätigkeiten eines nicht no-, sondern motorisch Verrückten zu verfolgen, der mir fremd ist. Unzählige kleine, drei große Reisen, ein Umzug, ein Umbau, nebenbei ein Buch geschrieben, dem man seine »Ruhe« nachrühmte; eine seltsame, mir fremde Bezeichnung für ein Buch, das zwar mit einiger Sorgfalt und doch zwischen Tür und Angel geschrieben wurde. Dieser motorisch verrückte Fremde, dem man innere Ruhe nachrühmt, steht kopfschüttelnd vor dem Protokoll seiner unzähligen Bewegungen und Tätigkeiten, das er – auch für ihn selbst schwer leserlich – verfaßt hat, um Buch über die »verlorene Zeit« zu führen. Das Protokoll weist keinerlei innere, nur äußere Bewegung nach: Reise nach X, weiter nach Y, wieder nach X; hier und da und dort das und das gelesen, hauptsächlich Dostojewskij, alle Tagebücher, Romane, Erzählungen, Briefe, die übersetzt und erreichbar sind; aus Taschenbuchausgaben Blätter herausgerissen, Stellen angestrichen, Seitenzahlen notiert. In der Bundesrepublik, in Irland, in Frankreich, in der DDR, in Holland, in Belgien, in einem Eifeldorf, in Köln, in der Sowjetunion, in Georgien.

Ich greife willkürlich einen Ort heraus: Auf der Rückfahrt von Metz nach Köln, zwischen Metz und Saarbrücken auf der Landstraße, stutze ich plötzlich vor einem Ortsschild, das mir zunächst nur bekannt vorkam, dann, als ich hielt und nachdachte, eine ganze Kette vielschichtiger Erinnerungen auslöste. Ich konnte weder den Ort noch die Erinnerungen umgehen, ich mußte hinein und hindurch. Ich hatte das Städtchen schmutzig und von Menschen – hauptsächlich deutschen Soldaten – wimmelnd in Erinnerung: zweiundzwanzig Jahre später um die Mittagszeit erwies es sich als sehr sauber und fast menschenleer. Irgendwo mußte es auf einer ansteigenden Straße eine große Kaserne geben; hier, wo ich parkte, am Markt ein Hotel, ein Restaurant und die Kirche. Das Restaurant war da, das Hotel – etwas abseits die Kirche; die Topographie meiner Erinnerung stimmte nicht mit der gegenwärtigen überein: ich hätte die Kirche, das Hotel und das Restaurant anders plaziert; diese topographische Verzerrung blieb – der Ort kam mir kleiner vor als damals, und zweiundzwanzig Jahre später hätte ich den Weg zur Kaserne zurück nicht mehr gefunden. Vor zweiundzwanzig Jahren kannte ich fast jedes Haus in der kleinen Stadt, weil ich überall nach Quartier für meine Frau fragte, die an den Wochenenden herunterkam. Jetzt erkannte ich kein Haus wieder, und die Erlebnisse, an die ich mich erinnerte, fanden keinen Ort und keinen Platz; die Erinnerung hatte sich selbständig gemacht, der Ort war belanglos, beliebig, austauschbar geworden. In einer der Nebenstraßen war eine schmuddelige Absteige gewesen, deren Besitzer immer gekränkt war, wenn Ehepaare bei ihm Unterkunft suchten; der Aufschlag für illegitime Rendezvous war erheblich, eheliche Rendezvous waren an den Tarif gebunden und brachten weniger ein. Auf den Bettüchern dieser Absteige waren gewöhnlich deutliche Spuren jener schwarzen Stiefelwichse zu sehen, wie die deutsche Wehrmacht sie an ihre Fußtruppen ausgab. Es ging rauh zu im Gewerbe: im voraus zu zahlen, bitte, und bitte, keine Zimperlichkeiten, es ist Krieg, meine Damen und Herren, Abschied und Tod, die im Krieg nah miteinander verwandt sind, stehen immer vor der Tür. Später glättete ich, wenn ich Quartier bestellte, den Unmut des Besitzers, indem ich, obwohl legitim verheiratet, einen freiwilligen Illegitimitätszuschlag bezahlte. Nichts ist peinlicher als das Gefühl, ein unwillkommener Gast zu sein. Wenn große Abtransporte bevorstanden in jene Gefilde, die man pathetisch als »Front« bezeichnet, war das Städtchen überschwemmt mit Müttern, Mädchen, Ehefrauen; war seine Einwohnerzahl schon durch die Soldaten verdoppelt, so stieg sie jetzt an solchen Tagen fast aufs Dreifache an, und die Zimperlichen blieben auf der Strecke; man sah Paare und Pärchen noch nach Mitternacht von Tür zu Tür ziehen, bettelnd um die Gunst, wenigstens im Wohnzimmer oder in der Küche die Nacht auf Stühlen oder Sofas verbringen zu dürfen. Es ist kalt draußen in Februar- und Märznächten. Möglicherweise stellen sich Zivilisten vor, Soldaten vor dem Abtransport würden besonders freundlich und liebevoll behandelt, da sie ja dorthin fahren, wo das Vaterland ihrer angeblich bedarf, um Großes zu bewirken. Das Gegenteil trifft zu: Die letzte Ehre, die einem lebenden Soldaten erwiesen wird, besteht darin, ihn bis zum letzten Augenblick anzuschnauzen, zu schikanieren, zu verdächtigen, zu demütigen. Um so peinlicher wirkt jede feierliche Ehre, die man toten Soldaten erweist. Wer wird je die Geschichte jener unzähligen letzten Umarmungen, Küsse, endgültigen Abschiede schreiben, die an jenen winzigen Orten fällig waren, wo Soldaten vor ihrem Abtransport ein letztes Mal ihren Mädchen, Frauen, Bräuten, Müttern und Vätern oder Geschwistern begegneten? Wie menschlich ist selbst die schmutzigste aller schmutzigen Absteigen, verglichen mit einer Remise, einer Waffenkammer, einer Wachstube oder einem Kasernenzimmer, in dem Soldaten wohnen, und dem man bis auf den heutigen Tag den neckischen Namen »Stube« gibt? Wer Glück hatte, einen Freund oder nur einen Bestechlichen auf der Wache, durfte, wenn der wachhabende Unteroffizier schlief, mit seiner Auserwählten in eine leere Arrestzelle gehen, die hinter dem Paar verriegelt wurde. Die Moral selbst der zimperlichsten Dame sinkt erheblich, wenn sie gegen zwei Uhr morgens immer noch frierend mit ihrem Kavalier durch die öden Straßen eines öden Kaffs irrt und keine Herberge gefunden hat; sie ist bereit, sich durch die Wache schmuggeln zu lassen und in einen Woilach gewickelt in einer Futterkrippe zu schlafen, mit jemandem oder allein. Schließlich haben Vorschriften nur einen einzigen Sinn, sollten sie nur ein Schicksal haben: umgangen zu werden, und schließlich werden zwei Menschengruppen auf die schnödeste Weise in den Tod geschickt: Häftlinge und Soldaten. Natürlich steht das nicht in den Landserheften. Es grenzt an Obszönität, und es hebt keineswegs die Wehrfreudigkeit, wenn ich außerdem noch bekanntgebe, daß in diesem stillen, fast verschlafenen lothringischen Städtchen die system- und kriegsbedingte Schikane um ein Vielfaches gesteigert wurde durch liebenswürdige Vorgesetzte, die gerade jenen Ausgang und Urlaub sperrten, von denen bekannt war, daß sie Besuch erwarteten. In jeder Armee läßt sich jegliche Willkür innerhalb des Systems legal verankern: man kann jemanden zur Feuer- oder Fliegerwache einteilen, man kann an seiner Uniform einen Makel finden, man kann ihn provozieren, bis er ausfällig wird; man kann ihn notfalls warten lassen, einfach warten lassen auf die Unterschrift, während man selbst mit seinem weiblichen Besuch auf seiner Stube hockt und von einer Schallplatte das Lied »Tapfere kleine Soldatenfrau« abspielen läßt. Die Absurdität im Krieg verlorener Zeit, bis zum Irrsinn verletzter Sensibilität kann man ausdehnen, während vor dem Tor die Frauen warten: Huren, Mütter, Bräute, Ehefrauen.

Zweiundzwanzig Jahre später gab die kleine Stadt keine Reliquien her, keinen Fetisch, an dem die Erinnerung sich sinnlich hätte festhalten können: Häuserfronten, Straßenpflaster, Straßennamen, Kneipen: nichts. Nichts. Der Ort war zufällig, belanglos. Was heraufkam, war die lange verdrängte oder nur aufgeschobene Erinnerung an ein System der Zwangsgemeinschaft, das um so unmenschlicher war, weil es auch noch Ehre und Ehren zu vergeben hatte, und das immer noch Ehre genießt und sich anmaßt, diejenigen an Denkmälern zu ehren, die es bis zum letzten Augenblick ihres Lebens schikaniert, gedemütigt und wie Dreck behandelt hat.
Ich blieb nicht lange dort, kaum so lange, wie man braucht, um eine Zigarette anzuzünden und zu Ende zu rauchen; ich guckte in ein paar Schaufenster hinein und sah, was man überall sieht: Transistoren, Elektrorasierer, Waschmaschinen. Die Erinnerung wurde nicht warm, sie blieb kalt. Schließlich war ich in vielen Kasernen gewesen und hatte in allen das gleiche erlebt: diese Stimmung vor dem Abtransport, diese immer wieder verzögerten Abschiede, von denen jeder der letzte zu sein schien, bis dann doch noch der allerletzte und der allerallerletzte kam, und noch einer – und die Soldaten fast froh waren, wenn sie in die Güterwagen stiegen, die für acht Pferde oder vierzig Menschen bestimmt waren. Gewiß war das der Sinn dieser bis in die allerletzte Grausamkeit ausgetüftelten Schikanen: den endgültigen Abschied zwar nicht leichtzumachen, ihn aber wie eine Erleichterung zu empfinden. Wer nur einmal jemand zum Zug brachte und eine Viertelstunde bis zur Abfahrt am heruntergekurbelten Fenster stehend Banalitäten austauschte, kennt diese grausame Sorte Erleichterung, empfand wohl auch die grausame Poesie des banalen Dialogs, der unter dem Zwang der Abfahrtszeit geführt wird, während man auf die Bahnhofsuhr blickt.
Ich warf meine Zigarettenkippe in die Gosse, stieg ins Auto ein, fuhr weiter. Selbst der Bahnhof, an dem ich vorüberkam, war mir fremd, nicht einmal seine Uhr brachte Wärme oder Farbe in den kalten Haß meiner Erinnerungen, und ich hatte doch so oft auf die Zeiger dieser Uhr geblickt, wenn Züge abfuhren oder ankamen. Als ich weiterfuhr, erwärmten sich einige Details, es tauchten sogar Blumen auf; sie hatten in dem Zimmer gestanden, das der Kantinenpächter innerhalb des Kasernenbezirks als Absteige im Kantinengebäude eingerichtet hatte und kostenlos je-

nen zur Verfügung stellte, die Ausgangssperre und Besuch hatten. Im Grau, im Schmutz und im schmutzigen Grau meiner durch Haß fixierten Erinnerung war kein Platz für Blumen. Sie paßten nicht, und sie paßten mir nicht: Ich drehte das Autofenster herunter und warf die Blumen hinaus.

# Was ist angemessen?

Das Wort adäquat erfreut sich einer gewissen modischen Beliebtheit, es wird auf Bücher, Konzerte, Theateraufführungen angewendet, meistens in seiner Negation und in Verbindung mit dem Wort Gesellschaft, indem man von einer Sache behauptet, sie wäre gesellschaftlich oder der Gesellschaft nicht adäquat. Das Wort ist hübsch und hat jenen leichten Bildungs-Hautgout, der immer schon modisch war, sanften Terror ausübt auf jeden, der nicht sofort weiß, was es bedeutet und, um sich keine Blöße zu geben, übereinstimmend nickt. Schaut man dem Wort auf die hübschen Finger, stellt sich heraus, daß es vom lateinischen adaequare abstammt, was gleichmachen, einordnen, auch anpassen und angleichen bedeutet, etwas freier auch mit glätten übersetzt werden kann. Als Fremdwort hat es gewöhnlich die Bedeutung von angemessen. Wenn etwas als nicht – oder hübscher inadäquat bezeichnet wird, bedeutet das, es ist unangemessen. Für das ehrbare Handwerk der Schneider, die Maßanzüge oder Maßkonfektion herstellen, wäre das Wort adäquat eine nette Fremdwortbereicherung des Vokabulars. Immerhin haben Schneider ein Maß, mit dem sie messen, und von einem Maßanzug, der wirklich sitzt, könnte man behaupten, er sei adäquat. Auch bei Beckmesser war das Maß bekannt: sein Maß war die Beckmesserei. Wer mißt, Angemessenes von Unangemessenem unterscheidet und, indem er solche Messungen vornimmt, als maßgebend gilt, sollte gezwungen werden, sein Maß herzuzeigen, auf daß jeder sich daran erbaue. In einer Gesellschaft, wo strikte Maß-Ordnungen durch Legislative und Exekutive gesichert sind, hätte das Wörtchen einen legitimen Platz. Sowjetische Kulturfunktionäre finden offenbar Alexander Solschenizyns Werk und seine Person als ihrer Gesellschaft inadäquat – ich z. B. finde das nicht: ein wochen-, wahrscheinlich monatelanges Gespräch wäre notwendig, könnte ich mein Maß mit dem der sowjetischen Funktionäre vergleichen. Jahrhundertelang hat die kirchliche Indexkommission Werke der Literatur für unangemessen erklärt und sie schlichtweg den Gläubigen und Gehorsamen als Lektüre verboten. Das System funktionierte, solange die Exekutive im Beichtstuhl, auf der Kanzel und im Religionsunterricht funktionierte. Dieser kirchenimmanente Strafvollzug scheint keine Wirkung mehr zu haben – und die römische Legislative ist in puncto Index verstummt; ihre Vollzugsgewalt lief immer neben einer gesellschaftlichen Entwicklung her – und inzwischen ist ihr die Gesellschaft davongelaufen. Ich nenne diese beiden Beispiele, die in vielen Details sorgfältig voneinander zu unterscheiden wären, weil in ihnen Maß und maßgebende Gewalt erkennbar sind. In einer Gesellschaft, die sich pluralistisch gibt, demokratisch, und in der die freie Marktwirtschaft propagiert wird, hat, auf kulturelle Begebenheiten angewendet, das Wort adäquat keinen Platz. Nichts mehr ist angemessen und nichts mehr unangemessen; eine solche Gesellschaft besteht dann aus gegeneinander und gelegentlich miteinander protestierenden Minderheiten, die ihr Maß, ihre Moral der gesamten Gesellschaft vortragen. Ein Kritiker, der da noch mit den Worten adäquat oder inadäquat operiert, müßte schon das politische, moralisch ästhetische Maß der Minderheit, die er vertritt, zu vertreten oder in seiner Person darzustellen glaubt, bekanntgeben. Unverbindlich in irgendwelche Texte hineingestreut, ist es uns ein peinliches verdächtiges Füllsel. Unsere Gesellschaft als Ganzes ist maßlos in der doppelten Bedeutung des Wortes. Wer ist in ihr *maß*gebend?

Ich habe kürzlich zwei Fernsehfilme gesehen, in denen Maß gezeigt und gegeben wurde. Der erste war ein Bericht über einen Wettbewerb im *Gesellschafts*tanz. Der böseste Autor hätte in einer sehr bösen Satire das Unangemessene des gesellschaftlich Angemessenen nicht besser darstellen können, als es in dieser gespenstischen Reportage geschah. Der Tanz in seiner total perfekten, gänzlich denaturierten, marionettenhaften Form wurde als der angemessenste, der preiswürdigste prämiert, und die Lorbeeren verteilte ein »angesehener« Politiker. Als Satire, als Fiktion wäre nach meinem Augenmaß die ganze Veranstaltung durchaus preiswürdig gewesen, als erfundene Wirklichkeit. Aber sie war nicht erfunden, es war die Wirklichkeit selbst, und das Lachen blieb mir im Hals stecken. Hier wurde Maß genommen und Maß gegeben, und offenbar ist mein Augenmaß nicht mit dem dieser gesellschaftlichen Hierarchie synchron. Die gesellschaftliche Hierarchie zeigte sich meinen Augen in ihrer Verzerrung – und es mag sein, daß ich ihr verzerrt erschiene. Nach meinem politischen und ästhetischen Augenmaß war diese Veranstaltung unangemessen, und besser als je zuvor verstand ich

die absurdesten Formen des absurden Theaters und noch besser alle jene, die den Bannkreis zwischen Kunst und Dilettantismus aufbrechen wollen. Wenn Amateure so marionettenhaft perfekt tanzen und doch in ihrem verzerrten Ehrgeiz so weit von professionellem Tanz entfernt sind, wenn sie sich derart zur Schau stellen und doch jeden Show-Charakter ihrer Veranstaltung ablehnen würden, wenn sie ohne auch nur einen Funken Ironie agieren, dann wird der Ernst tödlich, tödlicher als bei einem Hippie-Fest.
Der zweite Fernsehfilm, der mir die Augen öffnete, war ein Bericht über das Leben der englischen Königsfamilie, einer Familie, die in extremem Maß repräsentativ ist und repräsentieren muß, eine im Sinne des Worts maßgebende Familie. Es wurde gezeigt, was für eine Königsfamilie adäquat ist und für gewiß große Teile nicht nur der englischen Gesellschaft Maß hergibt. Es war ein trauriger Film. Es geht hier nicht um Royalismus, dafür oder dagegen, es geht nicht um die Familie Windsor, es geht um das Wesen des Adäquaten in seiner repräsentativsten Form. Nachdem ich diesen Film gesehen habe, frage ich mich, ob man es Menschen, auch wenn sie Könige oder königlich sind, zumuten darf, in derartiger Verpuppung zu leben. Der Film war – nach meinem Augenmaß – dann am schrecklichsten, wenn die königliche Familie in ihrem ganz »normalen Alltag« gezeigt wurde. Eine junge Frau fährt in einem nicht sehr komfortablen Auto zum Dorfladen, um ihren kleinen Jungen ein Eis zu kaufen: bitte! Im privaten Familienkreis erzählte sie Anekdoten über die Ur- und Ururgroßmutter, die in diesem Fall zufällig Königin Victoria hieß; lauter Banalitäten, rührend; wer hätte nicht irgendwo in seiner Ahnenreihe eine Großmutter aufzuweisen, die auch in extrem komischen Situationen Haltung bewahrte, was bedeutet, die *nicht* aus der Rolle fiel, was wieder bedeutet, die sich immer angemessen verhielt? Was halten – wie es in diesem Film gezeigt wurde – die Staatsoberhäupter zweier großer Nationen für eine adäquate Unterhaltung, wenn sie miteinander vor der Fernsehkamera zusammentreffen? »Die Weltprobleme sind komplizierter geworden«, sagte Präsident Nixon zu Königin Elizabeth. Banaler kann man das Rassenproblem, Vietnam, Biafra, den Nahostkonflikt, die Situation der ČSSR nicht umgehen. Liegt in solch einer fürchterlichen Banalität die Maßlosigkeit des Angemessenen verborgen? Ich weiß es nicht, weil ich

meinen Augen und meinen Ohren nicht traute. Einer fürchterlichen Logik gemäß war in diesem Film die königliche Familie da am wenigsten natürlich, wo sie als besonders natürlich gezeigt werden sollte; privat, beim Picknick, bei der Weihnachtsbescherung, und die beiden kleinen Königskinder, die da neckisch, lustig, vollkommen natürlich vor der Fernsehkamera eine Schneeballschlacht improvisierten, auch sie waren angemessen, sie bewiesen: seht, wir benehmen uns ganz natürlich. Auch wir sind Menschen. Wer hat und wer hätte das je bezweifelt? In den übrigen Teilen des Films, wo das Zeremoniell und die Arbeitsroutine gezeigt wurde, entstand, ohne daß die Mitwirkenden, der Autor, der Regisseur und der Kameramann es gewollt hätten, nach meinem Augenmaß eine perfekte Satire. Es war keine, es war reportierte Wirklichkeit, und ich muß mich fragen, ob meine Augen noch richtig justiert sind. Es geht mir ähnlich, wenn ich Protokollzeremonielle auch demokratischer oder sozialistischer Länder reportiert bekomme. Dieses sinnlose Aufmarschieren von Wachbataillonen, mit Gewehrgriff und Meldung, Musik – wäre es nicht besser, billiger und angemessener, dem jeweils ankommenden Staatsmann ein paar Zinnsoldaten zu schenken, naturgetreu in der Uniform des Landes, und dazu eine Spieldose, die Kommandos und Nationalhymnen, notfalls auch Begrüßungsansprachen wiedergibt? Warum sollten nicht Automaten Funktionen erfüllen, die Menschen ohnehin *automatisch* erfüllen? Automaten sind immer adäquat: angemessen, angeglichen, angepaßt, sie fallen nie aus der Rolle, wenn man sie nur entsprechend kontrolliert.

Eingeweihte und Mitwirkende lächeln und spotten insgeheim über Protokolle und Zeremoniell und wissen doch offenbar nicht, daß sie damit Maß geben, Maß für die adels-, die prominenzsüchtige Mehrheit, die jenen übel mitspielt, die sich nicht in der ihnen vorgehaltenen Angemessenheit verhalten und kleiden.

# Vorwort zu »Köln fünf Uhr dreißig«

Diese Fotografien müßte man auf einen Blick sehen können, aneinandergereiht wie eine einzige große Momentaufnahme: eine Großstadt morgens zwischen 5 Uhr und 5.30 Uhr. Dann würde die Täuschung, die am einzelnen Foto noch möglich ist, wegfallen. Die Täuschung besteht darin, daß diese Stadt einen Namen hat, eine verbürgte Geschichte, die unvermeidlicherweise mit auf die Fotos gerät. Diese Stadt heißt Köln, und es ist fast unmöglich ihr Stadtinneres zu fotografieren, ohne irgendwo den Dom mit zu erwischen, ein Stadttor, oder irgendeine der romanischen Kirchen. Der Name der Stadt ist so gleichgültig wie ihre Geschichte, die lediglich für den Tourismus, also aus kommerziellen Gründen, interessant ist. Im übrigen könnte sie Duisburg, Essen oder Stuttgart heißen und sie ist wie alle Städte für die Autos und die Autofahrer da. Gerade weil auf diesen Fotos die Autos fehlen, sieht man, daß eigentlich sie es sind, denen die Stadt gehört – wie ihnen alle anderen Städte gehören. Es wäre logisch, diese Städte auch tatsächlich namenlos zu machen, indem man sie mit einer Kombination von Autokennzeichen und Postwertzeichen benennt: 5 K 1; die Gefahr, daß man diese Bezeichnung mit der für ein obskures Stärkungsmittel verwechselt, könnte durch einen Computer beseitigt werden. Die Probleme dieser Städte sind bekannt: Parkprobleme und »Flüssigkeit« des Autoverkehrs; bekannt ist auch, daß beide Probleme nie gelöst werden können, weil alles Bauen lange dauert, und, was für 1970 eine Lösung hätte sein können, in Wirklichkeit die Lösung für 1965 gewesen sein mag. Der Irrsinn ist so offensichtlich wie des Kaisers neue Kleider, aber es gibt da zwei Augen, die ständig zugedrückt werden müssen: die freie Marktwirtschaft und jenes Etwas, das sich Individualismus nennt. Es wäre müßig, hier noch über die Grundstückspreise zu meditieren, die Gazetten sind voll davon, jeder weiß es, jeder beklagt es, und doch geht alles weiter. »Wir werden weiter marschieren«, und wir werden weiter die beiden Augen zudrücken. Wahrscheinlich wird man in einigen Jahren die These von der Unwirtlichkeit unserer Städte schon als euphorisch bezeichnen, die These von der Unbewohnbarkeit der Städte wird aufkommen und, wenn sie aufkommt, zutreffen. Privilegierte können sich helfen: durch ein

Haus auf dem Land, oder indem sie das Parkproblem ihrem Chauffeur überlassen. Da man witzigerweise Arbeitsstätten für Zigtausende – Funkhäuser, Banken, Versicherungen, Kaufhäuser etc. – mitten in die Städte baut, bewirkt man die blödsinnige Hetze um den Parkplatz. Etc. Etc. Die Frage »Wieviel Erde braucht der Mensch« muß neu gestellt werden: ein Parkplatz ist in den meisten Fällen nur wenig größer als ein Grab.
Ich wohne in dieser Stadt, ich bin in ihr geboren, fragte man mich, ob sie meine Heimat sei, wüßte ich keine Antwort. Sie ist die Heimat meiner Erinnerung; das mag für einen Autor viel bedeuten – aber für wen sonst bedeutet es etwas? Ich kann das nicht beurteilen. Ich bin nur sicher, daß der Begriff der Heimatvertreibung einer neuen Deutung bedarf. Ich kann diese Deutung hier nicht liefern, kann nur an jene zwei bestimmten zugedrückten Augen erinnern, die es ermöglicht haben, zerstörte Städte ein zweites Mal zu zerstören; durch riesige Verwaltungsbauten, deren (sogar umstrittene) architektonische Eleganz eine Täuschung ist, eine böse, die noch böser wird durch das »kleine Häuschen da an der Ecke«, das man stehen läßt, um dem Individualismus ein Denkmal zu lassen. Es ist Herrschaftsarchitektur, für die »das kleine Häuschen an der Ecke« ein Diener ist, den man herablassend gnädig behandelt.

# Annäherungsversuch

## *Nachwort zu Tolstois Roman »Krieg und Frieden«*

Beim Lesen eines Romans, der vor mehr als hundert Jahren erschien, vergißt man leicht, daß er, als er erschien, schon in die Kategorie »historischer Roman« gehörte. *Krieg und Frieden* ist geschrieben in den Jahren 1863–1869, der Stoff des Romans liegt in der russischen Geschichte zwischen 1805 und 1813, der Epilog etwa im Jahr 1820. Der sechsunddreißigjährige Tolstoi trat diesen langen Marsch fast sechzig Jahre nach 1805 an; er war also ungefähr in der Lage eines Autors, der im Jahre 1973 einen Roman zu schreiben unternähme, der mit dem Jahr 1914 begänne. Wenn da Leser und Kritiker gelegentlich klagen, daß Autoren sich fünfundzwanzig Jahre nach 1945 noch mit dem Zweiten Weltkrieg beschäftigen, so haben sie immer noch nicht begriffen, daß nicht den Autor der Stoff, sondern der Autor den Stoff macht. Jeder Roman ist, wenn nicht utopisch, historisch, auch der sogenannte Gegenwartsroman. Schon die unvermeidliche Frist, die zwischen Schreiben und Drucklegung verstreicht, macht den verarbeiteten Stoff zu Geschichte. Die zeitliche Distanz ist eine relative Größe, zumal nicht einmal die Geschichtswissenschaft zu »objektiven« Ergebnissen kommt: alles bleibt umstritten, wird ständig korrigiert, sobald sich neue Archive öffnen, irgendein Briefwechsel ausgegraben wird oder jemand einen neuen »Aspekt« entdeckt. Auf dem Hintergrund umstrittener Daten der deutschen Geschichte, dem 30. 1. 33, dem 30. 6. 34, dem 20. 7. 44, sind schon ganze Bibliotheken von Forschungsergebnissen und Analysen gehäuft, und immer noch bleibt vieles dunkel, unerklärlich, und so unternehmen Historie, Psychologie und Literatur, getrennt voneinander, Annäherungsversuche. Ich glaube nicht an Konkurrenz zwischen irgendeiner Wissenschaft und etwa der Literatur; die Literatur unternimmt auf ihre Weise Annäherungsversuche, indem sie dem geschichtlichen Stoff Personen auflädt, die keine »Geschichte gemacht haben«.

Es mögen sich die Distanzen verringern, der Wunsch des zeitgenössischen Lesers, mit der Geschichte »fertig« zu werden, sie als »abgefertigt« betrachten zu dürfen, dem ein immer größer werdendes Maß an miterlebter und anfallender Geschichte entspricht, ist verständlich. Das Verlangen nach Gegenwart und Gegenwärtigkeit ist groß, die Abneigung gegen Geschichte wächst wie die Abneigung gegen Theologie und das Verlangen nach Mythos und Religion, oft schwer erkennbar und gelegentlich »pervers« verkleidet. Mit dieser Geschichtsüberfütterung hat wahrscheinlich der Wunsch nach neuen Ausdrucksformen, nach dem permanenten Kunstwerk zu tun, das sich mit jedem Ruck des Sekundenzeigers verändert und doch bleibt, Vergänglichkeit in Unvergänglichkeit aufgehoben. Jeden Tag ein halbes Dutzend geschichtliche Augenblicke; unterzeichnete Verträge, gebrochene Verträge, kein Krieg, kein Bürgerkrieg, nur permanent gebrochene Waffenstillstände; Interventionen, Militärhilfe, Invasionen, die Strategie des Dollars, nur kein Krieg. Den gibt's nicht. Wir leben in tiefem Frieden. Demonstrationen, Studenten erschossen, streikende Arbeiter eingesperrt und hin und wieder lüftet ein Filmregisseur, ein Autor, Maler oder Komponist den Deckel über ganzen, zum Schweigen verurteilten Kontinenten: Südamerika, Mittelamerika, Afrika, und wir erfahren ein wenig von der verborgenen, geheimen Geschichte ganzer Kontinente, deren offizielle Geschichte anderswo bestimmt und geschrieben wird. Wir erfahren zuviel und zuwenig, und in dem Augenblick, wo es gedruckt wird, ist alles schon geschehen, Geschichte. Was hat nicht alles »Geschichte gemacht«? Plötzlich steht da etwas, ein greifbares, fürchterliches Zeichen: eine Mauer quer durch Berlin. Ist die Mauer nicht, vom Standpunkt eines stoffbesessenen Autors aus, der sich weigern muß, Überschriften für die *Bild-Zeitung* zu liefern, eine Antwort auf Gegenwart und Vergangenheit zugleich, auf angehäufte Geschichte, die mit den Deutschordensrittern begonnen haben mag (wahrscheinlich früher) und aus einem jahrhundertealten Mißtrauen, Umwerben, aus Angst und Bewunderung zugleich, aus mißglückten Annäherungsversuchen von Osteuropa nach Westeuropa und umgekehrt, Unterwerfungsversuchen nach beiden Richtungen, und bedenkt man, daß die russische und die deutsche Geschichte, als sie noch von beiden Ländern halbwegs »gemacht« werden konnte, auf zwei Personen ruhte, Vettern, die einander mit »Dear Willy« und »Dear Nicky« anredeten, zwei extrem traurigen und absurden »Geschichtsträgern« Europas, und daß es da einen ersten und zweiten Weltkrieg gab und noch keinen Frieden; daß Geschichte gemacht wurde von Menschen, für die Europa am Rhein, wenn's hochkommt an der Elbe aufhört, dauernde Kränkungen, Lockungen, im Tweedrock der Freiheit – und plötzlich steht da eine Mauer, die ein- und aussperrt; Schotten dicht, den Rücken zugekehrt. Dear Willy! Dear Nicky! Der eine war auf eine verrückte Weise zu »deutsch« und der andere auf eine verrückte Weise zu »russisch«, und beide hatten sie »englische« Physiognomien. Eine wahnwitzige »Vetternwirtschaft«, und die uralte Angst Westeuropas, daß diese beiden Riesen, von denen der eine ganz, der andere halb östlich ist, einander hätten in die Arme fallen können. Angst vor und Hoffnung auf Deutschland, verwandelt später in eine permanente Verkennung der Wünsche und der politischen Kraft jener vielfach verratenen »deutschen Arbeiterklasse«. Und da gibt es ja nicht nur und gab es nicht nur Rußland und die Sowjetunion; Polen gibt es und Litauen, Lettland, Estland, und es gibt da einen Staat, der Tschechoslowakei heißt, in dem man eine unsichtbare, schreckliche Mauer errichtet hat. Und es gibt da auf irgendwelchen Landkarten, die bei Konferenzen benutzt werden, seltsam ungenaues Bleistiftgekritzel, wirres Gekräusel: verkannte Geschichte Osteuropas. Eins ist gewiß: *einer* da am Konferenztisch kannte die Geschichte Osteuropas. Und plötzlich, viele Jahre später nach so viel Verkennung, steht da eine Mauer, an der sich Geschichte staut, weil immer noch kein Frieden geschlossen ist. Kein Krieg und kein Frieden. Und am vorläufigen Ende einer kaum meßbar langen Geschichte stehen Hochhäuser an einer Mauer, ein Hotel, von dem aus man »von oben herab«, ganz und gar in »Menschenwürde« gekleidet, auf jene hinabblicken kann, die man schamlos besichtigt; selbst Staatsbesucher scheuen sich nicht, das Treppchen hinaufzusteigen und kopfschüttelnd, empört, bewegt einmal rasch hinüberzublicken und so zu tun, als hätte es nie einen ersten, keinen zweiten Weltkrieg gegeben, nicht Hitler oder Napoleon, nicht die permanente Arroganz des Westens gegenüber dem Osten, nicht die Un- und Untermenschenideologie und keine Konferenzen in Yalta und Potsdam und nicht die naive Vorstellung geschichtemachender Militärs, Berlin wäre ja nicht so wichtig. So haben Ost und West sich auf einen Besichtigungswert reduziert. Nur ein totaler Poet kann Geschichtslosigkeit anstreben oder sie einfach als künstliche Position einnehmen – und außerdem können es offenbar Politiker oder geschichtemachende Militärs, die verletzliche und vielfach verletzte Grenzen, diesen europäischen Grenzwirrwarr alexandrinisch zu lösen versuchen, ohne Alexander zu sein. Bei denen, die Poesie ohnehin ablehnen (auf der Suche nach einer neuen, die anders heißen wird) und sich gleichzeitig gegen die plumpen politischen und militärischen Versuche empören, die einer ähnlichen Verkennung von Geschichte entsprechen, verstehe ich die Geschichtslosigkeit nicht. Mir jedenfalls erklärt die Lektüre von *Krieg und Frieden* (u. a. natürlich, das ist vorausgesetzt) die Mauer in Berlin besser als die beiderseits recht hohl klingenden Parolen, und ich gebe zu: eine solche Verteidigung eines doppelt historischen Romans ist weit hergeholt. Möglicherweise läßt sich das Naheliegende durchs Weithergeholte manchmal ganz gut erklären.

Was ist das für ein Land, in dem die Deutschen sich immer »russischer« geriert haben als die Russen selbst (so wie die Deutschen immer päpstlicher als alle Päpste waren)? Es gibt Möglichkeiten, sich dieses Land anzuschauen: die gesamte Literatur Rußlands, Riesenspaziergänge, einer davon und einer der wichtigsten ist *Krieg und Frieden.* Ein zweifach historischer Roman von diesem gewaltigen Umfang! Dieses Buch ist auf verschiedenen Ebenen ständig gegenwärtig. Seine ungebrochene und ununterbrochene Beliebtheit hat viele Gründe. Der erste mag der keineswegs verwerfliche Wunsch nach Information sein, der mit dem zweiten zu tun hat, den ich lieber negativ ausdrücke, weil unser Verhältnis zur »Unterhaltungsliteratur« auf eine krampfhafte Weise gebrochen ist: das Buch *langweilt nicht;* es hat Längen, gewiß, ganze Passagen, in denen der Autor eigensinnig und eigenwillig darauf besteht, seine Ansichten darzulegen; ich warne den Leser davor, diese Passagen überschlagen und sich den Eigensinn des Autors Tolstoi ersparen zu wollen. Jedem Autor seine Wörtlichkeit, jedem Autor seine Längen, seinen Eigensinn. Unser Verhältnis zur Wörtlichkeit ist – ich hoffe, nicht endgültig – bildungsverkrampft. Eine Sache, die *verständlich* ist, sich mitteilen kann, ist schon fast verdächtig, journalistisch zu sein, und eine Sache gar, die »unterhält«, ist das nicht, um Gottes willen, wie heißt es doch, ja natürlich, das ist doch »feuilletonistisch«. Die »eigentliche« deutsche Sprache ist doch jener pseudomystische Jargon, den man unter Eingeweihten Mittelhochböhmisch nennt. Eine Sache muß schwer sein, fast unverständlich, und wenn sie gar am Ende noch »populär« wird – dann aber rasch die

Finger weg, da macht man sich ja regelrecht schmutzig, denn populär bedeutet ja wohl doch »im Grunde« vulgär. Einer, der liest, nur um zu lesen, einfach, um zu lesen, weil es ihm möglicherweise Spaß macht, dem fehlt doch jeder Anspruch! Und jeglicher Bildungswille, wahrscheinlich die entsprechende Vorbereitung und ganz gewiß die Vorbildung. Wie kann denn jemand zum Beispiel Tolstois Napoleon-Bild beurteilen, wenn er historisch ungebildet ist? Was ist das für ein Mensch, der da ganz und gar unvorbereitet nach Italien fährt und sich etwa mit der erstaunlichen Stadt Siena konfrontiert? Ich bekenne mich schuldig: ich bin so einer, auch als Leser. Auch. Auch. Natürlich bin ich nebenbei auch, weil's mir Spaß gemacht hat, ein wenig »gebildet«, und – es ist schwer zu leugnen: ich bin auch ein Autor, schreibe Romane, lauter Annäherungsversuche an die Unerklärlichkeiten der jüngeren deutschen Geschichte. Außerdem habe ich noch eine Eigenschaft, die unabhängig von Bildung und Autorschaft ist: ich bin neugierig, bis zu einem Maß, das mich manchmal ganz, ganz knapp vor der Indiskretion erst zum Halten bringt. Und auch nach der dritten Lektüre von *Krieg und Frieden* ist meine Neugier noch nicht gestillt, jene Neugier, die Literaturkritiker bis zur Raserei treiben, Leser verrückt machen, Autoren aber, die ihr Rumpelstilzchen noch nicht ganz und gar ausverkauft haben, einen ungeheuren Spaß machen kann, die neugierige Frage nämlich: wo steckt denn in einem solchen Roman dieser Bursche, der Autor, wie hat er sich getarnt, wo hat er sich versteckt? Natürlich spürt man ihn gleich, wenn er den Zeigefinger hochhebt und zu dozieren beginnt, aber was nützt mir ein Zeigefinger, ich will den ganzen Burschen haben, ihn sehen. Einem eingefleischten Vorurteil zufolge (wer mag das aufgebracht haben?) versteckt sich der Autor meistens in irgendeinem sympathischen Helden oder einer Heldin. Ich glaube, ja, ich glaube (denn wissen tu ich nicht viel) das nicht. Möglicherweise gäbe es eine Möglichkeit, den Autor wirklich in seinem »Gesamtwerk« zu entdecken: man addiere sämtliche Personen, *sämtliche:* vom Diener, der einen Krug Wasser bringt und endgültig wieder verschwindet, bis zu irgendeiner Art von geschichtlicher Persönlichkeit, Napoleon oder so – sämtliche Personen, die auf- und wieder abtreten, männliche und weibliche, ganz gleich, ob es sich um einen Autor oder eine Autorin handelt – und ziehe dann aus dieser Summe die siebte Wurzel. Ich gebe zu, daß ich diese Methode nicht beherrsche und meine Hoffnungen der Kybernetik anvertraue, die uns eines Tages jegliche Art von Autor von irgendeiner Maschine wird ausspucken lassen. Bis dahin bin ich, wie jeder andere Leser auch, darauf angewiesen, den Autor auf die übliche unzulängliche Art und Weise ausfindig zu machen: indem ich sein gesamtes Werk lese und jeder, jeder auftretenden Person auf die Finger und auf den Mund gukke, wenn nötig, sogar unter den Rock. Biographien sind gewöhnlich mißglückte Annäherungsversuche, Autobiographien peinliche, ich glaube (wieder dieser verfluchte Glaube!), die Autobiographie eines Autors verbirgt sich in seinem Gesamtwerk. Neugierig bin ich aber nicht nur auf den Autor, auch auf anderes: auf die stoffliche, die materielle Darbietung des russischen Adels; seine Leichtfertigkeit und seinen Leichtsinn, seine möglichen Verdienste, seine Verschwendungssucht, seine snobistische Vergnügungssucht; auch die Frage nach seiner Menschlichkeit ist noch offen.

Es gibt in *Krieg und Frieden* sehr viele »geschichtliche Augenblicke«, in denen die ganze Last der Geschichte auf historisch unbedeutende Personen fällt. Natascha Rostow, die einige »Auftritte« hat, hat ihren größten in der Stunde der Flucht aus dem brennenden Moskau. Der für Millionen Menschen auf dieser Welt sehr gegenwärtige quälende Unterschied zwischen Flucht und Umzug, auch den meisten von uns unvergessen, ist für die Besitzenden (und da rächt sich die Geschichte!) von besonderer Qual. Während die Rostows ihre Flucht vorbereiten, wobei man feststellt, daß es sogar einen Garderobenwagen gibt und einen hauseigenen deutschen Tanzlehrer mit Familie, bricht der übliche Streit aus, was denn nun mitgenommen werden soll; darüber hinaus wird schließlich die Entscheidung fällig, ob man sich für Möbel, Kleider, Bücher oder für Verwundete entscheiden soll. Um das Maß voll zu machen, naht da noch der deutsche Schwiegersohn Berg, er hat Extramöbelwünsche, es ist ihm da ein »reizender Toilettentisch«, ein »wahrhaft entzückendes Stück« und spottbillig (Nebbich, wenn die ganze Stadt abbrennt!) angeboten worden, genau das Stück, das er seiner Frau schon lange schenken wollte. Und wer entscheidet diesen Streit, der sich zu einem Gewitter an Gereiztheit zusammenballt? Nicht der Herr Graf, nicht die Gräfin oder gar der mediokre Berg – die zwanzigjährige Natascha hat ihren historischen Augenblick, ihr Auftritt besteht darin, das Selbstverständliche zu entscheiden, und sie drückt sich recht deutlich aus: »Meiner Meinung nach«, schreit sie, »ist das eine Gemeinheit, eine Scheußlichkeit, eine ... ach, ich weiß nicht! Sind wir denn vielleicht Deutsche?« Wird ein Deutscher mit diesem Volltreffer konfrontiert, so wird er betrübt sein und gleichzeitig triumphieren, triumphieren mag er sogar als Deutscher, da es ihm so sehr am Selbstverständnis fehlt, oder wie man das nennt, dann aber wird er, muß er betrübt sein als Exemplar jener Gattung, die Mensch heißt, und zu der er – mag's noch so unwahrscheinlich klingen – letzten Endes doch gehört. Natürlich kennen wir alle diesen Besitzfetischismus, der Millionen Fluchten kennzeichnete, der sich an Einmachgläser, Kopfkissen oder Blumentöpfe klammerte. Ist das deutsch? Sind nicht Nataschas Mutter, ein wenig sogar ihr Vater, der sich nicht zum Selbstverständlichen entscheiden kann, ein bißchen deutsch? Vielleicht haben die Deutschen erst im Zweiten Weltkrieg gelernt, jenen seltsamen Besitz zu schätzen, den man das nackte Leben nennt; man hat ihnen wohl nie beigebracht, um des Lebens willen zu leben – so wenig, wie um des Lesens willen zu lesen. Ihr Fluch ist auch ihr Segen, diese ständige Suche nach dem »Sinn« des Lebens – und mag er sich auch, zum Fetisch pervertiert, in einem Blumentopf finden.

Nataschas energische Entscheidung hat aber auch, und das macht diese Entscheidung so menschlich wie »romanhaft«, die Konsequenz, daß mit den Verwundeten ihr ehemaliger Verlobter Andrej Bolkonskij in die Obhut der Familie Rostow und damit wieder in Nataschas Nähe gerät. Der moderne Roman(cier) verachtet solche Fädeleien, der lesende Autor beginnt hier, seiner Naivität nicht mehr zu glauben, der unvoreingenommene Leser mag sich aber getrost seinen Gefühlen und Gedanken überlassen und sich sagen: »Nein, so was!« Er soll auch, ohne auch nur die geringsten Komplexe zu bekommen, derart eingefädelte Romanwirklichkeit für eine »wahre Geschichte« nehmen und immer noch auf das Happy-End warten, nicht jenes, das sich am Schluß wirklich ereignet, sondern auf das vorgeschobene Ideal-Happy-End, in dem Andrej Bolkonskij und Natascha Rostow sich »gefunden« hätten. Wissen sollte der Leser auch, daß Tolstoi für *Krieg und Frieden* tatsächlich den banalsten aller banalen Romantitel eine Zeitlang erwogen hat »Ende gut – alles gut«. Ein für Intellektuelle möglicherweise abschreckender Titel, der sie höchstens auf ein paar Umwegen anziehen könnte. Wenige Romane der Weltliteratur sind so geeignet, das Lesen zu lehren, wie *Krieg und Frieden.* Tolstoi kommt dem Leser ständig entgegen und schreckt ihn ständig wieder ab, weil er immer wieder den warnenden Zeigefinger erhebt. Nirgendwo wird auch nur andeutungsweise etwas wie Anbiederung versucht, die sich sowohl in bloßem Entgegenkommen wie in bloßer Abschreckkung verbergen kann.

Schon im ersten Teil des Romans, der ein knappes Zehntel des Gesamtumfanges ausmacht, erfolgt der Ein- und Aufmarsch des gesamten Personals, das sich je nach Zeit, Geschichte, Zeitgeschichte und Milieu, mit dem entsprechenden Nebenpersonal umgeben, finden wird; dieses Personal, das Tolstoi streckenweise mit ganzen Kapiteln Philosophie und Militärgeschichte zudeckt, aus dem es sich dann, den Staub von den Haaren schüttelnd, wieder lebendig erhebt. Schon nach knapp einhundertfünfzig Seiten sind sie alle da: die Kuragin, Rostow, Drubezkoj und Bolkonskij, und es taucht jener merkwürdige, linkische und dickliche Mensch auf, dieser ewig zerstreute Pierre Besuchow, der die somnambule Sicherheit hat, im rechten Augenblick an der rechten Stelle aufzutauchen, um – wie der Tölpel im Märchen – das schönste Mädchen, das meiste Geld, die meiste Geschichte einzuheimsen: die gewaltige Erbschaft seines Vaters, auf die er angesichts der Kamarillen im Sterbezimmer und angesichts seiner Ungeschicklichkeit wenig Aussicht hat; die Schlacht bei Borodino, den Brand Moskaus, Napoleons Lächerlichkeit, außerdem noch jenes Erlebnis, das in solchen Zeitläuften kein Zeitgenosse versäumen sollte: Gefängnis und Gefangenschaft; und am Schluß bekommt er sogar noch Natascha. Pierre Besuchow hat eine verfluchte Ähnlichkeit mit jenem Burschen, der mit einer toten Krähe und ein wenig Straßenschlamm in der Tasche der melancholischen Prinzessin als einziger zu Braten, Soße und Lachen verhilft. Tolstoi ist mit Besuchow etwas gelungen, das kaum einem Romancier außer ihm gelungen ist: einen Helden zu schaffen, den man ganz sympathisch findet, mit dem man sich aber kaum »identifizieren« möchte. Es gibt so viele Tölpel, und so wenige davon bekommen die Prinzessin, und wer möchte schon ein Tölpel sein, auf die geringe Chance hin, die ein Märchen bietet? Wer würde, wenn er den Roman zum erstenmal

liest, darauf wetten, daß es mit diesem Pierre ein »Ende gut« nehmen könnte. Dieser liebenswürdige, mittelmäßige Mensch, der grüblerisch und doch kein rechter Grübler ist, der zwar eindeutig und nachweisbar männlichen Geschlechts und doch kein »rechter Mann« ist, dieser Brillenträger, dem man nicht einmal seine Lasterhaftigkeit so recht glaubt, ihm gegenüber wird sogar der Gewaltige General Kutusow zur Charge; dieser Dilettant, dem die Reformen auf seinen Gütern mißlingen, weil er zu faul ist, sich mit den entsprechenden Theorien zu befassen und die richtigen Leute zu suchen; der sich durch den ältesten und dümmsten aller Tricks mit Helene Kuragin verkuppeln läßt, durch das brennende Moskau stolpert, den kindlichen Gedanken im Kopf, Napoleon umzubringen; ein mißglückter Millionär, der am Lagerfeuer froh wird um einen Schlag Suppe und ein Stück Brot: er ist der Held, und er, er führt die Braut heim. Ihm gehört Natascha; er gerät, zufällig und ahnungslos an den Punkt, wo die Schlacht von Borodino sich entscheidet: er, der in peinlichem Zivil durch die Aufmarschstellungen fährt, er wird zum »Frontkämpfer«. Hat Tolstoi nicht als erster Autor dem Krieg jene Komponente gegeben, die wir immer noch scheuen, weil uns »Heldentum« und »Schicksal« doch immer noch als Tabu gelten: die Komponente der Lächerlichkeit derjenigen, die Kriege machen.
Dostojewskijs *Raskolnikow* und der *Idiot* sind fast gleichzeitig mit *Krieg und Frieden* erschienen (1866 und 1868). Da ich kaum annehmen kann, die beiden hätten einander auf den Schreibtisch geblickt – und blicken lassen! –, mag es Zufall sein, daß Raskolnikow und Fürst Myschkin (im Idioten) gewisse Ähnlichkeiten mit dem dicklichen Pierre haben. Natürlich sind weder Raskolnikow noch Myschkin auch nur annähernd dick vorstellbar, möglicherweise aber steckt in solch scheinbar nebensächlichen physiologischen Details ein Ansatz, die beiden großen Gegensätze der russischen Literatur des 19. Jahrhunderts in ihrer Verschiedenheit zu erkennen und in ihrer gegensätzlichen Methode der Verstofflichung ihrer Vorstellungen. Ich jedenfalls denke mir Raskolnikow und Myschkin extrem mager, die einzigen *jugendlichen* Helden Dostojewskijs, denen ich eine gewisse Leibesfülle zubilligen könnte, wären der unglückliche Michail Karamasow und der ungemein sympathische Rasumichin, Raskolnikows Freund; und es mag auch sein, daß Aljoscha Karamasow

später ein wenig Fett ansetzen würde. Nur wenige Male auf mehr als eintausendfünfhundert Seiten gerät Pierre Besuchow in jenen Zustand, der jugendlichen Dostojewskij-Helden nicht nur vertraut, der ihnen permanent ist: außer sich. In einer Auseinandersetzung mit seiner extrem bösen Frau Helene und nach der Entführung Nataschas durch seinen Schwager Anatol. In solchem Augenblick ist er duellreif und weiß doch vorher, wie lächerlich Duelle sind. In einem weiteren Detail der Verstofflichung unterscheiden sich Dostojewskij und Tolstoi, in der Materialisation von Hurenhaftigkeit. Ich halte Sonja Marmeladova für eine der unsterblichen Frauengestalten der Weltliteratur, aber eins glaube ich bis heute nicht: daß sie eine Hure war; der Maslova in Tolstois *Auferstehung* glaube ich's. Wie sie dazu geworden ist, wäre eine weitere Frage.

Dem Leser mag dieser Aufmarsch des gesamten Personals auf den ersten einhundertfünfzig Seiten eines Romans nicht so waghalsig vorkommen wie dem lesenden Autor. Alle großen Romane Tolstois sind »gewagt« – und gewonnen: *Krieg und Frieden, Anna Karenina* und *Auferstehung*. Im ersten Teil von *Krieg und Frieden* tritt die Moskauer, die Petersburger Gesellschaft, der Land- und der Stadtadel fast in Regimentsstärke an, ganze Sippen, Gute und Böse, Geschwätzigkeit, Frömmelei, Verworfenheit, Kinder, Erwachsene, Greise, französisch parlierend, verspätete Voltaires und Rousseaus; Intrigantentum, Großzügigkeit, Gemeinheit. Was soll aus ihnen allen werden, vor allem aus diesem Tölpel Besuchow, der zu allem Überfluß auch noch das Herz auf der Zunge trägt? Vierzehnhundert Seiten später ist die Beute eingebracht: Krieg, Frieden, Rußland zwischen 1805 und 1813, seine Gesellschaft, seine Angst, seine unheimliche Ruhe, seine Bauern, seine Soldaten, Kaufleute, sein listiges Zögern gegenüber Napoleon, der die Räumung Moskaus mißversteht, vor den Toren Moskaus die Honneurs der Bojaren erwartet, der recht ärgerlich ist, weil sie ihn so lange warten lassen, und dann in die schweigende, eisig schweigende Stadt, in die schon schwelende, später lichterloh brennende Falle hineintappt, er, der wahnwitzig genug war, diesem unendlichen Horizont entgegenzumarschieren. Wer dächte nicht, wenn er über das Jahr 1812 liest, an das Jahr 1941, als eine weitere und weitaus dümmere Arroganz und Verkennung des europäischen Westens gegenüber dem Osten fällig war: der Einmarsch der deutschen

Armee, die zwischen Juni und November Leningrad und Stalingrad und Moskau erobert und gleichzeitig auch noch innerhalb von viereinhalb Monaten den russischen Winter, ohne halbwegs dazu ausgerüstet zu sein, »besiegt« haben wollte. Natürlich wird da in strategischen Erinnerungen herumspekuliert auf dem WENN, WENN. Die Antwort war deutlich: der härteste Winter seit einhundert Jahren kam, und es half kein WENN. Große Schlachtenlenker können später immer auf WENNS spekulieren, ein Autor darf es nie. Hitlers »Beresina« dauerte drei Winter, aber am Ende war ein halbverkohlter Leichnam vor einem Bunker in Berlin, und ein verratenes, verlassenes, verkauftes Volk – und fünfundzwanzig Jahre später blickt man vom Springerhochhaus und vom Hilton Hotel »von oben herab« wie auf Affen im Zoo und hat noch nicht gemerkt, daß die eigene Äffischkeit sich schon zu zeigen beginnt. Nein, nein, frei möchten die Menschen schon sein, aber was es bedeutet, durch Deutsche befreit zu werden, das werden sie nicht so bald vergessen.

Da ich eine (vielleicht glückliche) Veranlagung habe, Inhalte zu vergessen, mir sie immer wieder und immer nur in ihrer Verstofflichung nahebringen lasse, erfüllt mich bei jeder Lektüre von *Krieg und Frieden* am Ende des ersten Teils, den man als eine Art Exposition betrachten kann, die gleiche Bangigkeit: wie wird er diesen großen Aufmarsch durch die Zeiten über die Runden bringen? Natürlich weiß ich, daß es da zwei Handlungsträger gibt, auf die sich ein Autor einigermaßen verlassen kann, einen weiblichen, den Frieden, einen männlichen, den Krieg, und ich weiß auch inzwischen, daß mit Natascha nicht alles glattgehen wird: das ideale Brautpaar, Natascha Rostow und Andrej Bolkonskij, sie werden sich nicht kriegen, und das böse, geschickt angelegte Vorhaben des alten Kuragin, die beiden großen Vermögen Bolkonskij und Besuchow durch Verkupplungsversuche, von denen der eine nur vorübergehend gelingt, einzuheimsen, wird doch am »Ende gut – alles gut« vereitelt. Sogar für finanziellen Lastenausgleich wird gesorgt, die durch Verschwendung ruinierten Rostows können aufatmen: Natascha heiratet Pierre und Nikolaj heiratet Marja Bolkonskaja. Ist das nicht ein Märchen? Ist Tolstoi nicht eine großangelegte, großartige Täuschung gelungen, mit diesem alltäglichen, durchschnittlichen Besuchow, den jeder für so »wirklich« hält? Ist er nicht unwirklicher als Napoleon und Kutusow, als dieser ganze histo-

risch verbürgte Hinter- und Vordergrund, diese wie bei einem historischen Prachtschinken vielschichtig ausgespachtelte Grundierung, die Tolstoi braucht, um Pierre Boden unter die Füße zu schaffen?
Vor dem Happy-End vergehen noch acht Jahre und vierzehnhundert Romanseiten, es kommen noch weitere vierzehn Teile, ein Epilog und nicht weniger als ingesamt dreihundertunddreiundfünfzig Kapitel. Dem geneigten Leser mögen solche Zahlenangaben unwichtig, ja, wie eine frivole Zerstückelung vorkommen, für den lesenden Autor sind sie von genauso großer Wichtigkeit wie der gesamte Inhalt und das umfangreiche Personal mit allen seinen Problemen. Schließlich wird an jedem Roman herumgestückelt, herausgeschnitten, geklebt, geändert – ein Vorgang, den man gemeinhin Komposition nennt; diese Zerstückelung gehört zu dem Vorgang, den man den schöpferischen Prozeß zu nennen beliebt. Solche Ziffern und Zahlenwerte bringen den Rhythmus nahe, den Atem, mit dem ein Autor auf solch einer langen Reise sparsam umgehen muß. Die Durchschnittslänge jedes der fünfzehn Teile beträgt etwa einhundertfünf, die Durchschnittslänge jedes Kapitels zwischen vier und fünf Seiten. Glücklicherweise erreicht keiner der Teile und erreichen nur wenige Kapitel diesen »Durchschnittswert«. Das Berechenbare erweist sich als unberechenbar; natürlich ist solch ein Roman nicht rechnerisch erfaßbar, und doch hat er seine Endlichkeit, hat er seine Länge und sogar Längen, hat er eine vom Autor höchstperönlich vorgenommene Einteilung in Bücher, Kapitel, Abschnitte. Ich weiß nicht, ob es schon kybernetische Messungen von Romanrhythmen gibt, ich hielte sie für aufschlußreich, und gäbe es sie, würde ich gern *Krieg und Frieden* und den *Raskolnikow* miteinander vergleichen, diese beiden Atemproben gern nebeneinander sehen. Wahrscheinlich ergäben beide, rhythmisch geröntgt, materialisiert, phantastische Grafiken als Nebenprodukte der Literatur. Auf eine Formel verkürzt, ein weiterer Vergleich zwischen Tolstoi und Dostojewskij: Tolstoi ist auch in der allkürzesten seiner Erzählungen langatmig, Dostojewskij kurzatmig bis zur Atemlosigkeit. Im *Raskolnikow* ist auf eine fürs neunzehnte Jahrhundert sensationelle Weise schon der Zeitraffer am Werk. Man weiß gar nicht, und es ist auch nicht interessant zu wissen, wie lange die Spieldauer des Romans ist, ob drei oder fünf Tage, ob Wochen oder Monate: er ist in einem

Augenblick vorüber. Bei Tolstoi schreitet man durch Jahrhunderte. Natascha ist bei Beginn dreizehn Jahre alt, am eigentlichen Ende des Romans ist sie einundzwanzig: knappe acht Jahre, die wie eine Ewigkeit erscheinen. Entkleidet man die Wörter »langatmig« und »kurzatmig« der negativen Nebenbedeutung, die sie im Deutschen haben, nimmt sie einfach als »technische Werte«, so kann man vielleicht die unterschiedlichen Rhythmen erkennen. Dostojewskij, jedenfalls der späte, wirkt auch in seinen umfangreichen Romanen, die immerhin an die tausend Seiten gehen, kurzatmig. Natürlich ist darin auch der Unterschied der Arbeitsweise und -bedingungen erkennbar.

Ich stelle mir in diesem Annäherungsversuch vor, das Rußland des neunzehnten Jahrhunderts sei in diesen beiden so verschiedenen Autoren gut aufgehoben und gut ausgedrückt. Tolstoi überraschenderweise der *jüngere,* der uns älter vorkommt, weil er älter geworden ist. Ich kann hier nicht die Gestirne Puschkin, Gogol, Tschechow, Lermontow und Gontscharow noch in meine Überlegungen einbeziehen und nicht die zahlreichen Satelliten der russischen Literatur des neunzehnten Jahrhunderts, was notwendig wäre, um dem Eigenschaftswort »russisch« auch nur annähernd Hintergrund zu geben. Ist Pierre so russisch wie Nataschas Deutsche deutsch?, dieser Mensch, der ziemlich genau in der Mitte des Romans von sich selbst denkt: »Und er war nichts als der reiche Mann einer untreuen Frau, ein Kammerherr außer Dienst, der an gutem Essen und Trinken seine Freude hatte und wohl auch ein wenig auf die Regierung schalt, wenn er nach einem reichlichen Diner mit aufgeknöpftem Rock dasaß, Mitglied des Moskauer Englischen Klubs und allgemein beliebtes Mitglied der Moskauer Gesellschaft. Eine längere Zeit hindurch konnte er sich auch noch nicht recht mit dem Gedanken abfinden, daß er selbst nun ein richtiger Moskauer Kammerherr außer Dienst sein sollte – ein Typus, den er vor sieben Jahren so grimmig verachtet hatte.« Ist er russisch oder der frivole Dolochow, mit dem er sich duelliert? Ist es Bolkonskij oder der letzten Endes doch ein wenig schnöde und nicht überaus intelligente Nikolaj Rostow, der Sonja sitzenläßt? Und was ist mit Anatol Kuragin oder dem Streber und erfolgreichen Karrieristen Boris Drubezkoj? Wer ist der »russischere« oder gar der »russischste« von allen? Vielleicht muß man tun, was man nicht tun darf: eine Nationalbezeichnung steigern und in den Superlativ setzen, um herauszufinden, wie fragwürdig sie sind. Was ist das für eine Eigenschaft, die man nicht steigern darf und kann? Und wo bleiben die Gestalten Dostojewskijs, Gogols, Puschkins – ist Myschkin russischer als der liebenswürdige kleine Petja Rostow, der in den letzten Augenblicken des Krieges noch sterben muß und den man sich so gut als friedliches, bramarbasierendes Großväterchen an einem Kamin vorstellen kann? Möglicherweise sollte man die Methode, die ich vorgeschlagen habe, um den Autor aus seinem Gesamtwerk herauszufinden, auch auf Nationen anwenden: das gesamte Personal ihrer Literaturen, ihrer Politik, ihrer Wirtschaft und Landwirtschaft etc. *addieren,* aus dieser gewaltigen Summe die siebte Wurzel ziehen – und wäre dann berechtigt, ein Eigenschaftswort wie russisch oder deutsch in Gebrauch zu nehmen. Natürlich reklamieren die Nationen ihre »Gestalten«, und kein Russe wird auch nur auf einen von ihnen verzichten wollen: nicht auf Rasumichin, der so russisch ist wie jeder andere und kein anderer, und nicht auf Levin oder Vronskij, Kuragin und Bolkonskij. Nicht ohne Neid gebe ich zu: es ist ein reich bevölkerter Kosmos von Frauen und Männern in der russischen Literatur, bei uns geht's ein wenig sparsamer zu – aber was ist denn auch nur annähernd *typisch* russisch, so, daß einer ohne Zögern das Eigenschaftswort anwenden könnte? Betrachte man sich genau, was allein in *Krieg und Frieden* als typisch deutsch angeboten wird, so bleibt außer dem Volltreffer von Natascha noch genügend Munition. Da wird ein Sprichwort zitiert: »Der Deutsche drischt auch auf dem Beilrücken noch Korn«, und es wimmelt da von deutschen Beratern im Generalstab:

»Pfuel war einer jener hoffnungslos, unerschütterlich, fanatisch selbstbewußten Menschen, wie man sie eben nur unter Deutschen findet, und zwar weil nur bei den Deutschen das Selbstbewußtsein auf einer abstrakten Idee basiert, nämlich der Idee der Wissenschaft, das heißt, des vermeintlichen Besitzes der vollkommenen Wahrheit. Das Selbstbewußtsein des Franzosen beruht auf dem Glauben der unwiderstehlich bezaubernden Wirkung seiner geistigen wie körperlichen Erscheinung auf Männer und Frauen. Das Selbstbewußtsein des Engländers fußt auf der Überzeugung, Bürger des am besten eingerichteten Staates der Welt zu sein und daher, eben als Engländer, immer zu wissen, was er zu tun hat, und desgleichen immer zu wissen, daß dasjenige, was er, eben als Engländer, tut, ohne Zweifel gut und richtig

ist. Das Selbstbewußtsein des Italieners gründet sich darauf, daß er von Haus aus aufgeregt ist und leicht sich selbst und andere vergißt. Das Selbstbewußtsein des Russen hat seine Wurzeln darin, daß er nichts weiß und nichts wissen will, weil er nicht glaubt, daß man überhaupt etwas wissen könne. Das Selbstbewußtsein des Deutschen aber ist ärger, hartnäckiger und unangenehmer als das aller anderen Völker, eben weil er sich einbildet, er kenne die Wahrheit, das heißt die Wissenschaft, die er sich selbst ausgedacht hat, aber für die absolute Wahrheit hält.«
»Pfuel wirkte noch typischer als alle diese. Einen solchen deutschen Theoretiker, der alles, was diese anderen an sich gehabt hatten, in so prägnanter Weise in sich vereinigte, hatte Fürst Andrej noch nie gesehen.« Mögen die Engländer, Franzosen und Italiener sich mit ihrer Nationalitäts-Definition konfrontieren, ich schreibe hier als einer, der einigen Grund hat, sich als Deutscher zu bezeichnen.

Erröten wir, schämen wir uns, oder ärgern wir uns nur, wenn wir das lesen? Kommt es uns nicht doch irgendwie – leider eben nur irgendwie – zutreffend vor? Sind nicht die Ideologen der DDR irgendwie die Pfuels des Ostblocks, die, die es immer genau, die es besser wissen, die im Besitz der »vermeintlichen Kenntnis«, der »reinen Wahrheit« sind und »pfueln« nicht die harten Pragmatiker der BRD tüchtig im westlichen Lager herum? Waren nicht die großen Strategen des Eroberungskrieges gegen die Sowjetunion alle mehr oder weniger Pfuels, die gewonnen hätten, wenn – ja, wenn nicht der härteste, strengste Winter seit hundert Jahren gekommen wäre. Aber dieser Winter kam, und er kam auch für die Rote Armee.

Ich bilde mir nicht ein, dieses Problem der Nationalitätsbezeichnung, der Urteile und Vorurteile auch nur andeutungsweise lösen zu können. Ich frage mich nur, ob es nicht besser wäre, Nationalitätsbezeichnungen für eine Weile aus dem Verkehr zu ziehen, bis die noch zu erfindenden Computer, die wahrscheinlich zwei Kilometer breit sein müßten, mit den entsprechenden Daten gefüttert werden können und uns ein Kärtchen liefern, auf dem die Formel steht für das, was man russisch oder deutsch nennen könnte? Noch hat keine Nation, kein Volk, keine nationale Literatur angefangen, die Adjektive zu überprüfen, mit denen man sich selbst und andere bezeichnet. Man kann sich die Ausdrücklichkeit irgendeiner Nation nicht aussuchen, nicht auf ein paar Autoren oder gar ein paar ihrer Gestalten reduzieren. Literatur im Export ist voller Gefahr der Zufälligkeiten. Heinrich Heine würde wichtiger und deutlicher, wenn man ihn überall in seiner Differenz zu Stifter sehen könnte. In gewissen Teilen der Welt gilt Wagner als *die* deutsche Musik, und was nicht so wagnerisch ist, gilt dann nicht mehr als deutsch. Wann hört ein Deutscher auf, für die Ausländer deutsch zu sein? Wer ist russischer, Tolstoi oder Dostojewskij? Welche beiden Autoren könnten weiter voneinander entfernt sein; ist Poe amerikanischer als Jack London, oder Stifter deutscher als Heine? Und Hölderlin – wer wird die Entfernung zwischen ihm und Heine messen? Ist Stifter nicht gerade in seiner Eigenschaft als der sanfte Unmensch, als der ihn Arno Schmidt bezeichnet hat, von einer bedrückenden Modernität, seine Beschränkung auf Sachen, auf Steine, Möbel, während die Menschen auf eine gespenstische Weise »verpuppt« bleiben, nicht schon fast eine ins neunzehnte Jahrhundert vorverlegte Exemplikation des nouveau roman, und ist Heines Frivolität und Bosheit nicht viel mehr rheinisch als jüdisch? Wann wird erst dieser Wortkontinent »jüdisch« erforscht?

Auf weitere Formeln verkürzt: Tolstoi ist der Autor des Landes und der Landwirtschaft, Dostojewskij der Autor der Großstadt. Es gibt kaum eine gelungenere Verstofflichung von Land und Landschaft, ihren Menschen, den Tieren, als die in *Krieg und Frieden* eingebaute Wolfsjagd: das ist wohl wirklich Rußland, denkt man, und es ist da das andere Rußland: Dostojewskijs Kleinbürger und Intellektuelle in den Großstädten. Die irdische Religiosität Tolstois, die metaphysische Dostojewskijs. Ich weigere mich und werde mich weiterhin weigern, zwischen den beiden zu *wählen*. Ich nehme sie zusammen und Puschkin, Gogol, Lermontow und viele andere noch dazu und habe dann, bevor wir den Riesencomputer installiert haben, etwas in der Hand, das ich für mich annähernd russisch nennen könnte.

Tolstoi und Dostojewskij haben auch eine verschiedene Bedeutung und Gegenwärtigkeit in der Sowjetunion. Puschkin, Gogol und Tolstoi sind wohl die am wenigsten ideologisch umstrittenen, und wen wird es wundern, daß Tolstoi ideologisch der beliebtere war und bleiben wird. Ein Autor, den man – könnte man das Wort noch gebrauchen – als den größten Realisten der russischen Literatur bezeichnen kann, der als junger Mensch, nachdem er Augenzeuge vom Sterben seines Bruders Nikolai gewesen war, während der Beerdigung seines Bruders auf den Gedanken kam, ein materialistisches Evangelium, das »Leben Christi als eines Materialisten« zu schreiben; ein Autor, von dem kein Geringerer als Lenin gesagt hat: »Bevor dieser Graf zu schreiben begann, gab es in der russischen Literatur keine echten Bauern.«

Fünfzig Jahre nach der Revolution, im Jahr des hundertsten Geburtstags Lenins, gibt es Anzeichen dafür, daß – nicht etwa Tolstois, Puschkins oder Gogols Zeit vorüber ist – und doch Dostojewskijs Zeit kommt. Die ungeheure Dankbarkeit und der Respekt, den man der Literatur in der Sowjetunion zollt, haben nicht zur Folge, daß der eine den anderen ablöst – es sieht nur so aus, als würde die längst fällige Ergänzung durch Dostojewskij vollzogen. Das ist nicht immer abhängig von der genehmigten Auflagenhöhe. Manche Manuskripte von Solschenizyn sollen, nicht gedruckt, sondern privat vervielfältigt, in zwanzig- bis dreißigtausend Exemplaren kursieren. Das bedeutet einige hunderttausend Leser. Ein solcher Autor ist, auch wenn er nicht gedruckt wird, präsent, und gewiß ist auch Dostojewskij in der Sowjetunion präsent. Der Zusammenhang der Dostojewskij-Renaissance mit einer religiösen ist unverkennbar. Ob Ost und West, über die Mauern hinweg, ihre Positionen wechseln? Gewiß nicht in ihrer Administration. Die wird im Westen weiterhin das Banner des Christentums flattern lassen, jedenfalls nicht einziehen und der Osten wird offiziell die Flagge des Atheismus gehißt halten. Die beiden Fahnen werden weiterhin oberflächliche Beobachter täuschen. Weiterhin wird man den sozialen Materialismus, der im Westen aufkommt, als Mode abtun (für diese sozialen Materialisten müßte Tolstoi so etwas wie eine Bibel sein – er, der gesagt hat »Die Wurzel allen Übels ist das Eigentum«) – wie man die religiöse Renaissance in der Sowjetunion als Mode abtun wird. An der Verfrontung wird sich wahrscheinlich nichts ändern: die westlichen Fortschrittler werden die neue Entwicklung in der Sowjetunion als reaktionär abtun und im Osten wird man die westlichen Vorstellungen als soziale Illusionen betrachten. Bei der Analyse der zu erwartenden Vorgänge wird ein Werk wie *Die Dämonen* wichtig sein: die Ermordung Schatovs, die in dem Augenblick erfolgt, wo er ein »neues Leben« beginnen will, dieses sinnlose intellektuelle Planspiel, als Gehorsamsvehikel, das gleichzeitig magische Bindung durch Blutschuld vollzieht – sie wird sich immer wieder wiederholen. Tolstoi ist der weitaus irdischere, materiellere, stofflichere. Dostojewskij ist der spirituellere, der »ungemütlichere« auch, bis in die stofflichen Details, etwa das Verhältnis seiner Hauptgestalten zum Essen; modern ausgedrückt, sind sie alle Imbißstuben-, Würstchenbuden-, Snackbar-Esser, während man bei Tolstoi gern und ausgiebig zu Tisch sitzt.

Im Rußland des neunzehnten Jahrhunderts fielen die großen Worte Freiheit, Gleichheit, Brüderlichkeit auf einen Grund, der vom westeuropäischen völlig verschieden war. Das Verhältnis Rußlands zum Humanismus – alle Fragilität, Mißbräuchlichkeit, alle Facetten und Verfälschungen, die der Begriff inzwischen erfahren hat, vorausgesetzt – ist ein vom Westen Europas verschiedenes. Die Geschichte hat diese Worte und Begriffe Rußland anders zugetragen, und bis auf den heutigen Tag trägt sich dort alles anders zu. Auch der Begriff der Solidarität hat bis auf den heutigen Tag eine andere Geschichte und andere Selbstverständlichkeiten der Verwirklichung. Man trug und trägt dort seine politische Haft wie hierzulande seine Orden, die Ehrfurcht vor dem Gefangenen hat erst nachgelassen und wird weiter nachlassen mit dem Aufkommen einer neuen Klasse Mensch: dem sowjetischen Spießer, der haben will, wonach auch die westlichen Spießer verlangen: Ruhe und Ordnung. Die politischen Häftlinge in Tolstois *Auferstehung* erkennen sehr wohl in der unglücklichen Maslova das Opfer gesellschaftlicher, also politischer Verhältnisse, und sie sind es letzten Endes, die sie an sich nehmen und befreien, auch sie als politischen Häftling akzeptieren.

Der Respekt vor Schriftstellern und Intellektuellen ist immer groß gewesen, weil sie es waren, die traditionsgemäß Veränderungen der Herrschaftsverhältnisse betrieben. Das »Samisdat«, das privat vervielfältigt und verbreitete Manuskript, das sich der Zensur entzog und doch populär wurde (wie heutzutage u. a. Solschenizyns Manuskripte) hat Tradition, und aus dieser Tradition ergibt sich ein anderes Verhältnis zur Popularität, die westlichen Intellektuellen immer noch suspekt erscheint. Wir werden es nie ganz begreifen, noch weniger exakt analysieren können, schon deshalb nicht, weil wir die Differenzen, die vielen Nuancen zwischen Sowjetrußland, den übrigen Sowjetrepubliken und den anderen sozialistischen Staaten nie ganz wahrnehmen.

Annähernd habe ich, nehme ich die russische Literatur des neunzehnten Jahrhunderts als Ganzes, so etwas wie eine Vorstellung von russisch, und in *Krieg und Frieden* auch nur annähernd Tolstoi. Es gibt ja noch die ungeheuren Entfernungen, die sich im Gesamtwerk eines Autors verbergen, wie die Spannungen innerhalb des Begriffs »Slawisch«. Ist der Dostojewskij des *Spielers* ein anderer als der der *Brüder Karamasow*? Wo bleibt da jene, mindestens gleichbleibende, möglichst permanent gesteigerte Qualität, die die Pfuels der Literaturkritik von einem Autor fordern? Als Romane sind *Anna Karenina* und *Auferstehung* besser als *Krieg und Frieden* mit seinen vielen Zeigefingern, hinter denen das umfangreiche Personal zeitweise verschwindet, und gewiß haben schon viele kluge Leute die Schwäche des Epilogs festgestellt. Sie haben recht, er ist enttäuschend: Natascha, knapp dreißig, schon zur Matrone geworden, ein recht durchschnittliches, nicht übermäßig, aber angemessen eifersüchtiges Hausmütterchen, und Pierre kann man sich gut vorstellen, wie er da mit Nikolaj und dem unverwüstlich-sympathischen Denissow, der's letzten Endes doch zum General gebracht hat, am Feuer sitzt; im Dämmer, mit einer undefinierbaren Kappe auf dem Kopf, könnte er beides zugleich sein: Großväterchen und Großmütterchen. Der ein wenig beschränkte Nikolaj an der Seite einer so ungeheuer guten Seele wie Marja Bolkonskaja, die eine hervorragende Äbtissin abgegeben hätte. Und eines Tages wird da der peinliche Berg, auch längst General, hereinspazieren, und, wie ich ihn kenne, wird er den Verlust jener »entzükkenden« Kommode, die im brennenden Moskau zurückblieb, beklagen und wird diesen Verlust gleichzeitig ein wenig als Heldentat genießen.

Nach so viel Aufwand, Erregung, Leiden und Leidenschaft endet alles so schrecklich normal. Hat da einer letzten Endes doch mit sehr viel Kanonen nur ein paar Spatzen erlegt? Wird man sich nach dem reichlichen Essen nur die Weste aufknöpfen und ein bißchen auf die Regierung schimpfen? Wird nicht am Ende sogar die weibliche Leserin die Lust verlieren, sich noch mit *dieser* Natascha zu »identifizieren«? So wie der männliche Leser kaum noch Neid auf Pierre empfindet? Natürlich bleibt da allerletzten Endes der kleine Nikolenka Bolkonskij, der von seinem Vater träumt und von Pierre schwärmt und der Großes vollbringen möchte, neue Hoffnung, neuer Anfang. Mir kommt dieser Epilog wie ein bewußt gezielter Schlag vor, ein nasses Handtuch. Wäre Tolstoi überhaupt in der Lage gewesen, Kitsch zu produzieren, so hätte er es wahrscheinlich bewußt kitschig gemacht wie den vorgesehenen Titel: »Ende gut – alles gut«! Doch nicht einmal der Epilog ist kitschig, er ist ganz bewußt anti-idealistisch, scheint mir, und mag dem Wunsch des Autors entsprechen, wenigstens in seinem Werk etwas zu verstofflichen, was er nie fand: Alltäglichkeit. Für einen so wenig alltäglichen Menschen wie Tolstoi muß diese Alltäglichkeit ein Traum gewesen sein, wie es für alltägliche Menschen ein Traum sein mag, »das Leben eines Künstlers« zu führen, und diese normale Ehealltäglichkeit am Ende des Romans ist ja auf eine sehr bittere Weise in den davorliegenden Teilen des Romans in Frage gestellt.

»Eine böse Sache, was?«

»Was soll böse sein, Väterchen?«

»Die Frau!« sagte der alte Fürst kurz und mit Nachdruck.

»Ich verstehe Sie nicht«, erwiderte Fürst Andrej.

»Da ist nichts zu machen, Freundchen«, sagte der alte Fürst. »Alle sind sie sich gleich, und scheiden lassen kann man sich nicht. Keine Angst, ich sage es niemand. Und du weißt es ja selbst.«

Diese Anspielung auf Andrejs Verhältnis zu seiner Frau Lisa ist sarkastisch und treffend. Und hat man, wenn man dieses Happy-End liest, vergessen, daß Natascha tatsächlich bereit war, sich als Verlobte Andrejs von einem Schurken wie Anatol Kuragin entführen zu lassen? Es bleibt genug, diesem glücklichen Ende nicht ganz zu trauen. Vielleicht soll an diesem glücklichen Ende auch angedeutet werden, daß die Geschichte, große und kleine Kriege, für die, die daran teilnahmen und überlebten, zu einem kümmerlichen Gesprächsstoff zusammenschrumpft. Wenn die Kriege lange genug dauern, werden aus Hauptleuten eben Obristen und Generäle, und selbst der streitbare Denissow, der für seine hungernden Soldaten Lebensmittel raubte, im Lazarett fast verelendete, überraschenderweise zeitweise zum Querulanten wird – auch er endet in Gemütlichkeit. Ich finde dieses Ende gar nicht so happy, mag's auch so gemeint gewesen sein.

Wenige Jahre bevor er an die Niederschrift von *Krieg und Frieden* ging, hat Tolstoi in einem Brief geschrieben: »Um anständig zu leben, soll man sich selbst anstrengen, verstrickt werden, ringen und kämpfen, Fehler machen, anfangen und aufgeben, wieder beginnen und aufgeben und ständig kämpfen und sich selbst berauben. Friede und Ruhe ist nichts weiter als Niedrigkeit der Seele.« Vielleicht ist dieses Zitat, das sich um viele gleichbedeutende erweitern ließe, der einzig mögliche Kommentar zum glücklichen Ende von *Krieg und Frieden.*

Es gäbe viel über die Person Tolstoi zu sagen, über sein Verhältnis zu »Größe«, das er an Napoleon expliziert, über seine Haltung zum »Krieg«, den er wie eine blutige und absurde Lächerlichkeit sieht, wiederum verkörpert in der Lächerlichkeit Napoleons, dessen Aktivität in der Passivität des brennenden Moskau gelähmt wird; über Tolstoi und den Westen, den Katholizismus (Helene Kuragins allerletzte Verworfenheit besteht schließlich darin, daß sie auch noch katholisch wird!). Biographisches wäre anzumerken, Tolstois ständige Erduldung des Gegensatzes zwischen Leben, Werk und Lehre, in diesem Dreieck riß es ihn dauernd hin und her, und wenn »Frieden und Ruhe nichts weiter als Niedrigkeit der Seele« sind, dann war seine Seele alles andere als niedrig. Er war kein Olympier, obwohl man ihn gern auf einige Throne gesetzt hätte, und er starb schließlich wie eine Dostojewskij-Gestalt: ganz und gar unweise, von den Widersprüchlichkeiten seines Lebens zerrissen, und es blieb ihm, auch nach dem Tode, nichts erspart; die Tür seines Eheschlafzimmers wurde weit geöffnet, sein Bettuch gelüpft; mehr Mißverständnisse und unglückselige Verkennung, auch Mißtrauen, als zwischen ihm und seiner Frau, ihm und dem größeren Teil seiner Familie, ihm und seinen Jüngern, seinen Anhängern, den Tolstoianern, kann es kaum geben. Nichts, nichts blieb ihm erspart. Keine Spur, nicht der Schimmer einer Andeutung von einem glücklichen Ende.

Haben wir unsere Neugier gestillt, den Verfasser gefunden, sein Versteck aufgestöbert? Wo und worin steckt er? In Bolkonskij, in Pierre, in Anatol Kuragin etwa, in den beiden Nechljudovs (zweimal, im *Marquer* und in *Auferstehung,* gibt er seinen Helden diesen Namen), steckt er in Levin, der mit seiner Kitty ähnlich glücklich endet wie Pierre mit Natascha? Hat er sich in Kutusows Rockaufschlag versteckt oder in Bagrations Tabaksbeutel? In Speranski, dem zaristischen Chefideologen? Bei Nataschas Onkel, wo die selige Wolfsjagd selig endet? Wo ist dieser Autor, dieser Mensch, von dem wir wissen, daß er im Bett eines

Bahnwärters starb, vom Ruhm verfolgt und von der Reflexion des Ruhms auf seine Familie getötet. Darf ich vorschlagen, daß wir ihn in Frieden lassen? Ihm gestatten, gewesen zu sein, nicht nur in Werk, Leben und Lehre, was schon ausreichen würde, *gespalten* auch noch in Bolkonskij, Besuchow, Levin und Oblonski, mit »Zügen«, möglicherweise sogar von Vronskij, einem »Anflug« von Speranskij, zwei Nechljudovs und etwa dreihundert anderen.

Und müßte man ihm nicht gerechterweise auch die Chance geben, sich in einigen Frauen versteckt zu haben und versteckt zu halten. Genügt es nicht zu wissen, daß ihm nichts erspart blieb, nicht einmal – was er als Ehre empfunden haben wird – die öffentliche Exkommunikation durch die russisch-orthodoxe Kirche? Meine Neugier ist jedenfalls gestillt, und bevor ich mich hoffnungslos verpfuele, gebe ich ihm das letzte Wort. Von Tolstoi über Menschen gesagt, könnte es uns, auf Nationen angewendet, vielleicht weiterhelfen: »Es ist ein sehr gewöhnlicher und sehr weit verbreiteter Aberglaube, daß jedes menschliche Wesen gewisse endgültige Eigenschaften habe, daß wir entweder gut oder schlecht seien, klug oder dumm, energisch oder passiv usw. Aber die Menschen sind nicht so. Wir können sagen, daß ein bestimmter Mensch öfter gut als schlecht ist, öfter klug als dumm, öfter energisch als passiv und umgekehrt, aber es wäre unrichtig, von irgendeinem einzelnen Menschen zu sagen, er sei einfach gut oder klug, schlecht oder dumm. Aber so klassifizieren wir dauernd die Menschen – und das ist falsch. Menschliche Wesen sind wie Flüsse – das Wasser, das in ihnen allen fließt, ist in jedem Fall das gleiche, aber jeder Fluß ist an einer Stelle schmal, an einer anderen breit, manchmal ruhig oder klar oder kalt, manchmal trüb und ein andermal wieder warm. Und Menschen sind genauso. Jeder Mensch hat die Keime aller menschlichen Eigenschaften in sich, alle kommen zu verschiedenen Zeiten zum Vorschein, und oftmals wird er sich charakterlos benehmen, trotzdem ist er immer noch die gleiche Person. Bei manchen Menschen sind solche Umschläge sehr plötzlich.« (*Auferstehung.*) Vielleicht ist das ein Annäherungsversuch an sich selbst; vielleicht nicht einmal der beste, und – wie mancher Leser denken wird – zu »einfach«. Gewiß war Tolstoi selbst viel, viel komplizierter als dieser sein Annäherungsversuch an eine Definition des Menschlichen. Er war sich selbst unerklärlich.

# Wer Augen hat zu sehen, sehe!

## *Vorwort zu »UdSSR – Der Sowjetstaat und seine Menschen«*

Als Voraussetzung ein Geständnis: ich mache mir nicht viel aus Pracht-Fotobänden, ob sie nun dänische, sowjetische, amerikanische oder deutsche (BRD oder DDR) Leistung in Farbe darbieten oder tschechische; die gut geklickte, gut belichtete Pracht läßt mich ziemlich kalt. Was ich aufbringe, ist Verständnis dafür, daß Völker, Nationen, Staaten, Gemeinschaften aller Art, oder auch Firmen gern vorzeigen, was sie erstellt haben oder was ihnen von der Geschichte zugestellt worden ist: etwas so Erstaunliches wie den Kreml oder die Stadt Leningrad in ihrer Gesamtheit, den Kölner Dom oder das römische Souterrain dieser Stadt, die Sehenswürdigkeiten italienischer Städte, die man aufzählen oder abbeten könnte wie einen Rosenkranz – von Verona bis Palermo. Es gibt außerdem ökonomische Leistungen herzuzeigen: Zuchtbullen, automatische Walzstraßen, faustgroße Kartoffeln, Neubauten, U-Bahn-Tunnels und den obligatorischen Blick ins lebhafte Nachtleben. In diesem Stolz, das Sehenswürdige vorzuzeigen, liegt viel Kindliches, wie bei einem Jungen, der mittags stolz einen Einser mit nach Hause bringt, verbriefte Leistung auf den Tisch legt: Seht her! so tüchtig bin ich. Da werden Schultern geklopft und Prämien vergeben, Gesichter strahlen, und das Ganze, ob nun ein Stadt- oder Fabrikdirektor einen Orden umgehängt oder der Junge mit der Eins ein Eis spendiert bekommt, hat etwas Rührendes. Schließlich strahlen Politiker und Industrielle auch gern einmal, wenn sie ein gutes, anerkennendes Wort zu hören bekommen. Hier wäre eine endlose Meditation über Repräsentation fällig, mit einem ausführlichen Anhang über das Zensurensystem – ich will sie mir und dem potentiellen Leser ersparen. Was prominent ist, hervorragt also, ist selten repräsentativ – ganz gleich, ob's sich um literarische oder politische Prominenz handelt. Da ich schon einmal bei Geständnissen bin, ein weiteres: Ich finde den Kreml herrlich, Leningrad traumhaft, die Eremitage als Gebäude und als Museum unbeschreiblich, und ich steige hin und wieder gern ins römische Souterrain von Köln hinunter. Schließlich kann man in Sehenswürdigkeiten tun, was man in fremden Städten und Ländern ausgiebig tun sollte: spazierengehen, und überall begegnet man Menschen; so wird das Sehenswürdige zwar gesehen und doch zum »Nebenbei«. Ein solcher Prachtband besteht notwendigerweise aus lauter Einsern wie das Zeugnis eines Musterschülers. Nun sind Musterschüler so problematisch wie ihre Einser, wie das ganze Leistungs- und Zensurensystem. Ich würde zum Beispiel einem Jungen, wenn ich schon gegen meine Überzeugung Zensuren erteilen müßte, eine Eins geben, wenn er in einem Diktat statt 110 Fehlern nur noch 56 hätte, obwohl er mit 56 Fehlern »objektiv« wahrscheinlich noch eine dicke Sechs verdient hätte.

Soweit meine Geständnisse und Voraussetzungen. Ich habe den dunklen Verdacht, daß sie für viele Maler, Autoren, Filmleute zutreffen und daß ihretwegen so ungeheuer viele Mißverständnisse, Gekränktheiten, Dementis, Verleumdungen und Kampagnen entstehen. Ein Autor oder ein Maler kann natürlich privat hin und wieder – und das bis zu Tränen – gerührt sein, aber das, was er macht, darf niemals Rührung erwecken. Bewegung, auch innere, im Sinne des vielgeschmähten Wortes Emotion: ja. Rührung: nein. Nie. Gerührt wird nur in der Suppe, im Pudding; Teig wird gerührt (für Pfannkuchen und Waffeln etwa), und in diesem Sinne gibt es natürlich Künstler, die viel Rührung verursachen: die Genremaler zum Beispiel. Bewegung ist etwas anderes. An und in Moskau ist nichts Rührendes, auch nicht an und in Köln, dieser vielgeschmähten und durch jahrtausendealten Schmutz gesegneten Stadt, aber viel Bewegendes. Es geht hier um den materialistischen, den physikalischen Unterschied zwischen rühren und bewegen.

Hätte ich Zeit, Gelegenheit, einen guten, sehr sensiblen Kameramann, viel gutes, farbempfindliches Filmmaterial, würde ich gern zwei Filme machen. Den ersten mit den Menschen auf Moskaus Straßen, einen Film mit etwa zwei Millionen Stars und ohne Sehenswürdigkeiten im überkommenen Sinn der Repräsentation; möglicherweise würde ich inkonsequenterweise dem Kreml gestatten, den Menschen auf Moskaus Straßen und Plätzen mal kurz über die Schulter zu gucken; in meinem Film würde man kein einziges Auto sehen, nur Fußgänger, diese ununterbrochen strömende, sich bewegende Menge von Millionen Menschen, die ich nicht als »Masse« empfinde; vielleicht würde es sogar genügen, mit einer Kamera ganz langsam, dem Kreml abgewandt, an der kilometerlangen Menschenschlange vorbeizufahren, die auf dem Roten Platz dort ansteht, um einen Blick auf den einbalsamierten Lenin zu werfen; zuerst nur Gesichter, dann nur Beine, nur Hände, schließlich die Leiber; wieder Gesichter. Wahrscheinlich würde den meisten Zuschauern ein solcher Film unbeschreiblich monoton vorkommen, weil sie, obwohl sie fast nur noch sehen, den biblischen Spruch vergessen haben: Wer Augen hat zu sehen, der sehe! Dann müßte jemand einen ähnlichen Film über London machen, einen über New York, über Berlin (Ost und West), über Rom, über Peking, und vielleicht würde man dann annähernd wissen, was das ist: ein Sowjetmensch, ein Brite, ein Amerikaner, etc. Einfall für einen utopischen Film: eine Million Sowjetbürger, die durch New York, eine Million Amerikaner, die durch Moskau, eine Million Deutsche, die durch Peking spazierengehen. Die einzig wahre, einzig mögliche Form der Invasion, auch die einzig mögliche Art der »Völkerverständigung«, die ja eines Tages zur Völkerverständigung werden sollte. Im Sinne der letzteren ist ein solcher Fotoband in jedem Fall zu begrüßen; er ist geeignet, Augen zu öffnen, Vorurteile zu korrigieren und auf spätere Spaziergänge in diesem Land vorzubereiten, das uns und dem wir immer noch zu fremd sind. Da er außerdem einen Überblick über die sowjetische Literatur enthält, bekommt er den Hintergrund, der einer bloßen Foto-Auswahl fehlen würde. Außerdem bin ich immer noch und immer wieder bereit, der Sowjetunion, ihren Völkern und deren Menschen die Vorgabe anzurechnen, die ihr und ihren Bewohnern immer wieder verweigert wird, obwohl sie ihr und ihnen geschichtlich zusteht: das Ausmaß an Zerstörung, Verbrechen und Mord, das auf ihrem Territorium zwischen 1941 und 1945 verübt worden ist; diese bisher nicht ausgemessene Vorgabe hebt das, was die Sowjetunion vorzuzeigen hat, in eine andere Dimension und macht auch ihre »Einser« mehr bewegend als rührend. Und wenn ich einen Film machen möchte, nur mit Gesichtern, Händen von Sowjetmenschen (auf ihre Beine müßte ich wahrscheinlich verzichten, weil ich zum Thema Bekleidung, Unterabteilung Fußbekleidung, eine ganze Soziologie, Philosophie und Theologie der Kleidung unter Berücksichtigung des sogenannten Ost-West-Gefälles liefern müßte, um Hochnäsigkeit und Snobismus westlicher Beschauer eines solchen Films aufs gehörige Maß zu reduzieren) – dann nur, weil ich Menschen und ihre Gesichter für die wahren Sehenswürdigkeiten halte.

Der zweite Film, den ich unter den gleichen technischen Voraussetzungen gern machen würde: über alle Variationen und Stationen des Tauwetters in Moskau nach einem langen und harten Winter; ein Film zwischen schneeweißer Reinheit und jenem dreckigen, ölig-gelben Schwarz, zu dem sich etwas, das einmal Schnee gewesen sein mag, an den großen Moskauer Ausfallstraßen auftürmt. Der adlige Schnee, der proletarische Schnee, der bürgerliche Schnee, der klassenlose Schnee, der heilige Schnee, der erniedrigte und beleidigte Schnee, der Schnee auf den Straßen, auf den Hinterhöfen; eine ganze Hierarchie des Schnees: wie er in verkehrstechnisch relativ unwichtigen Nebenstraßen liegenbleibt, zu Eis getreten und gefahren wird, während gleichzeitig die großen Boulevards und Prospekte sauber und schneefrei sind. Natürlich müßte in einem solchen Film auch die Lösung der ungeheuer interessanten technischen Probleme gezeigt werden, die in einer riesigen Stadt wie Moskau durch Schnee und Eis entstehen: Wo sitzt der Mensch, der für Eis und Schnee in Moskau verantwortlich ist, wie heißt er, welche Armee von Hilfskräften steht ihm zur Verfügung, wer hat diese Apparate erfunden, die ein wenig an Schiffsschrauben erinnern und mit denen der Schnee automatisch auf Laufbänder, von Laufbändern auf Lastwagen transportiert wird? Hat er – wenn schon Orden – je einen Orden bekommen? Blickt der Hauptverantwortliche nachts mit umwölkter Stirn, mit seinem Pyjama bekleidet, sorgenvoll zum Himmel, wenn er gerade die wichtigsten Straßen schneefrei hat und Neuschnee fällt? Diese schneeweiße Schneeunschuld, die ihm wahrscheinlich einen Fluch entlockt und ihn veranlaßt, zum Telefon zu greifen und jene Räumwagen zu mobilisieren, die zu dreien oder vieren, exakt hintereinander gestaffelt, die großen Boulevards und Prospekte von dieser lästigen, vom Himmel fallenden Unschuld befreien? Das Faszinierende an Moskau im Tauwetter ist die Gleichzeitigkeit verschiedener Winterstufen: ganze Schneegebirge in Höfen, als würden sie dort für eine schneeknappe Zeit gestapelt, während auf den Straßen schon Frühling herrscht; in absönnigen Straßen hacken Frauen mit Brechstangen halbmeterdicke Eisschichten los, während einige hundert Meter weiter die Menschen schon auf Plätzen in der Sonne sitzen; in diesen Straßen fröstelt man, während man einige hundert Meter weiter den Mantel auszieht. Schließlich: das Wasser, es tropft von Dächern, fließt aus abschüssigen

Straßen – wiederum nach unerbittlichen physikalischen Gesetzen – in tiefer gelegene, bildet Pfützen, staut sich an verstopften Kanälen; auf der geringsten Unebenheit von Asphalt oder Pflaster bildet sich ein kleiner See; Frauen schieben und schaufeln von den Riesendächern der Moskauer Altstadt meterhohen, halb schon zu Matsch gewordenen Schnee auf die Straße, die abgesperrt werden muß. Bäche verschiedener Farbe, verschiedener Größe, je nach Abschüssigkeit, entstehen. Letzten Endes wäre der unvermeidliche Blick in die Abwässerkanäle zu werfen, wo diese gurgelnden, schmutzigen Wassermassen, die einmal schneeweißer Schnee waren, mit Moskauer Straßenstaub und Dächerdreck vermischt, Moskau endgültig verlassen. Ein solcher Film würde – nach den Maßstäben eines realistischen Autors gemessen – auch aus lauter Einsern bestehen: eine Eins für den Cheforganisator der Moskauer Schnee- und Eisräumkommandos, für den Konstrukteur des Schnee-Schaufelfließbandes, lauter Einser für die Frauen, die auf den Dächern Schnee schaufeln, für die Männer, die unten auf der Straße die Absperrung bewachen und Passanten vor Unheil bewahren und natürlich für die Ingenieure, die die Abwässerkanäle entworfen und gebaut haben und den zu Wasser gewordenen Schnee seiner Vergänglichkeit überliefern. Ein solcher Film müßte natürlich in Farbe sein, und er würde, fürchte ich, als abstrakt, als gegenstandslos empfunden, obwohl er keinerlei Fiktion, nur organisiertes Material, das, was man gemeinhin Wirklichkeit nennt, enthalten würde. Vielleicht wäre ein solcher Film, an dem nichts erfunden, der nur komponiert wäre, geeignet, törichte Vorurteile gegen Kunst zu korrigieren. Außerdem denke ich, der Schnee Rußlands, der Schnee Moskaus, der Schnee der Sowjetunion hätte ein Denkmal verdient; der lange und harte Winter mag von vielen Bewohnern Sowjetrußlands als Fluch empfunden werden, zweimal war er ganz gewiß ein Segen: in den Jahren 1812 und 1941. Schließlich dürfte auch in einem solchen Film – und das aus materialistischen, nicht aus metaphysischen Gründen – der Himmel nicht vergessen werden, der den Schnee immer dann herabfallen läßt, wenn er »geschichtlich« notwendig wird. Und beide Filme, glaube ich, wären nicht rührend, aber bewegend.

Ein paar Worte müssen gesagt werden über die Autoren und Künstler, die unbedingt *auch* in die Abwässerkanäle blicken wollen; man verdächtigt sie so gern, daß sie es drauf abgesehen haben, nur den Schmutz zu sehen, die Slums, die Krüppel, das Nicht-Repräsentative; für sie, diese merkwürdigen Autoren, ist eben etwas anderes repräsentativ, jenes nie erfaßbare Etwas, das man Leben nennt und unter dem jeder etwas anderes versteht, wie jeder etwas anderes unter Wirklichkeit versteht. Diese bestimmte Sorte von Autoren, die – real wie symbolisch gesprochen – unbedingt in die Abwässerkanäle blicken wollen, sind die einzig wahren Realisten, auch wenn sie aus den Materialien Schnee und Moskau abstrakte Filme machen möchten; Schnee in Städten hat das Schicksal, zu Wasser und schmutzig zu werden, zum Segen für die Menschen, die nicht in ewigem, reinem Schnee leben möchten; dort wo der ewige, der reine Schnee liegt, kann man nur unter künstlichen Bedingungen leben.

# Rede auf der Kundgebung von »Amnesty International« am 11. 1. 1970 in Wuppertal

Verehrte Frau Heinemann, meine Damen und Herren, da diese Veranstaltung im Foyer eines Theaters stattfindet, könnte der Eindruck entstehen, als würden hier diskursiv Einzelheiten eines neuen Theaters der Grausamkeiten abgehandelt oder es würde hier eine neue Porno-Variante, die des Polit-Porno gestartet. Nichts dergleichen. Hier soll zu niemandes Lustgewinn beigetragen werden. Was ich Ihnen vorlesen werde, ist weder geheim noch unpubliziert, es ist dokumentarisches Material, das ich von Amnesty International bekommen habe und das jeder von Ihnen erhalten kann, möglicherweise einige von Ihnen schon kennen. Das Material ist umfangreich, es betrifft die Länder Portugal, Spanien, Rhodesien, Indonesien. Ich beschränke mich auf ein Land, das unseren idealistischen Bildungsvätern und -großvätern als ein Land bukolischer Heiterkeit vorschwebte, ein Land, dessen politische Geschichte in der neueren Zeit voller Unruhen, voller Krieg, Bürgerkrieg, Besatzung und auch voller Verrat gewesen ist. Ich beschränke mich auf Griechenland, auf ein westliches Land, das Reinheit und eine Erneuerung des Christentums auf seine Fahnen geschrieben hat. Amnesty International kann nicht die politischen Verhältnisse in irgendeinem dieser Länder ändern. Es kann auf die Vorurteile hinweisen, es kann ihnen möglichst viel Publizität verschaffen. Es kann Gefangenen helfen, wie es in vielen Fällen geschehen ist, und es kann die Politiker aufmerksam machen und ihnen immer und immer wieder klarmachen, welcher Art ihre Freunde und ihre Verbündeten sind. Max Horkheimer hat in einem Interview, das ich diese Woche im *Spiegel* las, gesagt, er plädiere nicht für den kalten Krieg, sondern für den kalten Frieden. Kalter Friede, das ist ein sehr gutes Wort. Nicht zuviel Herzlichkeit, nicht zuviel Höflichkeit im Umgang mit Politikern und Diplomaten, in deren Ländern ähnliches geschieht wie das, was ich Ihnen z. T. vorlese.

Der Bericht, aus dem ich Ihnen vorlese, stammt von Mr. Anthony Marreco, einem Mitglied der britischen Anwaltskammer, und Mr. James Becket, einem Mitglied der amerikanischen Anwaltskammer. Der folgende Bericht bringt in summarischer

Form die Zeugnisse, welche die Delegation erhielt, und zwar von 16 Personen, die der Delegation berichteten, daß sie gefoltert worden waren, und von 32 Personen, die noch in Haft gehalten werden. Über deren Mißhandlungen erhielten sie Zeugnisse aus zweiter Hand, die aber für glaubwürdig gehalten werden, da sie in vielen Fällen übereinstimmen. Die Folter ist eine wohlüberlegte Praktik, von der Geheimpolizei und von der Militärpolizei in Griechenland angewandt. Darüber erhielt die Delegation Beweise aus erster Hand, daß die Armee und Gendarmerie gleichfalls Folterungen durchführen, aber es war schwierig, festzustellen, ob es vereinzelte Fälle oder ständig angewandte Praktiken waren.

Die Orte, in denen am schwersten gefoltert wird, sind Athen, die Bouboulina-Straße, das Militärhospital 401 und das Dionysos-Lager. Über die Methoden wird folgendes berichtet: Alle Berichte stimmen darin überein, daß in der Asphalia-Straße die Anfangsfolter die sogenannte Falanga ist. Der Gefangene wird auf eine Bank gebunden und mit einem Rohr oder Stock auf die Fußsohlen geschlagen. Es ist üblich, daß der Gefangene zwischen den Schlägen um die Bank herumlaufen muß, gleichfalls unter einem Hagel von Schlägen. Wir untersuchten die Füße einer Person (steht in einem Bericht), die vier Monate vorher diese Folter erlitt. Die Füße waren bedeckt mit einem dicken Narbengewebe. Einem Gefangenen, der jetzt im Averoff-Gefängnis ist, wurde der Fuß während dieser Marter gebrochen. Er blieb ohne medizinischen Beistand. Nun ist er verkrüppelt, weil die Knochen nicht richtig zusammenwuchsen. Der nächste Schritt besteht darin, den Häftling auf den Rücken zu schlagen. Gefangene, die dieser Folter unterworfen waren, spuckten später Blut. Die Falanga wird meistens mit anderen Martern zusammen angewandt. Es sind überwiegend 5 oder 6 Militärs mit dieser Folterung beschäftigt. Die üblichen Methoden sind: Wasser in Mund und Nase zu gießen, während der Gefangene vor Schmerz schreit, grüne Seife in Augen, Mund und Nase zu schmieren, den Kopf auf eine Bank oder den Fußboden zu schlagen und andere Körperteile.

Zahlreiche Vorfälle sexuell pervertierter Folter werden berichtet. Wenn es sich um Frauen handelte, schoben die Militärs Gegenstände oder Finger in das Geschlecht der Frau. Das gleiche wurde am After ausgeführt, ein Schlauch eingeführt und Wasser unter sehr hohem Druck eingepreßt. Falls es sich um Männer handelt, werden die Genitalien mit langen dünnen Sandsäcken geschlagen.

Es wird auch häufig von Knebeltechniken berichtet. Die Kehle wird so fest gepreßt, daß die Luftröhre abgedrückt wird, oder ein Schmutzlappen – meistens in Urin getaucht – wird in die Kehle gedrückt. Der Tod durch Ersticken wird erst im letzten Augenblick verhindert.

Ein über 60 Jahre alter Mann berichtete der Delegation, daß er über 12 Stunden lang geschlagen wurde. Ihm wurden Rippen gebrochen, und er erzählte von jungen Menschen, die über Zeiträume von 5 Tagen hinweg ständig geschlagen werden. Gewöhnlich schlagen 4–6 Polizisten oder Militärs einen Gefangenen mit den Fäusten, treten ihn mit beschuhten Füßen oder benutzen Latten, Stöcke, Rohre.

Viele Befragte meinen aber, daß die seelischen Folterungen noch schwerer zu ertragen sind. Bestimmte Häftlinge wurden absichtlich in solche Zellen verlegt, die in Hörweite derjenigen lagen, in denen Opfer brutalen Verhören unterworfen wurden. Eine Anzahl von Nervenzusammenbrüchen war die Folge. Ein Informant sagte, das Anhören der Schreie Gefolterter sei furchtbarer, als selbst gefoltert zu werden, und einer wollte lieber hineinlaufen und geschlagen werden, anstatt länger die Qualen der anderen zu hören. Es wird berichtet, daß der Komponist Mikis Theodorakis, der niemals körperlich mißhandelt wurde, durch diese Methode einen Nervenzusammenbruch erlitt.

Eine Technik besteht darin, den Häftling für einige Tage in einer dunklen Zelle ohne Nahrung, Wasser oder Decken zu halten. Die Zellen im Dionysos-Lager, die in den Pendelli-Berg hineingebaut sind, stehen ständig 10 cm unter Wasser. Es gibt eine eiserne Bank in der Zelle. Der Gefangene darf die Zelle nie verlassen. Das Wasser ist mit den Exkrementen der Opfer durchsetzt.

Es wird auch von Schein-Hinrichtungen berichtet. Der Gefangene wird einem Erschießungskommando gegenübergestellt. Ihm werden die Augen verbunden, und die Gewehre werden abgefeuert. Einige Gefangene erduldeten dies mehrere Male.

Das Unterschreiben von Erklärungen wurde von vielen als die unmenschlichste Methode des Regimes angesehen. Der Zwang, ein Papier zu unterschreiben, durch welche Eltern, Ehefrau oder politische Freunde denunziert werden, belastet besonders einen Menschen mit starkem politischen Bewußtsein und hohen Idealen. Wohlüberlegt wurde diese Methode angewandt, um die Widerstandskraft der Gefangenen zu brechen.

Die Delegation interviewte Personen, die unter diesem Druck unterschrieben haben. Alle waren in ihrer Art zerbrochen. In einem Fall wurde ein Mann entlassen, der unterschrieb, weil seine Tochter an Krebs erkrankt war. Sie starb, bevor er entlassen wurde.

Die Geheimpolizei und die Militärpolizei herrschen z. Zt. uneingeschränkt in Griechenland. Seitdem nach einem Wort des Herrn Pattakos die Gesetze schlafen, kann die Polizei jeden an jedem Ort und zu jeder Zeit arretieren, ohne Verpflichtung, ihn vor Gericht anzuklagen oder irgendwen von seiner Verhaftung zu unterrichten. Sie reagieren brutal gegen die Opposition, weil sie glauben, daß ihre eigene Stellung bedroht wird. Diejenigen, die besonders unter den Händen der Geheimpolizei gelitten haben, sind die jungen, im Ausland unbekannten Leute, die man für Kommunisten erklärt.

Herr Pattakos leugnete in seiner Antwort ohne Einschränkung, daß die Darstellungen wahr seien. Er sagte, er habe volles Vertrauen zu seinen Beamten: das von Mr. Marreco, einem Mitglied der britischen Anwaltskammer vorgelegte Beweismaterial sei von Anfang bis Ende ein für kommunistische Propaganda typisches Lügengewebe. Als ihn Mr. Marreco darauf hinwies, daß Griechenland unausweichlich mit dem Ausschluß aus dem Europarat rechnen müsse, sagte Pattakos: »Sie sollen uns hinauswerfen.«

Mr. Marreco: »Wünschen Sie, daß ich das sage, wenn ich nach London zurückkehre?«

Herr Pattakos: »Sie zwingen mich, es zu sagen. Die griechische Regierung muß ihr Volk gegen seine kommunistischen Feinde schützen. Ein Kommunist ist kein Grieche.«

Der Wunsch von Herrn Pattakos ist ja inzwischen erfüllt worden. Ich frage mich nur und ich frage Sie alle, ob politische Aktionen ausreichen, die so wörtlich den Wünschen eines Diktators entsprechen. Es gilt als unfein, sich in die Innenpolitik anderer Länder einzumischen, sie gar zu kritisieren. Ich glaube aber, daß es eine Integrität der Innenpolitik in diesem Sinne schon lange nicht mehr gibt. Die Schutzwälle müssen übersprungen und durchbrochen werden, und Amnesty International hat damit begonnen, nicht nur zu berichten, auch politischen Gefangenen und deren Familien oder Hinterbliebenen beizustehen. Mancher von Ihnen wird in den hier von mir und anderen vorgelesenen Berichten über die Behandlung politischer Gefangener Berichte vermissen, die sich zur Demokratie bekennen, eingeschlossen die Vereinigten Staaten, Großbritannien und das Land, in dem wir leben. Wenn sich Amnesty International auf die Länder beschränkt, in denen ein staatlich manipuliertes Publikationswesen Informationen der Öffentlichkeit verhindert, sehe ich darin keine politische Taktik. Immerhin gibt es immer noch keine bessere Möglichkeit, sich über die USA zu informieren als die amerikanische Presse, auch Zeitschriften; ich nenne vor allem die Zeitschrift *Ramparts.* Ob die deutsche Presse in ihrer Gesamtheit nicht ein wenig zu brav ist und auch ein wenig zu konzertiert, wenn es etwa um die Frage der Verhaftung von Bundeswehrdeserteuren geht . . . – ich gebe die Frage an Sie alle weiter.

Es wäre vielleicht an der Zeit, wenn Amnesty International jeder Sektion eine Landessektion Amnesty National angleichen könnte, die sich der Demonstranten und der Deserteure, der Kriegsdienstverweigerer, der Langhaarigen, aller Minderheiten annimmt, die einem virulenten Rassenhaß in unserer Gesellschaft unterliegen (Beifall). Eine Gesetzgebung, deren Vokabularium nicht etwa so jung ist wie 100 Jahre, nicht etwa von 1870 stammt, Landfriedensbruch und Aufruhr, das klingt mir doch mehr nach dem 16. und 17. Jahrhundert (Beifall). Es war also im Jahre 1870 schon 200 oder 300 Jahre alt, es ist das Vokabularium der Bauernkriege, und es sieht leider so aus, als weiche die Bundesregierung aus taktischen Gründen einer Amnestierung aus und verschleppe eine überfällige Reform. Ich denke überhaupt, daß der Begriff des politischen Häftlings neu definiert werden sollte. Ich kann die Definition hier nicht vornehmen, es würde zu lange dauern, aber man sollte überlegen, ob es nicht den unmittelbaren politischen Gefangenen gibt, den, der sich zu einer Partei bekennt, die einem Regime nicht paßt und dem mittelbaren, dem, der aufgrund sozialer Verhältnisse geradezu gezwungen ist, im landläufigen Sinne kriminell zu werden und den ich als einen mittelbar politischen Häftling bezeichnen würde.

Ich frage mich und gebe die Frage auch an Sie weiter, ob wir das

Wort Freiheit, unsere Freiheit, noch in ungebrochener Naivität verwenden können, wenn die Freiheit Vietnams offensichtlich eine ganz andere ist als die Freiheit Griechenlands oder Nordirlands oder die Freiheit der Dominikanischen Republik und diese wiederum anders als die Freiheit Brasiliens, Portugals, Rhodesiens, Indonesiens und Spaniens.

# Entfernung von der Prosa

Mancher wird denken, es wäre schmerzlich für einen Autor, seine Figuren, Gestalten, Personen aus der strengen Zucht, von der festen Leine der Prosa zu entlassen, sie »Gestalt annehmen« zu lassen. Ich spüre diesen Schmerz nicht, im Gegenteil: erstaunt sehe ich, daß die Bühnendimension mir den Roman noch fremder macht, als ein Roman gewöhnlich einem Autor wird, sobald das Manuskript, schwarz auf weiß gedruckt, der Phantasie anderer überlassen wird. Wenn mich einer gefragt hätte, wie ich mir denn die oder jene Figur aus dem Roman vorstelle, groß oder klein, blond oder schwarz – ich hätte es nicht zu sagen gewußt; welche Nase, welcher Mund, welche Kleider – nicht einmal eine Andeutung einer Vorstellung hätte ich gehabt. Bei den Proben für *Ansichten eines Clowns* erschien der Hauptdarsteller, Reinbacher, einmal im Kostüm des St. Just aus *Dantons Tod* – er probte gleichzeitig für beide Stücke –, und merkwürdigerweise erschien mir diese Kleidung des St. Just (ein grünes Jabot, schwarze Stiefel) durchaus passend. Ich hätte nichts dagegen gehabt, ihn in dieser Tracht den Schnier spielen zu lassen. Von mir aus könnte er auch als eine Art »Hans im Glück« erscheinen, obwohl seine Geschichte keineswegs »glücklich« endet. Vielleicht wäre es möglich, die Figuren alle in Kostümen aus Stücken auftreten zu lassen, die gleichzeitig auf dem Spielplan stehen. Den Vater meinetwegen in irgendeiner Lessing-Rolle, Marie wie die Marie aus *Woyzeck,* die Mutter als Königin, Hofdame, Bordellmutter oder Heilige Magdalena. Von mir aus könnten sie auch alle in Straßenkleidern auftreten, so wie sie aus dem Bus, der Straßenbahn oder aus dem Auto steigen. Ich fühle mich nicht als ihr Herr und Meister, der ihnen viel vorzuschreiben hat, wie sie sich kleiden. Nicht einmal ihres Dialogs bin ich ganz sicher. Was den Schauspielern nicht »über die Lippen will«, sollten sie nicht aussprechen müssen. Was der Regisseur ihnen vorschreibt, ist eine andere Sache. Ich mische mich da nur ein, wenn ich gefragt werde, oder wenn mir ein Satzfetzen, oder der Teil eines Monologs, weh tut und wenn ich merke, daß er den Schauspielern weh tut, weil er – wie wir meistens gemeinsam feststellen – nicht mehr stimmt. Als der Roman vor sieben Jahren erschien, hatte er eine andere Stimmigkeit als heute. Nicht das Problem,

nicht sein Thema, nicht die Konstellation der Personen, nicht der automatisch sich vollziehende Prozeß der Ausstoßung eines Menschen – alles das hat kein Jota an Aktualität verloren; nur manches innenpolitisch-gesellschaftliche Detail wäre heute anders als im Jahre 1962, als ich den Roman schrieb. Der Roman entstand zu einer Zeit, als man in der BRD noch offiziell und öffentlich bereit war, nicht nur Konfession und Religion miteinander zu verwechseln, nein, man übte einen konfessionellen Terror aus, der politisch hohe Zinsen brachte. Es ist hier nicht der rechte Ort und nicht die Gelegenheit, das C der CDU/CSU noch einmal ausführlich und nachdrücklich in Frage zu stellen. Das tut inzwischen die Partei selbst – jedenfalls die erstgenannte –, und es mag die Zeit kommen, wo man diesen peinlichen Buchstaben abwirft wie den Teil eines Geweihs, das in manchem Kampf um die sogenannte Wählergunst gute Dienste getan hat.
Wichtig ist für mich die Einsicht, daß manches gesellschaftlich-innenpolitische Detail höchstens noch einen gewissen »historischen« Wert hat, in dem Sinn, in dem einer sagen könnte: »Also war das ungefähr im Jahr 1962« – also vor etwa einhundertfünfzig Jahren. Dieser historische Ballast ist nicht allzu umfangreich, und es war nicht schwer, auf ihn zu verzichten; bildlich ausgedrückt: ein bißchen Staub war da wegzupusten. Das Problem, das Thema hat dadurch nur an Aktualität gewonnen: die Ausstoßung eines Menschen, der – von allen Beteiligten unerkannt – Religion wie Aussatz an sich trägt. Statt der Gitarre könnte er am Schluß eine Klapper in der Hand haben, und wär's auch nur eine Karnevalsklapper, die ja ursprünglich einmal ein Warninstrument war, eine Art früher Luftschutzsirene: Vorsicht! Da kommt einer, der zwar keine bakteriologische Handgranate mit sich trägt, aber einen Bazillus, der überkommene Ordnungen und Ordnungsvorstellungen auflöst, körperlich und geistig.
Es wäre viel zu sagen über die »Mißverständnisse« und die Mißverständnisse, denen der Roman ausgesetzt war. Ich gestehe, daß mir manches »Mißverständnis« und Mißverständnis lieber ist, als wenn einer etwas zu verstehen glaubt, was ich selbst nicht ganz »verstehe«. Einen Autor, der so ganz und gar zu verstehen vorgibt, was er da über einige hundert Seiten geschrieben hat, halte ich ohnehin für verloren. Es mag sein, daß die Gattung »Kunstwerk« ausstirbt; dieser Roman, so scheint mir, gehörte noch in die überkommene Kategorie, in der es eine Geheimfor-

mel gibt, die möglicherweise – + – – + heißen könnte und die es auch dem Autor unmöglich macht, das, was er angerichtet und schwarz auf weiß vorgezeigt hat, zu deuten. Nichts ist mir peinlicher, als wenn ich gefragt werde, *wie* denn dies oder das gemeint war oder gemeint gewesen sein könnte. Ich weiß es einfach nicht, und wenn ich's je gewußt habe, habe ich es vergessen, weil ich die vielen Zusammenhänge vergessen habe: Gespräche, Eindrücke, Überlegungen, Gedanken, oft Winzigkeiten, etwa ein Zeitungsartikel oder ein Wort, das man im Radio oder am Fernsehschirm hörte; einen Apfel, den man am Baum hängen, einen Vogel, den man auf einem Ast sitzen sah, ein Lied, ein paar Töne, und wieder: Gespräche. Natürlich entsteht so ein »Kunstwerk« in und aus einem Zusammenhang, auch aus plötzlichen »Einfällen«, von denen die meisten verworfen werden – aber niemand, auch der Autor nicht, kann diese Zusammenhänge rekonstruieren; es mögen Fetzen aus einem (möglicherweise recht kitschigen) Film sein, auch Entlehnungen – was weiß ich. Ich müßte einen sehr komplizierten Computer haben mit vielen verschiedenen Sensibilitätsstufen, wenn ich mich *verbindlich* über alle diese Zusammenhänge äußern wollte. Eines Zusammenhanges, den ich verraten will, erinnere ich mich noch, vielleicht war es sogar der *Anlaß.* Ich gab mit Freunden zusammen eine Zeitschrift heraus, die *Labyrinth* hieß; wir mußten diese Zeitschrift aufgeben, und es gab vorher viele, viele Gespräche über das »Gauklerische«, das in aller »Kunst« und in jedem »Künstler« verborgen sei; natürlich hatten alle diese Gespräche eine Beziehung zum Labyrinth-Mythos, den wir – im Gespräch – umdeuteten, wobei Theseus zu Christus und Ariadne zu Maria wurde, das Labyrinth zur Welt, in der Minotaurus lauert. Gewiß sind diese vielen Gespräche ein Anlaß zu diesem Roman gewesen, sie sind *ein* Detail vieler Zusammenhänge, gewiß das wichtigste, und möglicherweise war der Roman ein Versuch, die Zeitschrift auf andere Weise fortzusetzen. Mit der Preisgabe dieses einen Zusammenhangs ergibt sich eine mögliche Deutung von selbst, fast schon zu deutlich. Sicher ist, daß sich viele Leute umsonst über diesen Roman geärgert haben, denn sie waren gar nicht gemeint, sie waren nur das Material für ein gegenwärtiges Labyrinth, Bausteine, die, obwohl gebraucht, doch verworfen wurden. Doch ich will die Vertreter des amtlich und vereinsmäßig sichtbaren deutschen Katholizismus trösten: Ärger ist nie umsonst. Er ist sehr nützlich, auch für einen Autor.

Ich bin froh über die Gelegenheit, den Freunden zu danken, mit denen zusammen ich das *Labyrinth* gemacht habe: dem verstorbenen Werner von Trott zu Solz, Walter Warnach und HAP Grieshaber. Möglicherweise hatten und haben auch sie nicht bemerkt, daß hier etwas fortgesetzt wurde, das in anderer Form gescheitert war.

Sieben Jahre später sind mir Thema und Stoff immer noch nahe, nur ihre »Pflanzstätte« ist mir fremd geworden, daß ich fast wie einer, der von außen kommt, darüber reden kann.

# Abschied von Onkel Tom

*Vorwort zu Anne Moody, »Erwachen in Mississippi«*

Der Abschied von Onkel Tom ist nicht nur der Abschied vom würdigen und liebenswürdigen Helden des Romans von Harriet Beecher-Stowe. Es ist der Abschied von vielem, das lieb war, teuer und sehr bequem. Bis vor wenigen Jahren galt das Klischee: die Neger in den Vereinigten Staaten von Amerika leiden zwar, aber sie leiden in Demut und Würde.

Man sah in Filmberichten, wie Neger beim Singen der Spirituals in Ekstase fielen, wie sie tanzten und wie menschlich, freundlich und gottergeben sie waren. Sie freuen sich auf den Himmel, das ist sehr fromm und außerordentlich nützlich für die, deren Anteil an dieser verworfenen Erde groß genug ist und die nicht einmal auf den Himmel werden verzichten müssen. Der Hinweis auf die Tröstungen des Himmels kommt ohnehin meistens aus Häusern, in denen es an Irdischem nicht mangelt; metaphysische Falschmünze, die man einem Bettler hinwirft; er kann sich nichts dafür kaufen.

Für Miß Moody stellt sich diese Spiritual-Seligkeit anders dar; als eine Art rauschhafter Flucht aus der politischen Wirklichkeit. Obwohl in ihrer Baptistengemeinde als Organistin, im Chor und in der Sonntagsschule tätig, beschreibt sie den Taufritus, der in einem von Kuhfladen beschmutzten Tümpel stattfindet, mit krassem Realismus, und beim Anblick der weißen Kleider, Unterwäsche, weißen Strümpfe und Schuhe, die für ihre eigene Taufe bereitliegen, denkt sie: »Diese Scheiße bedeutet, daß ich von meinen Sünden reingewaschen worden bin.“

Glücklicherweise hat ihr Bericht keinerlei literarische, nur dokumentarische Dimension, nichts wird »überhöht«, alles wird aus- und angesprochen, mit einer verblüffenden Verbindung von Wirklichkeitssinn und Sensibilität. Wer glauben möchte, das angegebene Zitat widerspräche der hohen Sensibilität, muß ein weiteres Klischee revidieren: Feinfühligkeit drücke sich in einer »feinen«, einer »dichterischen« oder »überhöhten« Sprache aus. Hinter »feiner« Sprache verstecken sich nur allzuoft Heuchelei und Grausamkeit. Hier ist der Fluch eines jungen Mädchens, das sich einer Zeremonie unterwirft, an deren Form es nicht mehr glaubt; das den Zwang des Zeremoniells, den Druck der Familie und der Gemeinde spürt, sich ihm widerwillig beugt. Der Fluch wirkt wie ein Paukenschlag in einem ansonsten sachlich und ohne sonderliche Effekte instrumentierten Bericht.

Die Spannung des Berichts ergibt sich von selbst, aus der Entwicklung des Bewußtseins, das sich mit dem Lebensalter, mit wachsender Wachsamkeit und angewandter Intelligenz steigert und unweigerlich zur Aktion führt. Schon dem kleinen Mädchen fallen die Unterschiede zwischen Schwarzen und Weißen auf, es sind lauter soziale Unterschiede: Wohnungen, Kleidung, Essen, Schulbildung der Weißen sind einfach besser als die der Schwarzen. Außerdem besteht da, wie die kleine Anne früh erfährt, ein erheblicher Unterschied an öffentlicher Sicherheit.

Ständig wird der Landfrieden von Weißen gebrochen: Neger werden erschossen, verprügelt, lebendig in ihren Häusern verbrannt. Später, als sie schon in der Bürgerrechtsbewegung tätig ist, findet man in ihrer Heimat in einem Auto drei Neger mit zerschossenen Gesichtern. In den Lokalblättern ist zu lesen, sie wären an Abgasen erstickt. Noch ein wenig später wird ein naher Verwandter von ihr auf die gleiche entsetzliche Weise ermordet, möglicherweise, weil er über den Mord an den dreien gesprochen hat. In keinem der Fälle, die Miß Moody schildert, wird ein Täter verurteilt. FBI-Beamte tauchen gelegentlich auf, ermitteln, nichts weiter geschieht.

Keiner, ob weiß oder schwarz, kann dem wißbegierigen, hartnäckigen und intelligenten jungen Mädchen diese unterschiedliche Behandlung von weiß und schwarz erklären. Wer könnte es auch erklären? So ist es nun einmal, so soll es bleiben. Warum an althergebrachten Dingen rütteln? Keine Experimente. Wenn die Neger nur brav sind, fromm und in würdiger Demut leiden, geschieht ihnen ja nichts. Althergebracht ist z. B., daß viele weiße Männer eine schwarze Geliebte haben, wenn aber ein Neger hinter einer weißen Frau auch nur einmal herschaut, so muß er natürlich einen Denkzettel bekommen, möglichst aus tödlichem Blei.

Immerhin erfährt die empörte und wißbegierige Anne, daß es Bürgerrechtsorganisationen gibt; das bekommt sie von einer Lehrerin an einer Schule für Neger wie ein tödliches Geheimnis geflüstert; die Lehrerin muß fürchten, dieser Mitteilung wegen ihre Stelle zu verlieren, und außerdem ist es lebensgefährlich, diese Organisation auch nur zu erwähnen. Schlimmer als die Erkenntnis der Verschwiegen- und Verschworenheit der Umwelt ist die Erkenntnis, daß die Neger innerhalb ihrer eigenen Aus- und Eingeschlossenheit noch eigene Rassenhierarchie betreiben, je nach dem Grad der »weißen Beimischung«. Später, als sie in Bürgerrechtsorganisationen aktiv wird, erfährt Miß Moody regelrechte Verbannung von Haus und Heimat.

Die stärkste Gegenfigur ist Miß Moodys eigene Mutter, eine herzliche, ungemein sympathische Frau, die, von ihrem Mann verlassen, keine Arbeit ausläßt, ihre Kinder zu ernähren, wenn es auch die meiste Zeit nur für Brot und Bohnen reicht. Gerade diese herzliche, feinfühlige und kluge Frau bekommt es mit fürchterlicher Angst, wenn ihre kleine Tochter auf den Unterschied zwischen schwarz und weiß zu sprechen kommt, ihn erklärt haben oder gar an den Privilegien der Weißen teilhaben möchte, und wär's auch nur ein altmodisches Himmelbett, das die kleine Anne bei einer weißen Lady gesehen hat.

Wie sehr dieser Bericht in unsere Zeitgenossenschaft fällt, wird deutlich, wenn man die geschilderten Ereignisse synchronisiert. Achtjährig, im Jahr 1948, nimmt Anne Moody ihre erste Stelle als Hausgehilfin an und verdient wöchentlich 75 Cent und acht Liter Sauermilch. Zehnjährig, 1950, hat sie schon eine volle Stelle als Hausgehilfin und verdient ein paar Dollar in der Woche. Neunzehnjährig, 1959, unternimmt sie das historische sit-in an einer Woolworthimbißtheke, hat die ungeheure Kühnheit, als Schwarze an der Theke für Weiße Bedienung zu erwarten. Es wird zur stundenlangen Tortur, sie wird mit Ketchup, Soßen, Senf beklebt und bekleistert – im Anblick der Polizei, die keinen Finger rührt. Es folgen weitere Aktivitäten, weitere Strafen und Bedrohungen. Ganze Gruppen demonstrierender Neger und Weiße werden in Müllautos in improvisierte Camps gefahren, wo ihnen später das Essen aus Mülltonnen verabreicht wird. Bis in solche Details hinein erweist die etablierte Gesellschaft ihre höhnische Abfälligkeit: in Abfallwagen abtransportiert, aus Abfallkübeln gespeist. Ihre Mutter fleht sie in Briefen an, um der Sicherheit der Familie willen, nicht mehr an Demonstrationen teilzunehmen.

Auch der Abschied von der Mutter ist ein Abschied vom Geist Onkel Toms. Ein Abschied, der beiden nicht leichtfällt, zumal er sich gleichzeitig als Abschied der akademisch gebildeten Tochter aus dem proletarischen Milieu darstellt; einer Tochter, die es

»besser haben« könnte und sollte und die sich nun in einen scheinbar aussichtslosen politischen Kampf einläßt, einen Aktions-Brückenkopf im Staat Mississippi bezieht, wo sie in ständiger Angst, unter ständiger Bedrohung, von nächtlichen Scheinwerfern und von Hunden gehetzt, bedroht von Weißen und von der Polizei, mit einer kleinen Gruppe lebt, nur weil sie die Ausübung eines verfassungsmäßig garantierten Rechts, des Rechts zu wählen, unter den Negern propagiert.

Wenn es schon so viel Opfer kostet, ein demokratisches Minimum, das Wahlrecht, zu propagieren, und mit so geringem Erfolg – was mag es erst kosten, das verfassungsmäßig garantierte Maximum, die volle Gleichberechtigung, nicht nur zu propagieren, sondern auch durchzusetzen? Was mag das kosten in diesem doppelten Kampf gegen das eigene Milieu und gegen eine weiße Mehrheit?

Auch Miß Moody wagt nicht, sich diese Frage zu stellen und sie zu beantworten. Ihr Bericht endet ein halbes Jahr nach der Ermordung John F. Kennedys. Inzwischen sind zwei weitere Verfechter der Gewaltlosigkeit, Robert Kennedy und Martin Luther King, Opfer der Gewalt geworden. Ich wage nicht, die Frage zu beantworten, die Miß Moody gar nicht erst stellt.

Der Abschied von Onkel Tom ist international. Er findet in den Kirchen, an Schulen, an Universitäten und in Betrieben statt. In Miß Moodys Bericht ist »Onkel Tom« – was es inzwischen für viele junge amerikanische Neger ist – ein Schimpfwort, nah verwandt mit den Schimpfwörtern, die auf unsere ergrauten Häupter herabgesprochen werden.

## Die Ursachen des Troubles mit Nordirland

Der englisch-irische Ärger ist älter als der Kölner Dom, also auch einige Jahrhunderte älter als die Reformation. Am 23. August 1970 könnte ganz Irland ein Jubiläum feiern, das von den Nordiren als der Beginn des neunten Jahrhunderts ihrer Unterdrückung empfunden werden könnte: Am 23. August 1170 betrat Richard Graf Pembroke, genannt »Strongbow«, Irland, und genauso alt ist der »trouble«. Verbissene Keltomanen könnten sogar auf die Idee kommen, den Beginn irisch-englischer Problematik ins Jahrhundert des heiligen Patrick zurückzuverlegen, der ja Brite war und einer zwar inbrünstig frommen, doch noch halbwegs clanhaft-patriarchalischen Kirche römische Kirchenordnung zu bringen versuchte. In einem der heiligen Brigid von Kildare zugeschriebenen Gedicht werden die Männer des Himmels und die drei Marien, die Glorreichen, zu einer großen Trinkerei eingeladen, und zwar zu einem Getränk, das wohl heute noch manches Römerherz ob solch blasphemischer Barbarei vor Entsetzen schwach machen würde: Bier. *Auch Jesus soll mit ihnen hier bei mir zu Gast sein. / Einen großen See von Bier / will ich bereit haben für den König der Könige; / ich möchte die Heilige Familie / trinken sehen in alle Ewigkeit.*

Sicher wird mancher römische Kragen platzen angesichts der wilden Vorstellung, Bier könne »sakramentsfähig« sein und als Ewigkeitsgetränk zulässig. Für den Slogan »Trink ein Bier mit Jesus« sehe ich noch keinen Platz.

Angedeutet sei nur, daß es in Irland eine Art religiöser Unterwerfung schon vor der Reformation gegeben hat. Achthundert Jahre nach Pembroke, dem Mann mit dem »Starken Bogen«, steht nun Ian Paisley und eine, wie mir scheint, hilflose Regierung, die erstaunt darüber zu sein scheint, daß dieser verfluchte irische Trouble immer noch nicht vorüber ist.

In Nordirland jedenfalls sind von rund 700 Beamten und Angestellten im öffentlichen Dienst rund 70 Katholiken. Von 386 Spezialärzten im Gesundheitsdienst sind ganze 31 Katholiken, von 61 Professoren der Medizin 3. Von 3000 Mann der staatlichen Polizei (Royal Ulster Constabulary) sind es zehn Prozent, und in der Ulster Spezial Constabulary, einer Art protestantischer Heimwehr, die berechtigt ist, ihre Waffen zu Hause zu haben (sie besteht aus 11 300 Mann), ist natürlich kein einziger Katholik, da sie sich hauptsächlich aus dem Orangisten-Orden rekrutiert. Wenn wenigstens konfessional-proportional alle Stellen besetzt würden, müßte der katholische Anteil ein Drittel betragen.

Ob dieses Verhältnis so bleiben würde, hängt von einem anderen Faktor ab: Etwas mehr als ein Drittel der nordirischen Bevölkerung ist katholisch, aber von den Schulkindern sind es schon mehr als die Hälfte. Letzteres aus einem Grund, den der Primas von ganz Irland, Kardinal Conway, mit dem so derben wie schlichten Ausdruck »The Catholics outbreed them« bezeichnete. Natürlich kannte der vor 800 Jahren gelandete Richard Pembroke den Unterschied katholisch-protestantisch noch nicht. Was er wollte und wovon er etwas verstand war: *Herrschaft* auszuüben, was im 12. Jahrhundert keineswegs als unmoralisch empfunden wurde; und natürlich wußte der »Starke Bogen« nichts von Demokratie, wahrscheinlich hätte er dieses Wort für die Bezeichnung einer obskuren und ziemlich gefährlichen Krankheit gehalten. Es wäre wohl auch falsch, ihn als Engländer zu bezeichnen. Er stammte aus dem normannischen Adel, der mit Wilhelm dem Eroberer aus Frankreich gekommen war; Pembroke kam aus einem Geschlecht, das schon in Wales der keltischen Bevölkerung den Segen normannischer Herrschaft und Ordnung beschert hatte. Möglicherweise war er ein besonders herrischer Vertreter der Herrenrasse. Worum es in Irland ging und geht, ist immer noch Herrschaft.

Paisley weiß sehr wohl, wovor er seine protestantischen Landsleute warnt: vor Herrschaftsverlust, der für sie gleichbedeutend ist mit dem Verlust von Besitz und sozialen und politischen Privilegien. Und er weiß auch sehr wohl, womit man dieses verfluchte »outbreeding«, die katholische Geheimwaffe des Bevölkerungsüberschusses, unter Polizeischutz bekämpfen kann: durch soziale und politische Benachteiligung bis zu jenem Punkt, an dem die katholischen Iren zum letzten verzweifelten Mittel greifen: zur Auswanderung, in der sie auf eine so schreckliche Weise geübt sind wie in sozialer und politischer Benachteiligung. Dann würde die Statistik wieder stimmen. Wahrscheinlich waren Paisley, die nordirische Regierung und auch die meisten katholischen Iren in den sechs Grafschaften Ulsters geradezu bis zum »Beleidigtsein« erstaunt, daß es da noch ein anderes Mittel gibt: Widerstand, notfalls unterstützt durch Gewalt. Das war eine böse Erinnerung an das böse Jahr 1916, in dem Patrioten und Sozialisten die Irische Republik proklamierten, einen scheinbar hoffnungslosen Kampf begannen.

Es wäre sinnlos, hier eine verkürzte Fassung der komplizierten achthundertjährigen Geschichte von Richard Graf Pembroke bis Ian Paisley anzubieten. Natürlich gab's Verrat, gab's verratene Verräter, es gab ehrbare und ehrlose Verräter, und fast jedes Ereignis der irischen Geschichte ist »umstritten«. Und natürlich wäre die irische Geschichte, wäre sie von Kelten allein bestimmt worden, kein ewiger Frieden gewesen. So wie die Geschichte verlaufen ist, ist sie eine Geschichte nie ganz geglückter Unterdrückung. Harte Strafen waren die Folge hartnäckigen Widerstands gegen eine aufgezwungene Herrschaft, die sich nach der Reformation auch des konfessionellen Vehikels bediente und durch weitere Härte die Katholiken *fast* zu einer Rasse prägte. Zwischen 1692 und 1829 durfte kein katholischer Ire im Parlament sitzen, kein Katholik irgendein Amt ausüben oder ein Pferd besitzen, das mehr als fünf Pfund wert war; kein Waffenschmied durfte einen katholischen Lehrling annehmen, kein Katholik durfte eine staatliche Schule besuchen oder seine Kinder auf ausländische Schulen schicken.

Daß solcherlei Herrschaftsmittel nicht auf eine Konfession beschränkt sind, beweist das Schicksal der Protestanten Spaniens und Frankreichs. Man lese nur nach, was Protestanten in Frankreich bis zum Jahre 1782 drohte und was heute noch Protestanten in Spanien an Lieblichem widerfährt oder Baptisten in der Sowjetunion. Es gibt Gegenbeispiele: die noble Fairneß, mit der in der Republik Irland die Protestanten behandelt werden und immer behandelt worden sind. Der erste Präsident dieses zu mehr als 90 Prozent katholischen Staates war ein Protestant, und die anglikanische Church of Ireland ist, soviel ich weiß, keines ihrer Rechte beraubt worden, und kein Politiker der Republik Irland würde auf die Idee kommen, den unseligen Konfessionalismus aufs neue zu beschwören. Darin jedenfalls ist die junge irische Republik dem Geist des ersten irischen Republikaners, Theobald Wolf Tone, der protestantischer Herkunft war, treu geblieben. Als desto peinlicher und anachronistischer müßte jeder nordirische und britische Politiker eine Erscheinung wie Ian Paisley empfinden, gerade weil er so viele Anhänger hat.

Und doch kann Paisley nur so viele Anhänger haben, weil diese winzige Ecke Europas ungelüftet geblieben und weil das etablierte Unrecht in ihr nicht wahrgenommen worden ist. Das Schlagwort vom Klerikalismus, der in der Republik Irland herrsche, ist irreführend wie alle »Wahrheiten«, an denen nur »etwas dran ist«. In den Jahrhunderten der Unterdrückung hat der katholische Klerus treu zu den Unterdrückten gehalten, mancher Priester bis zum Tod durch den Strang oder durch Erschießen. Ob dieser nicht nur redlich, auch mit Mut und Herz erworbene Kredit heute noch in vollem Maß gilt, ob er nicht schon im neunzehnten Jahrhundert angeknackt wurde, das mögen die jungen Iren aus der Generation von Miß Bernadette Devlin selbst entscheiden. Ich zitiere diese energische junge Dame, deren Lebensbericht über den irischen Katholizismus genug aussagt: »Unter den besten Verrätern, die Irland je hatte, rangiert Mutter Kirche, ein massives Hindernis auf dem Weg zu Gleichheit und Freiheit, ganz obenan.«

Tatsächlich hatten alle irischen Freiheitsbewegungen seit der Französischen Revolution einen eindeutig republikanischen Zug, der dem armen irischen Landklerus gut hätte schmecken können. Eines jedenfalls haben die Iren nie gefürchtet: Exkommunikation. Viele von ihnen haben sie auf sich genommen; möglicherweise wäre, hätte es diese sinnlose innerkirchliche Polizeistrafe schon damals gegeben, auch die heilige Brigid exkommuniziert worden, weil sie Jesus auf alle Ewigkeit zum Biertrinken einlud. Das Urteil von Bernadette Devlin über die katholische Kirche stimmt – nicht nur in Irland, fast überall in der Welt – wörtlich mit dem überein, was junge katholische Priester heute zur Kenntnis nehmen und ausdrücken: Es ist kein speziell irisches Versagen, es ist das generelle Versäumnis, das sogenannte Industriezeitalter und seine Folgen nicht früh genug erkannt und die Arbeiterschaft verloren zu haben, weil man auf die Seite der Herren trat. In zwei europäischen Ländern – und in beiden aus ähnlichen Gründen: weil der Klerus gegen die Fremdherrschaft zum Volk hielt, wobei den orthodoxen Russen wie den protestantischen Preußen der Katholizismus gleichermaßen verächtlich schien – in zwei Ländern gibt es heute noch eine katholische Arbeiterschaft: in Irland und in Polen.

Wie auch in parlamentarischen Systemen Herrschaft ausgeübt werden kann, beweisen zahlreiche Beispiele aus dem Buch von

Frank Gallagher, *The Indivisible Ireland.* Ich zitiere daraus ein Beispiel für das berüchtigte Gerrymandering, ein System der Wahlkreismanipulation, das nach dem amerikanischen Gouverneur Gerry benannt ist: »Die Stadt Derry ist ein typisches Beispiel. In Derry gibt es 31 620 Nationalisten (irische) und 18 469 Konservative (Tories). Betrachtet man diese Zahlen, würde man es für menschenunmöglich halten, daß Derry einen konservativen Stadtrat hat. Das ist es keineswegs. Mit der tätigen Beihilfe der Regierung ist die Stadt in drei ungleiche Wahlbezirke eingeteilt, und zwar in folgende:
Wahlbezirk Nord 13 896 Einwohner, die 8 Abgeordnete wählen; Wahlbezirk Süd 24 768 Einwohner, die 8 Abgeordnete wählen; Wahlbezirk Waterside 11 435 Einwohner, die 4 Abgeordnete wählen. Entschlüsseln wir diese Zahlen in aktive Wähler mit der von ihnen gewählten Partei, dann erst sehen wir die politische Bedeutung dieser Anordnung der Wahlbezirke.

Parlamentswahlen 1954–55

| | Nationalisten | Konservative |
|---|---|---|
| Wahlbezirk Nord | 3 153 | 4 903 |
| Wahlbezirk Süd | 12 139 | 2 114 |
| Wahlbezirk Waterside | 2 570 | 4 119 |
| | 17 862 | 11 136« |

Auf diese Weise also wählt eine Minderheit die Mehrheit von 12 und die Mehrheit die Minderheit von 8 Abgeordneten. Die Wahlkreise sind so arrangiert, daß es in einem einzigen Wahlkreis mehr Nationalisten-Stimmen gibt als in der ganzen Stadt Konservative.
Ob's Zufall war, daß in Londonderry die Demonstrationen zu Unruhen explodierten, daß dort die Gewalt begann, wo der Arbeitslosendurchschnitt bei 12,7 Prozent der arbeitenden katholischen Bevölkerung lag, auf Grund plötzlicher Entlassungen einer Elektrofirma, und – aufgeschlüsselt in weibliche und männliche Arbeitslose – der Prozentsatz 4,3 : 17,5 Prozent betrug? Im Industriezeitalter ist plötzliche Entlassung auch ein Herrschaftszeichen, mag's auch nationalökonomisch begründbar sein. Sie zeigt die *Abhängigkeit,* und abhängig ist, wer so eindeutig beherrscht wird und von der Hand in den Mund leben muß.
Es ist ein weiter geschichtlicher Weg von Pembroke zu Berna-

dette Devlin und Ian Paisley, und doch wären die beiden letzteren ohne den ersteren nicht da, wo sie sind. Es ist kein Grund vorhanden, sich nun stolz in die mitteleuropäische Brust zu werfen und anzunehmen, so weit zurückliegende Herrschaftszeichen beeinflußten unsere gegenwärtige Geschichte nicht: als spukten nicht entlang der Oder-Neiße-Linie die Deutschordensritter, und als wäre es nicht an der Zeit, *mißglückte* Kolonisation an- und zurückzunehmen, und als wäre das linksrheinische Deutschland nicht bis zur Umarmung de Gaulle-Adenauer (und möglicherweise darüber hinaus) heimgesucht gewesen von jenem Geist, der Karl der Große und Charlemagne heißt und jenes unselige Reich ohne natürliche Grenzen, Lotharingien, hinterließ. In der französischen Publizistik gibt es bis auf den heutigen Tag für Deutschland den ganz und gar unbewußt angewandten Terminus *L'Outre-Rhin,* und ein ganzes Stück lang ist der Rhein nicht Deutschlands Strom, sondern seine Grenze.
In allen marxistisch bestimmten Ländern kennt man die Geschichte Irlands ziemlich gut, schon deshalb, weil es in der Zeit seiner Befreiungskämpfe das klassische Land der Partisanen war; weil Friedrich Engels an den irischen Industriearbeitern in und um Manchester so viel »Anschauungsmaterial« für seine Theorien fand; weil die große irische Hungersnot, die das ohnehin gedemütigte und geschwächte Land fast ruinierte, als klassisches (und schlüssiges) Beispiel dafür gilt, daß der kapitalistische freie Handel nicht in der Lage ist, Versorgungskrisen zu lösen. Es gibt eine große und großartig genaue Studie über diese Hungersnot, *The Great Hunger,* von Cecil Woodham-Smith, die angesichts der Hungersnöte in der Welt zur Grundlektüre aller Hilfswilligen gehören sollte; mir scheint diese historische Analyse von Miß Woodham-Smith immer aktueller zu werden, anwendbar auf Indien, auf Biafra, auf Südamerika.
Sie beweist auch, daß Irland im vorigen Jahrhundert eins der vielen Biafras war. Daß die politischen und sozialen Verhältnisse in Nordirland ein »peinliches Relikt« sind, in einer kleinen Ecke Europas, in der man vergessen hat, aufzuräumen, darüber wird wohl kaum Uneinigkeit herrschen. Irland ist seit 800 Jahren Englands Wunde und sein wunder Punkt, und kaum einem Briten dürfte wohl sein, wenn Ian Paisley, außerdem noch im Habit eines anglikanischen Geistlichen, dauernd die Wunde aufreißt, Antipapismus predigt zu einer Zeit, in der kaum noch die Kardi-

näle Papisten sind, möglicherweise nicht einmal mehr der Papst selber einer ist.
Und doch hat dieser demagogische Pseudoprediger Anhang: Es geht um Herrschaft, die abgegeben werden muß, um Privilegien, die niedergelegt werden müssen. Die irische Geschichte lehrt: Es wird keine Ruhe geben, solange nicht wirklich wird, was selbstverständlich ist. Paisleys Hauptargument, daß dann die Herrschaft Roms beginne, klingt dumm, hat aber für Orangistenohren einen vertrauten Klang. Es dürfte in Wirklichkeit umgekehrt sein: Der unübersehbare und unüberhörbare sozialistische Unterton und Untergrund der neuen Bürgerrechtsbewegung in Nordirland hat ganz gewiß keine römischen Sympathien und gewiß sehr wenig Sympathien in der Hierarchie der Republik Irland. Ich zitiere Miß Devlin: »Ich schaute mir das Irland, das ich vereinigen wollte, genauer an und fand, daß es nicht darum ging, die sechs Grafschaften zu befreien, sondern die nationale Revolution wieder ganz von vorn zu beginnen. Es gab keine freien Grafschaften, nirgendwo in Irland. Die Iren hatten in 26 Grafschaften den Platz der Engländer eingenommen, sie hatten nichts getan, das System zu ändern. 1897 hatte James Conolly, der einzige wirkliche Sozialist des Aufstands von 1916, gesagt: ›Werft die Engländer hinaus und hißt morgen die Trikolore über der Burg von Dublin, und Irlands Probleme werden doch bleiben, denn Irlands Probleme sind wirtschaftlicher und sozialer Art.‹ Und das stimmt noch immer.«
Gewiß hören das manche jungen Iren in der Republik Irland gern. Gewiß nicht gern hören es die, die für den Ian Paisley »Papisten« sind. Schon einmal gab's eine schlimme Verschwörung gegen einen irischen Politiker, der drauf und dran war, dem Empire – schon im 19. Jahrhundert – ernsthaft Schaden zuzufügen: Charles Stewart Parnell, wahrscheinlich einer der begabtesten und erfolgreichsten Politiker des 19. Jahrhunderts überhaupt, Ire und Protestant, Grundbesitzer sogar, von Haus »heimlicher König« und Volkstribun: ein irischer David, vor dem Goliath zu zittern allen Grund hatte. Er wurde nicht politisch gestürzt, sondern »moralisch« wegen einer Liebschaft mit Kitty O'Shea, von der jedermann wußte, die aber, als er politisch gefährlich zu werden begann, ihm als Strick um den Hals gelegt wurde, und in diesem Fall waren sich »Papisten« und Antipapisten auf eine folgenschwere Weise einig. Parnell wurde als Vorsitzender sei-

ner Partei abgewählt, er resignierte und starb bald danach, ganze 45 Jahre alt.

Das Neue an der Bürgerrechtsbewegung in Nordirland ist, daß sie die republikanischen und sozialistischen Traditionen wiederentdeckt hat, und es besteht jeder Grund für die fortschrittlichen jungen Iren in beiden Teilen Irlands, zur »most blessed Mother« darum zu beten, daß Katholiken und Protestanten in diesem neuen Sozialismus nicht ihren *gemeinsamen* Feind und bei denen, die ihn betreiben, nicht irgendwelche »Liebschaften« entdecken. Es gab Zeiten in der irischen Geschichte, in denen Rom sich mehr oder weniger offen mit England verbündete, um sozialen Fortschritt in Irland zu verhindern. Segne also die »most blessed Mother« auch Mr. Paisleys Dummheiten und gebe sie, daß wieder einmal gesagt wird, was im 19. Jahrhundert schon gesagt wurde: »Zur Grundlage ihrer Politik nehmen die Iren Irland, ihre Religion beziehen sie aus Rom.«

# Schwierigkeiten mit der Brüderlichkeit

*Ansprache zur Eröffnung der Woche der Brüderlichkeit am 8. 3. 1970 im Kölner Gürzenich*

Die Veranstalter der Woche der Brüderlichkeit sind geplagte Leute. Warum eigentlich? Sie schreiben und telegraphieren einigermaßen desperat in der Gegend umher, um die fälligen Festredner zu bekommen, möglichst solche mit Namen, möglichst solche, die aus dem Rahmen fallen und doch gleichzeitig durch ihren Namen eingerahmt sind.

Es gibt da eine bewährte alte Garde, die bei jedem humanitären Anlaß ihren Namen herzugeben hat; Empörung und Zorn und ihr humanitäres Tremolo beginnen abgeleiert zu klingen.

Es muß doch eine Ursache haben, daß sich kaum noch einer so recht dazu hergeben will, sich öffentlich über das auszulassen, was nach 20 Jahren selbstverständlich sein sollte. Wäre es nicht sinnvoller, hier Namenlose über ihre Umwelt sprechen zu lassen, die in den meisten Fällen laut auflacht, wenn ein Wort wie Brüderlichkeit auch nur fällt?

Etwa ein junges Ehepaar mit kleinen Kindern und knappem Einkommen über seine Erfahrungen bei der Wohnungssuche berichten zu lassen?

Es brauchte nicht einmal ein Gammlerpärchen zu sein. Schon ein adrett gekleidetes, mit allen Insignien der Strebsamkeit ausgestattetes Paar könnte wohl darüber berichten, wo die erwartete Rentabilität die Grenze der Brüderlichkeit bildet. Wie viele Neurosen entstehen, zu wieviel Fehlgeburten kommt es, weil junge Eheleute sich verpflichten müssen, nicht zu bekommen, was sie möglicherweise gern hätten: Kinder.

Oder sollte man hier jemanden erzählen lassen, der in Geldnot geriet und die Brüderlichkeit pompöser Bank-Fassaden erfuhr? Vielleicht einen Häftling, der das Pech hatte, geschnappt zu werden, während wir das Glück haben, frei umherzulaufen?

Ich bestreite nicht, daß es Kriminalität gibt, ich bestreite nur, daß die Grenze zwischen Kriminalität und deren möglichem Gegenteil durch Gefängnismauern bestimmt wird.

Wir hier sind nicht eingesperrt, nur eingerahmt, und diese Einrahmung in Protokoll, Programm und Kleidung widerspricht eigentlich dem Gegenstand der Erörterung, der Brüderlichkeit, die wir einmal im Jahr vorzeigen wie ein Votivbild während der Pilgerwoche.

Spätestens hier bitte ich Sie, einem freiberuflichen Gelegenheitsfestredner, der einige Male aus dem Rahmen fiel, eine persönliche Bemerkung zu gestatten. Ich muß hier einmal eine Voraussetzung mitgeben, die mir zu selbstverständlich war, als daß ich sie bisher ausgesprochen hätte, und es ist natürlich kein Zufall, Herr Bundespräsident, daß ich diese Nachlieferung in Ihrer Gegenwart vollziehe. Diese Voraussetzung, die ich nachliefere, lautet: Ich meine mich selbst immer mit. Das mag schwer zu glauben sein und ist doch so.

Mein Autor lebt nicht auf einem Leuchtturm, der Reinheit ausstrahlt, ringsum Schmutz entdeckt und nun im Vollglanz seiner Reinheit diesen Schmutz zu beschimpfen beginnt. Mein Autor lebt auf der Erde, aus der er gemacht ist, und seine Bitterkeit ist die Bitterkeit der Erde, aus der er gemacht ist.

Er ist Brotesser, Biertrinker, Steuerzahler, Kinogänger, Staatsbürger usw. Was ihn von den Erdbewohnern um ihn herum ein wenig abheben mag, ist vielleicht die Fähigkeit, sich auszudrükken, auch die Fähigkeit, öffentlich auszusprechen, was als unaussprechbar galt.

Für meinen Autor ist Schreiben ein demokratischer Vorgang, er ist nicht der Herr und Richter, er ist der Bruder seines gesamten Personals, er ist in allem, was er, und in allen, die er da aus Sprache macht, mit drin. Diese Brüderlichkeit ist meinem Autor von einer höhnischen Gesellschaft oft genug vorgeworfen worden. Wenn ich hier sage: mein Autor, und nicht ich, so hat das viele komplexe Hintergründe, von denen ich nur einen kenne. Mein Autor und ich, wir leben in ständigem Widerstreit miteinander.

Der eine glaubt nicht so recht an das, was der andere tut; der eine möchte Gedichte schreiben, während der andere Reden hält; einer ist immer müde, der andere ist immer wach. Der eine ist anwesend, der andere abwesend. Sehr weit weg.

Wenn ich weiterhin »ich« sage, setze ich die angedeutete Gespaltenheit voraus. Was diese Veranstaltung angeht und die Gesellschaft für Christlich-Jüdische Zusammenarbeit, die dazu eingeladen hat, ich bin Mitbegründer dieser Gesellschaft in Köln und immer noch ihr Mitglied, und ich bitte Sie, das nicht zu vergessen. Ich bin, wenn auch nur mittelbar, mitverantwortlich für diesen Rahmen, von dem ich öffentlich, nicht heimlich, Abschied nehme, aus dem ich nicht herausfallen, sondern heraustreten möchte. Es ist kein Abschied von der Sache, kein Abschied von Personen, nur von diesem Rahmen.

Wir alle, soweit wir gelegentlich Festreden zu halten haben, kennen doch den Zwang, der sich bis zur Neurose steigert, wir kennen bei Veranstaltern und Mitwirkenden diese, wie ich finde, magische Sucht nach der Namhaftigkeit, nach der Prominenz, nach diesem Pseudoadel, der durch kein Leben und durch kein Amt geschützt ist. Was hat das mit Brüderlichkeit zu tun? Ich finde: nichts.

Ich deute mir diese internationale gegenwärtige Bewegtheit von den Fabriken bis in die heiligsten Offizien, von den Akademien bis in Lehrlingsheime hinein, in Armeen und Strafanstalten, in Kirchen, Schulen, Familien, in der Kunst und in der Antikunst – ich deute mir diese Bewegtheit als den großen Versuch, die alten Rahmen aufzugeben oder zu zerstören, als eine Vorstufe oder Vorbedingung zur Brüderlichkeit.

Im alten Rahmen, so wie wir sie hier proklamieren, wird Brüderlichkeit leicht zur Herablassung, zumal, wenn sie sich nicht ständig der säkularen Trinität erinnert, von der sie abstammt: Freiheit, Gleichheit, Brüderlichkeit.

Ich glaube nicht, daß wir frei sind und daß wir gleich sind. Vielleicht könnten wir es werden durch jene Brüderlichkeit, die sich in einer neuen rahmenlosen Gesellschaft anzudeuten scheint.

Fast die gesamte Umwelt steht im Widerspruch zu dieser Brüderlichkeit, die wir da einmal im Jahr der Anbetung anheimgeben. Ich zweifle daran, ob wir berechtigt sind, feierlich jener Toten zu gedenken, die Opfer des Völkermords geworden sind, wenn es uns nachweislich nicht gelingt, Völkern, die in unserer Gegenwart sterben, über jene Grenze hinaus beizustehen, die unserem karitativen Impuls durch innen- und außenpolitische Rücksichten gesetzt werden.

Was werden wir sagen, wenn, was wir jetzt schon ahnen, in einigen Jahren nachgewiesen und natürlich gleichzeitig dementiert wird, daß in Biafra in unserer Gegenwart ein Völkersterben stattgefunden hat, daß keine Gipfelkonferenz einberufen wurde, es zu verhindern? Wenige Tage nach der Beendigung des Bürgerkrieges dort habe ich ein Bild von brutaler Obszönität gesehen, einen wieder in Gang gesetzten Bohrturm, der triumphierend seine Kolben in den Schoß der Erde stieß.

Dieses Bild sagte: Es ist alles wieder normal, was bedeutet, die alten Herrschaftsverhältnisse sind wiederhergestellt, der alte Rahmen wieder festgefügt, das Tabu der Innenpolitik ist gewahrt worden, keine Einmischung in die Außenpolitik ist erfolgt, die gewöhnlich der Hebel der Wirtschaftspolitik ist. Als Zeitgenosse und verstrickt mit dem Wirtschaftssystem, in dem ich lebe, nehme ich an der Herrschaft dieses Bohrturms teil.

Wer hätte sich in Hitlers Vernichtungspolitik eingemischt, wäre sie Innenpolitik geblieben? Manche Politiker und Diplomaten finden es ungehörig, wenn ein Deutscher, in dessen Zeitgenossenschaft Auschwitz fiel, sich in die Politik anderer Länder einzumischen wagt.

Soll Auschwitz auf diese Weise zur Bremse für Brüderlichkeit oder sollte es nicht zum Anlaß für sie werden? Es sind die gleichen Politiker, die es merkwürdigerweise nicht nur angebracht, sondern für die Pflicht von Autoren halten, sich gegen innerpolitische Maßnahmen zu empören, wenn sie sowjetische Schriftsteller treffen. Ich möchte hier feststellen, beide Einmischungen erfolgen aus dem unteilbaren Geist, für den Brüderlichkeit keine nationale Grenze hat. Zur Brüderlichkeit gehört die Internationalität.

Eine Welt, die sich auf grobe Weise in Ost und West dualisiert hat, kann das natürlich nicht begreifen. Sie ist dumm. Und so nimmt die eine Hälfte den Protest gegen den Vietnamkrieg zum Vehikel und die andere den Protest gegen die Besetzung der Tschechoslowakei.

Es findet ein Austausch von Unmenschlichkeitskonten statt, nationales Kerbholzdenken wird geübt, das jeder Intellektualität und jeder Brüderlichkeit widerspricht.

Es gibt ein ganzes Arsenal von Denunziationsvokabeln, die man für Intellektuelle hierzulande bereithält, wenn sie versuchen, international Brüderlichkeit zu üben. Es wird dabei übersehen, wenn dieses Vokabularium angewendet wird, daß die Großindustriellen und die Machthaber jener sozialistischen Länder, die das Wort klassenlose Gesellschaft zum Hohn gemacht haben, daß sie sich meistens sehr rasch und sehr gut verstehen. Ob beim Röhrenhandel über inhaftierte Schriftsteller gesprochen wird, ob möglicherweise ein Rabatt für ihre Freilassung angeboten wird – ich wage das zu bezweifeln.

Die jungen Leute in unserem Land haben recht, wenn sie uns vorwerfen, unser Schuldgefühl, das darin besteht, überlebt zu haben und nicht ganz unschuldig zu sein, lähme unsere politische Aufmerksamkeit. Bei öffentlichen Gedenkfeiern für die Toten einer anderen Gruppe von Menschen, zu deren Überlebenden ich gehöre, für die Soldaten, wird mir immer wieder und, je älter ich werde, desto peinlicher bewußt, wieviel bei diesen Feiern im herkömmlichen Gefallenengedenktremolo verschwiegen wird, verschwiegen, wie sehr man diese Toten, die man da so feierlich ehrt, solange sie lebten, entwürdigt und gedemütigt hat.
Was macht Regimentstradition und Divisionstreffen so peinlich? Daß die Überlebenden den Tod, in pathetisches und sentimentales Kleingeld verwandelt, weiterzureichen versuchen; meistens mit Erfolg. Es ist die Sehnsucht nach der alten Fahne.
Was macht die Bundeswehr, der ein riesiger Publicity-Apparat zur Verfügung steht und die offensichtlich von der deutschen Presse geschont wird, was macht sie denn so empfindlich, so leicht kränkbar? Doch nicht nur die Tatsache, daß sie einem friedfertigen Volk – die Deutschen von 1945 waren ein friedfertiges Volk – aufgezwungen wurde; was macht sie so verletzlich, fast schon zu einer verschämten Minderheit?
Ich glaube, es ist das stupide Beharren auf einer Tradition scheinbarer Ehre, die mit mehr als sechzig Millionen Toten des Zweiten Weltkrieges belastet ist.
Wie weit darf ein hoher und verantwortlicher Offizier gehen, der immer noch nach der Fahne sucht, die schon mit dem Blut der Rosa Luxemburg besudelt war, bevor sie sich vor dem faschistischen Terror ohne Widerstand in die Gosse senkte?
Ich spreche hier als einer, der, wenn auch widerwillig, und in dieser Widerwilligkeit ausnahmsweise ungespalten, hinter dieser Fahne hermarschiert ist. Ich nehme mich nicht aus. Ich erlaube mir nur, mich im Jahre 1970 ausdrücklich, nachdrücklich und endgültig aus einem Rahmen zu entfernen, der auf diese Weise eine Woche der Brüderlichkeit eröffnet. Ich schlage vor, daß die Veranstalter in Zukunft auf Namen und Rahmen verzichten und hier einen Bundeswehrsoldaten, einen Bundeswehrdeserteur und einen Kriegsdienstverweigerer über Brüderlichkeit sprechen lassen. Diese drei, jeder auf seine Weise Vertreter einer verfemten Minderheit, können das besser als ich.
Natürlich sollten auch die anderen Vertreter verfemter Minder-

heiten nicht vergessen werden: die Gammler, die Langhaarigen, die Schmutzfinken, die Obdachlosen, die Asozialen und auch jene adretten, auf Strebsamkeit angelegten Wohnungssuchenden, die in dieser Gesellschaft ein Viertel oder ein Drittel ihres Einkommens für die Gnade bezahlen müssen, ein Dach über dem Kopf zu haben. Ich wage es nicht, über Brüderlichkeit zu sprechen. Ich höre zu viel Hohngelächter. Ich höre im Hintergrund und nicht etwa nur bei der NPD die höhnische Frechheit jener Kräfte, die unsere Geschichte wieder bestimmen möchten. Es ist die Stimme einer Herrenwelt, der es gelungen ist, auch den einzigen Bruder, den wir je gehabt haben, zum Herrn und Herrscher und Machthaber zu machen. Auch er ist eingerahmt worden. Sein Reich der Brüderlichkeit durfte nicht entstehen. Da, wo es zu entstehen drohte, wurde es in seinen Rahmen zurückgedrängt, in den härtesten aller Rahmen, der Herrschaft heißt, sich auf Besitz gründet und immer noch auf der Trinität Staat-Armee-Kirche ruht.

In den kirchenfeindlichen Staaten hat ein dogmatischer Partei- und Inquisitionsapparat neue Prälaturen geschaffen; auch dort ist die alte Herrschaftstrinität wiederhergestellt.

Zum Schluß möchte ich Ihnen einige Eintragungen aus Ernesto Che Guevaras *Bolivianischem Tagebuch* vorlesen. Ich lese dort unter dem 3. 6. 1967, vier Monate vor seinem Tod, einen Tag vor Beginn des Sechs-Tage-Kriegs, die Eintragung: »Gegen 17 Uhr tauchte der Militärlastwagen von gestern mit zwei Soldaten, die in Decken eingewickelt hinter dem Fahrersitz lagen, wieder auf. Ich fand nicht den Mut, auf sie zu schießen, schaltete auch nicht schnell genug, sie anzuhalten. Wir ließen sie durch.«

Ich will diesen erstaunlichen Menschen Guevara nicht zu einem Pazifisten interpretieren, ich will ihn nicht in seiner Natur und in seinem Ziel an mich oder an Sie verraten. Ich erlaube mir nur, diesen Satz als einen brüderlichen zu interpretieren, geschrieben von einem Befehlshaber eines revolutionären Kommandos. Ich frage mich natürlich, ob die jungen Leute, die Guevaras Bild vor sich hertragen, auch diesen Satz kennen, diesen Augenblick des Zögerns und der Nachdenklichkeit inmitten einer Aktion, die er selbst leitete, eine Nachdenklichkeit, die denen galt, in denen er wohl seine Brüder erkannte.

Die Herren zögern nie, Schieß- und Prügelbefehle zu erteilen – getroffen werden sie nur selten. Es tötet einer wohl immer seinen

Bruder. Nach Beendigung der Feindseligkeiten behandeln sich Herren und Befehlshaber gewöhnlich mit ausgesuchter Höflichkeit.

Ich empfehle also Che Guevaras Satz nicht nur denen, die sich zu ihm bekennen, viel mehr noch empfehle ich ihn jenen, die in Polizei- und Militärkasernen ausgebildet werden, Herrschaft zu schützen. Und ich empfehle ihn allen regulären und irregulären Bombenlegern und Bomberpiloten, die blindlings töten.

Es ist nicht immer Abel, der Unschuldige, der da getötet wird, aber sobald er tot da liegt oder da hängt, bekommt er Abels Gesicht – und wäre er der Schlimmste aller Verbrecher oder Kriegsverbrecher.

Auch allen Henkern und den Gehorsamen, die nur Befehle – notwendige natürlich – zu vollstrecken glauben, empfehle ich diesen wunderbaren Satz: »Ich fand nicht den Mut, auf sie zu schießen.« Ich empfehle ihn auch Ismael und Israel, den beiden Brüdern, die seit Tausenden von Jahren im Streit liegen. Und eine Prämie würde ich persönlich jedem Polizeibeamten zahlen, der vor einem deutschen Gericht aussagen würde: Ich fand nicht den Mut, sie niederzuknüppeln, sie niederzureiten, sie in die Fresse und über den Kopf zu schlagen, ich fand nicht den Mut, den Wasserwerfer auf die zu richten, die gegen jenen Herrn und Herrscher fast aller Meinungen demonstrierten, der erst nach der dritten Aufforderung es für notwendig hielt, vor einem deutschen Gericht zu erscheinen und für sein Nichterscheinen mit einer Strafe belegt wurde, die ihn kaum so hart treffen dürfte wie mich oder den Polizeibeamten der Verlust einer Schachtel Zündhölzer. Eine Prämie für jeden Polizeibeamten, der den Mut nicht findet.

# Leiden, Zorn und Ruhe

## *Über Alexander Solschenizyns Erzählungsband »Im Interesse der Sache«*

Der Titel dieses Erzählungsbandes ist in mancherlei Hinsicht auf Alexander Solschenizyns Gesamtwerk anwendbar, auch auf den Streit um ihn, der ja der Frage gilt: Welchem Interesse dient dieser Autor?

Dienen die europäischen und amerikanischen Nachkriegsliteraturen den »Interessen« ihrer Länder? Keine Spur davon. Würde Nixon meinen, Selby diene dem nationalen Interesse, und hätte Kiesinger das von Grass angenommen? Ich denke nein. Alle Nachkriegsliteraturen sind ausgesprochen antinational, sie sind nicht »gesund«, und ich glaube, das Gegenteil von gesund ist nicht »krank«, sondern leidend. Wo wäre denn jenes Ungeheuer von Mensch, das nicht leidet?

Der immer noch und immer wieder diskutierten Frage nach der »heilen Welt« entspricht eine bestimmte Form des sozialistischen Realismus, die nicht viel mehr ist als eine marxistische Variante der uns bekannten Erbauungsliteratur, in der das Gute siegt, das Schlechte bestraft wird oder zur besseren Einsicht gelangt – eine Literatur, in der keiner leiden darf unter der Fragwürdigkeit der jeweiligen Heilsverkündigung. Das Muster ist bekannt. Natürlich darf diese Erbauungsliteratur auch Kritik enthalten (so dumm sind die Dogmatiker denn doch nicht), nur muß die Kritik am Ende zur Bestätigung des Verkündigten dienen.

Welchem Interesse dient Solschenizyn? Wird je irgendein Establishment begreifen, daß ein eigenwilliger Autor so leicht nicht dienstbar zu machen ist? Immerhin ist Chruschtschows Abrechnung mit dem Stalinismus durch die ganze Welt gegangen, in allen Zeitungen gedruckt worden, die Deiche sind gebrochen. Kann denn irgendein Staatsmann, der sich für realistisch hält, glauben, *dieser* Deichbruch wäre noch zu reparieren? Und was Chruschtschow damals erklärte, das war nicht Literatur, es war die harte und derbe Sprache eines politischen Realisten. Unter seinem Regime begann der Autor Solschenizyn in der Sowjet-Union zu publizieren.

Im Interesse der Sache des Sozialismus und des sozialistischen

Realismus wäre nichts mehr zu wünschen, als daß der Alleinvertretungsanspruch für das Glück auf Erden aufgegeben und zugegeben würde, daß *auch* in sozialistischen Ländern die Menschen leiden können, vor allem leiden *dürfen* und sich fragen müssen, welchen Sinn denn das Leiden habe: ob die ungeheure Leidensmaschine für den Orkus der Absurdität gearbeitet hat, oder?

Georg Lukács, den man wohl kaum als einen Agenten des Imperialismus abqualifizieren kann, hat inzwischen in einem Essay (ebenfalls jetzt bei Luchterhand erschienen) die Herkunft Solschenizyns aus dem sozialistischen Realismus nachgewiesen und – ich drücke das verkürzt aus – vor der Übernahme westlicher Literaturformen durch Autoren in den sozialistischen Ländern gewarnt. Mit Recht, glaube ich: Erneuern kann sich die Literatur dort nur aus sich selbst, der Westen hat ihr da nichts zu bieten, nichts zu verkaufen.

Möglicherweise wird man eines Tages – wer weiß wann? – in der Sowjetunion erkennen, welchem Interesse der Autor Solschenizyn dient; daß er, vor allem im *Ersten Kreis der Hölle,* das Wunder vollbracht hat, den sozialistischen Realismus gegenwärtig gemacht, ihm nicht nur wieder Anschluß an die Weltliteratur verschafft zu haben – und das durchaus nicht nur, weil er den Stalinismus enthüllt. Solschenizyn hat die verfluchte Herablassung des Westens gegenüber der sowjetischen Literatur nicht nur ins Wanken gebracht; ein Autor wie er ist nur in der Sowjetunion möglich.

Was mich am meisten an diesem Schriftsteller erstaunt, ist die Ruhe, die er ausstrahlt – ein Autor, der wie kein zweiter auf dieser Erde umstritten und gefährdet ist. Es sieht so aus, als wäre er nicht aus der Ruhe zu bringen, trotz der fürchterlichen Beschimpfungen, denen er in seinem Land ausgesetzt ist, und trotz der öffentlich angebotenen Ausreisebewilligung, diesem von ihm nicht akzeptierten Hinauswurf.

Solschenizyns Ruhe ist nicht die eines Olympiers, es ist die Ruhe eines Betroffenen, eines Zeitgenossen, nicht etwa eines lebenden Denkmals, das schon an der Patina des Nachruhms schnuppert. Jede der hier vereinigten Erzählungen, auch die winzigen Prosastücke, strahlen diese Ruhe aus: eine überraschende Botschaft an die schwachsinnige Turbulenz unserer Welt, der wir uns alle mehr oder weniger unterwerfen.

Die Titelgeschichte ist bitter: Der Überstunden- und Sonderschicht-Optimismus eines ganzen Technikums, einschließlich Direktor und Kollegium, wird betrogen, indem man den endlich erstellten Neubau im letzten Augenblick zweckentfremdet. Wenige Stunden bevor die Schüler eigenhändig und freiwillig den Umzug bewerkstelligen wollen, übergibt irgendein Wirtschaftsrat das Gebäude einer anderen Bestimmung.

Solschenizyn erweist sich auch in diesen Erzählungen mittlerer Länge als ein Autor, der weiß, daß die Glaubwürdigkeit im Detail liegt.

Zum Beispiel: Bei der Besichtigung des alten Technikums versucht der Genosse aus dem Ministerium dem Direktor klarzumachen, daß in seinem Institut durchaus kein Platzmangel herrsche, und als er dabei dann noch jenes freie Plätzchen an der Wand entdeckt, wo ein Laborant das Bild einer hübschen Frau angeheftet hat (»Ob diese Sünderin aus einer sowjetischen oder einer ausländischen Zeitschrift stammte, war ohne Legende nicht festzustellen«), trumpft er gegenüber dem Direktor auf: »Und da behaupten Sie auch noch, es gäbe nicht genug Platz.«

In solchen Episoden – oder etwa wenn ein Parteifunktionär den Vorwurf, er pflege keinen sowjetischen Arbeitsstil, mit der Antwort pariert: »Im Gegenteil. Ich arbeite sowjetisch, *berate* mich mit den Werktätigen« (Sowjet = Rat) –, an solchen Stellen zeigt sich die Präzision Solschenizyns, dessen Ruhe keineswegs Gelassenheit und noch weniger stilistische Grobheit bedeutet, sondern eine Sensibilität, die geduldig das richtige Detail sucht, die darauf auch warten kann. Dies ist ein Merkmal jenes neuen Realismus, der sich keine Leine mehr anlegen läßt, der menschlich ist und auch Funktionäre differenzierend zu schildern weiß.

Liebe und Vorliebe Solschenizyns gehören freilich jenen Menschen, die man bei uns in dummer Vereinfachung »einfache« oder »kleine« Leute zu nennen beliebt: hier etwa dem heruntergekommenen Revolutionssoldaten Bobrow in *Die rechte Hand* oder der alten Landarbeiterin Matrjona in *Matrjonas Hof* oder den Gläubigen in der *Osterprozession,* die Solschenizyn gegen ein »materialistisches« Rowdytum in Schutz nimmt.

Alle Personen seiner Erzählung sind Teilhaber oder Quelle seiner Ruhe, seiner Geduld, auch seines Zorns, sie alle dienen dem »Interesse der Sache«, das ein internationales ist. Die Töne nationaler Gekränktheit in den sowjetischen Stellungnahmen gegen Solschenizyn sind so unverkennbar wie die Töne des Neids. Nun haben Sowjet-Autoren sogar mit der »Comes« gebrochen, jener europäischen Schriftsteller-Vereinigung, die geradezu als ein Instrument der Versöhnung zwischen der Literatur der sozialistischen und der westlichen Länder gegründet worden war. Und das alles wegen eines einzigen Autors, der sich immer wieder und inzwischen noch einmal energisch gegen westliche Manipulationen mit seinen Werken gewehrt hat, der immer wieder betont, daß er für die Bewohner der Sowjet-Union schreibe! Ist das noch klug, diesen einzelnen Autor zum Feind der Nation zu erklären und ihm so immer mehr politische und symbolische Bedeutung zu geben? Kann ein Autor das tragen?

# Brief an die Freiburger Polizeischüler

Sehr geehrte Herren,
wenn Sie den Text meiner Rede noch einmal genau durchlesen, werden Sie feststellen, daß er keinerlei Aggressivität gegen Polizeibeamte enthält, im Gegenteil: ich habe nicht nur die Polizeibeamten, auch diejenigen, die sich zu Che Guevara bekennen, zu dieser Friedfertigkeit aufgefordert. Ich habe auch nicht, jedenfalls nicht meines Wissens, die Problematik Ihres Berufes vereinfacht, da ich ausdrücklich darauf hingewiesen habe, daß es Kriminalität gibt. Und ich habe keineswegs alle Protestgruppen in gleicher Weise absolviert.
Sehr gerne würde ich mich mit Ihnen über das Problem unterhalten, vor allem über die Tatsache, die Sie mir mitteilen, daß Sie ständig oder häufig in der Spannung zwischen Ausübung Ihrer Ordnungspflicht und der persönlichen Bewertung dieser Proteste stehen. Gäbe es nicht die Möglichkeit, daß Sie versuchen, mit den jeweils protestierenden Gruppen ins Gespräch zu kommen, möglicherweise gar nicht öffentlich, sondern einige von den jungen Leuten einladen, sie zu besuchen und mit ihnen zu sprechen?
Ich kann auch nicht einsehen, daß mein Urteil über Sie und Ihren Beruf pauschal oder gar unbrüderlich sei. Ich habe gar nicht über Sie geurteilt, ich habe lediglich, und ich bitte Sie, das wörtlich zu verstehen, jedem Polizeibeamten eine Prämie versprochen, der vor Gericht, ich betone: vor Gericht, aussagen würde: »Ich habe nicht den Mut gefunden . . .«. Ich fühle mich frei von jedem Vorurteil gegenüber Polizeibeamten; die Frage ist nur, ob Sie alle wirklich mit voller Überzeugung auf der Seite stehen, die Sie durch Ihren Status und durch Ihre Uniform vertreten. Mir scheint, Sie sind selbst häufig im Zweifel darüber. Leider habe ich nicht die Zeit, eine so weite Reise zu machen und Ihrer Einladung zu folgen, aber möglicherweise ergibt sich die Gelegenheit ein anderes Mal.

Mit besten Grüßen Ihr Heinrich Böll

# Die Moskauer Schuhputzer

*Ernst Bloch zum 85. Geburtstag*

Die Moskauer Schuhputzerinnen und Schuhputzer lassen sich Zeit und haben sie. Ihre Kabinen, mannshoch, verschließbar, mit knapp soviel Grundfläche wie ein schmales Bett, sind kleine Tempel der Würde, die, nennt man sie Menschenwürde, nur die Definition der Voraussetzung von Würde wäre. In diesen heiligen Hallen ist man schon weiter. Die dort eine scheinbar untergeordnete Tätigkeit ausüben, gleichen sich alle, als wären sie Mütter und Söhne, Geschwister. Diese Augen, die schmalen Gesichter mit langen Nasen, diese Profile kannte ich von Vasen- und Freskenreproduktionen. Ich dachte: syrisch, vielleicht assyrisch. Aus Schulbüchern mit knappen Abhandlungen über die Geschichte Kleinasiens. Später hörte ich: Man weiß nicht genau. Wahrscheinlich aus dem jetzigen Libanon, Maroniten, Vertriebene aus einer der großen Vertreibungen nach dem Ersten Weltkrieg. Das Schuhputzen scheint ihr Privileg, ihr Lehen zu sein, ungeschriebenes Gesetz, wie der Verkauf gerösteter Kastanien in Rom das Privileg der Apulier zu sein scheint.

In ihren Kabinen kann der Vorübergehende nicht nur seine Schuhe putzen lassen, Fleckwasser ist vorrätig, um verschmutzte Kleider zu reinigen, Nähzeug kann entliehen werden, um abgerissen Knöpfe wieder zu befestigen, Scheren, um Fransen abzuschneiden, an Akten- und Einkaufstaschen herumzudoktern. Schuhe putzen, die Hauptbeschäftigung, geht ohne Hast, ohne auch nur die Andeutung von Unterwürfigkeit, ohne Anbiederungsversuche vor sich. Eilige Kunden, die Ungeduld zeigen, das Ritual abgekürzt haben wollen, werden durch einen ernsten Blick aus dunklen Augen und durch sanftes Kopfschütteln aufgefordert, das Ritual ungekürzt über sich ergehen zu lassen. Weihe ist Weihe, Würde Würde, Schuhe sind Schuhe, und hier kann man lernen, was das Wort »Anwendung« bedeutet, das möglicherweise die annähernd rechte Übersetzung für Sakrament wäre. (Die Ehe wäre dann die Anwendung der Liebe.)

Sorgfältig, wie es sich gehört, werden die Schnürsenkel weggesteckt, die Strümpfe werden durch Pappmanschetten geschützt. Linker Schuh auf den Kothurn: Mit Bürsten verschiedener Härte werden Schmutz und Staub entfernt, flüssige Schuhkrem

aus einer Flasche wird aufgetragen; rechter Schuh auf den Kothurn: die gleiche Anwendung; linker Schuh: kurze Politur mit einem Speziallappen für die flüssige Schuhkrem, das gleiche widerfährt dem rechten. Linker Schuh auf den Kothurn: Feste Schuhkrem aus einer Dose wird aufgetragen, das gleiche geschieht mit dem rechten. Linker und rechter Fuß: Blankwichsen mit einer weichen Bürste. Kopfschütteln, sanftes Gebieten mit dunklen Augen: Noch einmal müssen beide Schuhe hintereinander auf den Kothurn: aus einer Spezialflasche wird ein besonderes Glanzmittel aufgetragen, das wieder – linker Fuß, rechter Fuß – blankgerieben wird.
Die feierliche Anwendung ist vorüber. Die Zeit, die einer verloren zu haben glaubt, kommt aus den dunklen Augen verdoppelt zurück. Gewonnen, nicht verloren.
Mehr weiß ich nicht über die Moskauer Schuhputzer; sie sind Vertriebene, die hier Heimat gefunden haben; sie geben einem die verlorene Zeit doppelt zurück; ihre Profile kamen mir bekannt vor, aus Vasen- und Freskenreproduktionen, die ich in einem Schulbuch gesehen habe. Ich möchte mehr über die Moskauer Schuhputzer wissen, alles, und ich werde versuchen, es zu erfahren. Ich beneide sie.

# Kommentar zur Verleihung des Literatur-Nobelpreises an Alexander Solschenizyn

Das ist eine sehr glückliche Entscheidung. Schlecht nur wäre es, wenn sie den Westen zu Triumphen aus politischen Gründen hinreißen würde. Solche Triumphe wären unangebracht und dumm. Die Entscheidung ist literarisch ganz und gar gerechtfertigt. Solschenizyn hat die russische Erzähltradition des 19. Jahrhunderts – also Dostojewskij, Tolstoi, Gogol – mit Elementen des sozialistischen Realismus zu einer neuen Form verbunden. Möglicherweise wird man eines Tages in der Sowjetunion erkennen, welchem Interesse der Autor Solschenizyn dient; daß er, vor allem im *Ersten Kreis der Hölle,* das Wunder vollbracht hat, den sozialistischen Realismus gegenwärtig gemacht, ihm nicht nur wieder Anschluß an die Weltliteratur verschafft zu haben – und das durchaus nicht nur, weil er den Stalinismus enthüllt. Was mich am meisten an diesem Autor erstaunt, ist die Ruhe, die er ausstrahlt – ein Autor, der wie kein zweiter auf dieser Erde umstritten und gefährdet ist. Diese Ruhe ist eine überraschende Botschaft an die schwachsinnige Turbulenz unserer Welt, der wir uns alle mehr oder weniger unterwerfen.

# Wir dürfen kein Veteranenclub sein

*Diskussionsbeitrag auf dem Deutsch-Niederländischen PEN-Treffen in Arnheim am 18. 9. 1970*

Denken Sie nur fünfundzwanzig Jahre zurück, so wäre ein Treffen, an dem nicht nur holländische und deutsche Autoren der Emigration, auch deutsche Autoren der, nennen wir es einmal so, Nicht-Emigration teilnehmen, uns allen utopisch erschienen. Nehmen Sie nur drei beliebige über vierzigjährige Teilnehmer dieses Treffens, stecken Sie sie in die Kleider oder Uniformen, die sie damals trugen, setzen Sie ihnen das Essen vor, das sie damals aßen, und denken Sie an das Arnheim von 1945, so wird das Treffen hier in Arnheim zu einem Traum, den keiner zu träumen riskiert und der wahrscheinlich auch keinen sonderlich interessiert hätte.

Ich springe von diesem Veteranenerinnerungszug sofort wieder ab, ich wollte nur, bevor wir uns kritisch mit der PEN-Charta befassen, an die Pflicht zur historischen Dankbarkeit erinnern. Schließlich ist es der PEN, der uns zusammenführt, schließlich unterschreibt jeder, der die Wahl in den PEN annimmt, diese Charta, und mit Unterschriften, auch mit eigenen, sollte man nicht allzu leichtfertig umgehen, besonders dann, wenn man eine Art Kredo unterschreibt.

Die ersten beiden Punkte der Charta sind Feststellungen, die uns heute selbstverständlich vorkommen, die aber während des ersten Weltkrieges keineswegs selbstverständlich waren und im Jahre 1921, dem Gründungsjahr des PEN, getrost so ausgedrückt werden konnten, wie sie ausgedrückt worden sind. Was heute die Welt und die Literaturen voneinander trennt, ist nicht mehr der klassische Nationalismus, eher ein ideologischer Imperialismus, dessen Front mitten durch den internationalen und durch die nationalen PEN-Clubs geht.

Es kommt da immer wieder zu deklamatorischen Konfrontationen moralischer Art, zu Vorwürfen, Dementis – eine unfruchtbare Methode, der ein unterschiedliches Verständnis des Wortes Freiheit zugrunde liegt.

In einer möglichen Neufassung der ersten beiden Punkte der Charta sollte eine neue Definition von Internationalität versucht werden.

Liest man die Punkte 3 und 4 der Charta genau, so klingen sie wie das Programm einer politischen Kampforganisation, die »Unterdrückung der Äußerungsfreiheit« verhindern, »Zensurwillkür bekämpfen und den Auswüchsen einer freien Presse, wie wahrheitswidrigen Veröffentlichungen, vorsätzlicher Lügenhaftigkeit, Entstellung von Tatsachen, entgegenarbeiten« soll. Die Mitglieder des PEN verpflichten sich außerdem, »mit äußerster Kraft für die Bekämpfung von Rassen-, Klassen-, Völkerhaß und für die Hochhaltung des Ideals einer in einer einigen Welt in Frieden lebenden Menschheit zu wirken«.

Wenn wir da lesen, »mit äußerster Kraft« hätten wir für diese Ideale zu wirken, so klingt uns das vielleicht zu sehr nach dem Kommando »Volldampf voraus« eines Kapitäns, der voraussetzen kann, daß seine Maschinen funktionieren und seine Mannschaft nicht meutert. Wir haben einen zweiten Weltkrieg erlebt, leben in einem dritten, der kein nationaler, sondern ein sozialer Krieg ist, ein Krieg jedenfalls, der in keines der uns überkommenen europäischen Kriegsschemata paßt – und angesichts der Weltsituation kommen uns die Punkte 3 und 4 der Charta rührend vor.

Wenn wir das Kredo des PEN hier revidieren wollen, sollten wir uns vielleicht klar darüber werden, daß diese Punkte nicht so sehr dem PEN als Club, als Organisation vorgehalten werden sollten, sondern seinen einzelnen Mitgliedern in ihrer publizistischen Funktion, als Poet oder Redakteur, als Verlagsleiter oder Rundfunkkommentator; summierte man die Macht und den Einfluß der einzelnen PEN-Mitglieder, so ergäbe das ein beachtliches Potential – betrachtet man die Wirkung des PEN, so ergibt sich eine peinlich hohe Differenz; ich glaube, das ist das Dilemma.

Was sich aus der Charta keinesfalls herauslesen läßt, ist die Interpretation des PEN als eines ausschließlich geselligen Clubs, der Gemütlichkeit und Schulterklopferei zu pflegen habe – und nicht einmal sie, die Geselligkeit, wird ja gepflegt. Liest man die Charta genau, so enthält sie nicht zuwenig, sie enthält zuviel Aufforderung zur politischen Aktivität und Wachsamkeit. Reduzieren wir die Charta nur um ein wenig von dem Pathos, das im Jahr 1921, während eine pazifistische und internationalistische Euphorie um die Welt ging, verständlich war – so hätte jeder, der in den PEN-Club gewählt wird, allen Grund, sich nicht vor einem unpolitischen Veteranenclub zu fürchten, wo ein wenig bramarbasiert wird – eher hätte er sich zu fürchten vor einem allzu aktiven Jacobinerclub.

Wenn ich noch einmal die Summierung des Einflußpotentials jedes einzelnen PEN-Mitgliedes avisiere – und Ihnen vorschlage, sich anzuschauen, wie wenig mit diesem Potential angefangen wird –, ich glaube, diese Differenz ist einer der Gründe für unser aller Unbehagen.

Es gibt da noch zwei Punkte, die ich der Aufmerksamkeit empfehlen möchte. Die Formulierung in Paragraph 4 der Charta: »Und da Freiheit auch freiwillig geübte Zurückhaltung einschließt – verpflichten sich die Mitglieder, solchen Auswüchsen einer freien Presse . . . usw. entgegenzuwirken.« In diesem Satz wird Freiheit als freiwillig einschränkbar vorausgesetzt, der Liberalität und dem Liberalismus werden Grenzen gesetzt.

Im Nachsatz zur PEN-Charta steht da ein Satz, der, glaube ich, wie die übrigen vier Punkte der Revision oder neuen Definition bedarf: »Allen qualifizierten Schriftstellern, Herausgebern und Übersetzern, ohne Unterschied der Nationalität, Rasse, Farbe und Religion, die sich zu diesen Zielen schriftlich bekennen, steht die Mitgliedschaft zum PEN offen.«

Wer qualifiziert wen mit welchen Maßstäben und wem steht der PEN dann offen? Die klassischen Musen spielen längst »Bäumchen, Bäumchen, wechsel dich«, der Autorenbegriff der Charta von 1921 beruht aber noch auf überkommenen Vorstellungen, und ich fürchte, wir teilen sie weitgehend.

Abschlußfrage: Wer will in diesen PEN-Club noch hinein?

Die Charta ist gewiß in einzelnen Formulierungen revisionsbedürftig, ihr Geist hat sich, finde ich, erstaunlich gut gehalten. Gesprächsstoff jedenfalls haben wir genug.

# Einigkeit der Einzelgänger

*Rede zum Schriftstellerkongreß in Stuttgart*
*am* 21. 11. 1970

Diese verfluchten Äpfel, deren fauliger Geruch angeblich Schiller stimulierte, haben viel Unheil angerichtet; sie haben zu einem Klischee beigetragen, das für einen dümmlichen Kult zurechtgeschnitten ist. Der faulige Geruch des EWG-Apfelberges bringt uns nicht eine einzige Zeile von Schiller ein – jedenfalls nicht von Friedrich. Durch exzessives Whiskytrinken wird irgendeiner nicht zu William Faulkner, wahrscheinlich nur leberkrank. Ein Autor wird einer durch das, was schwarz auf weiß vorliegt, nicht durch austauschbare Eigenheiten, die unter Bankiers und Arbeitern so verbreitet sind wie unter Autoren. Eigenheiten mögen einen Sinn bekommen, einen Deutungswert innerhalb eines weitreichenden Koordinatensystems – wenn ein solches vorläge; noch sind die Schenkel von Abszisse und Ordinate zu kurz; und wenn ein halbwegs angemessenes System der Sensibilitätswertung zustande käme, würde sich wahrscheinlich herausstellen, daß Autoren widerstandsfähiger sind als gleich sensible andere, die ihre Sensibilität nicht schwarz auf weiß ausdrücken können. Daß Autoren außerdem – in der Boxersprache ausgedrückt – daran gewöhnt werden, hart im Nehmen zu werden, gehört zur Einübung in Veröffentlichung und Öffentlichkeit. Schließlich sind sie im buchhandelstechnischen und in einem anderen Sinn ausgeliefert – das wollten sie ja. Keiner wird gezwungen zu publizieren. Daß einer, der hart nehmen muß, auch hart geben kann – das sollte doch leicht einzusehen sein.

Gut. Wir sind also Einzelgänger – mehr oder weniger sensibel. Der eine hat die kaltgewordene Tasse Kaffee neben sich stehen, raucht Zigaretten, der andere hat die Rotweinflasche zur Hand und hält sich an der Tabakspfeife fest; der eine arbeitet nachts, der andere morgens; einer schreibt auf der Schreibmaschine ganz gute Sachen, der andere mit Bleistift oder Füllfeder weniger gute, oder umgekehrt. Wie's beliebt. Der begehrte Blick in die Werkstatt, die, wenn nicht gerade exotisch, so doch mindestens extravagant aussehen sollte – Aha und Oho –. Einer ist hetero, der andere homo. Ja. Immer auf der Suche nach dem verlorenen Geruch faulender Äpfel, abgestandenen Weihrauchs.

Das wäre das eine: die vordergründige Ausdrucksform des Einzelgängerischen, die in den Versandkatalog eines Einrichtungshauses gehörte. Es gibt da noch eine andere, ernste; das, was wir schwarz auf weiß vorlegen. Ich kann hier nicht über das jahrhundertealte Palaver zwischen Engagierten und Nichtengagierten referieren, nicht über die Spiegelung dieser beiden Begriffe innerhalb der Wertungssysteme der verschiedenen Ideologien reflektieren. Es liegt mir auch nicht im geringsten, ein plakatives »Seid einig, Autoren« auszurufen. Die Spannungen, Feindschaften oder Fehden zwischen den verschiedenen Ausdruckspositionen gehören zum Geschriebenen, zum Veröffentlichten. Es geht nicht darum, einen vielfach verspannten planetarischen Hintergrund auf alexandrinische Weise in einen simpel strahlenden blauen Himmel zu verwandeln, an dem ein paar liebe, einsame Sterne funkeln. Noch ist nicht geklärt, was klärbar wäre: der Vordergrund, die sozialpolitische Plattform, die das Ziel dieses Verbandes ist. Es herrscht da noch Urnebel, der das Hintergründige in all seiner möglichen Herrlichkeit verbirgt. Auch das komplizierteste esoterische Werk wird eines Tages nicht nur über den Bildschirm gehen, es wird als Kassette in Ton oder Bild nach der Organisationsform der Lesezirkel von Tür zu Tür gebracht werden. Wir schreiben, reden, denken, diskutieren und reflektieren viel über das Industriezeitalter – daß wir, ob wir nun die Stillen oder die Lauten im Lande sind, industrialisiert oder ganz gewiß industrialisierbar sind, sollte uns spätestens in diesem Herbst klarwerden. Die Maschinen, denen wir uns via Verlagsvertrag ausgeliefert haben, stehen schon bereit. Im Normalverlagsvertrag kann jeder von Ihnen nachlesen, was er wahrscheinlich unterschrieben hat: daß er dem Verlag seine Arbeit bis zum Erlöschen der gesetzlichen Schutzfrist überläßt. Das bedeutet: wenn einer mit 30 seinen ersten Vertrag unterschreibt und die Chance hat, 60 zu werden, dann unterschreibt er einen Vertrag, der für 100 Jahre gilt. Da lacht jeder Rechtskundige. Wer also nicht in beliebiger Form ausgeliefert werden möchte, muß sich schon notwendigerweise diesen Vertrag und seine Paragraphen einmal anschauen.

Einigkeit der Einzelgänger – das klingt, als suchten wir die Quadratur des Kreises – oder eine platte Gleichmacherei. Wir suchen beides nicht. Dieser Verband hat in einem Jahr nicht nur einiges, er hat viel erreicht, im Vordergrund. Er hat sich nicht vorgenommen, den Hintergrund zu klären. Der Verband kann nur sozialpolitisch Avantgarde betreiben, er kann damit viel Zeit und Freiheit für den Hintergrund erwirken. Die Ziele könnten von einer absurd bürgerlich-idealistischen Auffassung so denunziert werden, als ginge es nur ums Geld. Diese Denunziation wäre schon deshalb nicht angebracht, weil Geld nie nur Geld ist. Es geht also *nie* nur ums Geld. Es sollte auch bei Tarif- und Lohnauseinandersetzungen anderer Art nie *nur* ums Geld gehen. Nur Bankiers können so naiv sein zu glauben oder vorgeben zu glauben, Geld wäre nicht politisch. Autoren können sich das nicht leisten. Die Herren Doktoren Castro und Allende wüßten Antwort auf solch sträfliche Naivität, die ihre eigene Macht leugnet oder nicht anerkennt. Ich habe neulich gehört, Theodor Storm sei einer der Lieblingsautoren von Mao Tse-tung. Das sollte nicht nur Maoisten nachdenklich machen, auch alle die Stillen im Lande, die nicht auf politische Wirkung aus sind. Sie werden gar nicht gefragt. Bankiers werden gefragt: um Kredite, um Geduld; Kontinente bangen, Völker sterben, weil im Hintergrund das Geld gewährt oder entzogen wird, weil's da nur verdoppelt, anderswo verdreifacht werden könnte. Im Vordergrund schreit da meist einer laut »Freiheit und Demokratie«. Wieder einmal muß ich mir den Ansatz zur Poetik eines Fünfmarkstücks versagen. Es muß mißverständlich erscheinen, wenn hier Autoren um Rechte innerhalb einer Eigentumsgesellschaft kämpfen, die viele von ihnen für reformbedürftig halten. In diesem historischen Augenblick, ich betone, Augenblick, können sie sich nicht anders verhalten, sie, die sich gewöhnlich zur Vorhut zählen, erweisen sich als Nachzügler, die fußkrank hinterherlaufen. Das kann nicht nur, das muß sich ändern, wenn dieser historische Augenblick vorüber ist. Dann müssen die Letzten die Ersten sein, die ihre Rechte, ihr Eigentum neu bedenken und in eine neue Eigentumspolitik einbringen. Hier und jetzt schon zu verzichten oder sich freiwillig zu beschränken, wäre sträflich. Ich sage das ausdrücklich für diejenigen, die vom Gesetz des Widerspruchs wissen, es aber beliebig oder nicht sach- und materialgerecht anwenden. Diese Prämisse müßte für alle Autorenvereinigungen, sie sollte auch für Akademien etc. gelten.

Autoren können nicht für die Enteignung anderer plädieren und selbst auf ihrem Eigentum hocken. Das setze ich voraus, vor allem für die, die sich mit dem politischen Hintergrund des Publikationswesens befassen. Diese Hintergrundforschung wird bereits betrieben. Es gibt die »Kooperative wissenschaftlicher Autoren«, mit der der Verband in ständiger Verbindung steht, bei der er sich über den historischen Augenblick informieren müßte, und er sollte auch, wenn im Vordergrund die Kasse klingelt, diese Arbeit im Hintergrund mitfinanzieren.

Noch ein Wort an die bildenden Künstler, bei denen der Nebel der Prominenz noch mehr als bei den Autoren die Lage verschleiert. Kann es auch nur andeutungsweise der Sinn von etwas Gemachtem sein, zur Aktie erniedrigt zu werden? Die Kunst im Safe? Das erscheint mir weit erniedrigender als alle feudalistischen Vorformen des Mäzenatentums oder der Auftragskunst. Was geht da auf Auktionen, in Galerien vor sich? Ist nicht eine Analyse überfällig? Wär nicht ein Bündnis mit den Autoren möglich? Kein Quadratzentimeter Kunst wird verlorengehen, und um die, die verlorengingen, wär's nicht schade.

# Gesichtskosmetik der Großmächte ein teurer Spaß

*Ansprache zur ČSSR-Lesung bei der Frankfurter Buchmesse 1970*

Zwei Jahre und einen Monat nach der Besetzung der Tschechoslowakei ist immer noch nicht die Andeutung eines Beweises für die imperialistische Verschwörung erbracht. Geht man von der Zahl der Verhaftungen aus – etwa 3000 – und nimmt man den statistischen Durchschnitt, daß von diesen – 300 – als mögliche Verdächtige gelten können, so käme man nicht auf einen pro Hundert, nicht auf einen pro Tausend, nicht auf einen pro Zehntausend, man käme auf ungefähr einen Verdächtigen auf 46 600. Nach zwei Jahren intensiver Polizeitätigkeit ein extrem mageres Ergebnis.

Dem PEN-Klub, der gemeinsam mit dem Deutschen Schriftstellerverband diese Veranstaltung hier improvisiert hat, liegen glaubwürdige Informationen aus erster Hand vor, die beweisen, daß man aus mehr oder weniger geschickt zusammengeklitterten Filmaufnahmen und in Wohnungen abgehörten Gesprächen Beweismaterial zusammengeschustert hat, um die Dossiers verdächtiger Autoren verhandlungstreif zu machen. Die Methode ist nicht neu, neu ist aber, daß man nach zwei Jahren derart kläglicher Klitterungen bedarf, um einen Irrtum zu rechtfertigen, den man möglicherweise sogar eingesehen hat, aber aufrechterhalten muß, um sein Gesicht zu wahren. Diese Gesichtskosmetik von Großmächten ist ein sehr, sehr teurer Spaß.

Ich brauche Ihnen nicht vorzurechnen, wieviel Tod, Verzweiflung, Haß kleine Völker für die gewahrten Gesichter großer Mächte zu zahlen haben.

Diese Veranstaltung ist keine antikommunistische Demonstration, es ist eine Gedenkfeier, noch keine Trauerfeier für einen Kommunismus, mit dem wir uns hätten verbünden können, und den Freunde von uns in der Tschechoslowakei begonnen hatten. Und schließlich sind wir hier, wenn man halbwegs den durchgesickerten Informationen glauben darf, sogar einer Meinung mit Herrn Kossygin, dem Ministerpräsidenten der Sowjetunion.

Inzwischen hat man ein schönes Wort gefunden für das, was in der Tschechoslowakei vor sich geht: Normalisierung. Das ist nur ein anderes Wort für Ruhe und Ordnung, und die ruhigsten und ordentlichsten Menschen sind die, die sauber gewaschen mit einem schneeweißen Totenhemd bekleidet im Sarge liegen. Die Normalisierung gleicht einem verordneten Erstickungsprozeß, und Ost und West können einander beruhigt in die gewahrten Gesichter sehen.

Noch ein paar Worte zum literarischen Charakter dieser Veranstaltung. Hier wird kein literarischer Rang verteilt, hier werden nur Stimmen geliehen. Es liegt eine Bibliographie von Herrn Künzel vor, in der nachgewiesen ist, daß eintausend Titel tschechischer Autoren zwischen 1945 und 1970 ins Deutsche übersetzt und in der Bundesrepublik erschienen sind. Wir lesen hier neun Autoren. Neun, die keine Möglichkeit hatten, sich hier selbst vorzustellen. Autoren auch, die in ihren eigenen Ländern nicht publizieren dürfen.

# Über Bernd Alois Zimmermann

Ich glaube nicht, daß es ihm um das Problem der Vertonung so sehr ging, sondern daß er in der Literatur, das habe ich in Gesprächen herausgefunden und sehe es auch an den Texten, die er dann ausgewählt hat, eben Lenz und Joyce und Jarry, daß er in der Literatur eine Entsprechung zu seiner sehr ernsten und sehr schweren und eigentlich auch sehr bitteren Auseinandersetzung mit dem Problem Zeit als Element gefunden hat, daß er das vielleicht in der Literatur eher fand als in der Musik und als Tonsetzer oder Musiker oder Komponist auf einem Weg war, ich glaube sogar, daß er es erreicht hat, dies in Musik auszudrücken, das, was er in der Literatur fand, oder in der Literatur auf verschiedene Weise verwirklicht war.

...

Wahrscheinlich waren wir beide, sowohl Zimmermann wie ich, von unserer Entwicklung her und unserer Bildung auch hier, die ja sehr ähnlich war – wir sind ja auch der gleichen Herkunft und aus der gleichen Landschaft –, auf diesen Arbeitsprozeß als Einsamen festgelegt und nicht mehr fähig, ihn auf Teamwork oder kommunikatives Arbeiten umzuschalten. Ich halte das nicht für endgültig für alle Sparten der Kunst, im Gegenteil, ich glaube, daß es gut ist, wenn sie alle miteinander wirken können.

...

Ich glaube, daß er sehr erschrocken war, Zimmermann, über den Dogmatismus, der sich in allen Kunstsparten, nennen wir es so, in der Literatur, in der Malerei, auch in der Musik, zu zeigen anfing. Daß also, sagen wir, eine gewisse Freiheit, die in den 50er Jahren, jedenfalls was die Bundesrepublik betrifft, doch für die Schriftsteller und Musiker und Maler mit großer ... unter großem Preis erkauft worden ist, ihm wieder verlorenzugehen schien unter diesem strengen Dogmatismus, der eben Pluralismus ausschloß in den verschiedenen Sparten. Das war, glaube ich, ein großer Kummer und nicht nur Kummer, ein wirklicher Schmerz für ihn.

...

Ich glaube schon, daß Zimmermann, obwohl das Wort in dem Zusammenhang sehr dumm ist, ein sehr engagierter Künstler war, das spricht aus allen Texten, aus allen Äußerungen, aber

Politik und Eingriff in die Geschichte, Zeitgenossenschaft, war für ihn nicht reduzierbar auf eine so platte Weise, wie es von gewissen politischen Dogmatikern heute gefordert wird, die eigentlich wieder eine Beraubung des Publikums vorschreiben, die um einer scheinbaren Popularität willen reduzieren. Ich glaube nicht, daß ein Künstler – ich nehme dieses pathetische Wort einmal in den Mund – weniger geben kann, als er hat, und ich glaube, das war Zimmermanns Furcht, daß ein Dogmatismus ihn zwingen würde, weniger zu geben, als er hätte geben können aufgrund pragmatischer, politischer Alltagsforderungen.

# Günter Wallraffs unerwünschte Reportagen

Unter denen, die in der Bundesrepublik publizieren, nimmt Günter Wallraff mit seinen Reportagen eine Ausnahmestellung ein. Er ist kein Reporter im überkommenen Sinn, der recherchiert, interviewt und dann seinen Bericht schreibt. Er ist kein Essayist, der sich informiert und dann abstrakt analysiert. Er gehört auch nicht zu den Autoren, die das, was man herablassend die Arbeitswelt zu nennen beliebt, zum Gegenstand von Romanen und Erzählungen macht. Das sind legitime Formen der Publizistik. Wallraff hat eine andere Methode gewählt, er dringt in die Situation, über die er schreiben möchte, ein, unterwirft sich ihr und teilt seine Erfahrungen und Ermittlungen in einer Sprache mit, die jede »Überhöhung« vermeidet, sich nicht einmal des Jargons bedient, der ja als poetisch empfunden werden könnte. Daß seine Berichte so umstritten worden sind, hängt wohl damit zusammen, daß er sich weder der Sprache der Beherrschten bedient, die man gemeinhin die Sklavensprache nennt, noch der Sprache der Herrschenden. Wenn Wallraff die Ausdrucksweise der Herrschenden ausgiebig zitiert, etwa amtlicher Stellen, des Militärpfarrers, des Kursleiters für Zivilschutz, so hat das Zitat eine Funktion, es beweist, daß Herablassung oder Anbiederung praktiziert wird. Das peinlichste Beispiel für diese Tour ist der Militärgeistliche in dem Bericht: *Töten um Gottes willen,* wo der Landserjargon des Zweiten Weltkriegs in plumper Weise als Anbiederungsmittel verwendet wird. Hier läßt ein »Herr« sich herab, um seiner äußerst fragwürdigen »Verkündigung« willen den Hemsärmeligen zu spielen; was die Sache noch peinlicher macht: der Jargon, dessen er sich bedient, kommt ein paar historische Augenblicke zu spät.

Wenn Betroffene in einer extremen sozialen oder politischen Situation gelegentlich, wenn ihnen Funk- oder Fernsehreporter das Mikrofon vor den Mund halten, gezwungen sind, sich unmittelbar auszudrücken, wird ihnen immer vorgeworfen, ihr Ausdrucksniveau sei zu gering. Genau besehen bedeutet das: sie beherrschen die Sprache der Herrschenden nicht. Und aus einer gewissen Scheu heraus, weil ihnen beigebracht worden ist, ihre Sprache sei vulgär, unaussprechbar und unpublizierbar, und weil sie das Ausdrucksgefälle spüren, weigern sie sich, ihren eigenen Jargon zu sprechen. Daß dieser Jargon poetisch oder poetisierbar sei, entdecken dann immer die, die der Situation nicht unterworfen sind. Zuhälter-, Dirnen- oder Gangsterjargon klingt natürlich für die, die nicht als Zuhälter, Dirnen oder Gangster ihren Lebensunterhalt verdienen, ungemein »poetisch«. Eine gewisse Sorte kesser junger Frauen, die das Glück haben, mit wohlhabenden Industriellen verheiratet zu sein, gefällt sich sehr darin, privat gelegentlich in eine Art Hurenjargon zu verfallen, etwa den hübsch klingenden Terminus »Mein Freier schafft an« zu benutzen. Solche Dinge gefallen der Schikkeria.

Wallraffs Berichte sind in keiner Weise, auch nicht in der geringsten Nuance, schick. Sie sind auch nicht geeignet, der gelangweilten Schickeria Vokabeln oder Stimmungen zu liefern. Sie sind nicht flott, nicht elegant, schwer verdaulich. Sie zeigen bei näherem Zusehen durchaus etwas wie Humor (von der bittersten Sorte), aber ich nehme das Wort sofort wieder zurück, es ist zu mißverständlich und erlaubt wieder Ausflüchte. Wer möchte schon in irgendeiner der Situationen sein, die Wallraff beschreibt: der Frau Baronin von Carlowitz ausgeliefert, dem Herrn Militärpfarrer unterworfen, der (ha ha ha) anstatt Kaffee »Negerschweiß« verlangt, oder als Sandwich-Man durch Berlin gehen mit dem Schild: Student, wegen Teilnahme an Demonstrationen gekündigt, sucht Zimmer und Arbeit jeglicher Art. Ein lebensgefährliches Spiel.

Man mag im Ausland gelegentlich denken, das Phänomen Axel Springer werde von Studenten und Intellektuellen in der Bundesrepublik in seiner Gefährlichkeit übertrieben. Dabei vergißt man leicht, daß Herrn Springers Lieblingswirkungsfeld Berlin ist; daß seine Zeitungen, die in der Bundesrepublik unter anderem laufen, in Berlin die öffentliche Meinung bilden und fast ausschließlich beherrschen. Die demagogisierte Berliner Bevölkerung, mit der der Sandwich-Man Wallraff auf lebensgefährliche Art konfrontiert ist, ist das Ergebnis Springerscher Manipulation.

Gewiß sind nicht alle Wallraffschen Berichte typisch für die Bundesrepublik allein. Es gibt auch anderswo Asozialen-Obdachlosen-Trinkerheilanstaltsprobleme. In dieser Feststellung liegt wenig Trost. Gewiß ganz speziell bundesrepublikanisch sind die Berichte: *Töten um Gottes willen, Lebensdienste in Westfalen, Napalm? Ja und Amen, Sauberes Berlin.*

Ich kann nicht auf jeden einzelnen Bericht eingehen, sie sprechen für sich und mögen sich für Ausländer geradezu exotisch lesen. Exotisch sind sie auch für mich. Als Musterbeispiel dieser Exotik lese ich den Bericht: *Töten um Gottes willen.* Diese grobschlächtige, schon obszöne Weise der Anbiederung durch katholische Geistliche erinnert mich sehr an eine ähnliche Art der Einweisung, wie ich sie im Jahr 1938 erlebte. Ich kann hierzu getrost den banalen Kommentar geben: Es hat sich nichts geändert. Nichts. In diesem Milieu wird Nachdenklichkeit als intellektuell verdächtigt, und intellektuell zu sein ist die schlimmste Art der Verdächtigung, die einem widerfahren kann. In diesem Bericht zeigt sich, wie demagogisch benutzter Jargon zum Vehikel exhibitionistischer Anbiederung wird und einer, wie ich hoffe, mißglückten Herablassung. Beides, Herablassung und Anbiederung, vermeidet Wallraff.
Umstritten worden ist in der Bundesrepublik vor allem Wallraffs Methode, sein Eindringen in bestimmte Situationen unter einem Vorwand oder einem Pseudonym. Betrachtet man seine Berichte genau, so wird in ihnen allen Herrschaft entlarvt, jene Herrschaft, die gewisse Methoden des Recherchierens für gentlemanlike erklärt und andere, Wallraffs Methode, nicht. Nicht nur die Sensationspresse, auch die seriöse, sogar jene Publikationsmittel, die als »scharf« gelten, halten sich an gewisse Spielregeln. Wallraff nicht. Er *besichtigt* nicht, er neutralisiert nicht, indem er auch die Gegenseite zu Wort kommen läßt. Er unterwirft sich einer Situation und schildert sie vom Standort des Unterworfenen aus. Er ist immer Subjekt. Besonderen Lärm hat es natürlich um seine Methode bei der Napalm-Reportage gegeben. Man hat ihm vorgeworfen, er habe das Beichtgeheimnis verletzt. Das trifft nicht einmal theologisch zu: das Beichtgeheimnis verletzen kann nur der, der die Beichte hört, nie der, der sie ablegt – und sei es auch nur scheinbar. Eine hübsche Rolle hat dabei die KNA (Katholische Nachrichtenagentur) gespielt, sie hat Wallraff über Wallraff zitiert, der hinwiderum das Urteil von Bundeswehrärzten über sich selbst zitiert hatte; er wurde als »abnorme Persönlichkeit für Krieg und Frieden untauglich« entlassen. Gewiß sind das legitime Formen des geltenden Journalismus, eine fein angelegte Denunziation, der man nicht einmal wiedersprechen kann, weil das Zitat ja stimmt.
Ich habe nur einen Einwand gegen Wallraffs Methode: er wird

sie nicht mehr lange anwenden können, weil er zu bekannt wird. Und so weiß ich nur einen Ausweg: schafft fünf, sechs, schafft ein Dutzend Wallraffs.

Inzwischen hat sogar ein bundesdeutsches Gericht seine Methode gebilligt, billigen müssen: es hat ihn von der Anklage der Amtsanmaßung freigesprochen.

# Ansprache zur Einführung einer Lesung von H. G. Adler

*am* 23. 3. 1971

Meine Damen und Herren, lieber H. G. Adler,
vor Jahren, in einem größeren Zusammenhang, habe ich Ihr Buch *Eine Reise* als Stimmgabel für jenes inzwischen verachtete Wort und dessen Inhalt benutzt: für das Humane in und an der Literatur. Hintergrund und Deutung eines weiteren Wortes ergaben sich dabei für mich von selbst – es war das Wort »Heimatvertreibung«, ein Wort, das leider fast nur in einer demagogischen Verzerrung aufgenommen wird: von Interessenvertretern, für die es als demagogische Reserve nutzbar und nützlich ist . . . und von deren Gegnern, die das im politischen Alltag ominös gewordene Wort nicht in seiner Wörtlichkeit aufnehmen, es in seiner demagogischen Verzerrung belassen. So entsteht Unheilbarkeit und Heillosigkeit, geschieht an einem Wort, das, bei sich selbst genommen, das – würde es *angenommen* – die innere und äußere Verzerrtheit von ihrer Krankhaftigkeit befreien könnte. Es wäre zunächst festzustellen, daß Heimatvertreibung schon nach dem ersten Weltkrieg begonnen hat, daß sie ihren ersten Höhepunkt im Jahre 1933 erreichte, als man Deutschland aus Deutschland vertrieb, es geradezu austrieb, jedenfalls ein Deutschland, das man ohne Zahn- oder tieferen Schmerz zu spüren noch so nennen konnte. Es kamen die Jahre 34, 38, 39, Krieg kam, und das Jahr 1945 – ich will hier nicht Ziffern nennen, mich nicht in irgendeine todesbuchhalterische Konkurrenz einlassen; im Jahre 1945 waren weitaus mehr Menschen als die Bundesrepublik heute Einwohner hat von der Heimat Leben in die Heimat Tod vertrieben, und weitaus mehr Menschen als Polen heute Einwohner hat, hatten die Heimat Leben behalten – die Heimat Wohnung, Haus, Nachbarschaft, Hof aber verloren, darunter auch Deutsche, viele. Was die meisten von diesen Deutschen nicht verloren, war die Heimat Sprache. In dem Geschrei über die Gültigkeit oder Nichtgültigkeit des Münchener Abkommens habe ich noch keinen Ton über die deutsche Sprachheimat Prag gehört, die mit dem Münchener Abkommen, geradezu durch es, verlorenging. Ich kann hier nicht ausführlich über diese Sprachheimat Prag meditieren, nicht über Franz Kafka, mit dem und an

dem, während alles in Deutschland verbliebene Deutsche der Verächtlichkeit anheimfiel, die Sprache, in der er schrieb, überlebte und durch den absurderweise diese Sprache eine Ehrenrettung erfuhr. Die deutsche Sprachheimat Prag war die einer jüdischen Minderheit, für die mit der Unterzeichnung des Münchener Abkommens diese Heimat verloren war.

H. G. Adler, dem die Heimat Leben erhalten blieb, hat die Heimat Prag im Jahre 1947 ein zweites Mal verloren – die Sprachheimat hat er mitgenommen. Das hört sich so leicht an: es bedeutet länger als dreißig Jahre eine so gewichtige Sprachheimat mit sich herumzutragen, ihr Gegenwärtigkeit zu verleihen, vom Tod bedroht in Lagern, außerhalb von Lagern, in einem fremdgewordenen Prag, in England, immer noch in dieser Sprache zu schreiben, sie zu erhalten und in die Gegenwart hinüberzuführen.

Inzwischen ist eine neue Vertreibung in Gang, die im Verlauf einiger Jahre viele Autoren von dort vertreiben wird, wo sie hingehören, vom Buchmarkt, der immer mehr die Knock-out-Methoden anderer Wirtschaftszweige übernimmt, für die Werbung für ein Buch Summen ausgibt, die ausreichen würden, vier, fünf anderen Autoren die Chance der Publikation zu geben. Veranstaltungen wie diese hier werden wieder mehr Bedeutung bekommen.

# Die Heuchelei der Befreier

*Vortrag zur Pornographie-Diskussion auf der Nürnberger Tagung des PEN-Zentrums der Bundesrepublik, gehalten am* 16. 4. 1971

Ein mögliches Mißverständnis möchte ich von vornherein ausschließen. Im Zusammenhang mit dem Thema Pornographie interessiert mich nicht irgendeine staatliche oder kirchliche Legalisierung oder Legalität. Pornographie heißt Dirnenliteratur, weniger von und für als über Dirnen. Die beiden eben zitierten Ordnungsmächte haben, in jeder Erscheinungsform oder konfessionellen Variante, Prostitution nie ganz legalisiert und doch immer geduldet. Die Exekutive drückte Augen zu, kassierte mit, gelegentlich auf dem Umweg über Erpressung. Auch die Kirchen schämen sich nicht, im Rahmen unserer Steuergesetzgebung ihren Anteil an dieser Form der Ausbeutung einzustekken.

Ich möchte dieser Heuchelei nicht allzu viele Zeilen widmen. Es bleibt nur noch die Frage zu beantworten, was die Legislative, die ein Gewerbe duldet, dessen Aufkommen an Steuer höher liegen dürfte als das einiger Stahlkonzerne – was sie dazu berechtigen könnte, Pornographie zu verbieten? Nichts. Pornographie, philologisch beim Wort genommen, wäre auch Information und Aufklärung über die Arbeitswelt dieser Kaste, der man angesichts der verkorksten Geschlechtlichkeit unserer Gesellschaft oder Kultur so gern die Funktion des sogenannten Ventils zuerkennt.

Wie enden diese menschlichen Ventile? Wo? Wer verscharrt sie? Wer heilt sie, die angeblich dazu beitragen, Aggressionen zu ventilieren? Ich sehe sie, ob sie nun als haupt- oder nebenberufliches oder als Amateurventil dargestellt werden, immer nur in Schönheit, Jugend und Eleganz abgebildet, in einem Stadium, wo noch Heiterkeit zu entdecken ist und die Hoffnung, eines Tages ab- oder auszusteigen; im Stadium ungefähr eines Lehrmädchens in einem Warenhaus, dem die Füße noch nicht schmerzen, dessen Rücken noch nicht kaputt ist und das die Enge des Verkaufskäfigs, in dem es sein Leben zubringen wird, noch nicht als ewige Verdammnis wahrgenommen hat.

Die heutige landläufige Pornographie der illustrierten Zeitun-

gen, der Blättchen und sonstigen Publikationen hochtönender Befreier verschweigt die Unterworfenheit dieser Kaste, verschweigt die gleichzeitig ausgeübte Funktion des Sündenbocks, dem man auf-, auf den man ablädt. Wer befreit die Befreierinnen von ihrer Last? Die Antwort auf diese Frage würde natürlich nicht in das permanent propagierte Klischee von Jugend, Schönheit und Eleganz passen, nicht in die Vorstellung vom Sexualwarenhaus, in dem alles hübsch, sauber und heiter zu sein hat.
Es hätte wenig Sinn, sich hier über Geschmacksfragen auszulassen. Hätte ich je die Notwendigkeit oder auch nur den Wunsch gespürt, irgend etwas zu publizieren, das irgendeiner Vorstellung von verbotener Pornographie entsprochen hätte, ich hätte es geschrieben, auch gegen das Gesetz. Jeder Autor bestimmt seine Grenzen selbst, auch die Grenzen seines Geschmacks.
Die Gesetzgebung ist durch zwei Eigenschaften gekennzeichnet, durch Verkennung und Vorenthaltung; Verkennung der Geschlechtlichkeit des Menschen, Vorenthaltung von Freuden, die nur als *verbotene* Freuden katalogisiert werden.
Ich brauche mir nur das Kinoprogramm meiner Lokalzeitungen anzusehen und die Auslagen der Kioske und Buchhandlungen, um die Frage zu stellen: Was kann da noch verboten werden oder verbietbar sein? Wenn der Gesetzgeber – was die Pornosoziologie betrifft – noch Sorgen hat, sollte er sich der krassen Ausbeutung annehmen, der seine Steuerzahlerinnen unterliegen. Inzwischen nimmt die Euphemisierung, die Literarisierung des Pornologischen hierzulande zu, gleichzeitig steigt die Produktion an Prostituierten. Es treten aber neue Verkennungen, Täuschungen und Selbsttäuschungen auf. Die Vorspiegelung der Industrialisierbarkeit, der totalen Materialisierbarkeit des Geschlechtlichen wird keine Befreiung bringen. Die Ware, die dort angepriesen wird, ist keine, weil sie nicht beliebig produziert werden kann wie Kugelschreiber oder Autos. Es gibt biologische Grenzen, die von den Aufklärern und Befreiern nicht mitgeliefert werden, sowenig, wie die Autoindustrie Parkplätze mitliefert. Dem Aggressionsstau des Autofahrers, der seinen Parkplatz sucht und nicht findet, entspricht eine bestimmte, sich in den Wartezimmern der Psychiater häufende Klientel, die immer typischer wird, nicht mehr nur die frustrierte, einst so züchtige Hausfrau mittleren Alters und ihr Gatte, immer mehr sind es junge Leute zwischen zwanzig und dreißig, die Potenz- beziehungsweise

Impotenzkomplexe zum Seelenarzt tragen, weil sie unweigerlich an jene Grenze geraten, wo sie spüren, daß ihr Sexkonsum begrenzt ist. Man hat ihnen vorgespiegelt, sie wären freigelassen, in Wahrheit sind sie nur losgelassen, auf einen sexuellen Leistungsmarkt geschickt, wo ihnen von Bramarbasseuren eine Sexualkapazität vorgetäuscht wird, die immer nur das Privileg der leisure-class, der Müßiggänger gewesen ist. Wer liefert diesen Menschen den Müßiggang mit? Die meisten von ihnen stehen ohnehin unter Leistungsdruck.

Ich frage mich, wo diese neue Form der Frustration enden, welche politischen Folgen sie haben wird. Die politischen Folgen des herkömmlichen Modells kennen wir. Es ist das Modell Hitler, dessen Sexogramm düster ist; wahrscheinlich das Sexogramm eines Pornomanen, der natürlich, als er an die Macht kam, sofort die Pornographie verbot. Es ist das Sexogramm eines Duckmäusers, der platonisch für Damen aus besseren Kreisen schwärmt und höchst unplatonisch mit seiner Nichte umging, die auf mysteriöse Weise starb. Die politischen Folgen dieses Duckmäusermodells erkennen wir in manchen Stimmen und Physiognomien von Leuten, die nach dem Gesetzgeber schreien, heutzutage wieder. Die Folgen der Pseudobefreiung kennen wir noch nicht. Wir wissen nicht, bei wie vielen Menschen Verklemmungen und Verletzungen entstehen, weil sie innerlich noch nicht frei genug sind, von der angebotenen Freiheit Gebrauch zu machen.

Es ist ja eben nicht das Problem der Legalität und der Legalisierung, es ist nicht das Problem der Autorität allein, es ist das Problem der Gewissensmißbildung, die nicht einfach dadurch geheilt wird, daß die Autorität plötzlich Verbotenes freigibt oder hemdsärmelige Nutznießer plötzlich haufenweise Tabus verletzen, manchmal übrigens mehr, als vorhanden sind. Es würde z. B. nicht sehr vielen helfen, wenn die moralische Autorität Papst plötzlich die Geburtenregelung freigäbe; er gäbe sie für Gewissen frei, die auf diese Freiheit nicht vorbereitet sind, Millionen würden es nicht riskieren, von dieser Freiheit Gebrauch zu machen, sie würden sich verraten vorkommen, wenn ihnen nicht gleichzeitig eine neue Definition der Geschlechtlichkeit des Menschen gegeben würde, und nicht nur eine Definition, eine jahrelange Unterweisung über den zurückgenommenen Irrtum.

Was uns als Autoren interessieren kann, ist nicht die hemdsärmelige Verantwortungslosigkeit kommerzieller Nutznießer, deren Schnödigkeit durchaus der Schnödigkeit der Autorität entspricht, weil sie beide die Gewissensmißbildungen verkennen; was uns interessieren kann, ist die Utopie einer freien und befreiten Gesellschaft, in der das Geschlechtliche keine Ware und keine *verbotene* Freude mehr ist, in der es keine zu Ventilen degradierte menschliche Wesen mehr gibt, die den Ekel ertragen müssen, den mißbildete Gewissen ihnen zumuten.
Vor hundert und einigen Jahren wurden in den Vereinigten Staaten die Neger befreit, freigelassen – wie frei, wie befreit sie nach hundert und einigen Jahren sind, brauche ich Ihnen nicht zu erklären. Die Neger wurden losgelassen in eine Profit-Gesellschaft, auf die sie nicht vorbereitet waren und die sie nicht akzeptierte und die ihnen nicht erlaubte, mitzuprofitieren. Dem Gesetz nach sind sie frei, uneingeschränkt frei – wie uninteressant für Befreite die Legalität ist, können Sie an der heutigen Lage der Neger feststellen. Das Problem wäre nicht zu lösen, indem man die Neger wieder legal zu Sklaven macht.
Auf unser Problem, die Pornographie bezogen, wäre zu fragen: geraten wir nicht aus der einen Unterworfenheit in die andere, und lassen wir und andere uns nicht dem Konsum, der Ware unterwerfen, die keine ist? Es ist eine verflucht heuchlerische Befreiung, die nur durch die Unterwerfung und Ausbeutung anderer – in diesem Falle der Dirnen – möglich ist. In den sozialistischen Ländern ist, wie Sie wissen, Pornographie so verboten wie Prostitution. Natürlich gibt es beides, Pornographie und auch Schwarzhandel. Sie wissen auch, daß es eine immer mehr sich ausbreitende Untergrundliteratur in diesen Ländern gibt. Mir ist nicht bekannt geworden, daß unter diesen Untergrundpublikationen pornographische Texte sind. Für Autoren, die Befreiung anstreben, scheint das kein primäres Problem zu sein.

# Bericht zur Lage der Nation

## *Über Hildegard Baumgarts Sammelband »Briefe aus einem anderen Land«*

Wie die Geschichte Deutschlands und Europas verlaufen wäre, wenn der materiell arme, ausgeplünderte und verwüstete Sieger Sowjetunion sich anders verhalten hätte; wenn er sich marxistisch verhalten, nicht Sippenhaft und vergröberte Kollektivschuld praktiziert, auch die Junker und die »Junker«, Bürger und »Bürger«, Arbeiter und »Arbeiter« zu überzeugen versucht hätte – das sind leider lauter hypothetische Fragen. Man sollte nicht vergessen, daß Lenin sich 1917 den deutschen Kriegsgefangenen gegenüber anders verhielt und daß im ersten, von den amerikanischen Truppen eroberten deutschen Dorf ein Schild stand: »Careful, You enter Germany«.
Die propagandistischen Ausgangspositionen des reichen und des armen Siegers waren einander gar nicht so unähnlich, und es war auch, materiell jedenfalls, nicht annähernd himmlisch, in einem amerikanischen Kriegsgefangenenlager in Europa oder in einer der Westzonen zu leben. Für die zonale Periode im Nachkriegsdeutschland wäre zu sagen: Der arme Sieger Sowjetunion hat nicht schon in den ersten Jahren, wie andere Sieger, von der deutschen Begabung zu Unterordnung und Gehorsam profitiert. Das kommt erst später, kommt für die DDR erst – wie aus den Briefen ersichtlich ist – Mitte bis Ende der 50er Jahre, tritt voll nach dem Mauerbau auf, oft in Resignation verkleidet. Erst dann profitiert auch die DDR von jener Eigenschaft, die einer der trächtigsten Briefschreiber des Bandes, der »Kaufmann im roten Sachsen« beschreibt. Dieser kluge alte Herr, offenbar Altliberaler und Opfer des Faschismus, schreibt neben vielem anderen auch: »Vergiß bitte nicht: Nicht jeder freut sich über ein Westpaket. Für viele Arrivierte ist das eine schwere moralische Belastung, wenn die Ideologie mit der Schokolade zerfließt. Es gibt wohl kein Volk, das leichter zu regieren ist wie das, welches in Deutschland lebt. Wenigstens in Monarchie und Faschismus war es ein Volk von Hoflieferanten mit dem ängstlichen Wunsch, der Behörde nicht zu mißfallen.« Und: »Es sind viele westdeutsche Besucher da. Was schickt Ihr bloß in das Ausland? Werden sich die Italiener und Österreicher und Franzosen

freuen über dieses Volk, das sich schon bei uns als die Herren, aber nicht wie Herren aufspielt?« Geschrieben, nicht von einem intellektuellen Kritiker deutscher Wohlstandsmentalität, sondern von einem gediegenen, wohl über siebzigjährigen, altliberalen Kaufmann in der DDR, am 9. 8. 63. Weiter: »Ich spreche nun wirklich mit vielen Menschen, auch vernünftigen ›guten Deutschen‹, und komme immer wieder zum gleichen Gesamteindruck: Kaum einer versteht hier noch den Westen, selbst die wenigen noch lebenden Altkonservativen bringen bei bestimmten Schilderungen nur noch ein gequältes Lächeln auf. Die deutsche Bundesrepublik, so hier die Meinung, verlor mit der DDR eine gewinnabwerfende Kolonie ... schlimm ... so viele ungeschickte Sachen von drüben, die hier natürlich stark ausgenützt werden, trüben noch mehr das Bild ...« Geschrieben kurz vor Weihnachten 1963.

Von den vierundzwanzig Stationen und Lebensläufen des Bandes ist der »Kaufmann im roten Sachsen« die zwölfte, eine ausgeprägte und ausgesprochen bürgerliche Stimme, die die zonale Definition fast noch schärfer ablehnt als viele jüngere. Bedenkt man, daß von 125 Briefschreibergruppen diese 24 ausgewählt wurden und nimmt man als selbstverständlich, daß das Motiv der Herausgeberin kein propagandistisches war, daß ihr an Information über Quer- und Durchschnitt gelegen hat, so hat man, wenn man diese 24 Stationen mit ihren Lebensläufen und Nebenlebensläufen durchgelesen hat, den Eindruck, daß der Titel gerechtfertigt ist: *Briefe aus einem anderen Land.* Immerhin ist Deutsch noch das Verständigungsmittel, und dieses Deutsch der DDR-Bürger ist deutlich und eindeutig, es wird mit fortschreitender Datierung immer selbstbewußter, verbittet sich jegliche Art von Herablassung und Anbiederung. Stolz zeigt sich, mag er auch gelegentlich bitter sein.

Drei Kapitel, »Parteikarriere«, »Mein Platz ist hier« und »Eine Reise in Gedanken« haben Liebesaffären zum Gegenstand. Zwei Affären scheitern an politischen Differenzen, in »Parteikarriere« an einem fürchterlichen Parteichinesisch, in »Mein Platz ist hier« am Stolz der Partnerin, in »Eine Reise in Gedanken« ist der Ausgang noch offen. Eins fiel mir – nicht nur bei der Lektüre dieses Briefbandes – auf: Ist noch nie eine Julia oder ein Romeo in die DDR gezogen, weil sie ihren Romeo oder er seine Julia nicht herausbekam? Es wäre interessant, zu erfahren, ob es das nie gegeben hat, denn schließlich gehen in Märchen, Romanen und Legenden Liebende oft weitere und härtere Wege.

Eine ausgeprägte Gruppe bilden die beiden Kapitel »Wehrdienstverweigerung« und »Die Kirche im Dorf«. Abgesehen vom äußerst sympathischen Ton dieser Briefe, in denen die unersetzliche deutsche Pfarrersfrau noch und wieder einmal ihre gesellschaftsbildende Kraft beweist, haben die Briefe aus dieser Gruppe einen überraschenden Informationswert. Immerhin gibt es also Wehrdienstverweigerung in der DDR, offensichtlich können die Bausoldaten sich ungestraft weigern, an militärischen Objekten zu arbeiten, und es gibt sogar ein Treffen der Bausoldaten mit ihren Frauen. Auskunft über das Kirchensteuersystem gibt der Pfarrer persönlich: »Wir kassieren etwa 1 % vom Jahresbrutto, je nach Kinderzahl und persönlichen Verhältnissen.«

An anderer Stelle schreibt der Pfarrer: »Die LPG ist jedenfalls unsere Lebensgemeinschaft, und nach meinem ehrlichen Urteil eine gute Weise, auf dem Lande zu leben, miteinander. Die Urgemeinde, von der die Apostelgeschichte berichtet, ist für uns eine Illusion, aber eine LPG ist besser als die Schinderei einzelner Leute.« 18. 7. 70. Aus den meisten Briefen gewinnt man als Information über das Persönliche hinaus einen Eindruck in die erstaunlichen Bildungs- und Fortbildungschancen der DDR-Bürger. Fast ein Drittel der Briefpartner und -partnerinnen sind auf irgendeinem zweiten Bildungsweg Ärzte, Ingenieure, Techniker, Lehrer geworden. Was fast alle beklagen, ist der Mangel an Information. Ein unverständlicher Mangel, wenn man bedenkt, daß die DDR-Behörden diesen Briefband nicht zu fürchten brauchen. Die Briefe sind nur dann unerträglich, wenn – wie in »Parteikarriere« oder »Marxismus Ost – Marxismus West« – ein dogmatischer Katechismus abgeschrieben und mitgeteilt wird, ein ödes, steinernes Vokabular, von dem man gerechterweise sagen muß, daß man die westlichen Briefergänzungen nicht kennt, nur die Fragen. Es könnte ein DDR-Verlag auf die Idee kommen, eine Art »Gegenband« zusammenzustellen, wahrscheinlich ein peinliches Dokument.

An diesem Band hier ist nur peinlich, daß ein Briefwechsel letzten Endes doch gegen den Willen des Absenders publiziert wurde; mag auch dieser Absender nichts zu verbergen haben, im Gegenteil, er analysiert genau die westlichen Propagandaklischees

im Fall May, schreibt offen über Schießereien an der Grenze, weiß auch, »viele junge Menschen vor allem lassen sich durch Fernsehen, Funk und Film verblenden und versuchen, und ich kenne viele, die es bereut haben, zurückgekehrt sind oder zurückkommen möchten, weil bei Euch auch nicht alles Friede, Freude, Eierkuchen ist und es ganz schön um die Existenz geht.« Würde in der DDR ein Gegenband geplant, so könnte dieser Fall des abgelehnten Einspruchs zum Präzedenzfall werden. Ich fürchte, es ließe sich mühelos ein Band voll westlicher Torheiten in Propagandachinesisch zusammenstellen.
Der Briefpartner »Thomas«, der seine Zustimmung zur Publikation abgelehnt hat, repräsentiert eine ganze Gruppe von Briefpartnern, deren politische Bildung und Einsichten erstaunlich sind: eine Gruppe junger Oberschüler und Akademiker, von denen einer den blinden Antikommunismus so töricht findet wie die Erfahrung der Besetzung der ČSSR, die er zufällig miterlebt; er schildert die Rückkehr: »Als an der Grenze unser Auto nach Zeitungen durchsucht wurde (die Stichprobe traf gerade uns) und als unter anderem die *Prager Volkszeitung* und die *Zeit* beschlagnahmt wurden, wußten wir, daß wir wieder zu Hause sind.« Ein anderer: »Man merkt es so oft, daß Westdeutsche hier auftreten wie die Fürsten und die Menschen hier mitleidig oder staunend zur Kenntnis nehmen.« Und: »Die Sache mit eurem Gerstenmaier ist in der Tat böse.« Das politische Niveau bundesrepublikanischer Bundesbürger wird von fast allen beklagt. Natürlich wird da nicht nur über Politik geschrieben und politisch argumentiert. Es wird von einer Oma in einem Dorf in Mecklenburg ziemlich offen, später über sie geschrieben, es werden auch Pfefferkuchenrezepte mitgeteilt, und »Ein Teenager in Magdeburg« ist ein Teenager in Magdeburg, eine kluge und auch schlaue »Fritzi«, die den Alltag der Jugendlichen offen schildert: »Gruppen, die dabei erwischt werden, daß sie nicht das Verhältnis 60 % Ostmusik, 40 % Westmusik spielen, kriegen Spielverbot.« Und, ebenfalls Fritzi: »Nochmals zu den ›Mitmachern‹. Das sind wohl die meisten hier. Das unbedingt Notwendige wird getan, Eigeninitiative ist nicht vorhanden. Die meisten sind nicht direkt für den Westen. Er stellt nur einen besonderen Reiz dar, etwas ›Unerreichbares‹, ›Tolles‹, wo die Jugendlichen leben können, wie es ihnen paßt, die ganz andere Möglichkeiten in bezug auf Freizeitgestaltung, Kleidung usw. haben. Die mei-

sten wollen wohl mal auf Besuch 'rüber, ohne für immer dort zu bleiben. Denn eine gesicherte Existenz (Arbeitsplatz, Bildung) hat man in der DDR. Fanatisieren kann man die Jugendlichen für den Sozialismus nicht. Jedenfalls die meisten nicht.« »Ich warte schon ganz ungeduldig auf die Ferien. Wir wollen in Berlin ganz gammelig (nicht etwa schmutzig und kaputt) 'rumrennen. Mit riesengroßem Hut und barfuß, wenn's warm ist. Jedenfalls ganz auffällig.« Eine andere: »Ich finde nur Maxi-Mäntel chic. Darunter aber ein richtiges Mini-Kleid.« Und ein weiteres junges Mädchen nennt zwar die falsche Ziffer für den Preis, den die DDR für die offene Grenze gezahlt hat (180 statt immerhin 80 Milliarden), kennt aber das Problem. Der Ingenieur Erich B. aus Leipzig erklärt sehr ausführlich, daß »viel zu viele große Worte« gemacht werden vom gemeinsamen Vaterland, von Freiheit und Recht auf Einheit. Seine Hoffnung ist das ČSSR-Modell (im Brief vom 3. 4. 68). In einem Brief vom 30. 6. 70 schreibt er dann: »Uns geht es wie dem Nilpferd, dem das Wasser bis zum Hals steht, das aber noch das Maul aufreißt. Wenn ich mir unseren Betrieb ansehe und mir dann überlege, daß es nur einer unter vielen ist, bekomme ich das kalte Grausen und möchte am liebsten den Kopf in den Sand stecken.« Keiner der Briefpartner beklagt den Mangel an Sex, Porno oder anderen Freiheiten. Diese Briefauswahl zeigt, wie auch Carola Stern in ihrem kompetent klugen und engagierten Vorwort andeutet, daß die DDR das »altmodischere« Deutschland ist. Dazu muß gesagt werden, daß das Altmodische manchmal das Fortschrittlichere ist, bedenkt man, daß in der BRD Fortschrittsklischees der westlichen Welt meist dann erst übernommen werden, wenn sie dort schon passé sind.

An dieser Publikation könnte sich manches Vorurteil, auch manches Urteil ändern. Hildegard Baumgart hätte nicht betonen müssen, daß das Buch keine demoskopische Umfrage ersetzen kann. Die Ergebnisse demoskopischer Umfragen und wissenschaftliche Analysen bedürfen immer der Ergänzung durch andere Wörtlichkeiten. Dieser »Bericht zur Lage der Nation« zeigt deutlich: Nicht nur in der BRD, auch in der DDR ist die Nachkriegszeit vorüber. Der Unsinn und die Sinnlosigkeit gegenseitiger Schablonisierung hätte nie darin liegen dürfen, die Bewohner des einen Landes für kommunistisch oder sozialistisch, die des anderen für demokratisch und kapitalistisch zu halten. Immer hätte die Frage im Hintergrund stehen müssen, eine hypothetische: Was wäre aus wem geworden, wenn er statt da dort aufgewachsen, zur Schule gegangen wäre, einen Beruf erlernt und Karriere gemacht hätte? Wenn man einen Staat systematisch beschimpft, erweckt man auf die Dauer auch bei seinen sehr kritischen und mißtrauischen Bürgern eine – manchmal unerwartete – Loyalität, weniger politisch als geographisch. Das trifft natürlich auch auf die BRD zu: Plumpe, permanente, undifferenzierte Beschimpfungen erwecken keinerlei Sympathie mit den Beschimpfern.

Das Buch wird manche Illusion zerstören, doch nicht alle Hoffnung. Wenn diese Auswahl aus 4700 Briefen repräsentativ ist, so würde auch eine geheime, freie, gesamtdeutsche Wahl wahrscheinlich für die CDU/CSU in der DDR schlecht ausgehen, besonders nach dem Parteitag in Düsseldorf, auf dem sie ihr Herrengesicht zeigte, sich von der viertklassigen Kasino-Rhetorik eines Herrn Dregger ganz aufs Herrengleis schieben, ihre Sozialausschüsse in peinlicher Form abfahren ließ, und das im klassischen Land der Arbeitnehmer; ausgerechnet dort ließ sie sich als »Union der festen Hand« sehen und von Herrn Strauß an die Zügel nehmen.

Es mag sein, daß in dem Briefband *Briefe aus einem anderen Land* manche oppositionelle, möglicherweise gar reaktionäre Stimme oder Stimmung in der DDR nicht zu Wort kommt. *Diese* – die Düsseldorfer Töne – mögen ganz gewiß auch die Konservativen in der DDR nicht hören, denn diese Töne sind es, die Worte wie »Wiedervereinigung in Freiheit« für die meisten DDR-Bürger zu hohlen Phrasen machen. Diese Art Herrschaft ist dort nicht erwünscht. Es mag eine Zeit kommen, in der man sich fragen wird, welches Deutschland das »deutschere« ist; wahrscheinlich wird's die DDR sein. Ob in diesem Komparativ Anerkennung oder Tadel verborgen wäre, das wissen die Götter allein.

## Unpassender aus der Lagernation

### *Über Josef W. Janker, »Der Umschuler«*

Jankers Protokoll *Der Umschuler* ist auf eine unaufdringliche Weise hochaktuell. Fast jeder halbwegs etablierte Deutsche im Barzel- oder Ehmke-Alter (und darüber, versteht sich) hat seine mehr oder weniger bewältigte Umschulungsvergangenheit. In beiden Deutschland spürt man ihn deutlich, den umgeschulten Hitlerjungeneifer ehemals blankäugiger Trommelbuben, die aus allzuviel Unvernunft in allzuviel nackte Vernunft gewendet wurden.

Ich erinnere mich derer, die 1945 siebzehn Jahre alt waren, noch gut und immer noch nicht ohne Angst; sie waren gefährlich wie Haifische; es war lebensgefährlich, ihnen gegenüber Zweifel am Endsieg zu äußern – auch noch im April 1945. Logischerweise waren sie im August 1945 schon mit Erfolg umgeschult, und wiederum beängstigend: Schon waren sie die Billy Grahams der Demokratie, des Sozialismus.

Natürlich, das ist vorausgesetzt, schließt Umschulung Einsicht nicht aus. Natürlich gibt es da noch ganze Scharen ehemaliger PK-Leute im gegenwärtigen deutschen Publikationsgewerbe, die für blankäugige Trommelbübigkeit ein wenig zu alt waren; bei deren Umschulung mag es viel Einsicht gegeben haben, auch viel Augenzwinkern, und es ist gewiß die reinste, die allerreinste Fairneß, daß wechselseitige Kritik etwa der beiden deutschen Fernsehprogramme – nicht geübt wird.

Die eifrigen jungen Leute, die dem Mertens in Jankers *Umschuler* so gern einreden möchten, er möge sich doch endlich als geheilt aus dem Krieg entlassen betrachten, wissen wohl nicht mehr (warum auch?), wer da alles, wenn nicht gerade »Schulter an Schulter«, so doch Schreibtisch an Schreibtisch gekämpft hat. Guckt ein Deutscher zu tief in ein paar Gläser, so kommt es doch heraus: das Unbewußte, das Verdrängte, das »große« Erlebnis, und wenn's auch Mist war, so war es doch »großer« Mist. Natürlich ist den superrationalistischen Technokraten gelegentlich ein wenig Sentimentalität jener Art willkommen, wie man sie auf dem Grund geleerter Gläser findet; Erinnerung jedoch ist ihnen verdächtig, und diese ist es, die der Umschuler Mertens in Jankers Protokoll nicht los wird.

Mertens hat so viele klassifizierbare Eigenschaften: Heimkehrer ist er, »auf halbe Atemkapazität gesetzter« Kriegsversehrter, vormaliger Zimmerer, Betonschaler, Pionierfähnrich, Kriegsgefangener. Es gäbe so viele Stationen, auf denen er, die Hände im Schoß, bramarbasierend ausruhen könnte. Er bezieht eine jener berühmten Renten, von denen man nicht leben und an denen man nicht sterben kann. Als Kriegsversehrter mit halber Atemkapazität ist er nicht mehr als Zimmerer oder Fähnrich verwendbar. »Was hat Mertens den pünktlich zur Bet-Sing-Messe Antretenden (in einer Kriegsversehrten-Siedlung) voraus? Was den prompt zum Mittags-Schoppen einsitzenden Familienvorständen, den Wagenhaltern, Prothesen- und Pneuträgern? Den puritanischen Gestus einer Weigerung, der von dem eingeschworenen Mieter-Kollektiv als künstlich erkannt wird.«
Der Mechanismus der Abweisung muß perfekt funktionieren, wenn Mertens auch nicht in die bereitgestellten Gegenklischees paßt: Weder zum Bohemien noch zum Künstler oder Intellektuellen ließ er sich umschulen, und er paßt ja nicht einmal in jenes Klischee, das sich das Milieu als wenn auch ein wenig welke Rose ins Knopfloch stecken könnte: Arbeiterdichter. Und wenn einer dann, letzte Umschulungsstation, als Platzanweiser im Kino endet, so bringt das dem Milieu nichts ein, nicht einmal Skandale, nur Hohn, der unweigerlich heimgezahlt werden muß.
Mertens wird – das wäre ja auch wieder ein hübsches Klischee – nicht so sehr als der Unangepaßte, er wird als der Unpassende empfunden. Warum ist er nur so unruhig, und warum sieht er nicht ein, daß er mit dem Platzanweiserjob jene beliebten zwei Fliegen mit einer Klappe schlägt: Aufbesserung der Rente und »Der Umgang mit wirklichen Menschen wird Ihnen guttun«? Diese wirklichen Menschen, meist Jugendliche, die in der Unwirklichkeit äußerst »männlicher« Filme einen kurzen Rausch erleben, sind offenbar auch nicht der rechte Umgang für diesen verletzten und verletzlichen Menschen.
Mit dem *Umschuler* setzt Janker eine Kriegsliteratur fort, deren geringer Erfolg schwer verständlich ist. Das müßte doch viele Überlebende des Krieges treffen und betreffen, mögen sie auch erfolgreich umgeschult sein zum Beamten, Bankdirektor, General oder Abteilungsleiter: dieser zarte Nihilismus, verletzt und verletzlich, niemals verletzend, dem Veteranengebrüll so auf die Nerven gehen muß wie das Geräusch des eigenhändig gesteuer-

ten Rasenmähers, der in den Gärten eine Ordentlichkeit ausrichtet, die schmerzlich an jene Ordentlichkeit erinnert, von der brave Hausfrauen und Mütter heute noch glauben, man lerne sie nur in Armeen. Was man in Armeen lernt, ist bestenfalls dieser zarte Nihilismus, der in seiner sentimentalen Form immer ein bißchen »unrasiert und fern der Heimat« ist; der den wohletablierten Bankdirektor plötzlich so nachdenklich macht wie den unpassenden Mertens, der sich keine Maske zulegen kann.
Jankers *Umschuler* regt zu vielerlei Meditationen an über die Schnödigkeit, wie sie entlassenen Soldaten in fast allen einschlägigen Märchen begegnet. Es ist nicht sehr weit hergeholt, wenn ich behaupte, daß die Verletztheit und Verletzlichkeit der so gewaltigen und so überaus empfindlichen Bundeswehr mit einer forcierten (und mißglückten) Umschulung zu tun hat. Weltkrieg II fing im Gegensatz zu Weltkrieg I lustlos an, er hatte zwischen Mai 1940 und November 1941 einige hochgebluffte Triumphe (und es regnete Marschallstäbe und Rittergüter) und dämmerte dann bis 1945 in potenzierter Lustlosigkeit dahin. Schaut man genau hin, so kann man diese Lustlosigkeit noch heute auf den Gesichtern der Bundeswehrführungskräfte erkennen, mögen sie auch gelegentlich ihren Schneid forcieren.
Man hat ihnen und sie haben sich eine schlechte Tradition ausgesucht: die Tradition einer total demoralisierten Armee, die einmal Deutsche Wehrmacht hieß; demoralisiert nicht nur im Sinne einer von außen zum Maßstab genommenen Moral, sondern auch nach ihren eigenen Maßstäben. Innerlich zersetzt, äußerlich geschlagen, marschierte sie (wir) als Plenny oder POW stumpf und trotz allen Elends irgendwie »befreit« von der Last, um jeden Preis Geschichte zu machen, in die Lager.
Ich glaube nicht, daß einer das, ob Nazi oder nicht, Trommelbub oder passiv Widerstehender, je aus der Wäsche kriegt. Darüber hinwegzufiedeln, ist Täuschung und Selbsttäuschung. Die »Deutsche Nation« ist in Lagern entstanden – in denen, die 1945 befreit und in denen, die 1945 errichtet wurden; und in den Internierungslagern für Emigranten, mögen es auch gelegentlich Hotels gewesen sein. Was soll da das Fahnenschwenken, was sollen Paraden und hochgebluffter Schneid, wo doch auch die Schneidigsten sich hin und wieder nach einer englischen, amerikanischen, französischen Kippe gebückt haben oder nach einem Rest Machorka.

Jankers Mertens ist ein guter Held. Er, der Unpassende, zeigt, wie unpassend das ganze Getue von uns Helden ist, die wir nie viel mehr als ein bißchen »unrasiert und fern der Heimat« sind. In England, jedenfalls im englischen Krimi, schulen sich Ex-Generalstäbler selbst zu Bankräubern um. Uns Deutschen hängt's schwer in den Gliedern, im Gemüt und den anderen Innereien. Auch dem *Umschuler* natürlich, denn das ist er unverkennbar: ein Deutscher aus der Lagernation.

Dieser Mertens hat noch mehr liebenswürdige Eigenschaften; er ist von einer himmlischen Höflichkeit, er registriert aufmerksam; mit einer Genauigkeit, die sich lieber ein wenig windet als aus der Rolle zu fallen, werden Personen, Situationen, Zitate, Zusammenhänge mitgeteilt und geschaffen. In allen Umschulungsstationen bleibt er höflich, diskret. Feine und feinste Ironie gedeiht in diesem Stil, der sich schon früh bei Janker findet; niemals geht er grob-direkt drauflos. Diese Prosa biedert und bietet sich nicht an, und doch ist sie nicht für »Kenner« geschrieben.

Jankers Mertens ist ein Jedermann für jedermann, der sich lieber zuknöpft als entblößt: weder »strip« noch »trip«, es sei denn, man entschlösse sich, jene Reise so zu bezeichnen, an der jeder Deutsche im Barzel- und Ehmke-Alter (und darüber) teilgenommen, die er verdrängt hat und nur noch als sentimentalen Bodensatz im Glas, nicht mehr als Erinnerung wahrhaben möchte.

# Der liberale Labberdreck stammt nicht von mir

Liebe Hilde Domin,
ich will mich nicht darauf herausreden, Ihre Zitate seien aus dem Zusammenhang gerissen. Das sind alle Zitate, und das von Ihnen zitierte Interview in der *Zeit* habe ich sogar, bevor es publiziert wurde, durchgelesen und autorisiert. Ich verstehe durchaus Ihre Furcht vor dem, was Worte anrichten können, und gebe zu, daß ich mit den von Ihnen zitierten Worten etwas anrichten wollte. Soweit verstehe ich Sie und stimme Ihnen zu. Was ich *nicht* verstehe: selbst eine angreifbare Äußerung wird doch unter gewissen *Voraussetzungen* getan; vorausgesetzt ist doch alles, was einer vorher gesagt und geschrieben hat, und wenn Sie nur 25 Zeilen außer dem Zitat von mir kennen, können Sie doch nicht annehmen, ich hätte die von Ihnen gefürchtete Art der Austauschbarkeit gemeint.

Natürlich meine ich die Austauschbarkeit von *Rängen,* wenn ich die Austauschbarkeit von Autoren meine, ich meine auch die Austauschbarkeit von Ruhm, von Wichtigkeit, und natürlich die von Funktionen. Die meisten Bischöfe, ein Teil der Ministerpräsidenten *sind,* die Bundeskanzler Erhard und Kiesinger *waren* austauschbar, oder wären austauschbar gewesen. Gewisse Leitartikel und Reden würden von Computern besser gemacht als von denen, die sie schreiben und halten. Und warum sollte ich nicht von Kuba und China immerhin dieses – den Funktionstausch – entleihen wollen? Immerhin hat Mao auch die Prüfungen und die Zensoren abgeschafft; um Sie zu beruhigen betone ich: *auch.*

Was ich nun gar nicht verstehe, daß Sie, selbst Autorin und »Verf.«, nicht nur mich als »Verf.« anreden, sondern mir auch noch Dinge vorhalten, die nicht ich, die andere über mich geschrieben haben. Der liberale Labberdreck stammt nicht von mir (ich weiß nicht mehr, ob er aus dem Munde einer meiner Romanfiguren stammt, aber das ginge mich nichts an). Auch den praeceptor Germaniae nehme ich nicht an. Mögen die Herren, die so was schreiben, das selbst verantworten.

Bitte wenden Sie sich doch an P. P. O nein, o nein (Variation auf ein recht patriotisches Lied, das wir in der Schule lernten). Ich will nicht Deutschlands Heinrich sein. Gerade das meine ich ja, wenn ich von Austauschbarkeit spreche. Ich will kein Image haben und keins sein, und die, die eins aus mir machen, sollen es selbst verantworten. Deutschland braucht keine Präzeptoren, deren hat es genug gehabt, es braucht kritische, aufmerksame Bürger, die nicht immer und unbedingt Autoren sein müssen. Was Autoren sind: *auch* Bürger, möglicherweise artikulierte; sonst nichts. Ich bin gegen Helden-Verehrung, Denkmäler, Images und Ikonen.

Es wäre mir natürlich lieber gewesen, Sie hätte nicht an, sondern über mich geschrieben, wie es Ihr gutes Recht wäre. Ich fühle mich nämlich nicht recht kompetent in meiner Sache. Der Roman, dessen »Verf.« ich *nicht* bin (ich bin nämlich nur der Verfasser) – liegt schon vier Monate hinter mir, und das Interview, aus dem Sie zitieren, ist erst am 21. 7. 71 gegeben worden, es war eins von neun, die ich an einem Tag gab, und das ist mein großer Fehler (gewesen): ich habe zuviel geredet. Viel zuviel. Und Sie haben recht, mir die Worte vorzuhalten. Ich teile Ihre Angst, will und will aber nicht begreifen, daß Sie, selbst Autorin, selbst der Kritik und Interpretation unterworfen, mir vorhalten, was andere über mich schreiben.

Noch ein Wort zu Ihrer Proletarier-Angst, die ich *nicht* teile. Wer hat Sie denn aus Deutschland vertrieben? Waren's die Proleten? Wollen Sie mir mit dem »Anstreicher« Hitler kommen? Es waren die Herren von Papen und von Hindenburg, die einer rapide an Wählern verlierenden NSDAP die Chance gaben. Wie rasch war die deutsche Universität von den Nazis erobert? Über die heutigen Proletarier mit Ihnen zu sprechen, fehlt mir die Lust, nach unserem Gespräch im Zug Arnhem – Köln. Offenbar kennen Sie nur solche, die 2400 Mark im Monat verdienen, sich dabei *nicht* schinden, sondern gesund und kreuzfidel bleiben.

Ich kann auch Ihren Optimismus über die Chancengleichheit nicht teilen. Ich halte sie – bis dato – für einen aufgelegten Schwindel, der mit dem Tage der Währungsreform sich als solcher entpuppt und weiterentwickelt hat. Wir leben *nicht* in einer klassenlosen Gesellschaft. Ich wehre mich auch dagegen, wenn Sie so einfach behaupten, ich schriebe »aus Liebe«. Ist das nicht reichlich peinlich?

Hin und wieder habe ich den Eindruck, daß Ihre Probleme nicht wirkliche, sondern künstliche sind. Was ich Ihnen glaube, was

ich mit Ihnen teile, ist Ihre Angst. Ich mag mich auch nicht entscheiden zwischen Sand-Sein und Öl-Sein. Ich bin weder das eine noch das andere. Und daß es keine »perfekten Lebensmodelle« gibt, ist mir bekannt.
Wollen Sie mich tatsächlich mit solchen Banalitäten trösten? Nicht Sand, nicht Öl, nicht Ölsand oder Sandöl, nicht praeceptor Germaniae, kein Image, keinen Rang. Gott bewahre!

Ihr Heinrich Böll

# Die internationale Nation

*Rede auf dem PEN-Kongreß in Dun Laoghaire am 26. 9. 1971*

Bevor wir auseinandergehen und uns – wahrscheinlich für ein Jahr – trennen, möchte ich noch über einige Punkte zu Ihnen sprechen. Was PEN, seine Ziele und Pläne ganz allgemein betrifft, möchte ich zuerst ein paar praktische Fragen anschneiden. Ich glaube, die Kommunikation muß auf der Plattform einer großen Tagung wirksamere Wege finden, sonst wird jede intellektuelle Anstrengung scheitern, und ein Gefühl von Frustration und sogar Depression breitet sich im Saal aus. Mit der wachsenden Zahl von Zentren wird die Organisation der Jahrestagung immer schwieriger. Der Versuch, miteinander über das zu sprechen, was unser Hauptanliegen sein sollte, Literatur – wie sehr sich ihr Gesicht auch ändern mag – mit einigen Hunderten möglicher Partner, die, wenn sie an der Diskussion teilnehmen, gezwungen sind, bloße Deklarationen oder Statements abzugeben und keine Möglichkeit haben, einen Dialog zu führen, ein solcher Versuch ist sinnlos und eine Qual für den Vorsitzenden und die Referenten, die ihren Beitrag sorgfältig vorbereitet haben und dann feststellen müssen, daß er im Saal verlorengeht. Diese Entwicklung ist niemandes persönliche Schuld. Die Schwierigkeit entsteht durch die Zahl der Delegierten, und da es der Wunsch des PEN ist, die Zahl der Zentren zu vergrößern, kann die Lösung des Problems nicht darin bestehen, daß man die Zahl der Delegierten verringert. Offensichtlich verlangt das wechselnde Gesicht der Literatur nach einem wechselnden Gesicht der Tagungen. Hinzu kommt noch das Problem der sprachlichen Verständigung. Wenn man die beiden Konferenzsprachen in vierzig verschiedenen Aussprachen hört, dann hat man den Turm von Babel mitten im Konferenzsaal. Wir müssen sorgfältig über andere, praktikablere Methoden nachdenken, und Sie alle sind heute aufgefordert, uns neue Ideen mitzuteilen, so daß wir mehr voneinander sehen als einen Namen auf einem Schild, den Namen eines Landes und darüber ein ernstes Gesicht. Der Dialog kommt auch darum nicht recht in Gang, weil einer die Werke des andern nicht kennt. Wenn das wirkliche Gespräch erst abends in der Bar beginnt, warum gehen wir dann nicht gleich in die Bar?

Was die Arbeitssitzungen anbelangt, so hat das österreichische Zentrum den Vorschlag gemacht, die Beiträge auf zwei zu beschränken und den Text früh genug zu verteilen, damit die Grundlage für eine fruchtbare Diskussion bereitet werden kann. Vielleicht können wir durch Experimente einen neuen Weg finden? Wir könnten Menschen einladen, die nichts mit Literatur zu tun haben; sie könnten uns Fragen stellen, die wir unvorbereitet in aller Öffentlichkeit beantworten. Warum nicht den geschlossenen Kreis öffnen und die Sitzung zu einer Art Hearing machen, so daß wir mehr voneinander kennenlernen als einen Namen und ein Etikett.
Ich möchte die einzelnen Zentren ermutigen, mehr und mehr bilaterale Treffen zu veranstalten. Sie können mit geringen Kosten veranstaltet werden, und je gegensätzlicher diese Gruppen sind, desto ergiebiger wird wahrscheinlich das Ergebnis sein.
Wenn Sie mich fragen, ob PEN eine politische Dimension hat, so möchte ich Sie einfach auf die Charta hinweisen. Dort finden Sie alles. Die Frage der politischen Dimension bringt uns auf die Frage der Resolutionen. Wir alle sind ihrer müde geworden, manchmal langweilen sie uns sogar, denn wir haben das Gefühl, daß wir einfach unser schlechtes Gewissen erleichtern, indem wir einen Text aufsetzen und an die betreffende Regierung oder Person senden. Ich glaube, wir neigen dazu, unseren möglichen Einfluß entweder zu unter- oder zu überschätzen. Es ist hauptsächlich die Frage, den richtigen Moment zu finden, und wenn jede sechste oder siebente Resolution, zur richtigen Zeit und an der richtigen Stelle überreicht, jemandem ein paar Monate Gefängnis erspart, ... jeder, der einmal gefangen war, wird wissen, was das bedeutet. Ich vermute nicht nur, ich weiß: Menschen sind durch Resolutionen gerettet worden, nicht nur vor dem Gefängnis, auch vor dem Tod. Um Resolutionen wirksam zu machen, müssen wir uns vor Augen halten, was der eigentliche Geist des PEN ist: sein internationaler Charakter. International zu sein bedeutet, unabhängig von den politischen oder diplomatischen Übereinkünften der großen Mächte zu handeln. Wenn große Mächte und Nationen sich einig werden, sich nicht in ihre Innenpolitik einzumischen, so ist dabei eine Art von permanenter Erpressung im Gange. Alle haben irgendwo ein schlechtes Gewissen, das man leicht dazu ausnützen kann, sie unter dem Vorwand der Höflichkeit zum Schweigen zu veran-

lassen. Der Internationale PEN sollte diese Art von Erpressung nicht mitmachen. Es ist leicht für Politiker, den Schriftstellerorganisationen ihre Wirkungslosigkeit vorzuwerfen, wenn sie, die die Macht haben, sie nicht dazu benutzen, Menschlichkeit zu mehr als einer bloßen Phrase zu machen. Und was für politische Mächte gilt, das gilt auch für ökonomische. Ich habe noch nie davon gehört, daß ein Stahlkonzern einen Preisnachlaß für die Freilassung eines Schriftstellers im Gefängnis angeboten hätte – oder, was genauso notwendig wäre – für die Freilassung eines gefangenen Busschaffners . . .

Wenn wir über Internationalismus sprechen, müssen wir auch über Nationalismus sprechen. Da ich nach Geburt, Sprache, Staatsbürgerschaft und geschichtlicher Erfahrung zu einer umfangreichen Nation gehöre, weiß ich, wovon ich spreche, und ich bin mir auch bewußt, daß zwischen dem Nationalismus großer und dem Nationalismus kleiner Nationen ein Unterschied besteht. Es treten jetzt viele Nationen aus total-, halb- oder kryptokolonialem Status in die Geschichte ein. Diese Nationen gehen auf alte, fast vergessene Formen der Literatur zurück oder schaffen neue. Es gibt außerdem Nationen innerhalb der traditionellen Nationen: Unterprivilegierte, Heimatlose, Gestrandete und die in einer überindustrialisierten Gesellschaft Frustrierten. Diese Nationen innerhalb der Nationen wollen nicht länger nur Subjekt der Literatur sein, das heißt, der Literatur unterworfen sein. Sie suchen nach ihrem eigenen Ausdruck, schaffen ihre eigene Sprache. Angeblich sprechen sie die gleiche Sprache wie die Nationen innerhalb derer sie leben, aber bis heute haben sie einander nicht verstanden. Wir nannten ihre Sprache Slang und mischten sie wie eine Art Parfüm unserer traditionellen literarischen Sprache bei, ohne zu begreifen, daß Slang einfach ihre eigene Sprache ist. Nicht der PEN wird diesen Nationen eine Ehre antun, wenn er sie zum Beitritt einlädt, diese Nationen werden dem PEN eine Ehre antun, wenn sie ihre Bereitschaft zum Beitritt zeigen. Ich möchte die einzelnen Zentren auffordern, genau zu beobachten, was in ihren eigenen Ländern geschieht, wie das Gesicht der Literatur sich mit dem Gesicht der Gesellschaft verändert, und das Zusammentreffen eines Zentrums mit einer dieser Nationen innerhalb der Nationen würde ich auch ein bilaterales Treffen nennen. Wenn wir die Autoren als eine kleine internationale Nation definieren, so müssen wir uns auf der anderen Seite bewußt sein, daß diese unsere respektiven Landsleute tatsächlich das Gesicht der Literatur verändern.

Es gehört zu den Widersprüchen im Amt eines Vorsitzenden einer Schriftstellervereinigung, daß man, obwohl man ein Autor ist, nicht die Zeit findet, an den literarischen Sitzungen teilzunehmen. Das ist diesmal bei mir der Fall gewesen. Ich möchte darum noch dem Thema unseres Kongresses ein paar neue Gedanken hinzufügen. Zuerst zum Thema des Mäzenatentums. Ich glaube, ein Autor sollte weder vom Staat noch von der Gesellschaft Mäzenatentum verlangen, und er sollte sich nicht beklagen, wenn sie ihm dieses versagen. Da ich glaube, daß Schreiben etwas von einem Laster hat oder mindestens von einer Leidenschaft – möchte ich es fast mit Trinken vergleichen. Man kann einem Trinker ein Glas Schnaps spendieren, aber soll man ihn dafür bezahlen, daß er ein Trinker ist? Wie Mr. Fleming in seinem Beitrag sagte: ein Schriftsteller kriegt seine Arbeit irgendwie getan. Ich selber werde manchmal gefragt, wie finden Sie die Zeit dazu, einen Roman zu schreiben, und dann frage ich mich selbst, wie habe ich die Zeit gefunden, und ich muß antworten: irgendwie. Während das Gedicht, der Essay oder der Roman geschrieben wird – ich spreche, das versteht sich, vom freien Schriftsteller –, kommt die Frage nach Geld, das die Regierung oder die Gesellschaft gibt, gar nicht auf. Aber sobald das Geschriebene veröffentlicht ist, ergibt sich die Frage natürlich, und Schriftstellerorganisationen, Vereinigungen und Verbände und natürlich auch der PEN sollten sich nicht schämen, Honorarfragen zu erörtern. Es gibt noch ein Problem: Was geschieht mit den Honoraren für so viele veröffentlichte Bücher, die tantiemenfrei sind, die jetzt in den Händen der Öffentlichkeit sind? Wäre es nicht anständig, diese Honorare in einen Fonds zu zahlen, der den Schriftstellern zugute kommt, bevor sie tot sind und ihre eigenen Werke in die öffentliche Hand geraten?

Zu der wichtigen Frage von Literatur und Aufstand möchte ich einen Gedanken beitragen. Es ist noch nicht völlig zur Kenntnis genommen worden, welcher Umsturz in der Literatur stattgefunden hat, die in der Religion und den Kirchen ihren Ursprung hat. Es war ein literarischer Umsturz, der seit Jahrhunderten vorbereitet wurde, der einen spanischen Bischof dazu veranlaßte, die Sonntagskollekte seiner Diözese in einen Streikfonds zu geben, und die einen jungen irischen Priester dazu veranlaßte, die Zahlung der gerichtlich verfügten Geldstrafe zu verweigern und die Autorität des Gerichts abzulehnen; die junge Priester in Südamerika veranlaßte, zu den Guerilleros zu gehen. Eine neue Macht wird sichtbar, wenn intellektuellen und politischen Dogmen der Gehorsam verweigert wird, und ich möchte die Atheisten des Westens auffordern, diese neue Art der Revolte zu erkennen, die ebenfalls aus einer langen literarischen Entwicklung entspringt. Gehorsamsverweigerung gegen das Dogma ist auch dort zu bemerken, wo der Atheismus öffentlich verordnet ist.

Um diesem Thema Gerechtigkeit widerfahren zu lassen – den Häretikern innerhalb der Religion und der Kirchen und den Häretikern des Atheismus –, würde es eines langen Essays bedürfen. Für den Augenblick kann ich nur versuchen, Ihre Aufmerksamkeit darauf zu lenken, denn ich glaube, daß dieses Problem sehr gegenwärtig ist.

Nun möchte ich meinen Dank aussprechen: Dank im vollen Sinn des Wortes: dem irischen PEN-Zentrum, der Frau Präsidentin Miß Meta Mayne Reid, dem Land, der Regierung, den Sekretären und Sekretärinnen, David Carver für seine Tüchtigkeit und Geduld, Peter Elstob, der seine Aufgabe diskret, manchmal sichtbar, manchmal hinter den Kulissen getan hat, und Desmond Clarke. Ich weiß nicht, wie er es fertiggebracht hat, so viele Menschen in einem so gedrängten Zeitplan zu organisieren und ein so herrliches Programm aufzustellen. Ich möchte auch dem Personal der Hotels danken, die uns mit so viel Sorgfalt betreut haben. Was hätten wir ohne ihren Beistand angefangen?

# Die Internationale der Nestbeschmutzer

## *Offener Brief an Robert Neumann*

Lieber, verehrter Robert Neumann,
wollte ich Ihnen die ungebührliche Verzögerung meiner Antwort präzis, wie es unter Autoren üblich sein sollte, erklären, so müßte ich in eine Art Autoren-Jet-set-Jargon verfallen, den ich erst noch erfinden müßte. Erlauben Sie mir also bitte die schlichte Feststellung: Ich habe mich fast sieben Wochen lang in Flugzeugen herumgetrieben, hin und wieder in stattlich-staatlichen, gelegentlich auch in solchen wie jenen der Alleghenny Airlines, kleinen Dingern, vergleichsweise die Postkutschen des Luftverkehrs, zwölfsitzig-gemütlich, die Piloten mehr wie Bus-Schaffner. So habe ich den größten Teil der Vereinigten Staaten von Nordamerika »von oben herab« gesehen, über-, hin- und wieder auch angeflogen. Manchmal reichte unsere Zeit, ein paar Ansichtskarten zu kaufen, aber wenn wir sie abschicken wollten, waren wir schon wieder ein paarmal ein- und umgestiegen, angekommen und die respektiven Ansichten waren längst »verfallen«.

Das könnte wie ein Klagelied klingen: Es ist keins, die Tour hat mir (uns) sehr gefallen. Nur, man gerät da ziemlich durcheinander, es sind ja nicht nur Zeitzonen zu durchfliegen und an manchen Vor- oder Nachmittagen Entfernungen, die der von Paris bis Nishnij-Nowgorod entsprechen, man muß ja auch arbeiten: Seminar, Lesung, Diskussion, Empfang, und dazu noch die Verantwortung, als »deutscher Kulturträger« irgend jemandes »Deutschlandbild« ganz und gar durcheinanderzubringen!

Nun, darüber nur so viel. Ich bitte nur um Entschuldigung und gebe eine Erklärung für die ungebührliche Verspätung meiner Antwort.

Ich danke Ihnen sehr herzlich für die Auskünfte über den PEN, die, wenn sie mir auch zum größten Teil neu waren, mich nicht so sehr überraschen. Es kann ja nicht gutgehen, wenn Autoren einander organisieren, Repräsentanten wählen, der eine des anderen »Qualifikation« feststellt und so weiter, und das auch noch auf »nationaler Ebene«, die unversehens zur internationalen wird. Ein Klub wäre nicht das schlimmste, wäre er wenigstens das. Ich hätte nichts dagegen, hin und wieder beim Tee mit der

Verfasserin eines Kochbuchs zu plaudern, das kann so amüsant wie lehrreich sein. Bedeutende Autoren sind meistens so schrecklich »bedeutend«. Und ich könnte mir sogar vorstellen, daß jenes unbekannte Wesen, das vielleicht – sagen wir – die verschiedensten Arten der Verwendung von *Custard powder* instruktiv zu erklären versteht, im »Ernstfall« wenigstens verwendet werden kann, um für hungernde Flüchtlinge Pfannenkuchen zu backen, während der bedeutende Autor ratlos und nutzlos sich mit seiner Bedeutung herumschleppt. Es scheint mir, lieber Robert Neumann, nicht drauf anzukommen, wie sich irgendwer »qualifiziert« hat, sondern wie irgendwer sich im »Ernstfall« verwendbar erweist.

Der Ernstfall liegt vor: die fast totale Vermauerung dreier Welten, die sich auf Deklama- und -rationen beschränken. Ich habe, wie es zu erwarten war, auf meiner Reise auch den Vorwurf der »Nestbeschmutzung« zu hören bekommen: Wie wär's, wenn der PEN-Club sich zu einer Internationale der »Nestbeschmutzer« entwickeln könnte?

Die Schizophrenie der Autoren und ihrer jeweiligen Bewacher, Überwacher und Funktionäre besteht noch darin, daß die einen die »Nestbeschmutzungen« Solschenizyns beklatschen, die anderen sie zurückweisen; daß man westliche »Nestbeschmutzer« dort bewundert, wo man östliche denunziert, und umgekehrt. Daß, sieht man genau hin, die Nestbeschmutzer die sind, die das Nest reinigen, ist vorausgesetzt. Ich las unterwegs einen Artikel von Graham Greene über Nordirland. Er ist Brite, Mitglied des PEN, und ich wünschte mir, daß alle PEN-Mitglieder, die gelegentlich mit ihrer Machtlosigkeit kokettieren, sich wenigstens einer Macht, die sie haben, bewußt würden: Schreiben können sie ja, und viele von ihnen haben auch das eine oder andere »Organ«, in dem sie publizieren können. Könnte man diese Macht summieren und koordinieren, würde die gelegentlich auftauchende Weinerlichkeit über die Machtlosigkeit schon geringer.

Ich kann Ihnen über die Finanzierung des PEN, Möglichkeiten einer veränderten Finanzierung, noch nichts sagen, da ich noch keine Gelegenheit hatte, nach London zu fahren und mir die Akten anzuschauen. Ich werde das im Januar tun und mir dann erst Gedanken machen können.

Ich denke, der Text meiner Antrittsrede in Dun Laoghaire liegt

Ihnen vor. Ich wiederhole mich nur ungern. In dieser Rede habe ich einiges zu den von Ihnen angesprochenen Problemen gesagt.
Mit sehr herzlichem Dank für Ihren Brief, Ihre Ratschläge und Ihre Glückwünsche,

Ihr Heinrich Böll

# Torpedos

Es scheint zu den unvermeidlichen Zwangsmechanismen der kapitalistischen Geschäftsordnung zu gehören, daß bei der Auseinandersetzung und Neuordnung längst überfälliger Rechtsverhältnisse genau die Gruppen gegeneinander »gehetzt« werden, die natürlicherweise Verbündete sein müßten: Bibliothekare und Autoren. Autoren und lesebuchpflichtige Schüler und deren Eltern. Zunächst verbirgt sich ja in der Feststellung, daß nicht alle erfaßten Autoren ausschließlich von ihren Einnahmen als Schriftsteller leben, eine nicht aufgeschlüsselte Ungenauigkeit. Außerdem: Der Autor, der 3000 Mark im Monat einnimmt, hat – das gesteht ihm selbst das gestrenge Finanzamt zu – zwischen 30 und 40 Prozent Unkosten; nimmt man noch die 5,5 Prozent Mehrwertsteuer hinzu, so bleibe von den angenommenen 3000 Mark 1950 bis 1650 übrig. Rechnet der geneigte Leser davon die Einkommensteuer ab, die (billigen wir dem Burschen zu, daß er verheiratet ist und ein Kind hat) 310 beziehungsweise 250 Mark monatlich beträgt, und außerdem noch jene besonders liebenswürdige Abgabe, die man Kirchensteuer nennt, so bleiben 1600 bis 1400 Mark übrig.
Rechnet der immer noch geneigte Leser nun noch aus, daß dieser Autor ja keinen »Geschäftspartner« hat, der im Falle von Versicherungen so etwas Liebes wie den »Arbeitgeberanteil« übernimmt, schrumpft die zunächst bestechende Ursprungssumme um weitere 100 bis 300 Mark. Es ist immer wieder betont worden, daß Beiträge in Schulbüchern den respektiven lesebuchpflichtigen Schülern (und deren Eltern, die die Bücher ja bezahlen müssen) geschenkt werden können, aber nicht den Herausgebern und Verlegern, und weiterhin sollte jeder Buchkäufer wissen, daß jeder Groschen, den ein Autor bekommt oder mehr bekommt, sich im Ladenpreis verfünffacht oder versechsfacht – so will es die absurde Multiplikationsmechanik.
Es ist unbestritten, daß der »Bibliotheksgroschen« eine so komplexe wie komplizierte Abgabe ist oder wäre; unbestritten auch, daß er nicht den ohnehin erfolgreichen Autoren zugute kommen sollte. Aber kann man denn seine Berechnung nicht aufgrund eines nach den letzten zehn Jahren zu errechnenden Mittelwertes vornehmen, muß das Buch für Buch »skandiert« werden, und

gibt es schließlich nicht noch andere Quellen, etwa das Urhebernachfolgerecht, eine Abgabe für tantiemefreie Buchausgaben? Natürlich gibt es starke Lobbys, stärker als die der Autoren. Ich begreife nicht recht die ironische Feindseligkeit der Presse, in der ich unter anderem las, ein Teil der Autoren könne mehr als 3000 Mark im Monat »ausgeben«, ja natürlich, aber wofür? Unkosten, Steuern, Versicherungen. Die Bibliothekare und Autoren sollten sich verbünden, gemeinsam einen Weg suchen, sich nicht aufeinanderhetzen lassen.

Es gibt ja außerdem wohl auch Autoren, deren Frauen mitverdienen, Häuser besitzen oder ähnliches. Das trifft hoffentlich auch für einige Arbeiter, Angestellte und Beamte zu – niemand wird derlei »Extras« ihrem Einkommen zuschlagen. Es erscheint mir sinnlos, das vorläufige Ergebnis einer Umfrage so undifferenziert zu publizieren, auf diese Weise »Torpedos« loszulassen – gegen wen und für wen? Schließlich gibt es Dutzende, vielleicht Hunderte von Funk- und Fernsehautoren, die möglicherweise zwischen ihrem 30. und 50. Jahr ganz gut verdienen und plötzlich abgeschoben werden. Die Manieren der Funk- und Fernsehanstalten sind diktatorisch. Mir wurden neulich vom WDR Köln (bekannt für sinnlose Baulustigkeit) 4 Prozent Zinsen für Anwaltskosten abgehalten, die ich schuldete. Mir 4 Prozent für das lang anstehende Honorar zu zahlen, auf die Idee kam keiner.

# Das tägliche Brot der Bomben

*oder: Law and order*

Schon der Stammbaum des kürzlich zum Superstar erkorenen Jesus Christus enthält ein paar Provokationen, die in der trockenen Aufzählung der ersten Verse des Matthäusevangeliums verlorenzugehen drohen für jeden, der sich einiger Details aus dem Alten Testament nicht mehr erinnert oder dem sie in einer purifizierten Schulbibel vorenthalten worden sind. Das steht u. a. in diesem Stammbaum, »von Juda und der Thamar stammen Peres und Zerach«. Nun mag sich der eine oder andere erinnern, daß Juda keineswegs Thamars Gatte, sondern deren Schwiegervater war; man stutzt, blättert zurück ins Buch Genesis und siehe da: Thamars Gatte Ger, Judas Sohn, machte sich dem Herrn mißfällig, und der ließ ihn sterben; Gers Bruder, der ominöse Onan, weigerte sich mit der hinlänglich bekannten Methode, dem Weibe seines Bruders Nachkommen zu erwecken, und auch er, dem Herrn äußerst mißfällig, starb. Juda vertröstet seine Schwiegertochter auf den heranwachsenden Sela, doch als der wirklich herangewachsen ist, wartet Thamar vergebens, und was tut sie? Sie legt ihre Witwenkleider ab, kleidet sich wie eine Dirne, setzt sich an den Weg, den Juda kommen muß, und er geht, nachdem er einen später zu erstattenden Preis, ein Ziegenböckchen, und als Ersatz für diesen Preis Pfänder ausgehandelt hat, zu Thamar ein; sie wird schwanger, soll, da sie gebuhlt hat, auf Anordnung ihres Schwiegervaters verbrannt werden, und nur die Pfänder, die sie wohlweislich aufbewahrt hat, retten ihr Leben und das der Zwillinge Peres und Zerach, die auf diese Weise in den Stammbaum Jesu geraten.

Hinter einem weiteren Halbvers des Stammbaums »Von David und des Urias Weib (stammt) Salomon«, verbirgt sich eine ganze listenreich ausgeklügelte Tragödie, die wie eine Dreieckskomödie anfängt, aber blutig und traurig endet; der korrekte, getreue, nicht israelische Urias muß sterben, nicht, weil er das Gesetz verletzt, sondern weil er es hält; das Gesetz, während des Krieges nicht zu seiner Frau einzugehen, obwohl David alle erdenklichen Tricks anwendet, ihn zum Gesetzesbruch zu verführen, auf daß Urias, ohne davon zu wissen, die Schwangerschaft seiner Frau Bathseba, die von David verursacht ist, legitimiere. Sind das nur Umwege des Heils, die eine dialektische Theologie glatt erklären kann, oder notwendige Fehltritte, ohne die die Legitimationskette des Stammbaums nicht komplett wäre, und wird nicht Urias, der Reine und Heide, der kaltblütig geopfert wird, zum Vorläufer dessen, in dessen Stammbaum er keinen Platz gehabt hätte?

Die Provokationen, die im Reden und Handeln des Jesus Christus enthalten sind, sollten einigermaßen bekannt sein. Sie sind in vier Versionen und einigen Ergänzungen protokolliert und die Welt hat nicht Berge, sie hat ganze Gebirge von widersprüchlichen Büchern, um die Widersprüchlichkeit dieser Taten und Reden herum aufgebaut; sie hat Kriege geführt, Kontinente erobert »in seinem Namen«. In der gegenwärtigen Phase der geschichtlichen Auseinandersetzung um diese widersprüchlichen Protokolle hat sich der Streit auf einen Schrumpfrest reduziert, über den in den vier Protokollen und ihren Ergänzungen nur mit Verachtung, ja gelegentlich mit Abscheu und unter drohenden Warnungen gesprochen wird: das Privateigentum. Um diesen Schrumpfrest werden Kriege geführt, erklärte und nicht erklärte, innenpolitische, außenpolitische, und doch steht in einem der Protokolle unübersehbar: Armen wird die frohe Botschaft verkündet. Aus dem Himmel über Nordvietnam fällt diese frohe Botschaft wie das tägliche Brot als mörderisches Manna Tag für Tag, und wenn man von verstärkter oder stärkster Bombardierung hört oder liest, weiß man schon gar nicht mehr: in wieviel Tonnen mehr Manna der christliche Segen einer christlichen Regierung bestehen mag. Nur eins ist sicher: täglich wird den Armen in Vietnam die frohe Botschaft verkündet – und das tägliche Bombenbrot verabreicht. Man wird sich vielleicht noch erinnern, daß Anfang dieser segensreichen Tätigkeit ein gewisser Spellman, Kardinal der römischen Kirche, den fröhlichen Einheizer und moralischen Aufrüster gespielt hat. Wo Politiker noch gezögert haben mögen, kannte er solche Schwächen nicht. Und doch wurden nicht ihm die geringsten Schwierigkeiten gemacht, sondern Don Mazzi und neuerdings dem Benediktinerabt Don Giovanni. Das steht nun am (vorläufigen) Ende der frohen Botschaft: die Bombenverkündigung des täglichen Manna für Nordvietnam. Eine wunderbare Brotvermehrung nach der anderen! Gefährdete Reisernte, während man selbst einen erheblichen Teil seines Brotes der Müllabfuhr überantwortet. Und doch steht da in den Protokollen zu lesen, daß nach der wunderbaren Brotvermehrung Sparsamkeit geübt wurde: alle Reste wurden sorgfältig in Körben gesammelt. Wieso eigentlich, wo doch die Brotvermehrung jederzeit hätte wiederholt werden können? Liegt in diesem scheinbaren Gegensatz zwischen großzügiger Vermehrung von Brot und sorgfältigem Sammeln der Reste nicht eine Provokation verborgen, die die erkennen könnten, die einen erheblichen Teil ihres Brotes der Müllabfuhr überantworten? Noch mehr Provokationen außer den bekannteren: Erbarmen will ich, keine Opfer! Und mehrmals, ebenso eindringlich: Daß Gott der Gott der Lebendigen, nicht der Toten sei. Aber neben den provokativen Reden und Taten dieses kürzlich zum Superstar erkorenen Jesus Christus entdeckt man noch etwas sehr Eindrucksvolles, das die Wirkung der Reden vertieft, ihnen den wahren Hintergrund gibt: das Schweigen vor Gericht. Es ist das Schweigen am Ende der Mission, die tödliche Verachtung gegenüber der kirchlichen und der weltlichen Justiz. Eine merkwürdige, eindrucksvolle Mischung aus Schweigen, Höflichkeit und Sachlichkeit. Höflichkeit gegenüber dem fremden Pilatus, Sachlichkeit und kurze Auskunft, wenn es um die Botschaft geht, aber Schweigen, in allen vier Protokollen bezeugtes Schweigen, wenn es um die Anklage geht, und nicht nur, wenn er selbst angeklagt ist, auch dann, wenn er – wie bei der Ehebrecherin – zum Ankläger und Richter gemacht werden soll. Da dieses eindrucksvolle, betonte Schweigen am Ende aller vier Protokolle steht, während des Prozesses, der mit dem Todesurteil endet, dürfte es ebenso wichtig sein wie die Reden: das Schweigen des Gerichteten, der auch schwieg, als er selber richten sollte.

Ist dieser Superstar jemand, der für Law-and-Order-Parolen als Vorbild dienen könnte? Welchem Law und welcher Order gegenüber übt er dann dieses tödliche, verächtliche Schweigen? In den Gesellschaften, die sich für zivilisiert halten, gibt es nur zwei Orte, an denen Law and Order herrschen: die Friedhöfe und die Museen. Auf den Friedhöfen hat man sie alle friedlich beieinander, die Hetero-, Homo-, Bi-, Über-, Unter-, und Asexuellen, die Bankräuber und die Bankiers, die Richter und die Gerichteten. Friedhöfe sind notwendig, sie verdienen Respekt, und gewöhnlich strahlen sie Stimmung aus, aber sie sind die Orte der Toten, nicht der Lebenden. In den Museen strahlen dort versammelte Objekte gelegentlich Unruhe aus, doch dem Besucher und Betrachter ist Ruhe verordnet. Law and Order auf Friedhöfen und Museen, und Law and Order im Export, das sind die täglichen Bomben auf Nordvietnam als täglich gereichte heilige Kommunion. Manna, Himmelsbrot! Daß die wunderbare Brotvermehrung inzwischen in Form von Aktiengewinnen stattfindet, ist ohnehin vorausgesetzt, und daß die schweigenden Mehrheiten, die sich so gern auch die Stillen im Lande nennen, am lautesten jubeln, wenn gerichtet wird, ist eine weitere Voraussetzung.

# Suchanzeigen

Ich suche ein Mädchen, zehn Jahre alt, wahrscheinlich blaß, dunkelhaarig, mit sehr großen, zur Melancholie neigenden dunklen Augen. Ich habe Grund zu der Annahme, daß sie schön ist. Ich kenne ihr Geburtsdatum, den Geburtsort, die Orte ihrer Kindheit und Jugend: Düren, Heinsberg, wahrscheinlich Palenberg, Aachen. Ich suche das Mädchen in einem bestimmten Jahr, im Jahr 1887. Sie ist unterwegs auf der Landstraße zwischen Düren und Golzheim, ob nach Golzheim gehend oder von Golzheim kommend, weiß ich nicht. Wenn sie nach Golzheim geht, trägt sie eine leere Waschschüssel; wenn sie von Golzheim kommt, trägt sie eine Waschschüssel voll Rübenkraut. Die Entfernung Düren-Golzheim beträgt sieben Kilometer, der Gesamtweg des Mädchens also vierzehn Kilometer. Ich weiß nicht, wie lange ein zehnjähriges Mädchen braucht, um diese Strecke zurückzulegen, auf einer Straße, von der ich nicht weiß, ob sie damals schon baumlos war. Wollen wir ihr mindestens drei, höchstens sechs Stunden zubilligen? Wollen wir ihr ebenfalls zubilligen, daß sie hin und wieder die leere und die volle Schüssel absetzen muß, um ihre Arme zu entlasten? Ich weiß nicht, wieviel Pfund Rübenkraut sie da bei Verwandten oder Bekannten abholte, weiß nicht, ob das Rübenkraut geschenkt oder nur verbilligt war. Drei Stunden? Vier oder Sechs? Acht Pfund, zehn oder sieben? Ich weiß nicht. Ich weiß auch nicht, wieviel Geld bei dieser Aktion gespart wurde. Zehn Pfennige? Dreißig, oder nur sieben? Ich weiß nicht. Das Mädchen ist unterwegs, und ich suche es. Sie heißt Maria und wurde ein paar Jahrzehnte später meine Mutter. Das ist uninteressant, über meine Mutter weiß ich einiges, über das Mädchen weiß ich nichts.

Fünfundachtzig Jahre später fahre ich ziemlich oft durch Golzheim, vor Golzheim schnell, durch Golzheim manchmal schneller als zulässig, hinter Golzheim wieder relativ schnell. Mit dem Auto. Nehmen wir an, ich fahre 100. Ich brauche für die sieben Kilometer drei, vier, höchstens sechs Minuten; es kommt drauf an, wieviel landwirtschaftliche Fahrzeuge gerade unterwegs sind, wie ich sie überholen kann, wie der Gegenverkehr ist. Mehr als sechs Minuten brauche ich keinesfalls. Führe ich die ganze Zeit, die das Mädchen unterwegs ist, mit dem Auto weiter,

so wäre ich in drei Stunden ungefähr in Darmstadt, in sechs irgendwo zwischen Augsburg und München, während das Mädchen immer noch unterwegs ist. Und wie oft ging das Mädchen diesen Weg? Einmal? Mehrere Male, jedes Jahr wieder? Wie hießen die Leute, bei denen sie das Rübenkraut holte, um sieben oder dreißig Pfennige zu sparen?
Ich weiß das alles nicht. Sieht das Mädchen fünfundachtzig Jahre später auf dieser selben Landstraße Autos fahren, und in einem dieser Autos einen ihrer Söhne? Sieht sie mich? Ich sehe sie nicht, obwohl ich immer wieder nach ihr Ausschau halte. Ich weiß nichts von ihr, jedenfalls nicht viel. Sie hat eine strenge Mutter, fünf Schwestern, zwei Brüder, einen, gelinde gesagt, leichtsinnigen Vater, der, gelinde gesagt, gern einen trinkt. Was kostet ein Glas Bier, was kostet ein Cognac? Gewiß mehr, als das zehnjährige Mädchen durch den drei- bis sechsstündigen Gang mit der leeren und der vollen Waschschüssel spart. Ich würde so gern mit ihr sprechen, versuchen, sie auszufragen, herauszubekommen, was sie sich denkt. Ich kenne von zwei, drei Fotos das bittere, säuerliche Gesicht der Mutter des Mädchens. Ich weiß ein paar Anekdoten über sie. Sie war das klassisch betrogene Mündel des Schauerromans, wurde um Grundstücke, Häuser, nach einer anderen Anekdotenversion um eine Brauerei betrogen. Man sieht dem bitteren Gesicht noch an, daß sie einmal schön war. Das klassische Mündel mit klassischem Gesicht. Katholisch mit stark jansenistischer Einfärbung. Freudlos, puritanisch, kirchgängerisch, verbittert.
Ich würde so gern mit dem Mädchen auf der Landstraße sprechen. Nicht mit meiner Mutter, mit ihr habe ich oft gesprochen, aber nie mit dem zehnjährigen Mädchen. Was denkt sie, was fühlt sie, was weiß sie, was gesteht sie sich ein, was verbirgt sie vor sich und den anderen? Was denkt sie über ihren, gelinde gesagt, leichtsinnigen Vater, der innerhalb von zwei Minuten mehr vertrinkt, als sie bei diesem Drei- oder Sechsstundenmarsch »verdient« oder nur erspart? Fünfundachtzig Jahre später würde ich gerne die Chronologie auseinandernehmen, durcheinanderbringen, um mich mit dem Mädchen zu unterhalten. Ich würde sie mitnehmen, aber vielleicht bleibt sie lieber auf der Landstraße, als zu ihrer bitteren, säuerlichen Mutter zurückzugehen, die sparen, sparen muß, weil da einer ist, der verschwendet? Da gäb's viel zu erzählen über die fünf Schwestern und die beiden Brüder,

über den, gelinde gesagt, leichtfertigen, verwöhnten Vater, über die aufrechterhaltene Fassade, über zusammenbrechende Fassaden. Das ist uninteressant, für mich. Ich suche das kleine Mädchen, das viel später meine Mutter sein wird.

Was ich mir denken, was ich mir vorstellen, was ich kombinieren, sogar recherchieren könnte, ist mir langweilig, weil ich weiß, wie's gemacht wird. Gut. Schlecht. Nicht so schlecht. Nicht so gut. Mit einer ziemlichen, mit einer gewissen, mit einer bestimmten Wahrscheinlichkeit zutreffend. Ein bißchen interpoliert, so oder so. Literatur. Die suche ich nicht, ich suche ein zehnjähriges Mädchen, von dem ich nichts weiß. Ich fahre fünfundachtzig Jahre später über dieselbe Landstraße, und ich sehe sie nicht, höre sie nicht, weiß nichts von ihr. Ich kann mir viel vorstellen, fast alles, aber – wie schon gesagt – das interessiert mich nicht. Ich suche ein zehnjähriges Mädchen, blaß, mit dunklen, zur Melancholie neigenden Augen, die überraschenderweise voller Humor sind.

Ich suche nicht ihre Erinnerung, nicht die Erinnerung an sie, ich suche sie selbst.

Ich suche einen wahrscheinlich rothaarigen, mageren, sommersprossigen zehnjährigen Jungen, der im Jahre 1880 morgens von der Schwanenkampstraße in Essen aus zur Schule geht. Er heißt Victor und wird viele Jahre später mein Vater sein. Über meinen Vater weiß ich einiges, über diesen zehnjährigen Jungen weiß ich nichts. Ich weiß ein paar Anekdoten, ich kenne einige seiner Erinnerungen und Erinnerungen anderer an ihn, aber ihn selbst kenne ich nicht. Ich würde so gerne die Chronologie zerstören, ihn für ein paar Minuten lebend vor mir haben, bevor seine konventionellen und unkonventionellen Erinnerungen in den Kreislauf der Anekdotenkonvention geraten. Ich möchte seine Tafel oder seine Hefte sehen, seine Brote, sein Taschentuch, möchte sehen, ob er damals schon eine Brille trug. Es ist einiges überliefert, in einigen Variationen verbürgt, es ließe sich viel recherchieren, kombinieren, interpretieren, vorstellen, und mit einer ziemlichen, oder gewissen, oder gar bestimmten Wahrscheinlichkeit ließe sich ein Genrebild erstellen von dem wahrscheinlich rothaarigen, mageren Jungen, der da an der Mauer der Kruppschen Fabrik entlang zur Schule geht. Das Milieu ist mir bekannt, Details genug, aber ich will nicht die Erinnerungen des Jungen und nicht die Erinnerungen anderer an ihn, ich will ihn selbst, ihm ins

Auge blicken, sein Taschentuch, seine Brote, seine Hefte oder seine Tafel sehen. Der Junge heißt Victor, ist im Jahr 1880 zehn Jahre alt und wird später einmal mein Vater sein.
Ich suche mich selbst, zehnjährig, mit dem Fahrrad zur Schule unterwegs. Nicht meine Erinnerung, nicht, was andere zu erinnern glauben. Meine Frau suche ich, zehnjährig, meine Kinder, Freunde, Geschwister. Ich möchte die verfluchte Chronologie zerstören, die eine 1923, die andere 1935 oder 1917 sehen, auf dem Schulweg, auf der Straße spielend, in der Kirche, im Beichtstuhl. Ich möchte die Beichten all dieser Zehnjährigen mithören; ich kann mir viel vorstellen, fast alles: den einen zehnjährig auf einem Trümmergrundstück 1957, den anderen zehnjährig 1958 auf dem Schulhof eines Gymnasiums, einen anderen 1960 zehnjährig in einem Park. Es wird viel erzählt, viele erinnern sich an vieles, es gibt da Fotos, verschiedene Perspektiven, Interpretationen, Milieudetails, alles vorhanden, Schulzeugnisse, Wehrpässe, Gebetbücher, Kinderzeichnungen, Briefe, sogar Tagebuchblätter; es ließe sich alles verwenden, ergänzen, vorstellen mit ziemlicher, annähernder, mit an Gewißheit grenzender Wahrscheinlichkeit. Ich möchte mehr: Ich möchte das Feuchte in ihren Augen sehen, ihnen die Hand vor den Mund halten, um ihren Atem zu spüren, das Brot sehen, in das der eine, den Apfel, in den die andere beißt, 1930 oder 1935; den Ball in der Hand, die Kreidestriche auf dem Pflaster; die Musterung auf der Waschschüssel, in der Maria das Rübenkraut trug, und die Schuhe des wahrscheinlich rothaarigen, zehnjährigen, mageren sommersprossigen Jungen, der Victor hieß. Ich will nicht das Unvergängliche, das Gegenwärtige will ich, das vergangen ist. Nicht das Erzählte, nicht einmal das Wahre und schon gar nicht das Ewige. Ich will die Gegenwart der Vergangenen. Einsteigen und aussteigen, wo ich möchte; das Sprungseil vom Leipziger Platz und die Brote, die in der Machabäerstraße auf dem Schulhof gegessen wurden; Kreidestriche auf dem Trottoir der Teutoburger Straße, Sägemehl auf dem Hof des Hauses an der Schwanenkampstraße; das Bier, das auf dem Pflaster der Pletzergasse verschüttet wurde, im Krug geholt, damit der Alte einmal zu Hause blieb; die Klicker aus der Kreuznacher Straße. Den Apfel, in den ein Mädchen 1940 biß oder den anderen, den ein andres Mädchen 1935 pflückte. Nicht als Andenken, nicht als Anekdotenvehikel,

nicht als Vitrinenfetisch, nein, weil es da war, nicht mehr ist und nie mehr sein wird. Ich will das Haar, das vom Haupt gefallen ist.

# Vorwort zu »5 Kontinente«

Sammlungen dieser Art ersetzen manche internationale Tagung, auf der zwar Verbände, Gruppen, Nationen durch Delegierte repräsentiert sind, die Literatur eines Landes als solche aber selten zu Wort kommt und Sprachschwierigkeiten die Annäherung erschweren. Schließlich sind Autorinnen und Autoren immer am besten repräsentiert durch das, was sie schreiben, nicht immer durch das, was sie sagen. Der Versuch, auf großen internationalen Tagungen mit Hunderten von Teilnehmern über das zu sprechen, was Autoren aneinander interessieren sollte: die Literatur mit ihrem ständig wechselnden Gesicht, ist in den meisten Fällen von vornherein gescheitert, weil es unmöglich ist, mit Hunderten von potentiellen Partnern ein differenziertes Gespräch zu führen, und da dieses Gespräch in den meisten Fällen auch noch auf eine Konferenzsprache reduziert wird, die für die möglichen Partner eine fremde Sprache ist und außerdem noch das Problem der unterschiedlichen Aussprache hinzukommt, so hat man meistens den Turm von Babel mitten im Konferenzsaal. Übersetzungen sind Versuche, die babylonische Verwirrung zu heilen, eine internationale Anthologie der Art, wie sie hier vorgelegt wird, ist die einzige Möglichkeit der Annäherung. Da kaum jemand vierzig oder fünfzig Sprachen beherrschen kann, und – sollte dieses einmalige polyglotte Wesen tatsächlich existieren – es kaum in der Lage wäre, Differenzierungen innerhalb der von ihm beherrschten Sprache in jeder einzelnen wichtigen Nuance zu erkennen und zu vermitteln, bleibt Übersetzen *die* große internationale Chance, von einem Autor und der Sprache, in der er schreibt, mehr kennenzulernen als nur ein Namensschild, die Bezeichnungen seiner Nationalität und ein ernstes Gesicht, wie es auf Konferenzen üblich ist.

Der internationale Charakter einer solchen Sammlung, dieser Versuch einer Welt-Anthologie, bedarf einiger korrigierender Überlegungen über das Wort Nationalismus. Ich gehöre meiner Geburt, Sprache und Staatsbürgerschaft nach einer umfangreichen Nation an und weiß, wovon ich spreche, wenn ich zwischen dem Nationalismus kleiner und dem großer Nationen unterscheide. Es treten jetzt viele Nationen aus total-, halb- oder krytokolonialem Status in die Geschichte ein. Diese Nationen gehen auf alte, fast vergessene Formen der Literatur zurück oder schaffen neue. Es gibt außerdem innerhalb der Nationen, die nie kolonialisiert wurden, soziale Umwälzungen, etwa von feudalistischen zu mehr oder weniger demokratischen Strukturen, und es gibt – das Problem des Nationalismus ist ein vielstöckiges Problem – Nationen innerhalb der traditionellen Nationen: Unterprivilegierte, Heimatlose, Gestrandete und die in einer überindustrialisierten Gesellschaft Gescheiterten. Diese Nationen innerhalb der Nationen wollen nicht länger Subjekt der Literatur sein, was ja bedeutet: der Literatur unterworfen. Sie suchen nach ihrem eigenen Ausdruck, schaffen ihre eigene Sprache. Angeblich sprechen sie die gleiche Sprache wie die Nationen, innerhalb derer sie leben, aber bis heute haben diese Nationen einander nie verstanden. Die traditionelle – meistens bürgerliche – Literatur nannte gewöhnlich die Sprache dieser neu erwachten Nationen Slang und mischte sie wie eine Art schicken Parfüms gelegentlich der Traditionsprache bei, ohne zu begreifen, daß Slang einfach deren eigene Sprache ist. Sieht man sich das Problem von der anderen Seite an, so müßte die Sprache einer gebildeten bürgerlichen Minderheit erst recht als Slang erscheinen. So betrachtet ist jede Nation mit ihrer Sprache ein Modell der Internationalität, und – umgekehrt – sollte eine internationale Prosa-Anthologie Ausdruck für die Vertrautheit der Probleme sein, die jede einzelne Nation in sich selbst findet. Fast alle sozialen, religiösen, politischen Probleme sind gleichzeitig Sprachprobleme, weil jede Minderheit, die sich einer abstrakt vorgeschriebenen Konformität entzieht, sofort eine eigene Sprache entwickelt: mag man diese Jargon oder Slang nennen. Hört man sich unbefangen (und wäre es in der Position künstlicher Unbefangenheit!) die Sprache der Etablierten in Staatsämtern, Kirchen, Parteien etc. einmal an, so entsteht – je natürlicher die Position der Unbefangenheit wird, je mehr das Ohr die Vertrautheit mit dem »eigentlich« Fremden verliert – durchaus der Eindruck, daß hier Slang oder Jargon gesprochen wird, eine Fremdsprache, deren Fremdheit gesteigert wird durch die Tatsache, daß sie sich der als Gemeinbesitz bezeichneten eigenen Sprache bedient. Wer schließlich »übersetzt« Sprachdifferenzen innerhalb der eigenen Sprache, reinigt Mißverständlichkeiten hinweg, die gewöhnlich innerhalb von Nationen mit der angeblich gleichen Sprache schwieriger sind als zwischen Nationen, die verschiedene Spra-

chen sprechen. Man kann die Autoren als eine kleine internationale Nation definieren, die sich als einander zugehörig erkennen, in jedem Fall einander weniger fremd, als sie manchmal innerhalb ihrer eigenen Nation sich empfinden oder empfunden werden. Die fremde Sprache, ist nur jemand da, der beide gleichermaßen beherrscht und übersetzt, erweist sich dann als ein geringeres Hindernis als die Sprachfremdheit innerhalb der eigenen.
Der russische Dichter Jossif Brodskij, Opfer einer sinnlosen, aufs Administrative reduzierten Heimatvertreibung, hat in einem Brief an Leonid Breschnew einiges gesagt, das ich als ohne jede Einschränkung erlösend bezeichnen möchte; besser kann man nicht ausdrücken, daß der »Nationalismus«, die Zugehörigkeit eines Dichters, nur einen einzigen Ort hat: die Sprache, in der er schreibt, und was ich da lese, *übersetzt* aus dem Russischen, klingt mir vertrauter als alles, was ich in meiner eigenen Sprache je darüber gesagt, geschrieben oder von anderen gehört habe: »Sprache ist etwas viel Älteres und Unvermeidlicheres als Staat. Ich gehöre zur russischen Sprache. Was den Staat betrifft, ist meiner Meinung nach das Maß der Vaterlandsliebe eines Schriftstellers nicht der Eid von einer hohen Plattform, sondern die Art und Weise, wie er in der Sprache der Menschen schreibt, unter denen er lebt.«
Brodskijs Brief an Breschnew hat Züge eines Evangeliums, es sind erlösende Worte, voller Güte, Ernst und Bitterkeit, von einem Vertriebenen geschrieben; das alles klingt durch die Übersetzung hindurch, es wäre verloren geblieben, wäre es nicht übertragen worden, und obwohl es gewiß »schwer« zu übersetzen war, wie es bei einem Dichter vom Rang Brodskijs vorauszusetzen ist: es ist doch da, seines »nationalen« Ursprungs nicht einmal beraubt, und doch international geworden in einer Weise, die jedes politische Mißverständnis und den Mißbrauch ausschließt, und dem lächerlichen Protagonisten eines lebensgefährlichen »Pro oder Kontra« sich nicht als Vehikel anbietet.

# Über Willy Brandt

Wenn mir einmal vier oder fünf Monate Zeit (mit der dazugehörigen Ruhe) in den Schoß fallen, würde ich gerne einen längeren biographischen Essay über Willy Brandt schreiben. Nicht indiskret, doch neugierig würde ich gern auf meine Weise erforschen: Lübeck um 1913, Straße, Milieu, in denen Willy Brandt aufwuchs, die Schulen, die er besuchte und absolvierte; ich möchte herauszufinden versuchen, was es bedeutet haben kann und muß, in einer so respektablen norddeutschen Stadt im Jahr 1913 das gewesen zu sein, was man eine uneheliche Mutter zu nennen beliebte. Welche Verletztheit und Verletzlichkeit da vor- und mitgegeben wird von jener Ehrbarkeit bürgerlicher Provenienz, die spätestens seit den *Buddenbrooks* in ihrer verlogenen Brüchigkeit beschrieben wurde. Und wie erstaunlich wenig haben sich Willy Brandts Verletztheit und Verletzlichkeit je in Aggression geäußert. Offenbar verletzt der Verletzliche nicht gern, und das macht ihn den sporenklirrenden, gelegentlich die Peitsche schwingenden Herren von der Herrenpartei so verdächtig.
In Willy Brandts Lebenslauf liegt Stoff für eine Legende, fast für ein Märchen, das wahr wurde. Nicht der legitime Aggressionskatholik aus München wurde Bundeskanzler, sondern der illegitime Herbert Frahm aus Lübeck, der diesen von der bürgerlichen Gesellschaft mitgegebenen Urmakel, diese Idioten-Erbsünde auch noch verstärkte, indem er Sozialist und außerdem noch Emigrant wurde. Und er wurde Bundeskanzler nicht mit legalistischen Tricks, sondern legal.
Willy Brandt ist inzwischen so selbstverständlich geworden, daß man alle diese Laufbahnhindernisse allzuleicht vergißt. Da ich trotz massiver (nicht häuslicher, wie ich gerechterweise hinzufügen muß) katholischer Indoktrinierung nie begriffen habe, auch schon nicht als mehr oder weniger braver katholischer Junge – was die Vertreter und Verfechter einer Religion, deren Menschgewordener, wenn auch nicht im Sinne irgendeines bürgerlichen Rechts »unehelich«, so doch der Sohn einer Jungfrau war; da ich nie begriffen habe, was sie gegen Unehelichkeit einzuwenden haben könnten und mich auch permanent und mit Erfolg geweigert habe, diese Eigenschaft an Mutter und Kind als Makel zu empfinden; da ich immer nur die Diskriminierung der Betroffe-

nen beobachten konnte (wiederum nicht zu Hause, sondern da draußen in der christlichen Umwelt, in die ich unvermeidlicherweise hineingeriet – wohin sonst hätte ich mich wenden können, ich tumbes Brüderlein), ist die Bundeskanzlerschaft eines unehelich Geborenen für mich nicht märchenhaft oder wunderbar, sie ist es nur, betrachtet man sie auf dem soziographischen Hintergrund einer Herren- und Damengesellschaft, die bereit ist, diesen Makel bei Adel und Bürgertum amüsant zu finden, ihm bewundernd Respekt zu bezeugen, es »barock« und »katholisch«, die »Sündhaftigkeit« der oberen Stände »köstlich« zu finden, wenn ein Don Juan d'Austria daraus wurde – sich aber schäbig und mies verhielt, wenn Unehelichkeit sich in den unteren Ständen abspielte.

Ich mag hier nicht wieder und noch einmal mit Konrad Adenauer hadern; er mag mehr Verdienste haben, als ich zu erkennen imstande bin, und möglicherweise hat er nur einen politisch gravierenden Fehler gehabt und begangen: daß er zu lange regierte und mit greisenhafter Bosheit seine eigene Größe in lauter senile Kleinlichkeit auflöste. Ein solches Ende nenn ich nun wahrhaft destruktiv, und das wird durch ein pompöses Pontifikalrequiem (das protestantischen oder atheistischen Staatsmännern in seiner Inszenierung Ehrfurchtschauer über sämtliche vorhandenen Rücken jagen mag) nicht aufgehoben, ebensowenig durch ein churchillistisch inszeniertes Staatsbegräbnis. Was ich Adenauer nicht vergessen kann, sind seine Wahlkampfparolen vom unehelichen Kind und Emigranten Willy Brandt. Das ist *kaum* zweieinhalb Wahlperioden her, und es klingt, wenn auch nicht expressis verbis, so doch im Ton an, wenn der überschneidige Herr Wörner christliche Bemerkungen abläßt, und wenn der ebenfalls christliche Herr Marx, während der Pontifex Maximus christlicher Politik, Franz J. Strauß, spricht, zwischenfragt, ob der Herr Bundeskanzler vielleicht schon seine Koffer packe. Der mißglückte Versuch, Willy Brandt zu stürzen, macht diese Zwischenfrage zu einer parlamentarischen Peinlichkeit ersten Ranges, und man sollte sich des intellektuellen Niveaus erinnern, das aus einem Triumphkurzschluß dieser Art spricht, wenn der gleiche Herr bedeutungsschwere und verantwortungsschwangere Interviews über politische Fragen gibt.

Ich brauche Willy Brandt nicht mehr mit der Niveaulosigkeit der CDU während der Mißtrauensdebatte zu verteidigen, und doch muß sie erwähnt werden, weil kein einziger Redner der CDU, keiner, staatsmännisches Niveau zeigte. Während Brandt und Scheel die besten staatsmännischen Reden ihrer Laufbahn hielten. Strauß zeigte noch weniger Niveau als Barzel; nicht einmal Hans Katzer zeigte Niveau. Er, der nun wirklich seine sozialpolitischen Batterien hätte auffahren müssen, statt dessen aber immer wieder allzu deutlich seine persönliche Gekränktheit durchblicken und -klingen ließ und, unbewußt wahrscheinlich, seinen Zorn gegen diese Herrenpartei, die ihn in Düsseldorf auf eine so aberwitzige Weise hatte abfahren lassen, gegen die SPD wendete. Schade. Hoffentlich haben Arbeitnehmer aller Art richtig hingehört. Man hatte die große Stunde der Opposition erwartet: das Konstruktive, das über das Angebot einer Barzelkanzlerschaft hinausgegangen wäre. Nichts. Nichtssagend. Die Opposition präsentierte eine jetzt schon verschlissene Garnitur. Stellt man sich nun noch die Schattenminister Dregger und Jaeger aktiv bei dieser mißglückten Inszenierung vor, man hätte es noch besser gewußt. Es war die mißglückte Show eines Herrenclubs, in den Hans Katzer nun wirklich nicht hineinpaßt. Die CDU/CSU fühlte sich zu sicher; das ist nie gut. Die Regierungskoalition rechnete mit allem; das ist immer besser. Wenn die CDU endlich einmal lernen könnte, ihrerseits der CSU (aber womit?) zu drohen, anstatt sich immer wieder von ihr bedrohen zu lassen. Und warum immer wieder auf Strauß hören oder gar setzen, wenn man doch weiß, daß er nördlich des Mains keine Chance hat und immer ein glückloser Politiker gewesen und geblieben ist, dessen einzige Stärke sein Hinterland ist. Warum nur läßt sich die CDU, die nun wirklich nicht mehr von Adenauers Erbe zehren kann, eine politische Erbschaft anhängen, die nicht einmal andeutungsweise Adenauers Erfolge und seine Beliebtheit aufweisen kann?

Was für Willy Brandt spricht: Er ist der erste deutsche Kanzler, der aus der Herrenvolktradition herausführt; natürlich ist er (und das fast zu sehr), mißt man seine Höflichkeit, seine Geduld, seine Treue und Fairneß am bürgerlichen Ideal des »Herren«, ein solcher, während, an diesem bürgerlichen Ideal gemessen, die Herren Adenauer, Wörner, Marx keine sind oder waren; und doch ist Willy Brandt kein Herrenvolkkanzler, und er ist kein Herr und Herrscher, der mit den Sporen klirrt und die Peitsche gelegentlich blicken läßt. Ich glaube, das ist noch nicht begriffen worden, und er selbst mag manchmal nicht begreifen, woher diese wütende, haßgetränkte Abneigung gegen ihn kommen mag; nicht nur, daß er ein »Sozi« ist, nein, er ist auch kein »Herr« und »Herrscher«.

Was so für ihn spricht, scheint bei den Wählern aus der Arbeitnehmerschaft katholischer Provenienz gegen ihn zu sprechen; wollen sie, verlangen sie den Herren; wollen sie immer noch, wie es üblich war, am Ende der Fronleichnamsprozession (falls diese noch geht) als das müde Fußvolk, dessen Marschtempo vorne bestimmt wird, mit ihrer katholischen Arbeiterfahne hinterherzockeln, während den Herren die Ehre zuteil wird, da vorne mit Bischof und »Akademikerverband« ganz nah am »Allerheiligsten« den Flambeau tragen zu dürfen?

Wer kennt nicht das Elend der nicht ganz so groß Geratenen bei der Infanterie, die am Ende eines langen Marsches mehr oder weniger laufen, trippeln, immer aufholen müssen, während die größer Gewachsenen da vorne immer noch gelassen einhermarschieren. Die Atemlosigkeit des kleiner geratenen Fußvolks, das dazu verurteilt ist, einen langen Marsch fußkrank zu beenden.

Was außerdem für Willy Brandt spricht, sind die, die man ihm immer wieder als Dreck am Stecken an den Kopf zu werfen versucht: die Jusos. Er denkt nicht nur nicht daran, sie fallenzulassen, er verteidigt sie, und wenn er sie als bewegende Kraft zu definieren versucht, so ist das keine Taktik; er mag sehr wohl wissen, daß Kompromiß die schlimmste aller Alterserscheinungen ist, und es mag, es muß ihn die Junge Union, ein weiterer Untergangsfaktor für die CDU/CSU, abschrecken. Die CDU/CSU sollte sich ein paar Berufsradikale für die Junge Union anheuern, die ein bißchen Wirbel, hin und wieder einen kleinen Skandal verursachen, und wär's auch nur, um zu beweisen, daß diese »Jugend« wirklich »jung« ist. Wenn diese Junge Union nicht einmal ausdrücklich wenigstens Programm und Ziele, Argumente der Sozialausschüsse übernimmt, dann sollte die noch immer stärkste Wählergruppe, die Arbeitnehmer, doch endlich merken: Hier hat man's mit Kasinogalopins zu tun, denen die Angst vor der Majorsecke Schneidigkeit als die beste aller Anpassungschancen vorschreibt.

Natürlich gibt es da auch Herren in der SPD und im Kabinett Willy Brandts, mehr oder weniger geglückte Herren, und es gibt die ganz und gar geglückten Herrn, die selbst, wenn sie wollten, ihren Habitus nicht loswerden, und wär's auch nur die fast schon per Mutation sitzende Geste, mit der man im rechten Augenblick die richtige Hand richtig unter die Weste klemmt; das sitzt, wie bei den Katholiken das Kniebeugen und das Bekreuzigen mit Weihwasser. Mir scheint – und das mag gegen Willy Brandt sprechen –, er geht zu zaghaft mit den Herren in der Gegen- und in der eigenen Partei um, und da unterliegt er nicht einer persönlichen, sondern einer historischen Schwierigkeit: Er hat kein Vorbild in der deutschen Geschichte, er muß sich an sich selbst bilden, und seine Partei, so scheint es, macht ihm wenig Mut. Ich finde es verhängnisvoll und falsch, Willy Brandt mit Friedrich Ebert zu vergleichen, der nun wirklich von zwei gegensätzlichen Kräften, von den Herren und ihren geborenen Gegnern, den Intellektuellen, ermutigt und letzten Endes abserviert wurde. Man muß sich, um das Herrenverhängnis recht würdigen zu können, an die Schnödigkeit Hindenburgs gegenüber Brüning erinnern, von dem Hindenburgs Schwiegertochter, als er abserviert wurde, sagen konnte, es sei doch gut, daß man die »plebs« nun los sei. Wohlgemerkt, das wurde von Heinrich Brüning gesagt, der ein überzeugter Hauptmann der Reserve und gutbürgerlicher Herkunft war: nicht unehelich, nicht Emigrant und auch kein Sozi. Wie müssen diese Herren und ihre Töchter erst über Friedrich Ebert gedacht haben. Als einer, der von 1930 an deutsche Geschichte bewußt erlebt hat, empfinde ich mich nicht als mit Kanzlern verwöhnt, und ich betrachte Willy Brandt als Wunder, analysiere ich die permanente Herren-Nachfolge und die Schnödigkeit ihres Tons, die bei den Herren Wörner und Marx für mich mitklingt. Es wird Zeit, daß Deutschland von der »plebs« regiert wird, und bedürfte dieses Wort nicht einer umfangreichen und umständlichen Reinigung, hätte es nicht immer noch einen Beiklang, der als kränkend empfunden werden könnte, so würde ich Willy Brandt als das bezeichnen, womit ich mich selbst ohne weiteres bezeichnen werde: als Plebejer. Da Plebs und Demos wenn auch nicht exakt, so doch annähernd das gleiche bedeuten, so könnte man vielleicht legitimerweise den Begriff der Plebokratie einführen, denn Demos hat auch im Griechischen durchaus die verächtliche Nebenbedeutung von Volksmenge oder Volksmasse. Plebejisch wäre dann, nimmt man die Worte wieder beim Schopf, nicht verächtlicher als demokratisch. Der berühmte Junge oder das Mädchen aus dem

Volke hat sich seine demokratische Zukunft bisher so vorstellen müssen: Ein Herr oder eine Dame zu werden oder den einen oder die andere zu heiraten; man hatte die Herrenbarriere zu nehmen, die Herrenriten über sich ergehen zu lassen (da gilt die Tatsache, ein uneheliches Kind gezeugt zu haben, dann nicht einmal mehr als Kavaliers*delikt,* sondern als Rosette im Knopfloch!). Man hatte schneidig, rücksichtslos, erfolgreich zu sein; dieses Modell, das ein paar mehr oder weniger humane Variationen haben mag, dem die ihm innewohnende Herablassung schon habituell geworden ist, hat, da es nicht nur in Kirchen, auch in allen christlichen Vereinen praktiziert wurde, das Wort »christlich« für mich, angewendet nicht auf Personen, sondern auf Institutionen, die es für sich beanspruchen, zu einem Schimpfwort gemacht.

Willy Brandt konnte gar nicht aus irgendeinem »christlichen« Hintergrund kommen, und das ist kein Nach-, es ist ein Vorteil, und er sollte einem seiner Todfeinde, dem Herrn Höffner in Köln, nicht zum Geburtstag gratulieren, wenn er sich nicht vorher vergewissert hat, daß dieser ihm, dem Bundeskanzler der Bundesrepublik Deutschland, auch mal gratuliert hat; wenn ja, dann mögen »Potentaten« Geburtstagsglückwünsche austauschen, überflüssige Telegrammgebühren, wie ich finde, aber bitte; was zu befürchten ist, daß Herr Höffner Willy Brandt auch nicht andeutungsweise für einen »Potentaten« hält, sondern für einen Betriebsunfall, der möglichst bald durch Barzel oder Strauß repariert werden sollte.

Es gibt in der CDU/CSU keine auch nur annähernd mit Willy Brandt vergleichbare Figur oder Person. Nicht einmal auf dem witzigsten und ausgelassensten Herrenabend käme irgendeiner auf die Idee, etwa Hans Katzer als möglichen Bundeskanzler zu erwägen, und – was noch schlimmer ist, auch er selbst käme wohl in seiner allzu großen Bescheidenheit nicht auf die Idee. Er ist doch Vertreter der Arbeitnehmerschaft, und die machen doch *nur* schätzungsweise neunzig bis fünfundneunzig Prozent des Demos oder der Plebs aus. Ein »Mann aus dem Volk« kann nie Herr übers Volk werden.

Willy Brandt müßte unbestritten der Kandidat des Demos sein, nach dem man die Demokratie benennt.

Willy Brandt steht am Anfang einer kurvenreichen Strecke, die noch lange nicht genommen ist: Die Untertanen des ehemaligen

Herrenvolks sind sich noch nicht klar darüber, ob sie wieder Herren haben und sein möchten, oder ob sie sich selbst, dem Volk, nicht wenigstens ein wenig Herrschaft zutrauen können. Noch ist die neue Zeit, die Willy Brandt repräsentiert, nicht gekommen; das liegt an ihm, am Volk, an dessen Herren. Die zweite Regierungsperiode Brandt würde schwerer als die erste: nicht mehr das Übergewicht Außenpolitik. Innenpolitik wird diese Regierungsperiode beherrschen; man wird ihm die »Linksradikalen« anrechnen, die Inflation, die Bildungspolitik vorhalten; sämtliche internationalen Krisen wird man ihm als nationale aufhalsen; ich weiß nicht recht, ob ich das alles Willy Brandt wünschen möchte; er wird viel Mut, Bestärkung und Zuversicht brauchen, von den Wählern, aus dem Volk. Seine Partei ist so rasch bereit, die Stühle zu räumen, und es riecht noch und immer wieder nach großer Koalition; das wäre der schlechteste aller schlechten Auswege.

Die Worte Plebs und plebejisch bedürfen noch einer Ergänzung durch die bisher noch nicht entdeckte und (auch im sozialistischen Realismus) noch nicht beschriebene »plebejische Sensibilität«, der man sehr rasch die Anführungsstriche nehmen muß. Die Herren sind nämlich nie sensibel oder gar zimperlich gewesen: weder in ihrem sexuellen noch in ihrem finanziellen Gebaren. Das haben sie immer ihren Frauen überlassen, die Klavier spielten, Rilke lasen, Vernissagen besuchten und gegebenenfalls irgendeinem sensiblen Jungen aus dem Volk zu Füßen liegen durften, wie etwa jenem Jesus von Nazareth. Die Nikodemusse waren immer rar. Es ist ein verfluchtes, durch Literatur und bildende Kunst bis in die Gegenwart hineintransportiertes Klischee, daß die »plebs« nicht sensibel, komplizierten Empfindungen nicht zugänglich oder deren nicht fähig sei. Willy Brandt tritt nicht nur dafür, er tritt für viele Klischees ähnlicher Art den Gegenbeweis an. Er sollte nicht zu zaghaft mit den Herren, innerhalb und außerhalb seiner Partei, umgehen. Die sind hart im Geben und im Nehmen, wenn's sich im Herrenclub abspielt. Von einem »Sozi« nehmen sie natürlich nichts, dem geben sie's nur.

# Will Ulrike Meinhof Gnade oder freies Geleit?

Wo die Polizeibehörden ermitteln, vermuten, kombinieren, ist *Bild* schon bedeutend weiter: *Bild* weiß. Dicke Überschrift auf der Titelseite der (Kölner) Ausgabe vom 23. 12. 71: »Baader-Meinhof-Gruppe mordet weiter«.

Im wesentlich kleiner gedruckten Bericht über den Kaiserslauterer Bankraub liest man dann von vier maskierten Gangstern, unter denen »vermutlich« eine Frau war; im Verdacht, so liest man weiter, stehe »unter anderem« die Gruppe um Ulrike Meinhof. Indizien: Informationen der Polizei über den Aufenthalt der Gruppe, ein roter Alfa Romeo, beim Überfall benutzt, Tage vorher in Stuttgart gestohlen, schon einmal bei einer Fahndung nach der Gruppe beobachtet; weitere Indizien: die »brutale Art« des Überfalls und die »generalstabmäßige Planung«.

Nun sind Banküberfälle meistens brutal, auch wenn die Verdächtigten nicht der Gruppe um Ulrike Meinhof angehören. Und gerade durch generalstabsmäßige Planung eines Überfalls werden meistens Opfer vermieden.

Immerhin wird dann Herr Rauber, der Chef der Kaiserslauterer Kriminalpolizei, zitiert: »Wir haben zwar noch keine konkreten Anhaltspunkte, daß die Baader-Meinhof-Bande für den Überfall verantwortlich ist. Aber wir ermitteln selbstverständlich in dieser Richtung.« Das klingt schon anders; nüchtern, sachlich, angesichts der Indizien plausibel, legitim, wenn man es schon als legitim ansieht, daß Polizeibeamte für 1373 Mark monatlich ihr Leben riskieren, unter anderem, um Banktresore zu schützen. Ein riskanter, schlechtbezahlter Beruf.

Im Manifest der Gruppe, nach dem Untertauchen erst hektographiert, inzwischen im Wagenbach Rotbuch 26 (Alex Schubert: Stadtguerilla) erschienen, ist über dieses Problem zu lesen: »Am 14. Mai (1970 bei der Befreiung Baaders in Berlin) ebenso wie in Frankfurt, wo zwei von uns abgehauen sind, weil wir uns nicht einfach verhaften lassen wollten – haben die Bullen zuerst geschossen. Die Bullen haben jedesmal gezielte Schüsse abgegeben. Wir haben z. T. überhaupt nicht geschossen, und wenn, dann nicht gezielt: in Berlin, in Nürnberg, in Frankfurt. Das ist nachweisbar, weil es wahr ist.«

»Wir machen nicht ›rücksichtslos von der Schußwaffe Gebrauch‹. Der Bulle, der sich in dem Widerspruch zwischen sich als ›kleinem Mann‹ und als Kapitalistenknecht, als kleinem Gehaltsempfänger und Vollzugsbeamten des Monopolkapitals befindet, befindet sich nicht im Befehlsnotstand. Wir schießen, wenn auf uns geschossen wird. Den Bullen, der uns laufen läßt, lassen wir auch laufen.«

Hebt man die Kränkung, die in der Bezeichnung »Bulle« liegt, gegen das Wort »Bande« auf, zieht man von den zahlreichen vermuteten die bisher nachgewiesenen Taten ab und vergleicht man diese Passage mit dem wilden Schluß des Manifests *Den bewaffneten Kampf unterstützen. Sieg im Volkskrieg*, so klingt das nicht ganz so wahnwitzig wild und schießlustig, wie die Gruppe bisher dargestellt worden ist. Ergänzt man die oben zitierte Passage durch eine andere, die sich mit der lebensgefährlichen Verletzung des Angestellten Georg Linke auseinandersetzt, so entsteht auch nicht gerade der Eindruck einer uneingeschränkten Ballerideologie: »Die Frage, ob die Gefangenenbefreiung auch dann gemacht worden wäre, wenn wir gewußt hätten, daß ein Linke dabei angeschossen wird – sie ist uns oft genug gestellt worden –, kann nur mit Nein beantwortet werden.«

Die Kriegserklärung, die im Manifest enthalten ist, richtet sich eindeutig gegen das System, nicht gegen seine ausführenden Organe. Es wäre gut, wenn Herr Kuhlmann, der Vorsitzende der Polizeigewerkschaft, dafür sorgte, daß seine Kollegen, die einen so gefährlichen und schlecht bezahlten Beruf ausüben, dieses Manifest einmal lesen.

Es ist eine Kriegserklärung von verzweifelten Theoretikern, von inzwischen Verfolgten und Denunzierten, die sich in die Enge begeben haben, in die Enge getrieben worden sind und deren Theorien weitaus gewalttätiger klingen, als ihre Praxis ist. Gewiß war die Befreiung Baaders eben doch nicht der so ganz überzeugende (weder für Beobachter noch für Mitwirkende überzeugende) Sprung von der Theorie in die Aktion. Das Manifest enthält unter anderem auch fast so etwas wie ein Geständnis: »Weder das bißchen Geld, das wir geklaut haben sollen, noch die paar Auto- und Dokumentendiebstähle, derentwegen gegen uns ermittelt wird, auch nicht der Mordversuch, den man uns anzuhängen versucht, rechtfertigen für sich den Tanz.« Es kann kein Zweifel bestehen: Ulrike Meinhof hat dieser Gesellschaft den

Krieg erklärt, sie weiß, was sie tut und getan hat, aber wer könnte ihr sagen, was sie jetzt tun sollte? Soll sie sich wirklich stellen, mit der Aussicht, als die klassische rote Hexe in den Siedetopf der Demagogie zu geraten?
*Bild*, ganz und gar vorweihnachtlich gestimmt, weiß ja schon: »Baader-Meinhof-Gruppe mordet weiter.« *Bild* opfert die Hälfte seiner kostbaren ersten und die Hälfte seiner ebenso kostbaren letzten Seite dem Kaiserslauterer Bankraub.
Auf der letzten Seite von *Bild* (23. 12. 71) findet man nur noch wenig von polizeilichen Ermittlungen. Statt dessen zwei Sonderspalten: »Die Opfer der Baader-Meinhof-Bande«, »Die Beute der Baader-Meinhof-Bande«. Unter die Opfer zählt *Bild* nicht nur das nachgewiesene (und zugegebene) Opfer Georg Linke, es zählt auch alle die hinzu, bei denen noch nicht ganz geklärt ist, wer auf sie geschossen hat: Helmut Ruf und Norbert Schmid, und da *Bild* schon einmal beim Opfern ist, wird auch der Polizeiobermeister Herbert Schoner aus Kaiserslautern der Einfachheit halber hinzugezählt.
Der Rentner Helmut Langenkämper aus Kiel wird immerhin nur als einer bezeichnet, der sich »Bankräubern in den Weg stellte«. Welchen Bankräubern? Schwamm drüber, das nehmen wir nicht so genau, die Vorweihnachtsopferlitanei darf nicht zu kurz ausfallen. Und wohl deshalb auch zählt *Bild* Petra Schelm und Georg von Rauch (der hier zum Hauch wird) dazu. Das soll sicher ein Witz sein.
Ich hoffe, daß Herrn Springer und seinen Helfershelfern dieser Witz im Hals steckenbleibt mit den Gräten ihres Weihnachtskarpfens. Man kann die Nase schon voll kriegen, und ich habe sie voll. Wahrscheinlich wird *Bild* bald so weit sein, einen so armen Teufel wie Hermann Göring, der sich leider selbst umbringen mußte, unter die Opfer des Faschismus zu zählen.
In der zweiten Litaneispalte – »Beute der Baader-Meinhof-Bande« – wird schlicht auch der Schaden aufgezählt, den die Frankfurter Kaufhausbrandstiftung verursacht hat: 2,2 Millionen. Auch Baaders Befreiung und ein Schußwechsel am 24. 12. 70 in Nürnberg laufen unter »Beute«. Natürlich werden die erbeuteten Summen der Banküberfälle, bei denen die Polizei lediglich vermutet, *Bild* aber weiß, der Beute zugeschlagen. Logischerweise werden die 134 000 Mark aus Kaiserslautern mit-, aber nicht mehr aufgezählt, wo man doch Polizeiobermeister Schoner

schon unter die Opfer gezählt hat. Da stimmt doch etwas nicht an der Rechenmaschine, die *Bild* bei solchen Additionen benutzt, denn es fehlen die 2,2 Millionen aus Frankfurt, Beutespalte bleibt Beutespalte, oder etwa nicht? Fragen dürfen wird man doch wohl.

Ich kann nicht annehmen, daß Polizeibehörden und zuständige Minister über Helfershelfer wie *Bild* glücklich sein können – oder sollten sie's doch sein? Ich kann nicht begreifen, daß irgendein Politiker einem solchen Blatt noch ein Interview gibt. Das ist nicht mehr kryptofaschistisch, nicht mehr faschistoid, das ist nackter Faschismus. Verhetzung, Lüge, Dreck.

Diese Form der Demagogie wäre nicht einmal gerechtfertigt, wenn sich die Vermutungen der Kaiserslauterer Polizei als zutreffend herausstellen sollten. In jeder Erscheinungsform von Rechtsstaat hat jeder Verdächtigte ein Recht, daß, wenn man schon einen bloßen Verdacht publizieren darf, betont wird, daß er nur verdächtigt wird.

Die Überschrift »Baader-Meinhof-Gruppe mordet weiter« ist eine Aufforderung zur Lynchjustiz. Millionen, für die *Bild* die einzige Informationsquelle ist, werden auf diese Weise mit verfälschten Informationen versorgt. Man hat ja wohl genug von den Verdächtigten oder nur verdächtig Aussehenden des Herrn XY Zimmermann gehört.

Die Bezeichnung Rechtsstaat wird fragwürdig, wenn man die gesamte Öffentlichkeit mit ihren zumindest unkontrollierbaren Instinkten in die Exekutive einbezieht; wenn man die Qualität des Rechts der Quantität von Erfolg und Popularität opfert. Die nach Indizien zurechtdramatisierten Spielfilmrekonstruktionen, die Herr Zimmermann als Illustrationen zeigt, sind doch nichts weiter als miese Grusicals für den Spießer, der in Pantoffeln dasitzt, Bier trinkt und glaubt, er würde zum Augenzeugen, wo er doch nur einer undurchsichtigen Mischung von fact und fiction zuschaut, gelegentlich solchen, in denen Leichenteile die Hauptrolle spielen. Wie wär's, wenn Herr XY Zimmermann einen der immer noch gesuchten Naziverbrecher in der heiligen Krimistunde suchen ließe? Nur als Probe, um zu testen, wie's deutsche Krimigemüt darauf reagieren würde?

Die Bundesrepublik Deutschland hat 60 000 000 Einwohner. Die Gruppe um Meinhof mag zur Zeit ihrer größten Ausdehnung 30 Mitglieder gehabt haben. Das war ein Verhältnis von

1 : 2 000 000. Nimmt man an, daß die Gruppe inzwischen auf 6 Mitglieder geschrumpft ist, wird das Verhältnis noch gespenstischer 1 : 10 000 000.
Das ist tatsächlich eine äußerst bedrohliche Situation für die Bundesrepublik Deutschland. Es ist Zeit, den nationalen Notstand auszurufen. Den Notstand des öffentlichen Bewußtseins, der durch Publikationen wie *Bild* permanent gesteigert wird.
Was richtet eine Überschrift wie die zitierte an? Wer zieht *Bild* zur Rechenschaft, wenn die Vermutungen der Polizei sich als unzutreffend herausstellen? Wird *Bild* dementieren, sich korrigieren, oder wird Herr Springer sich an der Bildspalte auf Seite 5 trösten, die die Überschrift trägt: »Soviel Liebe auf einmal.« Dort werden die weihnachtlichen Spenden publiziert. Gott segne das ehrbare Handwerk. Ich hoffe, die Gräten im Weihnachtskarpfen waren nicht zu weich und haben sich tatsächlich quergelegt.
Ich wiederhole: Kein Zweifel – Ulrike Meinhof lebt im Kriegszustand mit dieser Gesellschaft. Jedermann konnte ihre Leitartikel lesen, jedermann kann inzwischen im Rotbuch 26 des Wagenbach Verlages das Manifest lesen, das nach dem Untertauchen der Gruppe geschrieben ist. Es ist inzwischen ein Krieg von 6 gegen 60 000 000. Ein sinnloser Krieg, nicht nur nach meiner Meinung, nicht nur generell, auch im Sinne des publizierten Konzeptes.
Ich halte es für psychologisch aussichtslos, Kleinbürgern, Arbeitern, Angestellten, Beamten (auch Polizeibeamten), die vom Erlebnis zweier totaler Inflationen geschreckt sind, ihren relativen Wohlstand ausreden zu wollen, wenn man ihnen nicht erst einmal ausführlich und nationalökonomisch exakt darlegt, wie fürchterlich »gleich« die Chancen bei der Währungsreform waren. Und hat je einer die jüngeren Polizeibeamten darüber informiert, auf dem Hintergrund welcher Polizei*geschichte* die ihren tatsächlich schweren Beruf ausüben? Es gab einmal kurzfristig einen Bundesminister in einem CDU-Kabinett, der sofort, fast über Nacht aus dem Verkehr gezogen wurde und dann auch zurücktrat, als sich herausstellte, daß er einmal Richter in Schneidemühl gewesen war.
Für einen so abscheulichen Satrapen wie Baldur von Schirach, der einige Millionen junger Deutscher in die verschiedensten Todesarten trieb und zu den verschiedensten Mordarten ermu-

tigte, sogar für ihn gab es Gnade. Ulrike Meinhof muß damit rechnen, sich einer totalen Gnadenlosigkeit ausgeliefert zu sehen. Baldur von Schirach hat nicht so lange gesessen, wie Ulrike Meinhof sitzen müßte. Haben die Polizeibeamten, Juristen, Publizisten je bedacht, daß alle Mitglieder der Gruppe um Ulrike Meinhof, alle, praktische Sozialarbeit getan haben und Einblick in die Verhältnisse genommen, die möglicherweise zu dieser Kriegserklärung geführt haben? Schließlich gibt es das Rotbuch 24 des Wagenbach Verlags, Titel: *Bambule,* Verfasserin: Ulrike Marie Meinhof. Lesenswert, aufschlußreich – als Film immer noch nicht gesendet.

Wieviel junge Polizeibeamte und Juristen wissen noch, welche Kriegsverbrecher, rechtmäßig verurteilt, auf Anraten Konrad Adenauers heimlich aus den Gefängnissen entlassen worden und nie wieder zurückbeordert worden sind? Auch das gehört zu unserer Rechtsgeschichte und läßt Ausdrücke wie Klassenjustiz so gerechtfertigt erscheinen wie eine Theorie des Strafvollzugs der politischen Opportunität.

Ulrike Meinhof und der Rest ihrer Gruppe haben keinerlei Chance, irgend jemand politisch opportun zu erscheinen. Äußerste Linke, äußerste Rechte, linke und rechte Mitte, Konservative und Progressive aller Schattierungen, sie alle kennen keine Parteien mehr, sie sind dann nur noch Deutsche und sich einig, einig, wenn sie endlich in ihre deutsche Schwatzgenüßlichkeit zurückfallen, sich ungestört ihrem Fraktionschinesisch ergeben können, wenn geschehen sollte, was nicht geschehen darf; wenn man eines Tages lesen würde, daß auch Ulrike Meinhof, später Grashof, dann Baader und Gudrun Ensslin als »erledigt« zu betrachten sind. Erledigt wie Petra Schelm, Georg von Rauch und der Polizeibeamte Norbert Schmid. Erledigt, vom Tisch, wie man so hübsch sagt, und aus dem deutschen Gemüt, mag's sich noch so links dünken.

Man wird das uralte Gesabbere hören. Es mußte ja so kommen. Schade, aber ich hab's ja immer gesagt. Diese ganze verfluchte nachträgliche Rechthaberei, wie sie Eltern mißratenen Kindern hinterherbeten. Und dann kann man weiter seine verschiedenen Gebetsmühlen drehen. Man hat ja recht gehabt, man hat's ja immer gewußt, und es mußte ja so kommen. Paulinchen war allein zu Haus.

Muß es so kommen? Will Ulrike Meinhof, daß es so kommt?

Will sie Gnade oder wenigstens freies Geleit? Selbst wenn sie keines von beiden will, einer muß es ihr anbieten. Dieser Prozeß muß stattfinden, er muß der lebenden Ulrike Meinhof gemacht werden, in Gegenwart der Weltöffentlichkeit. Sonst ist nicht nur sie und der Rest ihrer Gruppe verloren, es wird auch weiter stinken in der deutschen Publizistik, es wird weiter stinken in der deutschen Rechtsgeschichte.

Haben alle, die einmal verfolgt waren, von denen einige im Parlament sitzen, der eine oder andere in der Regierung, haben sie alle vergessen, was es bedeutet, verfolgt und gehetzt zu sein? Wer von ihnen weiß schon, was es bedeutet, in einem Rechtsstaat gehetzt zu werden von *Bild*, das eine weitaus höhere Auflage hat, als der *Stürmer* sie gehabt hat?

Waren nicht auch sie, die ehemals Verfolgten, einmal erklärte Gegner eines Systems, und haben sie vergessen, was sich hinter dem reizenden Terminus »auf der Flucht erschossen« verbarg? Wollen sie in dieser überreizten Situation, in dieser gegenseitigen Verhetzung, die Entscheidung ganz allein den Polizeibeamten überlassen, die verstört und überarbeitet sind und – hier mag's angebracht sein – auf eine psychologisch gefährliche Weise frustriert?

Weiß keiner mehr, was es bedeutet, einer gnadenlosen Gesellschaft gegenüberzustehen? Wollen die ehemals Verfolgten die verschiedenen Qualitäten des Verfolgtseins gegeneinander ausspielen und ernsthaft die Termini »kriminell« und »politisch« in absoluter Reinheit voneinander scheiden, einer Gruppe gegenüber, die ihre Erfahrungen unter Asozialen und Kriminellen gesammelt hat, und auf dem Hintergrund einer Rechtsgeschichte, wo das Stehlen einer Mohrrübe schon als kriminell galt, wenn ein Pole, Russe oder Jude sie stahl? Das wäre weit unter einem Denkniveau, wie es unter verantwortlichen Politikern üblich sein sollte.

Ulrike Meinhof will möglicherweise keine Gnade, wahrscheinlich erwartet sie von dieser Gesellschaft kein Recht. Trotzdem sollte man ihr freies Geleit bieten, einen öffentlichen Prozeß, und man sollte auch Herrn Springer öffentlich den Prozeß machen, wegen Volksverhetzung.

Die inzwischen längst nicht mehr so jungen Herren Pragmatiker, die allerorts in wichtigen beratenden Funktionen sitzen, manche von ihnen mitten in der politischen Verantwortung; sie, die gelegentlich Plattheit und Pragmatismus aufs gröblichste miteinander verwechseln; die so mühelos und schmerzlos vom Faschismus in die freiheitlich demokratische Grundordnung übergewechselt haben oder worden sind; sie waren bis 1945 zu gläubig oder zu dumm, um nachdenklich zu werden, im Jahre 1945 waren sie zu jung, um für schuldig gehalten zu werden. Sie waren »desillusioniert«, ein bißchen reumütig, sehr rasch bekehrt, und ihre Schmerzen waren nicht viel mehr als ein bißchen Hitlerjugendwehwehchen.

Diese gelegentlich etwas glattzüngigen Mechaniker, die alles so gut und das meiste besser wissen und nun, im Vollgefühl ihrer Etabliertheit hin und wieder mit gelinder Wehmut sich nach Ideologie sehnen (wie nach einem Parfüm, das ihnen fehlt in ihrer absoluten Geruchlosigkeit), ist es ihnen nicht ein bißchen zu leicht geworden und gemacht worden, haben sie nicht ein bißchen zu wenig Ideologie, Weltanschauung, Metaphysik in Erinnerung, als daß sie begreifen könnten, was sie nie erfahren haben: was es bedeutet: verfolgt und gehetzt zu sein, ständig auf der Flucht? Als Politischer, als Krimineller, und als »Krimineller«?

Wollen sie, daß ihre freiheitlich demokratische Grundordnung gnadenloser ist als irgendein historischer Feudalismus, in dem es wenigstens Freistätten gab, auch für Mörder, und erst recht für Räuber? Soll ihre freiheitlich demokratische Grundordnung sich als so unfehlbar darstellen, daß keiner sie in Frage stellen darf? Unfehlbarer, als alle Päpste zusammen je waren? Ich weiß, das sind viele Fragen, aber fragen dürfen wird man ja noch.

Die Bundesrepublik hat mehr als 60 000 000 Einwohner, die Gruppe um Ulrike Meinhof wahrscheinlich inzwischen sechs Mitglieder. Die Auflage von *Bild* liegt wohl um die 4 000 000, die Zahl der Leser wahrscheinlich um die 10 000 000. Die Weihnachtsbotschaft von Herrn Springer lautete: »Baader-Meinhof-Gruppe mordet weiter.« Mordet. Weiter. Fröhliche Weihnachten gehabt zu haben und ein glückseliges Neues Jahr. Harte Gräten, zähe Karpfen. So viel Liebe auf einmal, wie Herr Springer sie uns bietet, ist schwer zu ertragen, besonders in einem Rechtsstaat.

# Brief an den Leiter der Pressestelle des Südwestfunks

Sehr geehrter Herr Niehus,
Ihr Vorwurf, ich hätte die Meinungsfreiheit eingeschränkt, beruht, verzeihen Sie, auf einem Denkfehler oder einem falschen »Einstieg« in die Problematik. Ich habe weder die Absetzung des Herrn Ulrich Frank-Planitz verlangt, noch habe ich die Macht und den Ehrgeiz, seine erfreuliche Tätigkeit einzuschränken. Mag er also täglich im SWF kommentieren. Eingeschränkt habe ich, wenn Sie's genau betrachten, lediglich *meine* Meinungsfreiheit, oder, genauer ausgedrückt: die Möglichkeiten, meine Meinung zu verbreiten, indem ich den SWF nicht mehr als Meinungsverbreitungsinstrument für mich benutzen möchte. Was den Tatbestand des Faschismus und der Verleumdung betrifft, so habe ich ihn gestern in einem Interview beim Saarländischen Rundfunk zu analysieren versucht. Ich bestehe auf dieser Analyse, mag man sie meinetwegen als subjektiv bezeichnen: sie beruht auf den Erfahrungen, die ich als Subjekt (Unterworfener) des Faschismus gemacht habe. Im übrigen hat Herr P., wie ich höre, ja auch noch eine Zeitung zur Verbreitung seiner Meinung zur Verfügung. Meine Kündigung ist der freie Entschluß eines im freien Lande lebenden freien Schriftstellers, der sich – lt. »freier Marktwirtschaft« – seine »Kulturpartner« selbst auswählen darf.

Mit den besten Grüßen
Ihr Heinrich Böll

# Man muß zu weit gehen

Die »Schwierigkeiten beim Häuserbauen«, die Reinhard Lettau auf so unvergleichliche Weise beschrieben hat, sind möglicherweise geringer als die, beim gegenwärtigen Stand der Auseinandersetzung über drei verschiedene Gegenstände eine öffentliche Erklärung abzugeben. Die drei verschiedenen Gegenstände sind:
1. der Artikel im *Spiegel* über das öffentliche Bewußtsein in Sachen Ulrike Meinhof,
2. mein Interview mit Peter Merseburger in *Panorama* über den Fall Bukowskij und die Lage der sowjetischen Intellektuellen,
3. ein Rundfunk-Interview, das ich im Fall Arnfrid Astel gab und das, ohne daß man mich gefragt hätte, nun auszugsweise gedruckt erscheint.
Die größte Schwierigkeit ist eine generelle, die ich »medieninterne Leser-Information« nennen möchte. *Spiegel*-intern, *Welt*-intern, *Bild*-intern, *Stadt-Anzeiger*-intern. Welcher Leser kann es sich schon leisten, alle Information zu erlangen, Chronologie herzustellen. Die chronologische Reihenfolge meiner drei Untaten:
1. Astel-Interview (29. 12. 1971);
2. *Spiegel*-Artikel (10. 1. 1972);
3. *Panorama*-Interview (10. 1. 1972).
Das Astel-Interview wird aber erst jetzt ausgepackt, und schon dadurch entsteht ein falsches Bild. Oberstaatsanwalt Erich Denger aus Kaiserslautern hat laut *Süddeutscher Zeitung* vom 12. 1. 1972 gesagt: »Dafür (für die von *Bild am Sonntag* publizierten Details über den Aufenthalt von Ulrike Meinhof in Kaiserslautern) gibt es keinerlei konkreten Anhaltspunkt, diese Nachrichten von *Bild* sind einfach aus der Luft gegriffen und stinken zum Himmel. Man könnte am journalistischen Gewerbe fast verzweifeln.« Es ist nicht nur das journalistische Gewerbe, an dem man – und nicht nur fast – verzweifeln könnte, es ist ebensosehr diese »medieninterne Information« der Leser. Täglich Sensationen, die im eigenen Kreis und Kreislauf abgehandelt werden: Artikel, Gegenartikel, Kommentar, Leitartikel, Leserbriefe usw. In den meisten Fällen wird Information aus zweiter Hand zu Information aus dritter, die Information aus dritter zu Informa-

tion aus vierter Hand. Setzt schon die Information aus erster Hand viel mehr voraus, als gemeinhin vorauszusetzen ist, nämlich, daß einer *lesen* kann, so kann man sich vorstellen, wie das in der fünften Hand aussieht: Wenn etwa – was durchaus ihr Recht ist – eine Frau in Trier oder Landshut sich drei Wochen nach den »Ereignissen« hinsetzt und einen Leserbrief schreibt.

Um diesen Schwierigkeiten auszuweichen, gibt es zwei Möglichkeiten für einen Schriftsteller: für die Schublade oder die Ewigkeit zu schreiben, oder für die kombinierte Möglichkeit der »ewigen Schublade«. Mir liegt beides nicht, das und die Ewigkeit interessieren mich nicht. Es ist mir gleichgültig, ob irgendeiner nach meinem Tod sich noch für irgend etwas interessiert, was ich geschrieben habe, und manchmal bin ich erstaunt, daß sich einer noch eines Romans erinnert, den ich vor zehn Jahren geschrieben habe, wie etwa der ungeheuer verdienstvolle Herr Hicks, der da in der *Welt* die *Ansichten eines Clowns* zum Anlaß seines Witzes nahm.

Eine weitere Schwierigkeit: daß ich tatsächlich gespalten bin, Fachausdruck: schizophren; in den Vorsitzenden des deutschen, den des internationalen PEN, in den Romanautor, den Staatsbürger, den Artikelschreiber, gelegentlichen Essayisten, Autofahrer, Flugzeugbenutzer, Spaziergänger, Stubenhocker etc. und in einige hundert oder wenigstens -zig Figuren oder Personen, mit denen ich mich gelegentlich – und auch das nur vorübergehend und außerdem nur partiell – »identifiziert« habe: Ich meine das Personal des »Erzählten« und Erwählten.

Nur diese wenigen Voraussetzungen, bevor ich zur Sache komme. Zunächst: Das Interview über den Fall Astel (29. 12. 1971). Ich will hier nicht darüber lamentieren, daß es, obwohl für den Funk per Telephon gesprochen, publiziert wurde. Das ist nicht ganz korrekt, aber bitte. Ich nehme kein Wort davon zurück, und stellt man da einen Widerspruch zum *Panorama*-Gespräch mit Peter Merseburger fest, so gebe ich zu: Der Widerspruch existiert.

Nur sehe ich da ein paar Unterschiede: Ich halte den Fall Astel, ganz gleich, was einer dazu sagen mag, für harmlos, eine arbeitsrechtliche Frage, in der der PEN-Club – selbstverständlich, wie ich finde – Astel nicht nur als sein Mitglied, auch, wenn er es nicht wäre, unterstützen muß.

Der Fall Bukowskij liegt einige erhebliche Dimensionen weiter und tiefer: Es steht etwas mehr auf dem Spiel, für Bukowskij und seine Freunde. An meiner persönlichen Einstellung kann auch nach dem Gespräch mit Merseburger kein Zweifel bestehen, sowenig wie irgendein Zweifel an meiner Einstellung zu Solschenizyn bestehen kann, an meiner Einstellung zur Besetzung der ČSSR. Nun, da die Herren Dr. Rudolf Krämer-Badoni, Hans Habe und Scharnagl mich in dieser Sache provozieren wollten, kann ich und werde ich nicht den Weg wählen, auf den sie mich zwingen wollen. Denn: Kein Mensch in Moskau, ob oppositionell oder nicht, glaubt daran, daß es *Bild, Welt, Welt am Sonntag* oder dem *Bayernkurier* hier um die reine Menschlichkeit geht. Mag ich noch gezögert haben während des Interviews mit Peter Merseburger, jetzt zögere ich nicht mehr: Einen Weg, den die drei genannten Herren und ihre Publikationsinstrumente gehen, kann ich nicht gehen. Als Vorsitzender des internationalen PEN schon institutionell nicht, und als Person weigere ich mich, auf sämtlichen Ebenen meiner Schizophrenie. Wenn die Herren also Herrn Bukowskij nützen wollten, so haben sie ihm jetzt gründlich geschadet. Ich werde einen Weg suchen, aber keinen, an dem eine verstellte und demagogisierte Öffentlichkeit teilhat. Wenn die Herren, die ich im folgenden mit Dr. K.-B., H. H. und Sch. abkürze, Stoff für Leitartikel brauchen, so bin ich bereit, ihnen eine Dokumentation des US-PEN-Centers »Writers in prison« zuschicken zu lassen (zu *lassen,* bitte, denn ich korrespondiere nicht mit ihnen). Dort finden sie reichlich Stoff über Autoren in Gefängnissen in Brasilien, Indonesien etc.

Merkwürdig, daß Herr H. H. nicht meinen Abtritt (er meint Rücktritt) verlangt, weil ich nicht gegen die Torturen protestiert habe, denen Autoren in Brasilien unterworfen werden.

Der *Spiegel*-Artikel hat Schwächen, weniger in dem, was drin steht, als in dem, was nicht drin steht; es fehlt eine umfassende Studie über die Eskalation: von der Erschießung Benno Ohnesorgs bis zum Attentat auf Dutschke. Es fehlt ein Hinweis auf die Proportion der angewandten Mittel, auf deren Verhältnismäßigkeit. Fünfunddreißig Beamte – so hörte ich – besuchten den Wagenbach-Verlag anläßlich der Beschlagnahme des *Roten Kalenders,* vielleicht erinnert man sich noch der Leichtigkeit, mit der der Dutschke-Attentäter Bachmann fliehen konnte. Und vielleicht erinnert man sich noch an die Rekonstruktion der Erschießung Georg von Rauchs in genau der *Panorama*-Sendung, in der anschließend Peter Merseburger mich interviewte. Hat niemand darüber nachgedacht, was mich, während ich dort »live« vor dem Monitor hockte, die ganze Zeit über beschäftigt hat? Was ich – zugegeben: aus Angst vor der Welle von Volkszorn, die mich bespült hätte – nicht ausgesprochen habe: Daß da eine Parallele zum Fall Bukowskij herzustellen gewesen wäre. Ich gebe zu: Ich war zu feige, obwohl's so nahe lag. Die Attitüde verbaler Moralität, die H. H. und Dr. K.-B. von mir erwarteten, kostet nichts, und außerdem: Es ist doch merkwürdig, daß ausgerechnet jene Herren, die Resolutionen zu verspotten pflegen, hier auf eine drängen.

Dann: Die Polemik gegen die Ostverträge liegt zu nahe an diesem überraschenden Engagement für Bukowskij, und genau das wird ihm eher schaden als nützen. Non, messieurs, non: Schreiben Sie über den Fall von Rauch. Das sind ja wohl alles Kleinigkeiten, das sind die berühmten Späne, die fallen, wenn gehobelt wird. Oh, hobelt nur weiter. Späne gibt's genug.

Es ist nicht sehr interessant, ob ich nun recht habe, die anderen unrecht. Die genannten Herren und ihre »Organe« wären so gleichgültig wie ich, hätte sich nicht wieder einmal herausgestellt, daß es eine festgefügte Pressemauer gibt, die nicht durchbrechbar ist. Keiner der Herren – auch kein Politiker – ging bisher auf mein Einstiegs-Argument, die *Bild*-Überschrift »Baader-Meinhof-Gruppe mordet weiter«, ein. Diese Überschrift würde Herrn Springer in Großbritannien, in einem Land mit einer flotten Boulevardpresse, aber anderen Gesetzen, gut und gern 300 000–400 000 Mark kosten. Darum geht's.

Es mag schon sein, daß ich im einen oder anderen Punkt zu weit gegangen bin, zu weit nach Ansicht der Politiker, aber – ich wiederhole mich: »Man muß zu weit gehen, um herauszufinden, wie weit man gehen kann.« Offenbar kann man hierzulande nicht sehr weit gehen, denn – innerhalb der Tradition politischer Polemik gesehen – ist der *Spiegel*-Artikel verblüffend harmlos, und das ist eine seiner weiteren Schwächen, die eine Schwäche des öffentlichen Bewußtseins sichtbar macht. Ich hatte tatsächlich die Illusion, ich könnte die Fronten – wenigstens stellenweise – durchbrechen. Statt dessen verhärten sie sich. Die Pressemauer steht, und auch an ihr gibt es »Schießbefehle«, die sogar im Jargon verankert, legitimiert sind: Man nennt das »Abschießen«, »Schlachten«, die mildere Form heißt: »In die Füße schießen«.

Als Hauptargumente gegen den *Spiegel*-Artikel stellen sich bisher heraus: Erstens: ich hätte die Gruppe um Ulrike Meinhof »verharmlost«. Zweimal habe ich in meinem Artikel ausdrücklich erklärt, Ulrike Meinhof habe dieser Gesellschaft *den Krieg erklärt.* Ich halte Krieg nicht für ein harmloses Wort. Ich habe die Gruppe um Ulrike Meinhof *relativiert* – ja. Verharmlost – nein. Ich habe versucht, die Proportionen zurechtzurücken. Nichts weiter. Wenn Albanien der Sowjetunion den Krieg erklären würde, so fände ich das nicht harmlos, nur fände ich die Situation der Sowjetunion nur relativ gefährlich.
Dann gab's eine recht dünne Erklärung von Innenminister Genscher, die Zahl 6 betreffend, die ich ausdrücklich als *angenommene* Zahl deklariert hatte. Ich bin bereit, als Variationen die Zahlen 4, 7, 9, 12, 15 und 17 anzubieten. Dann sagte Herr Genscher, es stehe ihm nicht zu, Schriftsteller zu kritisieren. Ich möchte ihn ausdrücklich ermutigen, das zu tun. Schriftsteller sind kritikgewohnte Tiere, und Kritik wäre mir lieber gewesen als das unzutreffende Argument der Verharmlosung und das dünne Argument um die Zahl 6. So lapidar wie markant Innenminister Weyer von NRW: »Ich mißbillige sowohl die Ziele als auch die Methoden der Gruppe.« Na und? Das will ich doch hoffen, daß der Innenminister des Landes NRW die Ziele und die Methoden der Gruppe ablehnt. In diesem Punkt bin ich sogar – wie im *Spiegel*-Artikel nachzulesen ist – mit ihm einig, nur: Mit einer Feststellung dieser Art ist nichts, nichts, aber auch gar nichts gesagt, weder von mir noch von Herrn Weyer.
Nicht nur überraschend, schon recht merkwürdig, finde ich die verschiedenen Stilebenen, auf denen sich Dr. K.-B. und H. H. bewegen. Dr. K.-B.s Leitartikel in der *Welt* vom 10. 1. 1972 war schlechthin indiskutabel, das hätte Schlamm besser und geschickter und demagogisch wirkungsvoller gemacht. Aber Dr. K.-B.s Leitartikel im *Darmstädter Echo* vom 15. 1. 1972 war, wenn auch nicht gerade freundlich und ebenfalls voll der üblichen Albernheiten, immerhin diskutabel. Und Herr H. H. beehrte mich in seiner Glossenspalte in der *Kölnischen Rundschau* vom 14. 1. 1972 nur mit einem kleinen Nebensatzschlenker, der ziemlich witzig hätte sein können, aber am gleichen Tag fuhr er in der *Welt am Sonntag* die faschistische Jauchespritze auf. Es gibt also Medien- – in diesem Falle springerinterne – Stile, wobei der *Welt am Sonntag* sogar ihre eigene Schizophrenie zur

Dümmlichkeit gerät. Im Vorspann zu H. H.s Artikel »Treten Sie ab, Herr« (folgt mein Name) teilt die *Welt am Sonntag* mit, daß H. H.s Roman *Ob tausend fallen* in der Sowjetunion in einer Millionenauflage erschienen sei, ein Roman des gleichen H. H. also, der mich in seinem Artikel dann in seiner dümmlichen Art meiner Millionenauflage in der Sowjetunion wegen zu denunzieren versucht. Ist Schwachsinn nun strafbar oder nicht, wenn ihm so viel Druckerschwärze zur Verfügung steht?
Nicht ein Politiker hat irgend etwas zur Sache gesagt. Das beide Seiten – Polizei und die Gruppe um Ulrike Meinhof – entradikalisieren könnte. Es darf also weiter gehetzt, in Schlagzeilen und mit Pistolen geschossen werden. Das Gewäsch von Dr. K.-B., bei dem nicht einmal der Schaum vor dem Mund echt ist, hilft nicht einen Millimeter weiter. Was meine derzeitige (rasch vorübergehende) Eigenschaft als Vorsitzender des Internationalen PEN-Clubs betrifft, so steht es Herrn H. H. frei, in London meine Absetzung zu beantragen, den ungeheuren Skandal, den ich darstelle, dem Londoner Sekretariat mitzuteilen, dann mag das Gremium, das mich gewählt hat, mich im April wieder abwählen, falls es zu der Einsicht kommt, ich sei nicht mehr würdig.
Da ich in keiner Form – nicht einmal via Leserbrief oder Anwalt – direkt auch nur eine einzige Halbzeile den Springer-Zeitungen zur Verfügung stelle, ebensowenig dem *Bayernkurier*, der *Rheinischen Post* und dem *Rheinischen Merkur*, bin ich gezwungen, meine Erklärung in dieser Form vorzubringen. Mögen die Politiker sich also weiterhin ihrer Verbündeten Dr. K.-B. und H. H. erfreuen. Da Herr H. H. in der Sowjetunion eine Millionenauflage hat, muß er ja dort ebensoviel Einfluß haben, wie er mir zuschreibt. Außerdem muß er ja wissen, wie die Millionenauflagen dort zustande kommen, und da er meine Millionenauflage nicht gerade direkt, aber auf die typisch faschistische, indirekte Art – nur so eben, daß man's riechen kann – mit Geld in Zusammenhang bringt, wird er ja wohl wissen, was eine Millionenauflage dort einbringt.
Nun kann H. H. auch sein, was Herr Dr. K.-B. nur äußerst selten ist: nett. H. H. bezeichnet mich als eine Mischung aus »Albert Schweitzer, Schwejk und Fritz Teufel«. Das ist gar nicht so übel, wie er das meint, denn an allen dreien ist ja, auf den verschiedenen Ebenen, versteht sich, etwas Sympathisches. Was ich

nicht nett an H. H.s Vergleich finde, ist die Tatsache, daß H. H. mir so gar nicht zubilligt, auch ein wenig ich selbst zu sein. Müßte ich für ihn drei Vergleichspersonen finden, so würde ich sagen, daß Hans Habe aus Hans Habe, Hans Habe und Hans Habe besteht; er ist so ganz er selbst – genau wie der Dr. K.-B. –, und was sie beide gemeinsam haben: sie sind Herrn Springers letzte Reserve. Nichts ist gefährlicher für Bukowskij, als wenn in Zeitungen, deren Polemik gegen die Ostverträge so wild geführt wird, für ihn plädiert wird. Und in diese Gesellschaft, in diesen Zusammenhang mag ich mich nicht begeben.

Nun muß ich endlich mein »Mea culpa« loswerden. Ich habe ein schreckliches Vergehen, fast ein Verbrechen auf dem Kerbholz: ich habe für Gnade plädiert. Das ist natürlich ein fürchterliches Verbrechen in einem Lande, dem das C (für die, die's vergessen haben sollten: das C steht für »Christlich«) bei jungen und alten Unionen an sämtlichen Knopflöchern herausschaut. Fürchterlich, schrecklich, nein so was, in einem C-Land um Gnade für jemanden zu bitten. In diesem Wort – Gnade – könnte ja möglicherweise jener geistige, fast metaphysische Aspekt sich verbergen, den Herr Filbinger vermißt. Nun, man darf wirklich nicht tun, was ich getan habe, ich geb es zu und meine *culpa* ist eine *maxima.* Ich bin ja auch ganz zerknirscht, vor allem auch durch irgendeine Nebenbemerkung des berühmten Herrn Löwenthal vom ZDF. Dabei würde ich sogar um Gnade für ihn bitten, bei allen jenen Göttern, deren Pflicht und Aufgabe es ist, bösartige Dümmlichkeit unter ihre Fittiche zu nehmen.

Mag's also weitergehen: gnadenlos, in Schlagzeilen und mit Pistolen, gnadenlos dumm, gnadenlos faschistisch, gnadenlos demagogisch. Am 17. 1. 1972 hörte ich im Radio gegen 19.30 Uhr eine Nachricht, daß in Köln wieder einmal aus einem BMW mit einem Meinhof-verdächtigen Kennzeichen auf einen Polizeibeamten geschossen worden sei. Der Polizeibeamte verletzt, der BMW lädiert. In den Nachrichten gegen 23.30 Uhr klang das schon anders: der Beamte *nicht* verletzt, nur unter Schock leidend, wahrscheinlich aber – so die Nachrichten – einer der jungen Männer im Auto verletzt. Wer soll aus diesem Hickhack noch schlau werden, wird das Ganze nicht allmählich und immer stärker krankhaft? Hat je einer den Aufwand bedacht, den finanziellen, den personellen, den Aufwand an Leben und Gesundheit, und wird diese Automarkenmystik nicht allmählich schwachsinnig?

Zum Schluß einige Bemerkungen, von denen ich die erste nicht als ironisch aufzufassen bitte: Das Echo auf meinen Artikel im *Spiegel* war überwiegend positiv. Ich hätte vielen Leuten öffentlich zu danken für Briefe und Telegramme, auch kritischen Presseäußerungen, ausgenommen denen der Springer-Presse.

Danken möchte ich auch den Zeitungen, die nun mehr von dem Wort »Gruppe« und nicht mehr so oft dem Wort »Bande« Gebrauch machen. Immerhin. Und Springer-Blätter dürfen weiterhin Leute Mörder nennen, denen bisher kein einziger Mord nachgewiesen wurde. Darin liegt für die jungen Herren von der Jungen Union keinerlei Gefahr für den Rechtsstaat. Herrn H. H. möchte ich noch einmal bescheinigen, daß er Hans Habe, Hans Habe und Hans Habe ist, daß seine Millionenauflage in der UdSSR besser ist als meine. Gott segne das ehrbare Handwerk.

Und zuallerletzt eine Bitte an die Herren im Hause Springer: mich aus dem Vertrag zu lösen, der mich via Verlagskonzentration und via Zweitrecht aus einem harmlosen Ullstein-Autor zu einem Springer-Ullstein-Autor gemacht hat. Es trennen uns Welten, Mauern, Schießbefehle. Ich habe viele Makel, diesen Makel, ein Springer-Autor zu sein, möchte ich nun endlich loswerden. Schließlich müssen die Herren, die's angeht, wissen, daß ich auch ein Makel für sie bin. Trennen wir uns also.

Und noch eine Bitte an die Herausgeber des *Rheinischen Merkur:* In ihrer Ausgabe vom 14. 1. 1972 bringen sie einen auf miese Weise verkürzten Kommentar eines Herrn G. R. (oder einer Dame, wer weiß das schon), auf Seite 5 wird mein Roman *Gruppenbild* Werbern für den *Rheinischen Merkur* als Prämie angeboten. Ich möchte nicht, daß Werber für diese Zeitung eines meiner Bücher als Prämie bekommen. Man sollte ihnen doch lieber Romane von Herrn Dr. K.-B. oder H. H. als Prämie bieten.

Und nun mögen sämtliche Götter das »C« segnen, zu Lande, zu Wasser und in der Luft, und nun mag man auch diesen Artikel ab- und ausschlachten. Wohl bekomm's.

# Verfolgt war nicht nur Paulus

*Zu einem Kommentar Diether Possers*

Bevor ich zu den Argumenten komme, mit denen Herr Dr. Posser mir gegenüber recht hat, möchte ich auf ein paar Punkte aufmerksam machen, die er übergangen hat: 1. meine Bemerkungen zum Hintergrund unserer Rechts- und Polizeigeschichte (siehe den Fall Schrübbers); 2. meine Bemerkungen zu Adenauers Eingriff in den rechtsstaatlichen Ablauf des Strafvollzugs zugunsten der Wiederaufrüstung; 3. meine Bemerkungen über die Hintergründe der Währungsreform, diese »fürchterliche« Gleichheit, die dabei am Werke war.

Im großen und ganzen, auch in einigen Details muß ich Herrn Dr. Posser recht geben. Die Wirkung meines Artikels entspricht nicht andeutungsweise dem, was mir vorschwebte: eine Art Entspannung herbeizuführen und die Gruppe, wenn auch versteckt, zur Aufgabe aufzufordern. Ich gebe zu, daß ich das Ausmaß der Demagogie, die ich heraufbeschwören würde, nicht ermessen habe.

Ob ich sie hätte ermessen können, ist eine andere Frage, die zur Frage an Herrn Dr. Posser wird: Kann ich nicht bei einem Mann seiner politischen Verantwortung, Bildung und Sensibilität voraussetzen, daß er möglicherweise mehr von mir kennt als diesen Artikel; daß er die Ausdrucksunterschiede mit berücksichtigt?

Diese wilde Hetzerei, die nun in vielen Zeitungen und Zeitschriften Gelegenheit gibt, noch einmal und wieder einmal alle Steckbriefe etc. zu publizieren – ich habe sie nicht vorausgesehen, und es mag sein, daß daran nicht nur der nach meinem Artikel begonnene Ruhland-Prozeß schuld ist, auch meine sprachlichen Mittel. Möglicherweise habe ich mehr demokratisches Selbstverständnis vorausgesetzt, als ich hätte voraussetzen dürfen.

Ich bin Schriftsteller, und die Worte »verfolgt«, »Gnade«, »Kriminalität« haben für mich andere Dimensionen, als sie notwendigerweise für einen Beamten, Juristen, Minister und auch für Polizeibeamte haben. Verfolgt war nicht nur der Heilige Paulus, verfolgt war auch Herr Fabeyer, verfolgt sein kann ein dreifacher Raubmörder und ein Junge, der soeben aus einem Heim ausbricht und möglicherweise die Kasse mitnimmt.

Ich gebe gern zu, daß ich das Wort »verfolgt« nicht mit dem juristischen Terminus »gesucht« gleichzusetzen vermag, daß ich es auch existentiell und mit einem Anhauch von Metaphysik verwende, und in diesem Zusammenhang ist ein verfolgter Nazi für mich auch ein Verfolgter, wobei hinzugefügt werden muß, daß er's leichter hat, Versteck und Freunde zu finden, und daß die Nazis zur Erreichung ihrer politischen Ziele keine Bankraube unternehmen mußten: Der Bankier von Schröder und die deutsche Industrie rückten das Geld freiwillig raus.
Es ist nicht nur *emotionell*, wenn ich ein Wort außerhalb des Trockendocks verwende. Dieses Mißverständnis ist mein Fehler, nicht der von Herrn Dr. Posser: Ich hatte zuviel vorausgesetzt. Es kommt noch etwas hinzu, das ebenfalls nicht *emotionell* ist: Phantasie, die auch außerhalb des Trockendocks vor Anker liegt.
Einer lebensgefährlichen Emotion bekenne ich mich schuldig: meines Mitleids, das sich auf Polizeibeamte, Ulrike Meinhof, den Jungen erstreckt, der gerade mit der Kasse abgehauen ist, und auf die sehr jungen SS-Leute, deren Bestrafung in einem amerikanischen Gefangenenlager ich beobachtete, und darüber – über mein Mitleid – mögen Herr Dr. Posser und Horst Mahler – wahrscheinlich ist es das einzige, das sie verbindet – gemeinsam schallend lachen. Ich halte es auch für gefährlich, wenn ein so kluger Mann wie Dr. Posser generell Emotionen ablehnt: Die Psyche des Verfolgten jeglicher Art zu erkennen, ist ohne Kenntnis des emotionalen Haushalts gar nicht möglich.
Außerdem muß ich Herrn Dr. Posser bitten, sich vorzustellen, daß mein Informationsstand nicht dem seinen entspricht. Ich habe zur Information nur die Zeitungen und das Fernsehen, und nach Überprüfung aller mir zugänglichen Publikationen war für mich nicht eindeutig zu erkennen, wer in welchem Fall nun wirklich zuerst auf wen geschossen hat. Ich habe meinen Artikel *vor* dem Ruhland-Prozeß geschrieben und *nach* der Erschießung Georg von Rauchs. Für die rechtsstaatliche Korrektheit dieser Erschießung hätte ich gerne den Beweis.
Ich danke Herrn Dr. Posser für die Belehrungen, die sein Artikel enthält, bitte ihn nur zu bedenken, daß ich mich nicht mit einer juristischen Definition der Termini »Gnade«, »verfolgt« und »kriminell« zufriedengeben kann. Ich muß als Autor in diesen Begriffen andere Dimensionen sehen, als ein Polizeibeamter, Jurist und Minister sie notwendigerweise sehen muß.

Recht, Gesetz, Politik, Theologie, Literatur haben eins gemeinsam: sie werden mit Worten gemacht. Es ist unvermeidlich, daß sich diese verschiedenen Wortbereiche aneinander reiben, daß sie einander kontrollieren und sich miteinander konfrontieren. Daran sind nicht nur »Emotionen« schuld, auch geistesgeschichtliche und intellektuelle Unterschiede. Ich bin sicher, daß eine neue Altersgruppe von Juristen peinlich auf die Einhaltung der Rechtsstaatlichkeit achtet, aber auch sie wissen, daß eine düstere Rechtsvergangenheit in unsere Rechtsgegenwart hineinragt.

Ich wiederhole meinen Dank an Herrn Dr. Posser, ich würde gern gelegentlich das Gespräch mit ihm privat, nicht öffentlich, fortsetzen. Privat, weil öffentlich Verkürzungen und Mißverständnisse unvermeidbar sind. Privat mag mir Herr Dr. Posser auch erklären, welch ein schreckliches Vergehen darin liegen mag, in einer Gesellschaft, die sich weitgehend christlich definiert, um Gnade zu bitten und den Zustand des Verfolgtseins auch existentiell und metaphysisch und nicht rein moralisch zu definieren. Und ich hoffe, daß Ulrike Meinhof einsieht, daß, wenn gar nichts anderes sie zur Einsicht treibt, der Beginn des Ruhland-Prozesses auch politisch der geeignete Augenblick ist aufzugeben.

Nach meinen bisherigen Erfahrungen – vor allem im Falle Defregger – verspreche ich allen Politikern, mich vorläufig in nichts mehr einzumischen, zu nichts mehr zu äußern, jedenfalls so lange nicht, bis ich mir selber klar darüber geworden bin, wo sich in diesem Falle die Grenze der vielgepriesenen Liberalität gezeigt hat.

# Offenbarungseid

Im Zusammenhang mit gewissen Polemiken (über die, wie ich finde, das Gras freiheitlich-demokratischer Grundordnungen wachsen sollte) wurde hier und da die hohe Auflage meiner Bücher in der Sowjetunion erwähnt.

Wie der amerikanische Literaturwissenschaftler Henry Glade erforscht hat, kann man von insgesamt etwa 2 300 000 Exemplaren ausgehen. Nicht eingeschlossen sind darin Abdrucke in Zeitungen, Zeitschriften, Radiosendungen, Fernsehbearbeitungen und die Vorabdrucke einiger meiner Romane in den sowjetischen Zeitschriften *Nowy Mir* und *Inostrannaja Literatura,* die eine sehr hohe Auflage haben. Rechnet man diese Vorabdrucke hinzu, käme man vielleicht auf 3 000 000.

Nun ist ja bekanntlich Geld das große Ideal der westlichen Welt, der Traum vom großen Geld der einzig wahre westliche Traum, und so unterstellt man in den verschiedenen Polemiken zwar nie direkt (das tun *gentlemen* nicht besonders, wenn's um Geld geht), aber indirekt, daß hohe Auflage großes Geld bedeute, ich deshalb nicht nur bestechlich, sondern schon bestochen sei.

Schon eine Voraussetzung ist falsch: daß irgendein westlicher Autor irgendeinen Einfluß auf die Höhe seiner Auflage haben könnte. Falsch ist auch die zweite Voraussetzung: hohe Auflage gleich großes Geld. Wider alle Gepflogenheiten möchte ich hier ein paar Zahlen offenbaren.

Bekommen oder zu bekommen habe ich insgesamt für diese stattliche Auflage 13 500 Rubel, auf ein Konto in Moskau (für die, die es genau wissen wollen: bei der Zweigstellen-Sparkasse im Hotel Moskwa). Rechnen wir zu der genannten Summe noch einmal 3500 Rubel hinzu, die ich möglicherweise eingesteckt, bei vier Aufenthalten in der Sowjetunion ausgegeben und nicht notiert haben könnte. Das wären 17 000 Rubel.

Laut Erkundigungen bei einem Kölner Reisebüro von internationalem Ruf und vier verschiedenen Kölner Banken sind dort Rubel (sowjetischerseits illegal, versteht sich) zu haben zu folgenden Preisen: 0,76 DM, 078 DM, 0,80 DM, 0,84 DM (Stand vom 20. 1. 1972).

Täte ich oder hätte ich getan, was ich nie tun werde und nie getan habe, steckte ich meine Rubel in ein Köfferchen und tauschte sie im Heiligen Köln bei einer seiner Heiligen Banken um, so käme ich oder wäre ich gekommen, je nachdem, bei welcher Bank ich zuerst Einkehr gehalten hätte, auf eine Summe zwischen 12 920 und 14 280 DM.

Aber auch diese Zahlen sind unrealistisch, denn die Banken und das Reisebüro notieren nur »Verkauf«, nicht »Einkauf«; und normalerweise läßt man, wenn man ausländische Währung verkauft, ein paar Härchen bei den Wechslern. Diese Härchen könnten 800 bis 1000 DM ausmachen, aber lassen wir das, wir sind großzügig.

Nicht nur keinen Rubel, nicht eine Kopeke habe ich bisher bekommen für die verschiedenen Dramatisierungen meines Romans *Ansichten eines Clowns,* der – wie man mir erzählt – seit Jahren vor ausverkauften Häusern läuft. Da die Sowjetunion nicht der Berner Konvention angehört, ist das möglicherweise schmerzlich, aber normal, und wer sich der Auseinandersetzungen um Solschenizyns *August 1914* erinnert, mag möglicherweise zu der Einsicht kommen, daß ein Autor hier und da gleich machtlos ist.

Ich kann hier nicht die komplizierte Rechnung aufstellen, wieviel ein Rubel in Moskau wert ist. Wieviel er hier wert ist, haben die Kölner Banken und das Reisebüro kundgetan. Man kann beispielsweise in einem Moskauer Hotel für anderthalb Rubel sehr gut frühstücken, und da ich ein Frühstücksmensch bin, erscheinen mir 11 333 Frühstücke als enorm. Für einen Sowjetmenschen sind 17 000 Rubel ein stattlicher Brocken; für jemanden, der 150 Rubel im Monat verdient, bedeutet das runde 113 Monate, also fast zehn Jahre Arbeit. Nun sind aber auch 2 300 000 Bücher eine stattliche Menge Bücher.

Ich betone ausdrücklich: dies soll keine Klage sein. Kein noch so kleines Lamento. Beklagenswert ist der vertraglose Zustand. Noch beklagenswerter ist, daß Solschenizyn und andere Autoren in der Sowjetunion nicht gedruckt werden. Ich freue mich darüber, daß meine Bücher in der Sowjetunion erschienen sind und daß man sie offenbar den respektiven Lesern nicht aufzwingen muß. Ich finde das schmeichelhaft bei einem Volk, das zu seiner eigenen, großen und großartigen Literatur ein so inniges Verhältnis hat und das eine enorme Lese-Sensibilität entwickelt hat. Ich hoffe, es erscheinen dort noch mehr Bücher von mir, und ich hoffe, der vertraglose Zustand wird eines Tages beendet sein.

Einmal – vor etwa zehn Jahren – habe ich ein Honorar in DM überwiesen bekommen; es muß irgendwo in meinen »Büchern« stehen. Ich weiß die Höhe der Summe nicht mehr, weiß nicht einmal mehr, wofür das Honorar war. Nehmen wir an, es waren 3000 DM. Wahrscheinlich war es weniger.

Nun ergibt sich die phantastische Gesamtsumme von 17 280 DM.

Zum Vergleich: Mein Anteil am Vorschuß für 100 000 Exemplare der Taschenbuchausgabe meines letzten Romans beträgt 13 500 DM. Das Weitere mögen die Rechenexperten herausknobeln.

Es ist absurd, wider alle Regeln, es ist absolut nicht *gentlemanlike,* öffentlich über Geld zu sprechen. Es ist nicht fein, aber ich beschmutze mich, indem ich derartige Details mitteile, gern, und ich betone noch einmal ausdrücklich: ich freue mich über und auf die sowjetischen Leser.

Dieser Offenbarungseid hat nur eine große Gefahr: daß sich einige Leute totlachen. Ich meine, einige Leute da an Rhein und Ruhr, Isar und Moskwa. Ich möchte nicht, daß sie sich totlachen. Es gibt schon Tote genug.

Weiterer Vergleich: Ich glaube, ein Rundfunk- und Fernsehkorrespondent in Moskau kostet runde 10 000 DM monatlich, und was so ein verdienstvoller Mensch wie der Herr Löwenthal beim ZDF monatlich einnimmt, mag ich gar nicht wissen. So ein aufrechter Mensch ist doch gar nicht mit Geld zu bezahlen, es wäre schon fast eine Blasphemie, ihn mit Gold aufwiegen zu wollen. Da müßte schon Platin her, besser noch: Mondgestein. Schweigen wir von Hans Habe und Krämer-Badoni, die tun's bestimmt umsonst, aus reiner Liebe für die gute Sache.

# Leserbrief an die Süddeutsche Zeitung

Was Herr Zöller von der Jungen Union schreibt, ist schlichtweg – nicht durch seine Schuld, nicht durch meine Schuld, sondern durch die Schuld einer Erziehung zur Verplattung – unzutreffend: ich habe an keiner Stelle irgendeines Artikels die Bundesrepublik mit dem NS-Staat gleichgesetzt, nicht mit einem Wort. Ich habe vom *Hintergrund* unserer Polizei- und Rechtsgeschichte gesprochen, und wenn Herr Zöller das nun in einen total verplatteten *Vordergrund* schiebt, so erkläre ich mich daran für unschuldig und erkläre die Folgen einer solchen Bügelbrettdenkart für lebensgefährlich. Ich will nicht jedem, der einfach nicht lesen kann, Perfidie oder Infamie unterstellen, und so mag dieser Lese- und Denkfehler nicht subjektiv perfid sein, objektiv ist er es, weil er unweigerlich in die achte und neunte Hand rutscht. Wenn die Herren und Damen von der Jungen Union glauben, sie könnten auf dieser Ebene mit einem Autor und Staatsbürger verfahren, so erkläre ich, wenn das nicht widerrufen wird – da ja hier Herr Zöller ausdrücklich unter Junge Union firmiert – jegliches Gespräch endgültig für beendet.
Ich habe keine Zeit, Voraussetzungen zu schaffen, die auf der Volksschule, auf dem Gymnasium und anderswo geschaffen werden müssen. *Lesen* beibringen! In diesem Zusammenhang sind mir auch die Schmeicheleien des Herrn Zöller peinlich: daß ich besser zu polemisieren verstehe als irgendein Autor des *Bayernkurier* und daß er meine Artikel nach seinem Geschmack »gut« fand. Bitte nicht. Es wäre mir lieber, er fände sie schlecht. Ich lebe in diesem Staat seit seiner Gründung, ich verweigere ihm seine Steuern nicht, ich wähle hier, ich esse das Brot, das hier gebacken wird, und ich fasse es einfach nicht, wenn mir da von der Jungen Union öffentlich nahegelegt wird, dies sei wohl nicht mein Staat. Das ist wirklich nicht zu fassen. Herrn Habes Staat ist das jedenfalls nicht: er sitzt weit vom Schuß. Mag Herr Zöller sich mit ihm unterhalten. Wenn die Herren von der Jungen Union niemals begreifen werden, daß Kritik nicht Ablehnung bedeutet, dann mögen sie weiterschmoren. Danke. Die Trennung von Politik und Literatur ist so lebensgefährlich wie die Trennung von Religion und Politik – das beruht auf einem subjektiv möglicherweise ehrenhaften, objektiv, historisch, ver-

hängnisvollen bürgerlichen Irrtum. Manche politische Rede – etwa von Herrn Dr. Kiesinger – war einfach schlechte Literatur, nichts weiter, und die manchmal überstrapazierte Metaphorik von Herrn Dr. Schiller ist ebenfalls schlechte Literatur. Wenn dieser Staat nicht mein Staat ist, welchen schlägt Herr Zöller mir dann vor?
Den *Bayernkurier* möchte ich schon deshalb nicht missen, weil er immer witziger wird – natürlich unfreiwillig. Herr Emil Franzel bezeichnete mich dort kürzlich – in einem völlig aus der Luft gegriffenen Zusammenhang, denn ich habe niemals auch nur einen Deut Ehrgeiz gehabt, *Hochland* zu übernehmen – als »Katholik«. Das ist hochinteressant, und in diesen Anführungsstrichen könnte etwas Prophetisches sich verbergen, denn es besagt doch nichts anderes als: was katholisch ist, das bestimmen wir, und da Herr Zöller mir nahelegt, zu überdenken, ob ich denn nun ein Bundesdeutscher sei, so entdeckte ich da gleich zwei Exkommunikationen, und ich warne die Herren.
ICH SCHREIBE DEUTSCH, und ich zahle – wie lange noch, weiß ich nicht – r. k. Kirchensteuer. Ich erblicke in solchen Andeutungen die ersten Ansätze einer neuen Heimatvertreibung. Ich bin – zugegebenermaßen – empfindlich. Ich habe weder Herrn Habe noch den jungen Herrn von der Jungen Union je persönlich angegriffen, ich habe nur das C bei ihnen herausgefordert; Herrn Habe habe ich erst angegriffen, als er nicht sich selbst, sondern seinen Herrn und Meister verteidigte. Vielleicht haben die Herren noch Sensorium genug, solche feinen Unterschiede festzustellen. Was Herr Habe vom Piedestal sagt, ist mir zu dumm: ich habe nie draufgewollt und bin froh, wenn ich wieder runterkomme. Er, er hat einmal – falls es erlaubt ist, ihn daran zu erinnern – Herrn Springer einen offenen Brief geschrieben, nun – wenn das keine Piedestalisierung war. Und wenn Herr Habe sagt, die Sowjets sind Diebe von Beruf, so mag er einmal im *Stürmer* und im *Schwarzen Korps* nachlesen, welches Vokabularium er da aufgreift. Ich werde Herrn Habe nie mehr öffentlich angreifen. Wir wollen nicht versuchen, uns zu »versöhnen« oder anzunähern: es gibt keine Versöhnung, keine Annäherung, ob es noch eine Gesprächsmöglichkeit mit der Jungen Union gibt, liegt nicht an mir, sondern an ihr. Ich erteile keinen »Bannstrahl«, wie Herr Habe es nennt: ich schränke nur meinen Umgang mit Denunzianten ein, ich denke, das ist erlaubt. Was Herr

Zöller schreibt, ist eine Denunziation. Die Bundesrepublik ist der Staat, in dem ich lebe und weiterhin leben möchte, falls es die Junge Union erlaubt.

Trotzdem möchte ich den Herren Zöller und Habe aufrichtig danken: sie haben, wie so viele, einen Klärungsprozeß herbeigeführt; man weiß endlich, woran man ist, es offenbaren sich Christen und Nichtchristen, und ob ich nun einmal unrecht getan oder gehabt habe, und wie sehr, ist inzwischen uninteressant, denn der Klärungsprozeß geht offenbar weiter. Diese bundesweite Kanaloffenbarung ist interessanter und politisch wichtiger, als ich je gewesen sein oder werden kann, und deshalb bin ich dankbar. Den äußerst klugen Leuten, die mir Empfindlichkeit vorwerfen oder Wehleidigkeit, empfehle ich, einmal drei Wochen lang in einer Kläranlage zu schwimmen. Welchen Kläranlagencharakter CDU/CSU-Polemiken in diesem Lande haben, das weiß mein Kollege Günter Grass ebensogut wie ich. Er erfährt's, wenn er etwa in Cloppenburg Wahlreden hält.

Ich bin 54 Jahre alt, habe viele Torheiten hinter, manche vor mir, aber ich traue mir zu, selbst festzustellen, wie nah oder wie weit von mir entfernt die Herren Brückner und Seifert sind. Immerhin hat Herr Löwenthal Brückner und mich in einem Atem genannt, hat Seifert zitiert. Die blinde Gleichsetzung von links- und rechtsradikal mag für Politiker angehen, die um Wählerstimmen bangen und hierzulande immer fürchten müssen, daß man nie Stimmen gewinnt, wenn man auf die Rechten schimpft, aber immer Stimmen verliert, wenn man auf die Linken nicht schimpft. Diese Krankheit des öffentlichen Bewußtseins möglicherweise zu verringern, ist offenbar uns Autoren überlassen, da kein Politiker das riskieren kann.

Die Gleichsetzung von links- und rechtsradikal kann – abgesehen von irgendwelchen moralischen Maßstäben – schon geometrisch gar nicht, wenn man Entfernungen mißt, stimmen, und ich befinde mich da keinesfalls in der Mitte zwischen diesen beiden Extremen. Ich unterschätze keinesfalls den Terror, die Demagogie, die man gelegentlich bei Linken feststellen kann, aber was rechter Terror bedeutet, das weiß ich. Ich halte sogar dafür, daß diese öffentliche Auseinandersetzung noch viel mehr klärt und bewirkt, als bisher sichtbar wird; daß sich sehr unterschiedliche Sensibilitäten und Artikulationsstufen einander nähern, daß eine nichtterroristische und nichtdemagogische Linke Autoren als Verbündete braucht und annimmt, um die finsteren Beamtengesetze der Herren Ministerpräsidenten weiterhin zu verhindern. Von diesen Gesetzen würde ja keiner je betroffen, der seinen Faschismus nur in einem Leserbrief oder Hörerwort offenbart. Dieser Blick in die Kläranlage wäre notwendig: was ich da z. B. von einem Herrn Superintendenten in einer seriösen überregionalen liberalen Tageszeitung gelesen habe; das ist mit Faschismus noch zu milde bezeichnet. Das ist Nazismus, und ich nehme doch an, daß so ein Herr beamtenähnlichen Status hat, und ich nehme an, daß er unter keines der geplanten Gesetze fiele, sowenig wie Herr Löwenthal. Ich beanspruche nicht wissenschaftliche Unfehlbarkeit, wenn ich das Wort »faschistisch« benutze; es geht ja nicht nur um den Wortlaut: es geht ja – vor allem in Anstalten des öffentlichen Rechts – um die Physiognomie, die Stimme und den Tatort.

Nein, nein, ich resigniere nicht, lieber Günter Grass, ich bin nur – mit Verlaub gesagt – ein bißchen müde. Wie Sie wissen, ist es sehr anstrengend, in einer Kläranlage zu schwimmen und Luft zu bekommen, besonders wenn man von leseunkundigen Christen umstellt ist. Ich fahre weg, in jenes Land, in dem lt. Hans Habe die »Diebe von Beruf« wohnen. Ich fahre gern dorthin, und noch eins, Herr Habe, aus- und nachdrücklich: Sie haben mich wieder einmal mißverstanden; ich würde vielleicht manches anders machen, anders ausdrücken, aber bereuen tue ich nichts, nichts, nichts, in Worten und Ziffern: nichts. Und noch einmal, meine Herren parteiamtlich bestätigten Christen, die so sehr in der Gunst der Amtschristen stehen: ICH SCHREIBE DEUTSCH, und wenn Sie glauben, dies sei nicht mein Staat, sagen Sie mir bitte, wohin Sie mich wünschen.

# Nicht Humus, sondern Wüstensand

Im Zusammenhang mit einigen Äußerungen, die ich am 12. Juni 1972 in einem *Monitor*-Interview getan habe, das fünf Minuten dauerte, habe ich folgende Erklärung abzugeben:

1. Am 15. Mai, dreieinhalb Monate nachdem ich mein letztes Wort über die Baader-Meinhof-Problematik gesagt hatte und die Polemik für abgeschlossen hielt, wurde in einem Fernsehkommentar des Bayerischen Rundfunks mein Name als einziger im Zusammenhang mit den ersten Bombenanschlägen genannt.

2. Am 26. Mai erklärte der Bundestagsabgeordnete der CDU Friedrich Vogel mich, indem er sich des Ausdrucks »die Bölls und Brückners« bediente, zum intellektuellen und ideologischen Helfershelfer des Terrors und forderte unsere Isolierung.

3. Am 1. Juni fand die Polizeiaktion um mein Haus und das Dorf herum statt, in dem mein Haus liegt. Wieviel Beamte daran teilnahmen, ist schwer festzustellen. Ich sah fünf bis sechs, nach Beobachtungen von Dorfbewohnern waren es 12 bis 20. Einigen wir uns auf acht bis neun. Daß diese Aktion stattgefunden hatte, sickerte durch, und ich bat fünf Tage danach Bundesinnenminister Genscher um Aufklärung. Ich wiederhole: ich habe den Polizeibeamten nichts vorzuwerfen. Wenn ich mir vorstelle, daß 150 000 Beamte an diesem Tag wahrscheinlich bis zu 1 000 000 Autos kontrollierten und damit rechnen mußten, aus jedem Auto beschossen zu werden, kann ich mir eine gewisse Nervosität erklären. Nicht erklären kann ich mir, wieso ich besonders verdächtig gewesen sein soll.

4. Am 7. Juni, als im Bundestag die Debatte über innere Sicherheit stattfand, war ich zwischen 11 und 16 Uhr mit meinem Auto unterwegs und hörte auf verschiedenen Sendern Nachrichten: ich hörte fünfmal meinen Namen, nicht im Zusammenhang mit irgendwelchen literarischen Querelen, sondern im Zusammenhang mit der inneren Sicherheit der Bundesrepublik Deutschland. Vielleicht versteht man, daß ich keine Lust hatte, in ein Café oder Restaurant zu gehen, statt dessen zu einer Bekannten ging, deren Haus ich passierte, und sie bat, mir einen Kaffee zu machen. Als ich dort in die Küche trat – es muß gegen 18.30 Uhr gewesen sein –, hörte ich wieder meinen Namen im obenerwähnten Zusammenhang. Immerhin hatte ich Gesellschaft be-

kommen: Günter Grass, Martin Walser und andere wurden nun ebenfalls genannt.
Vielleicht versteht man, daß ich, als ich gegen 20 Uhr wieder zu Hause bei meiner Frau war, keine Lust mehr hatte, Nachrichten zu hören oder fernzusehen, und daß ich mich ungefähr so fühlte, wie sich John Dillinger seinerzeit gefühlt haben muß.
5. Einige Tage später besorgte ich mir den Text der Bundestagsdebatte, las ihn, und es lief mir eiskalt den Rücken herunter, nicht, weil mein Name gefallen war, sondern weil ich feststellen konnte, daß die CDU/CSU offenbar entschlossen gewesen war, sich beim Problem »innere Sicherheit«, auf eine Intellektuellenhetze einzuschießen; beachtet man vor allem auch die Zwischenrufe, so hat man den Eindruck, als wäre die Bundesrepublik Deutschland ernsthaft bedroht, nun nicht mehr von der BM-Gruppe (da inzwischen auch Gudrun Ensslin gefaßt worden war), sondern von den Helfershelfern, den Humuslieferanten. Es war schon grauslich. Die einzigen Politiker, die Widerspruch äußerten, waren Bundeskanzler Willy Brandt und einige Abgeordnete von FDP und SPD. Kein einziger Abgeordneter der CDU/CSU widersprach auch nur mit einem Wort diesem Wahnsinn, der darauf hinauslief, jegliches Differenzieren regelrecht zu kriminalisieren.
6. Das Protokoll dieser Sitzung ist für jedermann um den Preis von 2,80 beim Verlag Dr. Hans Heger, Bonn-Bad Godesberg, erhältlich. Ich rate jedem auch nur halbwegs politisch Interessierten, es zu erwerben und zu lesen: Diese Lektüre ist die beste Vorbereitung für den kommenden Wahlkampf.
7. Was die Äußerungen über mich von Herrn Friedrich Vogel (CDU) und Dr. Schneider (CSU) betrifft, so sind sie – bedenkt man, daß sie fast fünf Monate nach dem umstrittenen Artikel gemacht wurden – von einer Infamie, die eines demokratischen Parlaments unwürdig ist. Was Herr Dr. Schneider über Solschenizyn, Bukowskij und mich gesagt hat, sind einfach Lügen, wie sie nur entstehen können, wenn sich einer ausschließlich bei *Bild*, bei der *Welt*, bei Herrn Löwenthal und in *Quick* informiert. Ich halte es für unter meiner Würde, einer solchen Infamie öffentlich zu widersprechen und den Eindruck zu erwekken, ich müsse mich verteidigen.
8. Wie ich erfuhr, soll Herr Friedrich Vogel inzwischen erklärt haben, an meiner persönlichen Integrität hege er keinen Zweifel.

Zu erklären, wie beleidigend eine solche Äußerung ist, wäre zu kompliziert. Was ich beanspruche, ist der mir statistisch zustehende Anteil an Nichtintegrität, was bedeutet: mindestens so viel, wie man Dr. Franz Josef Strauß zubilligt.

9. Bevor ich zu dem *Monitor*-Interview fuhr, las ich das Protokoll der Bundestagssitzung noch einmal. Das Gruseln kam wieder und blieb. Was ich innerhalb der drei Minuten, die mir blieben, um das Wichtigste zu sagen, sagte, entsprach meiner Einsicht, meiner Stimmung und meinem Zustand. Stimmung und Zustand wechseln; die Einsicht ist geblieben, daß jede, aber auch jede intellektuelle Arbeit (in die ich auch wissenschaftliche Arbeit einschließe) unmöglich wird, wenn differenziertes Betrachten und Analysieren von Problemen kriminalisiert wird. Was der CDU/CSU vorzuschweben scheint, ist nicht irgendeine Art von besserem Humus, sondern Wüstensand. Ich gebe zu: ich hatte Angst und die Nerven verloren (wer je in einen Nervenkrieg verwickelt war, wird das verstehen). Die Angst habe ich noch, der Zustand meiner Nerven bessert sich. Ich will versuchen, die Angst zu erklären: Ich hätte möglicherweise zum Beispiel gern ein Gedicht, einen Essay über die 150 000 Polizeibeamten geschrieben oder über den körperlichen Zustand von Meins, Raspe und Gudrun Ensslin. Ich habe das nicht getan, nicht nur, weil ich den Dreck fürchte, der kübelweise von Springer- und jeglicher Sorte christlicher Zeitungen zu befürchten ist, auch, weil ich mir die Frage stellte: Lohnt sich das?

10. Reduziert man das Problem um mich und meinen Namen (ich werde schon fertig mit diesem Problem) und stellt sich vor, welch einer Einschüchterung Tausende oder gar Zehntausende von Lehrern, Redakteuren, Autoren, Professoren ausgeliefert sind, dann ist der Ausdruck Intellektuellenhetze berechtigt, zumal das Gerede von den »geistigen Vätern« weitergeht. Die Diskriminierung von Helmut Gollwitzer etwa ist ein Verbrechen, weil er für viele junge Leute die einzige Autorität aus seiner, einer älteren Generation ist. Eine Demokratie, in der »Einzelkämpfern« eine solche Last aufgebürdet wird, ist in Gefahr. Demokratische Verfassung, demokratische Regierung sind permanent in Gefahr, wenn nicht demokratisches Selbstverständnis herrscht. Eine Bundestagsdebatte wie die vom 7. Juni gefährdet alles, was in 25 Jahren in diesem Land an Aufklärung und Information geleistet worden ist, und selbst wenn man sie von einem

lediglich patriotischen Standpunkt aus betrachtet: Es muß eine Art Selbstmordstimmung in der CDU/CSU herrschen, wenn sie ausgerechnet die Kräfte (nicht Personen) auszulöschen gedenkt, die der Bundesrepublik Deutschland über den Ruf der Tüchtigkeit hinaus jenen Kredit intellektueller Art verschafft haben, ohne den jedes Land der Erde zu einem Roboterstaat verödet.

11. Es ist die Stunde der liberalen und konservativen Presse in diesem Land. Es kann ihnen nicht daran liegen, daß Tendenzen, wie sie am 7. Juni 1972 bei der CDU/CSU-Fraktion sichtbar und hörbar wurden, auch nur die geringste Chance haben, Wählerstimmen einzubringen, und daß Politiker Angst haben müssen, gegen die Intellektuellenhetze öffentlich aufzutreten, weil sie dann um Wählerstimmen fürchten müssen. Selbst der konservativste Intellektuelle oder Wissenschaftler weiß, daß geistige Arbeit ohne Risiko keine mehr ist.

12. Ich danke allen, die mich kritisiert und nicht denunziert haben. Ich danke dem VS, dem PEN-Club, der Journalisten-Union, vielen, die mir geschrieben und telegrafiert haben. Ganz besonders danke ich Willy Brandt, Herbert Wehner und den FDP- und SPD-Abgeordneten, die noch zu differenzieren versuchten, obwohl man sie an- und auszischte. Diese Sitzung des Bundestags war ein Alptraum.

## Aus der Vergangenheit lernen

### *Die Germania Judaica in Köln*

Die Entstehung der Bibliothek GERMANIA JUDAICA ergibt sich aus ihrem Untertitel: Bibliothek zur Geschichte des Deutschen Judentums. Für viele, besonders jüngere Bürger der Bundesrepublik Deutschland, bestand nach der schockierenden Konfrontation mit den Daten und Ziffern über die Konzentrationslager, die Deportation, die »Endlösung«, über die Greuel der Nazijahre, das Bedürfnis, sich über die jahrtausendealte Geschichte der jüdischen Gemeinden in Deutschland zu informieren, über deren sowohl kultur- wie sozialgeschichtlich unterschiedliche Zusammensetzung, ihre Größe, Verbreitung und Bedeutung. *Daß* zerstört worden war, war offensichtlich, *was* zerstört worden war, ließ sich nur erforschen, wenn eine Informationsmöglichkeit über die Geschichte des Deutschen Judentums geschaffen wurde. Angeregt durch den Kölner Universitätsbuchhändler Karl Keller, dem aus Gesprächen mit Studenten und jüngeren Dozenten diese Informationslücke fast täglich bewußt wurde, schloß sich in Köln ein Freundeskreis zusammen, um die GERMANIA JUDAICA zu gründen.

Schwierigkeiten ergaben sich nicht nur bei der Ausarbeitung eines sinnvollen Konzepts für die Bibliothek und bei der Finanzierung des Projekts; als besonders erschwerend erwies sich die Tatsache, daß aufgrund der Bücherverbannung, Bücherverbrennung und der »Reinigung« sämtlicher Bibliotheken während der Nazijahre das erforderliche Informationsmaterial nur schwer zu beschaffen war. Inzwischen wurde die Informationslücke durch zahlreiche Publikationen deutscher Verlage verringert, erwies sich auch, daß in ausländischen Antiquariaten und Privatbibliotheken entsprechendes Material zu finden war.

Die Bibliothek beschränkte sich nicht auf den Erwerb und die wissenschaftliche Erfassung von Büchern, Zeitschriften etc., sie erweiterte ihre Tätigkeit im Laufe der Jahre um zwei weitere Schwerpunkte:

– Sie bemühte sich mit Erfolg darum, einen Überblick über alle entstandenen und entstehenden wissenschaftlichen Arbeiten zu besorgen, die zum Themenkreis der Bibliothek gehören. Diese Koordinierungsarbeit, die halbjährlich unter dem Titel *Arbeits-*

*informationen* erscheint und an alle befaßten wissenschaftlichen Institute versandt wird, erwies sich als ebenso nützlich wie die Bibliothek, die inzwischen für Schüler, Lehrer, Studenten, Doktoranden ein unersetzliches Informationsinstrument geworden ist.

– Zeitweise gab die Bibliothek eine eigene Publikation *Germania Judaica* heraus, in der sie Informationsschwerpunkte behandelte: Jiddische Sprache, Ghetto etc. Diese Publikation mußte inzwischen aus finanziellen Gründen eingestellt werden, obwohl sie sich als sehr nützlich erwiesen hatte.

# Die Würde des Menschen ist unantastbar

*Vorwort zu »Wie links können Journalisten sein?«*

Das Grundgesetz für die Bundesrepublik Deutschland ist wahrscheinlich die bestmögliche Verfassung, die ein Staat sich im 20. Jahrhundert geben konnte. Abschnitt 1 des Artikels 1 dieses Grundgesetzes (Zitate nach der 10. Auflage der dtv-Ausgabe, Stand vom 1. März 1970) lautet: »Die Würde des Menschen ist unantastbar. Sie zu achten und zu schützen ist Verpflichtung aller staatlichen Gewalt.« Konfrontiert man diesen Artikel mit dem in der Springer-Presse üblichen Berichterstattungsstil, so muß man sich fragen, wo die staatliche Gewalt bleibt oder geblieben ist, die so rasch, mit ungefähr 50 Beamten zur Stelle war, als es galt, den *Schüler-Kalender* des Wagenbach-Verlages zu beschlagnahmen, und man muß sich fragen, ob die Krokodilstränen, die nun ob der Ungemach vergossen werden, die man der Denunziationsbrutstätte *Quick* angedeihen läßt, nicht doch ein bißchen zu dick ausfallen. Es war kein Kamerateam des SFB zugegen, als man den Wagenbach-Verlag besuchte. Und doch, natürlich, sind wir alle vor dem Gesetz gleich. Daß nicht nur Verdächtigte, daß auch Kriminelle ein Recht auf die Unantastbarkeit ihrer Menschenwürde haben, daß sie ihnen sogar gewährt werden muß, wenn sie selbst sie verletzt und verhöhnt haben, ist wohl zu selbstverständlich, als daß man es *Bild*-Lesern zumuten könnte. Eines Tages wird sich hoffentlich ein Doktorand der Sexualpsychopathologie des Springer-Polit-Porno-Krimis annehmen, als den man die Berichterstattung über die Baader-Meinhof-Gruppe bezeichnen muß. Höhepunkt dieses Respekts vor der Menschenwürde der *Bild*-Leser waren die *Bild*-Ausgaben nach der Verhaftung von Baader, Meins und Raspe in Frankfurt. Ich nehme an, das Nacktfoto von Baader, der da in seiner ganzen Männlichkeit auf der Bahre hingestreckt lag, war als Sonntagsnachmittags-Pin-up für die Menschenwürde der deutschen *Bild*-Hausfrau gedacht. Und eines Tages mag ein wohlmeinender Zeitgenosse vielleicht schüchtern wagen wollen, erfahren zu dürfen, wie Fotos, die nur Polizeifotos sein können (Gudrun Ensslin im Polizeihubschrauber) in die Presse geraten, und seit wann es erlaubt ist, ein Röntgenfoto, das doch in die hochheilige Intimsphäre gehört, ohne Einwilligung der in ihren

Organen dargestellten Person veröffentlicht werden darf, auch wenn diese Person der Zeitgeschichte Ulrike Meinhof heißt. Das sind natürlich alles Kinkerlitzchen, die in einem Rechtsstaat mit einer so makellosen Verfassung nicht so wichtig sind. Man muß sich nur, wenn man das alles beiseite schiebt, fragen, wer denn nun das Vertrauen in Staat und Staatsgewalt zerstört? »Die Würde des Menschen ist unantastbar. Sie zu achten und zu schützen ist Verpflichtung aller staatlichen Gewalt.« Es wäre doch nicht nur moralisch und im Sinne der Verteidigung des Rechtsstaates, es wäre doch sogar taktisch klug, und es wäre einer Sondersitzung des Rechtsausschusses im Bundestag wert, wenn zur Abwechslung nun einmal die Konservativen, die Liberalen, die Rechten, ja sogar die Reaktionären protestierten. Das wäre ein Schlag gegen die Linken und die »Linken«! Protestieren etwa gegen das Urteil gegen Werner Hoppe. Es ist doch nackter Hohn, wenn man ihn zu zehn Jahren verurteilt und außerdem noch das Urteil als eine Art Preisermäßigung von siebzehn Jahren auf zehn Jahre darstellt. Dieses Urteil ist der vorläufige Ausläufer einer zweiten Einschüchterungswelle, der die Bundesrepublik Deutschland zur Zeit unterworfen wird. Nicht Einschüchterung von Bombenlegern, Verdächtigen, Kriminellen, Mitläufern; es wird wohl kaum gelingen, sie auf diese Weise einzuschüchtern, durch ein solches Urteil wird ja ihre Theorie von der Klassenjustiz eher bestätigt. Nein, die Einschüchterung der gesamten kritischen Intelligenz eines Landes mit der wahrscheinlich bestmöglichen Verfassung. Wie Angst vor dem Aussatz geht doch Ansteckungsangst, eine Nebenerscheinung des Anankasmus, durchs Land. Ein an Schwachsinn grenzender Distanzierungsmechanismus. In manchen Funkhäusern, höre ich, darf man kaum noch riskieren, das Wort »Kapitalismus« auszusprechen, und aus dem Titel einer kritisch analytischen Sendung mußte das Wort »proletarisch« gestrichen werden. Warum eigentlich mußte sich Klaus von Bismarck von dem Bornemann-Interview distanzieren? Hat er es denn gegeben? Distanziert er sich von der gelegentlich unerträglichen Morgenmusik des WDR, obwohl er sie weder komponiert hat noch gespielt? Seit wann muß man sich lautstark von etwas distanzieren, mit dem man sich nie identifiziert hat. Muß von nun ab jeder publizierende Bundesbürger jeden Morgen hübsch brav seine Distanzierungslitanei aufsagen? Muß ich mich vom Flick-Konzern distanzieren, oder von meiner Frau, mit der ich, wenn auch verheiratet, so doch nicht identisch bin? Und wer anders als die Springer-Presse hat denn mit vorläufigem Erfolg diese zweite Einschüchterungswelle bewirkt? Liest man das Bornemann-Interview in Ruhe kritisch durch, möchte man vielleicht über ein paar Passagen mit Bornemann streiten, aber ist man denn Bornemann, und seit wann darf ein Psychologe nicht mehr als Psychologe argumentieren? Muß das zur Folge haben, daß man ihm mit Ausweisung droht, daß Funk und Fernsehanstalten ihn wie einen Aussätzigen meiden?

Vor ungefähr einem halben Jahr hat Minister Dr. Posser geschrieben: »*Bild* regiert: ein Alptraum.« Ich erlaube mir die Gegenfrage: Regiert *Bild* etwa nicht, oder nicht wenigstens mit und regieren nicht auch Bilder, wenn Artikel 1 des Grundgesetzes täglich offen verhöhnt, mißachtet und verletzt wird? Wer zerstört denn da das Vertrauen in Staat und Staatsgewalt, sind es die berüchtigten vollidiotischen Humanitätsdusel, oder ist der Artikel 1 des Grundgesetzes humanitätsduselig? Elf Millionen Bundesbürger schlürfen täglich den Polit-Porno-Zynismus von *Bild* ein. Helmut Schmidt soll einmal gesagt haben, ein Abgeordneter, der sich gegen Springer verwende, begehe politisch Selbstmord. Nehmen wir die Last dieses Zitats von Helmut Schmidt und schreiben es *irgendeinem* Politiker zu, so könnte sich ein Bundestagshamlet heute fragen: Mord am Grundgesetz oder Selbstmord, das ist hier die Frage.

Es ist doch nachgerade unfaßbar, wenn man hierzulande unter Gewalt nur noch die Gewalt von Bomben und Maschinenpistolen versteht. Übt eine *Bild*-Schlagzeile keine Gewalt aus? Welche? Was wird da angerichtet in den Köpfen, im Bewußtsein, am Aggressionspotential dieser elf Millionen Süchtigen, die der politisch gefährlichsten aller Süchte, der *Bild*-Sucht unterworfen sind. Und welche Gewalt haben die rund vier Milliarden DM ausgeübt, die im Jahre 1971 für Zeitungsinserate ausgegeben worden sind? Natürlich nicht die geringste. Ich weiß, es ist Mode geworden, die Springer-Presse einfach für indiskutabel zu halten. Ich mag mir diesen intellektuellen Luxus nicht leisten. Die erste erfolgreiche Einschüchterungswelle, die Anfang der fünfziger Jahre an- und Ende der fünfziger Jahre auslief, ist mir noch zu gut in Erinnerung; es war eine großangelegte Intellektuellen- und Kommunistenhatz, bei der der jetzige Bundeskanzlerkandidat der CDU/CSU eine klägliche und peinliche Rolle mit seinem Komitee »Rettet die Freiheit« spielte. Diese zweite Einschüchterungswelle Anfang der siebziger Jahre ist gespenstischer, weil ihr Ziel nicht so sichtbar und handfest ist wie bei der ersten. Damals war das Ziel die Remilitarisierung. Worum kann es heute gehen? Die gesamte Halali-Gruppe, zu der keineswegs nur der Springer-Konzern gehört, müßte doch eigentlich der Baader-Meinhof-Gruppe Denkmäler bauen, da sie, ausgerechnet sie, einen Einschüchterungsvorwand geschaffen hat, wie man ihn besser nicht hätte erfinden können. Wird diese Neigung zu Untertänigkeit, Gleichschritt, Gleichschaltung anhalten? Wenn die SPD offenbar entschlossen ist, medienpolitisch Selbstmord zu verüben, wenn sie 10 weitere Prozent der Berliner Presselandschaft kampflos dem Springer-Konzern überläßt: Wenn der SFB ohnehin springerkonform ist und man sich doch schon wundern muß, warum Herr Walden noch nicht Intendant ist; wenn jede Konzentration (siehe *Kölnische Rundschau, Rheinische Post*) immer nur nach rechts ausschlägt und keinerlei linke Konzentration auch nur andeutungsweise sichtbar wird; wenn die Wochenzeitung *Publik* auf die schnödeste Weise einfach fallengelassen wird, gleichzeitig die *Kölner Kurie* mit verblüffender Offenheit dem *Rheinischen Merkur* zwei Millionen Mark zuspricht; wenn sich die erfolgreichen Einschüchterungsversuche der CDU/CSU Funkanstalten gegenüber immer weiter fortsetzen und mit unnachahmlicher christlichsozialer Chuzpe das Bayrische Rundfunkgesetz durchgepaukt und eine Bürgerinitiative dagegen offen behindert werden kann, dann wird man uns eines Tages das Grundgesetz um die Ohren schlagen und seine besten Artikel zu höhnischen Wandsprüchen erniedrigen. Man könnte resignieren und einer geheimen Neigung zum l'art pour l'art und zur mildgereiften Anarchie erliegen, gäb's da nicht Gruppen, die einem Hoffnung lassen. Den Berliner *Extradienst*, der eine unentbehrliche Informationsquelle geworden ist, das *Publik Forum*, das Herausgeberteam dieses Buches, die alle anderswo anknüpfen als an jene unerträgliche Untertänigkeit, die mit ebenso unerträglicher Selbstgefälligkeit gepanzert ist; ich schließe die liberalen, konservativen, liberal-konservativen Zeitungen nicht aus, bei denen der politische und der Wirtschaftsteil kritiklos kapitalistisch, das Feuilleton gemäßigt links ist, man aber eigentlich erst, wenn ganze Zeitungsseiten mit Todesanzei-

gen fällig werden, merkt, wer dahintersteckt (oder gesteckt hat). Die Jusos und die Jukas (Abkürzungsvorschlag für Jungkatholiken, deren Urahn der 1963 im Alter von 82 Jahren verstorbene Johannes XXIII. ist; deren zur Zeit eifrigste Vertreter in der Bundesrepublik der 68jährige Karl Rahner und der 72jährige Walter Dirks sind). Es ist ja nicht so, daß nur die SPD ihr Jusoproblem hätte, es gibt ja auch die Jungdemokraten und ein paar Jukas im Vatikan, in Spanien, Latein- und Nordamerika. Was es nur noch nicht gibt, ist eine Gruppe, die man, wenn sie auftauchen sollte, vielleicht Juchrisos nennen könnte: Jungchristdemokraten. Soeben (am 11. August 1972) verkündet *Bild* auf der ersten Seite, daß Dr. Barzel wahrscheinlich seinen Urlaub wegen der *Quick*-Affäre abbreche. Das muß der Jungen Union ihren Kanzlerkandidaten doch sympathisch machen. Da werden sich wohl in Bonn und München die verschiedensten Krokodilstränennebenflüsse zu einem mächtigen Strom vereinigen. Natürlich ist das Vaterland in allerhöchster Gefahr, wenn *Quick* ein Leids geschieht. Da ist ja geradezu die Pressefreiheit gefährdet, und das ist gegen das Grundgesetz.
Das Grundgesetz für die Bundesrepublik Deutschland hat 146 Artikel. Ich zitiere nur noch den Absatz 2 des Artikels 14: »Eigentum verpflichtet. Sein Gebrauch soll zugleich zum Wohl der Allgemeinheit dienen.« Lacht da einer, der vielleicht gerade gelesen hat, wie sehr der Flick-Nachlaß dem Wohl der Allgemeinheit dienstbar gemacht worden ist? Von wem darf hier gelacht werden? Von denen, deren Eigentum sie lediglich zu Mehr-Eigentum und deren Mehr-Eigentum sie lediglich zu Noch-Mehr-und-Immer-Mehr-Eigentum verpflichtet. Es darf der moralische Ernst des Grundgesetzes von der Springer-Presse verhöhnt und vernichtet werden. Es darf nach der Lektüre dieses Buches festgestellt werden, daß eine Wechselbeziehung zwischen der Auflage einer Zeitung und ihrem Einkommen an Anzeigen besteht; daß Zeitungsverleger *fast* unumschränkte Herrscher sind, und zwar nicht irgendwelche in Großbritannien oder den Vereinigten Staaten, wo es eine ungebrochene Tradition des Kapitalismus gibt und eine ungebrochene Tradition des politischen Streiks, (jedenfalls in Großbritannien, das man als die älteste westeuropäische Demokratie preist, wobei man gleichzeitig über seine Streiks den selbstgefälligen Kopf schüttelt, ohne sich einzugestehen, daß das eine mit dem anderen zu tun haben könnte).

Die Zeitungsverleger in der Bundesrepublik sind in einer ganz anderen Position als ihre angelsächsischen Kollegen. Die meisten von ihnen sind ehemalige Lizenzträger der Besatzungsmächte. Sie bekamen eine Lizenz, eine Druckerei, Papier, und aus diesem seinerzeit relativ bescheidenen Privileg sind inzwischen Grafschaften, Herzog- und Fürstentümer geworden. Ist es erlaubt, in diesem Zusammenhang das Wort Herrschaftstruktur zu benutzen, und wenn das Wort gnädigerweise zugelassen wird, ist dann die bescheidene Frage erlaubt, wer denn wie, wo und womit herrscht oder wer da von wem, wie, wo und womit beherrscht wird? Ich beschränke mich darauf, zum Schluß nur noch einmal die beiden Zitate aus dem Grundgesetz zu wiederholen. Abschnitt 1 des Artikels 1: »Die Würde des Menschen ist unantastbar. Sie zu achten und zu schützen ist Verpflichtung aller staatlichen Gewalt.«

Abschnitt 2 des Artikels 14: »Eigentum verpflichtet. Sein Gebrauch soll zugleich dem Wohle der Allgemeinheit dienen.« Ich hoffe, Zitate aus dem Grundgesetz klingen noch nicht wie Hohn.

## Unsere Wahlen aus deutscher Sicht

Vom Ausland her auf die amerikanischen Präsidentschaftswahlen blickend, gewinne ich den Eindruck, daß da viele Unwägbarkeiten mit im Spiel ist. Es sieht so aus, als würde Richard Nixon rein zufällig oder unvermeidlich eine weitere Amtsperiode erhalten.

Der Wahlkampf gleicht einem Rennen, in dem Geld eine große Rolle spielt. Es ist eine anerkannte Tatsache, daß in einer Demokratie kein Kandidat, nicht einmal ein Heiliger oder ein Supermann oder eine Frau, einen Wahlkampf ohne einen erheblichen Geldaufwand bestreiten kann; durch die Reklame für und das Verkaufen von Kandidaten findet jedoch eine kräftige politische Umweltverschmutzung statt.

Der Präsident der Vereinigten Staaten ist mehr als der Regierungschef seines eigenen Landes. Er entscheidet, was geschehen wird nicht nur in Vietnam, sondern auch in Griechenland, der Türkei, Deutschland (West-, Ost-, Berlin), Israel usw. Die Vereinigten Staaten haben eine historische Aufgabe übernommen, die sie nicht aufgeben können, auch nicht, wenn es um die Vereinigten Staaten selbst ginge.

Mit der Bedeutung der Präsidentschaftswahlen verglichen erscheinen mir alle europäischen Probleme provinziell, die semantische Diskussion über den Deutsch-Sowjetischen Vertrag miteingeschlossen. Mich entsetzt der Gedanke an einen Kanzler Barzel und eine neue Regierungszeit für die ruinöse und ruinierte christdemokratische Partei; doch ich sehe ein, daß es von weit größerer Bedeutung für Europa ist, ob Herr McGovern oder Herr Nixon Präsident der Vereinigten Staaten wird. Mein Favorit ist Herr Muskie, aber es scheint, daß ihm die nötigen reklamelächelnden Qualitäten fehlen.

Die Überlegung, daß der nächste Präsident der Vereinigten Staaten mehr oder weniger mit Hilfe des kommerziellen Fernsehens gewählt wird, ist erschreckend genug. Es ist nicht weniger erschreckend, daß diese Wahl zugleich bezahlt wird mit Flugzeugen, Gewehren, Minen, Maschinengewehren, Bomben und Napalm in Vietnam, das man eigenartigerweise wieder Indochina nennt.

Ich kann einfach nicht begreifen, daß es für Amerika ein Unglück bedeuten soll, einen Krieg zu verlieren, einen Kreuzzug, der von dem damaligen Kardinal Spellman angezettelt worden ist. Natürlich mag es leicht scheinen für einen Deutschen, der nicht nur gewöhnt ist an verlorene Kriege, sondern sich sogar darüber freut, anderen Nationen zu sagen: was ist das Unglück an einem verlorenen Krieg oder an der Einsicht, daß ein verlorener Krieg verloren ist?

Ich werde niemals den Augenblick meiner Befreiung durch die amerikanische Armee vergessen; ich werde niemals vergessen, wie diese so jungen Burschen, die den Hügel heraufkamen, mich gefangennehmen mußten, um mich zu befreien. Es ist diese Erfahrung, die mich fragen läßt, wen es in Vietnam im Augenblick kümmert, von wem er befreit oder »befreit« wird – nach einer so langen Zeit seit dem Indochina-Krieg?

Was ich an Informationen den amerikanischen Zeitungen und Magazinen entnehme, reicht aus, mich einsehen zu lassen, daß die innere Sicherheit der Vereinigten Staaten ebenso wichtig ist wie die Sicherheit außerhalb der Vereinigten Staaten. Um dieses Problem zu erkennen, brauche ich keine ausländischen Zeitungen, die (wozu deutsche Zeitungen tendieren) amerikanische Probleme verniedlichen oder sie übertreiben. Die sichersten Informationen über die USA kommen immer noch aus den USA selbst. Eben das kann für die Bundesrepublik Deutschland nicht gesagt werden, wo die Presse viel konservativer ist als die Bevölkerung und wo Journalisten schüchtern oder eingeschüchtert sind. Ich kann mir zum Beispiel kaum vorstellen, daß irgendein amerikanischer Journalist oder eine amerikanische Zeitung es als Naturgesetz akzeptieren würde, daß ein Starfighter nach dem anderen vom Himmel fallen muß.

Das Bewußtsein, daß es genug interne wie externe Probleme für Amerika gibt – brennende, sogar schreckliche Probleme –, macht es wichtig für mich als einen Europäer, mir über den nächsten Präsidenten der Vereinigten Staaten Gedanken zu machen. Ich glaube, es sollte derjenige Kandidat sein, der weiß, daß Freiheit für Griechenland und die Türkei ebenso wichtig ist wie für Indochina; daß ein Krieg wie der in Vietnam weder dem Sieger etwas einträgt noch dem Verlierer, noch gar den Befreiten oder den »Befreiten«. Der richtige Kandidat müßte dies einsehen und sich nicht einfach als ein Reklameprodukt des amerikanischen Fernsehens verkaufen lassen.

## Sport und Nationalismus

*Eröffnungsrede zur PEN-Tagung in Köln am* 8. 9. 1972

Vielleicht können nur Politiker und Staatsmänner gelegentlich so naiv sein, zu glauben, es sei möglich, Sport und Politik voneinander zu trennen. Ich mag diese Naivität nicht denunzieren, sie könnte ja dem, wie ich finde, irrigen Glauben entspringen, die Politik sei wirklich ein schmutzigeres Geschäft als andere, und man bedürfe des Sports als einer Insel der Reinheit, auf der außerdem – o Wunder – Leistung objektiv und exakt direkt meßbar ist und Leistung direkt in Erfolg umsetzbar.

Nun bin ich der vielleicht törichten Meinung, daß Politik keineswegs schmutziger ist als irgendeine Beschäftigung auf dieser Welt – und Sport nicht unbedingt die reinste. Beide haben ja außerdem – wie alle Geschäfte – mehr oder weniger mit Geld zu tun, direkt und indirekt – Sport, Politik, Geld – das wären schon drei Dimensionen, wer weiß, wie viele mehr wir im Lauf der Gespräche hier noch entdecken.

Nun könnte es aber auch sein, daß nur Sportler und Sportidealisten glauben, die Politik und das Geld wären möglicherweise aus dem Sport 'rauszuhalten – und es renne da einer los, um die 100 Meter in 9,4 Sekunden zu schaffen, zur reinen Freude von Ministern und Kanzlern, Präsidenten und aus der atavistischen Lust, wenn's um die Jagdbeute, eine Frau oder ums Leben geht – am schnellsten zu sein.

Schwebt den Politikern, die sich gelegentlich – für meine Gefühle ein wenig zu kokett – schmutzig fühlen, vielleicht so etwas wie erzieherische Wirkung vor? Und wenn man auch das nicht per se denunzieren möchte, mag die Frage erlaubt sein: Erziehung wozu? Steht da möglicherweise der Rekord für den gewünschten Akkord am Arbeitsplatz? Wo waren die Stoppuhr und das Metermaß zuerst, auf dem Sport- oder am Arbeitsplatz?

Ausscheidung ist ein ominöses Wort – hieß es nicht einmal Selektion? Umgang mit Sprache macht mißtrauisch, Nachdenken auch. – Dieses Faszinierende an sportlicher Leistung, das direkte exakte Messen von Leistung, das sofortige Umsetzen von Leistungen in Erfolg, bei sportlicher Leistung vielleicht harmlos, wenn man schon den Besten herausfinden will – diese Methode wird fragwürdig, fast lebensgefährlich, wenn man sie in der Umkehrung anwendet: den Erfolg mit Leistung gleichsetzt, die Leistung am Erfolg für exakt gemessen oder meßbar hält: etwa ökonomischen oder literarischen Erfolg. Der eine ist dann besser als der andere, und einer ist der Beste. Am Ende wird dann Liebesleistung nicht nur für meßbar erklärt, sondern auch gemessen. Der beim Sport unvermeidliche Leistungskampf führt zu Leistungsklassen, zu einem Kampf der Leistungsklassen, Leistungsklassenkampf, der sehr rasch in einen Leistungsnationalismus führt, der weit über den traditionellen Nationalismus hinausgeht. Auch was diese Dimensionen betrifft, muß die Frage gestattet sein: Wozu wird erzogen, wenn Leistung und Leistungskampf mit einer derartigen publizistischen Breite propagiert werden?

# Hülchrather Straße Nr. 7

Natürlich fragt sich manch einer, warum man in solche Großstadtschluchten zurückzieht, wenn man fünfundzwanzig Jahre lang im Grünen gewohnt hat und dort hätte wohnen bleiben können; vielleicht zieht man nur um, um den mißlichen Zwang eines dauernd nach Pflege schreienden Rasens loszuwerden und dem Motorenlärm der Rasenmäher zu entfliehen, dem Traum vom englischen Rasen, der so unerfüllbar ist wie der Traum von einer Demokratie Schweizer Art.

Hier, hier ist es still, stiller als auf dem entlegensten Dorf, wo irgendwo doch immer ein Traktor brummt, Jugendliche ihre Mopeds ausprobieren, wo Städter unermüdlich ihren Zweitrasen schneiden; hier braucht nicht jeder wildwuchernde Busch – wie's uns da draußen so oft geschah – gestutzt, noch einmal gestutzt, letzten Endes auf ein Stummeldasein reduziert zu werden.

Hier zeigen die Vorgärten offen, was sie sind: zwischen Autos und Fassaden eingeklemmte Armseligkeiten, nicht einmal den Kindern zum Spielen freigegeben.

Der Stadtteil ist zum größten Teil nach 1890 erbaut; Zeit einer ersten Bodenspekulation; Jugendstilfassaden, die Straßennamen klingen noch nach dem Triumph, der damals erst zwanzig Jahre zurücklag und noch frisch im Ohr klang: Sedan, Wörth, Belfort, Weissenburg; eine selbstbewußte Zeit, die unerschrocken den beginnenden Jugendstil in seinen verschiedensten popularisierbaren (vulgarisierbaren) Formen aufnahm und eine bemerkenswerte Vorliebe für langhaarige Weiber entwickelte, die über Haustüren melancholisch den Eintretenden begrüßen oder mit gekonnter Tristesse Balkone stützen. In solchen Straßen, solchen Wohnungen sind wir beide groß geworden, haben wir gespielt; von solchen Häusern aus sind wir zur Schule gegangen – bis das Vaterland rief, den einen weg, während die andere zurückblieb, in einem ähnlichen Haus, in einer ähnlichen Wohnung. Es ist der Weg zurück in die Stadt, in die Vorstadt, zurück in eine mehr als dörfliche Stille, die sich hinter den Fassaden in riesigen, durch Mauern und Dachgärten verwinkelten Höfen verbirgt; aus der Schein-Individualität, der in Wirklichkeit total genormten Weekend-Gartenaktivität des Vororts im Grünen, zurück in die Anonymität, oder sollte man sagen: Urbanität?

Natürlich muß man hier die knappen Gehwege, die außerdem noch halb von parkenden Autos besetzt sind, mit den Hunden teilen, die notgedrungen, notwendigerweise und ungeniert hier wenig Heil anrichten; sie dürfen alles, sie dürfen dort, wo Kinder spielen, Kinderwagen parken; sie dürfen; natürlich müssen sie auch, aber sollte ein Hund überall müssen dürfen? Die Folgen sind verheerend – wann kommen Städteplaner endlich auf die Idee, Hundeaborte einzurichten? Oder sollten Hundebesitzer verpflichtet werden, das Hunde-Muß zu beseitigen?
Und dann gibt es ganz in der Nähe, kostenlos zu besichtigen, noch ein anderes, möglicherweise das entscheidende Umzugsmotiv: den Rhein. Fast fünfzehn Jahre lang wohnten wir zu weit von ihm entfernt, war der Rhein nur Ausflugsziel. In seiner permanenten, wer weiß wie alten Vergänglichkeit sagt er nichts, indem er für sich selbst spricht; er ist beruhigender als das Rasenmäherkonzert, und seitdem sein Wasser so schmutzig ist, daß es zum Autowaschen nicht mehr verwendet werden kann, bleibt er gänzlich unberührt von den Wochenendmechanismen, wird von Eimer, Schlauch und Schwamm nicht mehr in seiner schmutzigen Majestät gestört. Natürlich ist er alt und doch vollzieht er ständig und täglich eine totale Erneuerung, im Gegensatz zu den Institutionen, die seine Ufer beherrschen.
Die Kinder sind zu einer anderen Zeit als die Hunde auf der Straße, sie treten sozusagen täglich deren Erbschaft an und spielen in deren Hinterlassenschaft; viel Platz ist da nicht, wo beiderseits Autos parken, die Vorgärten zu betreten verboten, wenn auch nicht unmöglich ist; es bleiben die schmalen Gehsteige zwischen Autos und Vorgärten, bleiben die Hauseingänge, und nicht einmal die Gossen, in denen man immerhin noch mit Klickern spielen könnte, sind frei. Hier wäre manches »zu unserer Zeit« fällig, und manches » als unsere Kinder noch klein waren«; immerhin hatten unsere Kinder noch so unersetzliche, künstlich schwer zu erstellende Spielplätze wie die Trümmer, es waren kaum Autos auf den Straßen, sehr selten einmal ein Hund, und die Trümmer erlaubten eine freie Entfaltung so widersprüchlicher oder einander ergänzender Spielbetriebe wie Zerstören und Bauen, sie waren, jedenfalls so ums Jahr 1950 herum, dicht bewachsen, Ruinenparks; aber damals hat so manch einer die Trümmerkinder bedauert, die gar nicht so bedauernswert waren, spielende Kinder, auch in Dörfern, sind immer gefährdet, und Eingeweihte

wissen längst, daß die berühmten Sandkästen, von denen einer auf einige tausend Kinder kommen mag, im Dunkeln, wenn die Kinder schlafen, für einige hundert Hunde willkommene Aborte sind; nicht nur die Straße, auch der halbe Bürgersteig gehört den Autos, und natürlich wird sich das Problem auf die Länge der Zeit von selbst lösen, durch Geburtenrückgang. Dann werden endlich Autos, Erwachsene und Hunde unter sich sein. Dann wird es auch keinen Ärger mehr mit den Vorgärten geben, sie werden alle aussehen wie Bühnendekorationen für Beckett-Stücke.

Wer wundert sich, daß die Lieblingsbeschäftigung der Kinder das Schießen ist, nachgeahmtes oder mechanisch produziertes Rattern und Sägen von Maschinenpistolen? Knallen, Geheul – und wer würde sich wundern, wenn ihre Aggressivität sich eines Tages gegen ihre Konkurrenten, die Autos, richten würde, die ihnen den Spielraum wegnehmen, ihnen die Gosse versperren; wann wird das große Gekratze, Gekritzel beginnen? Es sind brave Kinder, auch wenn sie so viel schreien und schießen: das große Tabu, das Auto, verletzen sie nur selten, und wenn, dann ungewollt.

Beherrschend für das Viertel ist das große Schloß mit der weitläufigen Fassade, es zieht viele Besucher an, weil in ihm die große Dame mit den verbundenen Augen residiert; sie entscheidet über Ehen, Scheidungen, Miet- und Wohnungsstreit, Beleidigungsklagen, klärt Besitzverhältnisse; es wäre ungerecht zu sagen, die Dame in ihrem Schloß wäre unproduktiv; eins wird ganz gewiß in ihrem Herrschaftsbereich produziert: Staub, jener besondere Staub, der sich in und auf Akten sammelt; die Dame erteilt Nummern, Termine, verhört Zeugen, Kläger, Beklagte; ihre Kunden, die Bittsteller, die nach Recht verlangen und um Gerechtigkeit begehren, bebend vor Ungeduld, weil Termine drohen, umkreisen sie die Häuserblocks, um irgendwo eine Lücke zu finden, und wenn sie keine finden, parken sie eben dort, wo's verboten ist, parken sogar dort, wo's Halten verboten ist; abgehetzte Anwälte, die rasch ihren Talar überziehen, mit Aktenordnern und -taschen sich zur Audienz ins Schloß begeben – da findet so manche rasche Verwandlung statt, die sichtbaren Türhüter sind freundlich, die unsichtbaren Türhüter, ich nehme an, sie lächeln, nicht verächtlich, eher traurig, wohl weil sie ahnen, daß hier auf ewig Mißverständnis herrscht: Mißverständnis über die verschiedenen Arten der Wörtlichkeit, die permanent hier aufeinanderprallen, die Wörtlichkeit der Eingeweihten und Einverstandenen mit der der anderen, die nicht begreifen können und wollen, daß geschriebenes, gesprochenes Recht eine andere Wörtlichkeit hat als ihr Streben, Gerechtigkeit zu erlangen. Da wird, was klar schien, unklar, geschriebenes, gesprochenes, ausgelegtes und gedeutetes Recht hat eine andere Dimension als jener Wunsch nach Gerechtigkeit, der eine andere Selbstverständlichkeit hat als in diesem Labyrinth sichtbar wird. Was so klar als Recht schien, wird in einer anderen Wörtlichkeit unklar, es findet Reibung statt, Aufreibung auch, eine offenbar unvermeidliche Umwälzung von Worten, die sich unvermeidlicherweise in Akten niederschlagen, Staub anziehen, der aus Archiven in die Flure, aus den Fluren in den Verhandlungsraum, um viele Worte vermehrt aus dem Verhandlungsraum in die Flure, aus den Fluren wieder in die Archive zurückbefördert wird.

Die Schule im Hof des Nachbarblocks erspart uns den Wecker, wenn wir nicht vor halb acht aufstehen wollen; die langsame, stetig anschwellende Addition von Kinderstimmen, noch nicht mit Pausenfröhlichkeit, noch gedämpft; kein unangenehmer Wekker. Die Pause gegen 10 erspart den Blick auf die Uhr, und wer bis jetzt noch nicht wach ist, wird's unweigerlich; die Vehemenz kurzfristiger Befreiung erfüllt den benachbarten Hinterhof; Halbzeitlärm, der in der Pause gegen zwölf sich steigert, weil das Ende nahe ist. Die Entfernung von unserem Schlafzimmerfenster zum am nächsten gelegenen Unterrichtsraum mag drei oder vier Meter betragen; wenn hier und dort die Fenster offenstehen, im Sommer oder an warmen Herbsttagen, kann man, im Bett liegend, am Unterricht teilnehmen: seine Kenntnisse in Heimatkunde, Rechnen, Singen auffrischen; jugendliche Besucher lassen es sich nicht nehmen, vom Schlafzimmerfenster aus unmittelbar, vorsagend natürlich, Vorschläge hinüberrufend, in den Unterricht einzugreifen, hin und wieder auch ein gerade gesungenes Liedchen mitzusingen. Spätestens gegen Viertel nach eins tritt Stille ein, nicht einmal gestört durch Radios, Transistoren oder Fernsehlärm.

Da wir keine schulpflichtigen Kinder mehr haben, verschlafen wir manchmal, wenn der Wecker gegen einhalb bis Viertel vor acht nicht funktioniert, und stellen fest: Es sind Ferien oder es ist Feiertag. Dann wird die Stille fast kathedral, der leere Schulhof

mit seinem hohen Baum lädt zur Meditation ein: Wieviel Kinder mögen hier schon durchgewandert, abgewandert sein?
Ständig da und jeden Augenblick vergangen, Deutschlands Strom; wenige Kilometer nördlich von hier tritt er in sein schmutzigstes, giftigstes Stadium – was nützt da die Aufzählung von Geschichte, auf die man so stolz ist, die man in jedem Kubikmeter aufgewühlter Erde hier findet: vorrömische, römische, fränkische, merowingische Scherben und Steine? Hier – das weiß jedes Kind – wird viel Geld verdient, das anderswo verachtet und doch gern genommen wird. Merkwürdig, daß in diesem Land, in dieser Stadt am Rhein die Geschichtslast den Fortschritt nicht verhindert, eher fördert. Wo die ältesten Kirchen stehen, werden die modernsten gebaut, wo die älteste Brücke über den Rhein führte, wurde die modernste gebaut. Es können hier nicht alle Mißverständnisse über den Rhein und das Rheinländische geklärt werden. Man kann am Tegernsee gut über das Geld, das hier oben verdient wird, spotten, weil man die Luft, die aus dieser Art Geldverdienen entsteht, nicht ständig atmen, das Wasser, das durch diese Art Geldverdienen entsteht, nicht ständig als ungenießbar ansehen muß.
Es ist sehr leicht, von Fulda oder Rott am Inn aus von der heilen Welt zu sprechen, mit der man die heile Herrschaft meint, wenn man nicht ständig mit dem Unheil dieser Herrschaft konfrontiert ist. Ein Fluß, in dem man nicht mehr baden kann, ist kein Fluß mehr, sondern ein Abwässerkanal, und baden konnte man im Rhein schon um die Mitte der 50er Jahre nicht mehr: Wenn wir unsere Kinder manchmal hineinließen, kamen sie mit ölig gelben Unterhöschen heraus. Heil dir im Siegerkranz! Und natürlich steht sie, die Wacht am Rhein, die Union der festen Hand.
Man nennt solche Wohngegenden, wo die Hunde mehr Freiheit haben als die Kinder, Ballungszentren. Das ist ein hübsches Wort. Hier ballt sich auch der unerbittliche Müll, den man neuerdings Konsummüll nennt; weh dem, der nicht weiß, wann die Müllabfuhr kommt: am Montag, und wenn der Montag ein Feiertag ist, kann's Mittwoch oder Donnerstag werden, weil der Stufenplan geändert werden muß. Natürlich sind auch die Mülleimer die ständigen Spielkameraden der Kinder; sie stehen dort, wo noch ein bißchen Raum für spielende Kinder geblieben ist: in den Hauseingängen, offen, oder schamhaft bedeckt, und natürlich sind die Müllmänner die sehnlichst erwarteten Befreier.

Sonntags abends setzt der Run auf die Mülleimer ein, werden rasch noch Papiersäcke gefüllt, nach unten gebracht, bevor der Müllwagen kommt, der prompt die unvermeidliche Verkehrsstauung verursacht, er ist breit genug, die Einbahnstraße zu blockieren, Rechts- oder Linksabbiegern Ungeduld zu verursachen, die Straßenkreuzung zu verstopfen, und wenn dann noch, was gelegentlich vorkommt, in der Nachbarschaft ein Lieferwagen die Einbahnstraße verstopft, setzt das so fröhliche wie sinnlose Hupen ein. Auf diese Weise kann man – von oben herab – die Absurditäten beobachten und – wenn man nach unten herabsteigt – die gesteigerte Vergiftung der Atemluft feststellen, in der um diese Zeit die nichtschulpflichtigen Kinder spielen. Sie sitzen mit ihren Puppen, Autos und Pistolen zwischen den Containern für Wohlstandsmüll, der von fröhlichen Ausländern abgeholt wird.

Es sind Italiener, Türken, Griechen, Marokkaner, die umsichtig und würdig die Straße von dem großen Alptraum einer ständig wachsenden Müllawine befreien; auf Extrakartons mit Müll sitzend, gelegentlich auch auf den Eimern oder auf Türschwellen unter den melancholischen Jugendstildamen, verzehren sie ihr Frühstück, lassen sich durch Hupen nicht beunruhigen. Was wären wir ohne sie? Verloren. Es erübrigt sich, ihren Fleiß und ihre Umsicht zu loben, die Eleganz, mit der sie die Mülltonnen an dicht parkenden Autos vorbeirollen, ohne ein Krätzerchen zu verursachen. Die meisten kommen aus sonnigen Ländern nach Nifelheim hier in den Norden, in das Land, durch das Siegfried nach Burgund, nach Worms ritt. Selten wird da, wo die Sonne scheint, viel Geld verdient und wohl kaum gibt es dort viel Wohlstandsmüll – das meiste Geld wird unter grauem Himmel verdient, wo die Menschen wahrscheinlich aus Angst oder Verzweiflung arbeiten.

Abends, kurz vor acht, kurz vor Beginn der Tagesschau, sieht man sie oft am Kiosk, wo's Zigaretten, Alkohol und das lokale Boulevardblatt gibt; nicht nur sie, viele andere aus der Nachbarschaft, die rasch, bevor's am Fernsehschirm losgeht, noch Zigaretten, Bier oder Limonade brauchen; meistens kommen ihre Kinder, die noch nicht so recht deutsch verstehen, Geld hinhalten, den Namen einer Zigarettenmarke radebrechen oder »Bier« in den verschiedensten südländischen oder orientalischen Artikulationen murmeln. Hin und wieder, nicht selten, holt sich hier

ein einsames Männer- oder Frauenherz die tröstende Flasche Schnaps.
Der Kiosk ist die letzte Rettung, wenn Kaffee und Zigaretten ausgehen oder wenn man rasch noch einen Krimi erstehen möchte. Natürlich gibt's auch Bonbons und Schokolade, Negerküsse und Waffeln – all die Nichtigkeiten, die an Kindheit erinnern, ein bißchen an Kirmes und Jahrmarkt.
Die Straße hat natürlich eine Geschichte, auch eine soziale. Ich nehme an, als sie vor etwa siebzig Jahren entstand, wohnten hier Gerichtspräsidenten und Landgerichtsdirektoren – sie galt wohl als vornehm, als eine gute Adresse; inzwischen hat sich das, etwa seit 1918 und noch einmal nach 1945 verändert und gemischt, und das macht die Straße so angenehm, macht sie weniger isoliert als einen Villenvorort; hin und wieder erkennt man jemand, der zum zweiten oder dritten Mal aus einem bestimmten Haus kommt – und man weiß: dort wohnt sie oder er, und wenn er dann den grünen Volkswagen besteigt oder den weißen Renault, dann weiß man, der ist die oder der, der den grünen Volkswagen fährt oder den weißen Renault. Es stehen teure Autos rum, Mittelklasse und billige, die Visitenkarte der Straße. Natürlich sind die meisten Fußgänger, Straßenbahnfahrer, Radfahrer vielleicht. Es ist ohnehin weniger mühevoll und geht rascher, wenn man mit der Bahn ins Stadtzentrum fährt, oder zu Fuß geht; und so hält manches Auto, das eigene eingeschlossen, nur tagelang die Gosse besetzt, weil, wenn sich eine Lücke öffnet, sofort der nächste sie wieder schließt.
Die abendlichen Spaziergänger sind meistens ausländische Arbeiter, allein, mit Frauen, mit Frauen und Kindern – wahrscheinlich, um wenigstens für eine Stunde oder zwei den engen Wohnungen zu entfliehen; ums Geld für einen Kaffee zu sparen, spazieren sie, sauber gewaschen, mit ihren ernsten Bauerngesichtern unter dem Himmel von Nifelheim daher, fremd sich fühlend – so fern von Portugals oder Marokkos Himmel, so weit entfernt von den Männercafés, in denen man Domino oder Billard spielen kann. Sie kommen meistens aus den Hinterhäusern der Nachbarstraßen, wo sie zu Hunderten wohnen und sich erstaunt in diesem Land umsehen, von dem sie lange nicht wissen werden, ob es nun unfreundlich oder nur so sehr fremd ist; ob die Fremdheit Unfreundlichkeit vortäuscht oder die Unfreundlichkeit nur eine Erscheinungsform der Fremdheit ist. Die Stadt

ist nicht fremdenfeindlicher und nicht fremdenfreundlicher als andere, und die sogenannte Kontaktarmut betrifft nicht nur die Fremden, auch die eigenen Landsleute.

Eines Tages, so denke ich mir, wird es den Fußgängern erlaubt werden müssen, über die Dächer langsam voranschleichender Autos hinweg zu spazieren, und so, Schritt für Schritt, die Autos zu überholen. Man sollte für alle Fälle schon, wenn man weiterhin Autos und Autos und Autos in die Städte hineinpumpt, eine Art strapazierbaren Bodenbelags für Autodächer erfinden, und die Satiriker unter den Karikaturisten könnten sich vielleicht des Themas annehmen, denn es wäre viel bekömmlicher für die Fußgänger, über den Autos als neben ihnen herzuspazieren, und vielleicht ließen sich auf diese Weise sogar Autodächer zu Kinderspielplätzen, beweglichen, umfunktionieren; eine Art Spielrolltreppe für Kinder, Laufbänder, eins hin, das andere zurück, so daß die Kinder und auch Erwachsene ungefährdet und kostenlos natürlich, stadtein- und stadtauswärts über den Autodächern sich bewegen könnten. Fahrbare kleine Schwimmbassins, Ping-Pong-Tische – der Phantasie sind keine Grenzen gesetzt; man könnte auch die Autofahrer verpflichten, Liegestühle oder Bänke auf ihren Dächern mitzuführen.

Dann brauchte man nicht einmal mehr diesen permanenten, seit 1945 anhaltenden, immer neue Objekte findenden und erfindenden Wühlsinn, der nie und nimmer, aber auch niemals Ruhe geben wird, weil man 1970 baut, was 1960 hätte gebaut werden müssen und 1980 wahrscheinlich bauen wird, was 1970 hätte gebaut werden müssen – weil man alles das baut, was man 1945 schon hätte bauen müssen. Die Tristesse, die von den ständigen und stetigen Baustellen ausgeht, liegt vielleicht in der Tatsache, daß keiner – und mag er sich noch so fortschrittlich geben, es sogar sein, tatsächlich an die Zukunft zu glauben scheint; so wird ständig nur Versäumtes nachgeholt, und was 1960 versäumt wurde, kann man 1970 nicht nachholen, man müßte es wenigstens für 1980 bauen, und dann würde es, wenn es fertig würde, doch schon 1982 wieder nachgeholt sein. Es ist ein ständiges, absurdes Nachholen. Leute mit Straßenparkplatz in dichtbewohnten Vierteln, den so hübsch als Ballungszentren bezeichneten, kennen den Kummer, die Parkplatznot, die so erfinderisch macht, daß man auf die Dauer erkennt: Zu gewissen Zeiten ist es billiger, das Auto zum Waschen wegzugeben, als wieder einmal

im Halteverbot zu parken. Wenn ich zu meiner Tankstelle will, muß ich, da ich am Ende einer Einbahnstraße wohne, und weil durch schwer durchsichtige U-Bahn-Bauten der Weg nach vorne in komplizierte Sackgassen führt – ich muß um zwei, drei Häuserblocks herum, muß mindestens eine zweikilometerlange Acht fahren – aber da ich meistens den Anschluß in die zweite Schleife der Acht verpasse und – aufgrund täglich wechselnder Umleitungen und neuer Sackgassen dann in relativ weit entfernten Vororten ankomme oder an der dichtbefahrenen, autobahnähnlichen Umgehungsstraße scheitere, die, wenn ich sie überquere, mich in entlegene Einbahnstraßen ablenkt, so daß der Heimweg nostalgisch-unfindbar wird – aus diesen Gründen überlasse ich es einem meiner Söhne, das Auto aufzutanken, Öl wechseln zu lassen.
Die angestrebte Urbanität ist erreicht, wenn man im Umkreis von zwei, drei Minuten alle Einkäufe erledigen, aller Dienstleistungen teilhaftig werden kann: Friseur und Schuhmacher, chemische Reinigung, unerläßlich unter diesem Himmel, der ständig Schmutz regnet; den Bäcker, Metzger, das Milch- und Lebensmittelgeschäft, Zigaretten und Zeitungen, Blumen, die Wäscherei, die Büglerei, den türkischen und italienischen Lebensmittelladen – und natürlich den Chrom-Riesen, der alles hat, alles zeigt, alles hergibt. Das große, weitgeöffnete, einladende Wunder der Verkaufspsychologie. Er, der große Chrom-Riese, ist der Herr der Heerscharen, sauber, bequem, lächelnd – alles liegt da, als wäre es geschenkt. Wird er sie alle schlucken? Eines Tages auch die Schuhe reparieren, die Wäsche waschen und bügeln, Anzüge reinigen? Ich hoffe nicht, und ich glaube nicht, weil der strahlende Riese nicht der ihn umgebenden Architektur entspricht. Diese Straßen mit ihren Hinterhöfen und Anbauten werden noch eine Weile dem ihnen verordneten Strukturwechsel trotzen. Der große Riese ist modern, und es bedeutet nichts, modern zu sein – modern, moderner als in Großstädten ist man auch auf dem Land und in den Kleinstädten. Die Behauptung, Städte wären traditionsfeindlicher als das Land, trifft nicht zu und ist nie zugetroffen. Je größer eine Stadt, desto mehr Altmodisches, Abseitiges erhält sich ihr – wie es an den Beispielen Berlin, London und New York zu beweisen wäre. Städte haben mehr Geduld, mehr Verstecke – und mehr Bedarf an Dienstleistungen, auch mehr Toleranz gegenüber allem, was nicht so

brandneu ist. Urbanität besteht in der Duldung von Erscheinungen, die statistisch längst abgeschrieben sind – Urbanität kann es auf dem Land nicht geben.

In der Nachbarschaft haust schon der Abbruchhammer. Er schlägt große, völlig intakte Wohnhäuser und Villen um, im Auftrag jener unerbittlichen Gottheit, die Profit heißt und ihre Opfer fordert – und wenn der Abbruchhammer gesiegt hat, wird man jene Häuser bauen, die man vielleicht 1951 hätte bauen sollen. Sie werden den Schuhmacher, dem die Kinder noch zuschauen können, nicht mehr dulden, auch die Büglerei nicht – vielleicht ist es angemessener, im Jahre 1907 zu wohnen, wo die Herrschaft sich noch offen und spendabel zeigte: die Familie, die damals schon an Grundstücken reich wurde, an denen inzwischen noch zwei- oder dreimal andere reich geworden sind, stiftete noch eine ganze Kirche von domhaftem Ausmaß – komplett eingerichtet.

Und in dem 1972 gebauten 1951 wird kein Platz mehr sein für Altmodisches, Abseitiges, für Geduld und Toleranz. Profit und Urbanität schließen einander aus.

# Der Lorbeer ist immer noch bitter

## *Über Stefan Heyms Roman »Der König David Bericht«*

Daß Autoren immer Ärger machen (und haben), ist hinlänglich bekannt. Möchte da einer endlich wissen, warum, so sollte er sich den Bericht dieses Ethan, Sohn Hoshajas aus der Stadt Esrah, anschauen.

Man muß sich tatsächlich fragen, was dieser Bursche eigentlich will. Warum kann er nicht Ruhe geben, sich geehrt fühlen, weil ausgerechnet er an des Königs Salomo Hof berufen wird, um die Redaktion des *König David Berichts* zu übernehmen? Zwar geht's ihm ganz gut da in seinem Kaff, er hat Landbesitz, offenbar einen guten Ruf als Stilist und Historiker, ist offen und öffentlich nicht etwa Bi-, sondern Tri-, also fast schon Polygamist. Und nun auch noch die hohe Ehre, an des Königs Hof berufen zu werden! Warum zögert er, sie anzunehmen, schützt Krankheit vor, windet sich in geheuchelter Demut vor dem großen Salomo?

Nun, der voll ausgedruckte Titel des erwünschten Berichts, den man noch Jahrtausende später in einem Buch, Bibel genannt, lesen soll und wird, hat eine beängstigende Länge und einen fürchterlichen moralischen und propagandistischen Anspruch, es ist der »Eine und Einzig Wahre und Autoritative, Historisch Genaue und Amtlich Anerkannte Bericht über den Erstaunlichen Aufstieg, das Gottesfürchtige Leben, sowie die Heroischen Taten und Wunderbaren Leistungen des David ben Jesse, Königs von Juda während Sieben und beider Juda und Israel während Dreiunddreißig Jahren, des Erwählten Gottes und Vaters von König Salomo«.

Und Ethan sollte da nicht etwa vollverantwortlich allein arbeiten, nein, es gibt da eine Königliche Kommission. Ethan hat nur die Redaktion, jedoch kein Stimmrecht. Schamlos stellt er sich mit »Ich, Ethan« vor. Autor des König-David-Berichts, den man getrost als apokryphe Ergänzung dessen bezeichnen kann, was in der Bibel an entsprechender Stelle schon lange zu lesen ist: eine Art Pentagon Papers, gewissenhaft-gewissenlos dem Publikum vorgelegt von jemandem, der auch nicht einen Augenblick lang die Vorstellung zu erwecken versucht, er wäre ein Engel oder auch nur ein Heiliger. Nein, dieser Ethan ist, wenn auch

nicht gerade bestechlich, doch auch nicht dem Golde abgeneigt; schließlich ist jede Arbeit ihres Lohnes wert. Daß er gleichzeitig Ärger macht und hat, ergibt sich aus der Tatsache, daß er offenbar das ist, was man einen begabten Hund nennt.
Da gibt es zwar »behördlich zugelassene Erzähler von Geschichten und Legenden«, die sich dauernd in den Staub werfen und kalte Buffets plündern; aber die sind nur gut genug, um hohe Wahrheiten in billiger Form unters Volk zu bringen und zu singen. Was jetzt gesucht wird, ist einer, der schreiben, der Struktur in einen Haufen Material bringen kann, der *für die Ewigkeit* bestimmt ist. Dafür kann man nun wirklich keine käuflichen Kreaturen gebrauchen, denn was hier verlangt wird, muß *Weltniveau* haben. Vor allem, weil ja mit diesem wichtigen Kapitel der Bibel nicht nur 'ne schöne Geschichte erzählt, sondern auch König Salomos nicht ganz so selbstverständliche Legitimität bewiesen werden soll.
So zieht Ethan denn nach Jerusholayim, wo man schon so manchem Schriftgelehrten (sprich: Schriftsteller) den Kopf abgeschlagen hat. Und nun fängt die Arbeit an. Verschiedene, einander meist widersprechende Versionen des »Erstaunlichen Aufstiegs« – was dessen religiöse, militärische, ökonomische, erotische Details betrifft – sollen da zu einem überzeugend lichtvollen, homogenen Dokument ineinandergearbeitet werden. Nur läßt sich das schlecht machen, wenn die meisten Beteiligten nicht einmal homogen hetero waren, und wenn auf den einen Licht fällt, fällt notwendigerweise auf den anderen Schatten, und umgekehrt. Mein Gott, so ein Autor hat's wirklich schwer, wenn er beides, seinen Text und seinen Kopf, retten möchte.
Auch jener Oberkommandierende Benaja ist ein schlimmer Kerl, ein ehrgeiziger General aus der Klasse, die man später die Arbeiterklasse nennen wird: »Mein Vater war ein Leibeigener ... Ich aber, sein Sohn, habe zu lesen gelernt, und deine Täfelchen bergen keine Geheimnisse vor mir ... wenn du aufsässige Gedanken hegst oder sie gar hineinschreibst ... werde ich deinen Kopf auf einem hohen Pfahl zur Schau stellen.« Woraufhin Ethan rasch versichert, daß er Familienvater sei und eine bejahende Haltung zum Staat einnehme.
Was soll so ein Autor schließlich machen, wenn da hinten und vorne nichts so recht übereinanderpaßt, und wenn man von ihm nicht Märchen erwartet, sondern etwas so schrecklich Ernstes

und Endgültiges wie Geschichte. Alle diese überlebenden Witwen! Da lebt zum Beispiel noch Bath-sheba, die einmal des Uria Weib war, wie man weiß, und es gibt irgendwo in einem Verlies den ehemaligen Oberkommandierenden Joab, der offen zugibt, Uria sei nicht etwa im Schlachtgetümmel gefallen (denn so sehr drängen auch hohe Offiziere nicht aufs Fallen), sondern er habe, da Urias Kommando keinen sicheren Tod gewährleistet habe, Bogenschützen dorthin geschickt, und Uria sei mit einem Pfeil *im Rücken* gestorben. Verflucht, wohin mit so etwas, wenn man außerdem noch erfährt, daß auch *diese Sache mit Goliath*, gelinde ausgedrückt, nicht ganz unumstritten ist...

Man möchte aus diesem Buch pausenlos zitieren. Stefan Heym ist durch die Nähte geschlüpft, die der *offizielle* David-Text hat; mit Phantasie, Witz und Frechheit entsteht da etwas, das an die Geschichte Chlodwigs, des Merowingers, erinnert, der ja auch am Anfang eines großen Reiches stand und wohl nicht sehr zimperlich war.

Schließlich – und damit scheint sein Todesurteil gesprochen – wird Ethan Zeuge der Vollzugsmeldung eines Mordes: an Adonia, Salomos Thron-Nebenbuhler; schließlich erfährt er noch, was man sich auf Straßen und Plätzen erzählt: daß der Priester Zadok das beste Opferfleisch auf dem Markt verkaufen läßt und der Kanzler an Gewinnen aus Tempelzwangsarbeit beteiligt ist...

Nein, es ist nicht gut, wenn Autoren wie verrückt hinter etwas her sind, das sie dann gern *Wahrheit* nennen möchten. Wer keinen Ärger macht, wird auch keinen haben. Die abschließende Kommissionssitzung ist logischerweise ein Hochverratsprozeß. Man muß das lesen. Diese Angst vor dem, was zwischen den Zeilen eingeschmuggelt worden sein könnte an »wühlerischen Bemerkungen«. Und Benaja, die Stimme der Armee, der Herr über die Krethi und Plethi: »Wissen ist ein Segen des Herrn, wer aber zuviel weiß, ist wie eine schwärende Krankheit... Darum gestattet mir, daß ich diesen Ethan erschlage, damit sein Wissen mit ihm ins Grab sinkt.« Doch es gibt da ja noch Salomo; bekannt für seine *salomonischen Urteile*, fällt er ein solches über Ethan: »Darum nun soll er zu Tode geschwiegen werden.«

Wer hat hier nur Ärger und wer macht ihn? Ethan zieht geschlagen ab. Das wahre Schlußwort über diesen Fall eines Autors spricht der Torhauptmann: »Weder gehörst du zum Volk noch

bist du Gottes. Du zählst nicht zu den Herrschenden, und bei den Beherrschten findet man dich auch nicht.«
Zählt man nur ein paar Namen auf: Biermann, Fühmann, Kunze, Wolf, Schneider, Kunert, Heym, Hermlin – so hat die literarische Wiedervereinigung längst stattgefunden; gäb's nur nicht so viele Torhauptleute, Krethi, Plethi und Kommissionen, nicht diese Zwischen-den Zeilen-Angst, so müßte selbstverständlich sein, daß Stefan Heyms Bücher auch dort erscheinen dürften, wohin es ihn nicht zufällig verschlagen hat, sondern wohin er nach langer Emigration überzeugt und freiwillig zurückgegangen ist: in seiner Heimat, in der DDR.
Heym hat mit seinem *Bitteren Lorbeer* eines der besten und beständigsten Kriegsbücher geschrieben, spätere Bücher durften dann in der DDR nicht mehr erscheinen. Was nutzen Verträge, Annäherungen, Stabilisierung, Normalisierung, Beteuerungen, wenn ein Autor nicht da erscheinen darf, wo die Sprache gesprochen und gelesen wird, in der er schreibt? Das wird letzten Endes nur noch peinlich und ist eines Staates unwürdig, der international anerkannt werden möchte, aber seine Literatur, die längst international anerkannt ist, selbst nicht anerkennt.

# Wahlrede in Kleve

*gehalten am* 3. 10. 1972

Hätte Willy Brandt nach dem gescheiterten Mißtrauensvotum der CDU/CSU die Vertrauensfrage gestellt und es, wie am 22. 9., als sich sein Kabinett der Stimme enthielt, so eingerichtet, daß das Parlament aufgelöst worden wäre, so hätte er zu diesem Zeitpunkt eine gute Chance gehabt, mit seiner Osteuropapolitik als Hauptwahlkampfthema eine große Mehrheit bei Neuwahlen zu erreichen. Willy Brandt hat das nicht getan. Er hat nicht partei-, sondern staatspolitisch gehandelt; er hat seine Osteuropapolitik durchgeführt, und man kann wohl sagen, auch durchgestanden, und die CDU/CSU hat bei dieser entscheidenden Abstimmung eine so peinliche Rolle gespielt wie beim Mißtrauensvotum. Nicht Willy Brandt ist gescheitert, sondern die Opposition, die sich parteipolitisch-egoistisch geschickt, staatspolitisch, indem sie Stimmenthaltung verordnete, bzw. verordnen ließ, unverantwortlich verhalten hat. Betrachtet man das Mißtrauensvotum als einen Versuch, ohne Neuwahlen eine CDU/CSU-Regierung zustande zu bringen, so ist es die CDU/CSU, die gescheitert ist trotz der vielen Abgeordneten, die zu ihrer Partei übergegangen sind. Ich nenne diese Herren nicht Überläufer (obwohl ich auch diesen Begriff nicht so ehrenrührig finde, wie er gemacht wird), sondern Übergänger, weil sie eine nationale und internationale Übergangsphase kennzeichnen. Die Bundesrepublik hat sich seit Beginn der sozial-liberalen Koalition gewandelt, mit ihr die Welt um sie herum. Es ist ein internationaler sozial-, also innenpolitischer und außenpolitischer Wandel von großer Bedeutung, in dem mühsam aufrechterhaltene Vorstellungen aufgegeben werden müssen, und das mag nicht jedermanns Sache sein. Ich mag die Abgeordneten, die ihre Farbe gewechselt haben, nicht pauschal denunzieren, nicht einmal wenn der eine oder andere sich als bestechlich erweisen würde. Es ist unmöglich sich ein endgültiges Bild von jemandes Gewissen zu machen; manch einer kennt sein eigenes Gewissen gar nicht so genau. Gewissen ist keine unveränderlich feststehende Größe, die wie eine Präzisionsuhr funktioniert. Man redet ja auch jemandem ins Gewissen, und es kann einer sich selbst ins Gewissen reden. Man sollte auch in einer Gesellschaft, die den

Profit predigt, nicht unbedingt jemand für gewissenlos erklären, der materielle Vorteile möglicherweise als mit seinem Gewissen vereinbar akzeptiert hat.
Der Versuch, ohne Neuwahlen eine neue Regierung zu bilden, ist also trotz der Übergänger gescheitert, und staatspolitische Verantwortung hat Willy Brandt daran gehindert, die Neuwahlen zu dem für ihn günstigsten Zeitpunkt zu ermöglichen. Die Anerkennung der neuen Geographie Osteuropas beruht nicht auf einer Schwäche Willy Brandts und seiner Berater; sie ist die Konsequenz des verlorenen zweiten Weltkriegs, und die gesamte westliche Welt hat sich längst mit dieser neuen Geographie abgefunden, bevor Willy Brandt den Mut fand, die politischen und geschichtlichen Konsequenzen zu ziehen und mit den Staaten Osteuropas zu verhandeln. Das war keine dankbare, es war die schwerste außenpolitische Aufgabe, die die Bundesrepublik seit ihrem Bestehen zu lösen hatte. Nur Willy Brandt kann diese Politik, die ja noch lange nicht abgeschlossen ist, fortsetzen. Er hat das volle Vertrauen der Westmächte. Welches Ansehen Willy Brandt im westlichen Ausland genießt, ist hierzulande zu wenig bekannt, weil ein großer Teil der Presse bewußt und seit dem Beginn der sozial-liberalen Koalition falsch darüber informiert. Nicht nur in den sozialdemokratisch regierten Staaten Skandinaviens, auch in Großbritannien, in einem fast rein katholischen Land wie Irland, in Holland genießt Willy Brandt dieses Ansehen, das nicht nur auf seiner Ost-, auch auf seiner Westeuropapolitik beruht. Kein Bundeskanzler seit Adenauer hat dieses Ansehen genossen, und Adenauers Ansehen beruhte ja nicht nur auf seiner unbestrittenen Gegnerschaft zum Naziregime, zu einem anderen Teil auch auf der Nützlichkeit der Bundesrepublik Deutschland als Konfrontationsbasis gegen die sozialistischen Länder Osteuropas. Schon die Regierungen Erhard und Kiesinger haben vergebens an Adenauers Kredit anzuknüpfen versucht, und die gegenwärtige CDU/CSU versucht es immer mit dem von den westlichen Verbündeten längst aufgegebenen Konfrontationsrezept. Dieses Rezept war schon während der letzten Regierungsperiode Adenauers nicht mehr gültig. Verbissen in das Konfrontationsrezept, ganz und gar konzentriert auf die Konzeption eines Wiederaufbaus, der auf einseitigen Privilegien beruhte, haben die fünf CDU/CSU Regierungen auch dringende innere Reformen vernachlässigt! Immer noch steht die Bundes-

republik Deutschland in der Bildungsstatistik der EWG an letzter Stelle, obwohl ihre wirtschaftliche Kraft und Blüte unbestritten sind.

Auch in der Opposition sehe ich Kräfte, die wissen, daß man nun wirklich nicht mehr länger vom Erbe Adenauers zehren kann, und daß eine gewisse brutale Euphorie, mit der man industrialisiert und Profite erwirtschaftet hat, korrigiert werden muß. Im Artikel 14 des Grundgesetzes heißt es: »Das Eigentum und das Erbrecht werden gewährleistet. Inhalt und Schranken werden durch Gesetze bestimmt.« Und es heißt weiter: »Eigentum verpflichtet. Sein Gebrauch soll zugleich dem Wohl der Allgemeinheit dienen.« Und weiterhin heißt es: »Eine Enteignung ist nur zum Wohle der Allgemeinheit zulässig. Sie darf nur durch Gesetze oder aufgrund eines Gesetzes erfolgen, das Art und Ausmaß der Entschädigung regelt.« Das sind nicht Zitate aus einem verbrämt marxistischen Manifest, sie stammen aus dem Grundgesetz der Bundesrepublik Deutschland, vom Parlamentarischen Rat ausgearbeitet, dessen Präsident Konrad Adenauer war. Und wenn zwischen der Wörtlichkeit des Abschnitts 1, in dem von Schranken des Eigentums gesprochen wird, der Wörtlichkeit des Abschnitts 2, in dem es heißt: »Eigentum verpflichtet« und der Wörtlichkeit des Abschnitts 3, in dem Enteignung unter zu regelnden Bedingungen als möglich bezeichnet wird, wenn zwischen diesen Wörtlichkeiten Spannung entsteht, wenn immer noch die Interpretation des großen Worts »Eigentum verpflichtet« ausgeblieben ist, so sollte man nicht junge Leute, die das Grundgesetz wörtlich nehmen und auf eine Auslegung seiner Wörtlichkeit warten, denunzieren und ihnen mit einer Praxis antworten, die lautet: Eigentum verpflichtet lediglich zu mehr und mehr und immer mehr Eigentum.

Nicht dem Flugblatt einer radikalen Jugendgruppe, sondern der unverdächtigen Wochenzeitung *Die Zeit* entnehme ich die Mitteilung, daß der CDU-Wirtschaftsrat seit Beginn der großen Koalition offen versucht hat, Publikationsorgane, die mit der Regierung sympathisierten, durch den Entzug von Anzeigen unter Druck zu setzen. Wenn man bedenkt, daß in einem Jahr bis zu 4 Milliarden Mark für Inserate ausgegeben werden, so sieht man möglicherweise, wozu Eigentum zu verpflichten scheint. Diese Summe und ihre Verteilung an Brave und Nichtbrave wirft ja außerdem ein Licht auf die ebenfalls durch Grundgesetz ga-

rantierte Pressefreiheit und Informationsfreiheit. Eine solch offen betriebene Manipulation hat durchaus Zensurcharakter, und man sieht also, wer hier die Pressefreiheit bedroht, während die SPD medienpolitisch sich eher auf dem Rückzug befindet.
Wie schwer diese Bundesregierung es gehabt hat, nicht nur durch den Parteiwechsel von Abgeordneten, auch gegen eine dirigierte Publizistik, nicht nur eine geschichtlich bedeutsame außenpolitische Wende herbeizuführen, sondern auch noch, und das in knapp 3 Jahren, wenigstens einen Teil der innenpolitischen Reformen durchzusetzen, die Lage Berlins zu verbessern, Vermögensbildung auszubauen, das Betriebsverfassungsgesetz zu reformieren, das Wohngeld zu erhöhen, das Mietrecht zu verbessern und die ersten Umweltschutzgesetze einzuleiten – sich vorzustellen, wie schwer das gewesen ist, dazu bedarf es nur geringer Phantasie. Was man Willy Brandt als Führungsschwäche anzukreiden versucht hat, war nur die Folge eines neuen demokratischen und offenen Regierungsstils und die Folge eben jenes geschichtlich bedeutsamen Übergangs, der durch die Übergänger gekennzeichnet war.
Und schauen Sie sich an, was aus all den sensationell angekündigten Enthüllungen geworden ist: nichts. Herr Barzel schämte sich nicht, seine vorzeitige Rückkehr aus dem Urlaub mit der *Quick*-Affäre zu begründen. Er kam wie ein Retter des Vaterlandes, fast des Abendlandes – und was ist aus der *Quick*-Affäre geworden? Eine miese kleine Story, die wahrscheinlich vor einem Finanzgericht verkümmern wird.
Die CDU/CSU, die jetzt im Wahlkampf natürlich demonstrativ Einigkeit zeigt, ist eine personell und programmatisch zerfallene Partei, die wenige Wochen vor der Wahl plötzlich ihr sozialreformerisches Gesicht entdeckt hat, und wenn da Geldentwertungsgeschrei erhoben wird, so möchte ich endlich, endlich wissen – was der Öffentlichkeit bisher vorenthalten worden ist –, wie sie gestoppt werden könnte; international und national; da sie in der Bundesrepublik Deutschland im Zusammenhang mit Reformen gesehen werden muß, möchte ich gern wissen, auf welche Reformen dann verzichtet werden soll. Ohne exakte Angaben, wie, woran man denn sparen möchte, wenn man gleichzeitig Vermögensbildung verspricht, ist alles Geschwätz über Inflation einfach unverantwortlich in einem Land, das zwei totale Geldentwertungen innerhalb von 45 Jahren erlebt hat und wo ein solches Wort einfach Panik auslöst.

Bei einer Anhörung im Bundestag zur Wasserversorgung wurde mitgeteilt, daß bis zum Jahre 2000 – das klingt wie eine utopische Jahreszahl, aber es sind nur noch 28 Jahre bis dahin – um eine Wasserkatastrophe zu verhindern, 234 Milliarden Mark aufgebracht werden müssen, davon 40 Milliarden, um erkennbare Versäumnisse zu korrigieren und 194 Milliarden für die laufend notwendigen Investitionen. Das sind 10 Bundeswehretats, die notwendig sein werden, um uns nur mit Wasser zu versorgen. Setzt man diese Summe in Beziehung zu gewissen Preiserhöhungen, so fragt man sich, wie teuer wird unser Trinkwasser, unser Badewasser werden, wenn diese immense Summe nicht aufgebracht wird? Was wird es uns nutzen, wenn Milch, Brot, Butter, Zigaretten, Autos nicht wesentlich teurer werden, wir aber für einen Kubikmeter Wasser möglicherweise auf dem Schwarzmarkt 500 Mark werden bezahlen müssen, und wahrscheinlich dann 10 oder 20 Jahre weiter die gleiche Summe für einen Kubikmeter Atemluft. Der mehr oder weniger gesunde Egoismus der Gemeinden, Regionen, Bundesländer, nicht einmal der der Bundesrepublik, wird dann nicht viel einbringen, weil solche Probleme nicht mehr im nationalen Rahmen gelöst werden können. Es wird wohl bald eine europäische Wasser- und Luftbehörde geben müssen und das Wort »Haushalt« wird eine ganz neue Bedeutung bekommen, weil es um den Sauerstoff- und Stickstoffhaushalt der ganzen Erde gehen wird, und der Wohlstand der Industriestaaten wird möglicherweise nicht mehr an ihrem Bruttosozialprodukt, sondern nach Atemluft und Trinkwasser bemessen. Jeder Politiker, der behauptet, ohne Steuererhöhungen auszukommen, belügt sich selbst oder andere, und jeder Politiker, der einen unaufhaltsam wachsenden Konsum verspricht, lügt ebenfalls. Eine programmatisch wie personell zerfallene oder zerfallende Parteienunion wie die CDU/CSU ist solchen Aufgaben nicht gewachsen. Ich definiere diesen Verfall oder Zerfall auch als positiv. Das Erbe Adenauers ist aufgezehrt. Die totale Profitwirtschaft ist am Ende, und nur die Kräfte, die sich in und während der sozial-liberalen Koalition gezeigt haben, sind diesen Aufgaben gewachsen. Der personelle Zerfall der CDU zeigte sich an der Schwierigkeit, auf eine Kandidatur Dr. Kiesingers zu verzichten, zu spät, um einen anderen Kandidaten als Dr. Barzel, der eine Art automatischer, ersessener Kandidat ist, zu finden, und die bange Frage, ob man, wenn man Dr. Barzel wählt, nicht Dr. Strauß wählt, ist berechtigt, und welch ein innen- und außenpolitisches Risiko Dr. Strauß darstellt, braucht hier kaum analysiert zu werden. Das stellt sich selbst dar. In ihrer Spitze ist die CDU/CSU von inneren Machtkämpfen bedroht, und es wäre bedenklich, gefährlich, einer solchen Partei die Macht im Staat in die Hand zu geben. Der Staat könnte für sie zur nackten Beute werden. Ich erinnere Sie an den CDU-Parteitag in Düsseldorf, auf dem sich die CDU in ihrem ureigenen, im bis zum Überdruß und Wahnsinn industrialisierten Bundesland Nordrhein-Westfalen ihre Sozialausschüsse von den Herren Strauß und Dregger abkanzeln ließ. Wer sich auch nur schwach an diesen Parteitag erinnert, auf dem Dr. Helmut Kohl sich auf eine peinliche Weise schweigend verhielt, dem wird dieser sozialpolitische Reformkurs, der nun wenige Wochen vor der Wahl herausgekehrt wird, verdächtig vorkommen müssen. Es spricht, was die bevorstehende Wahl betrifft, alles für Willy Brandt, für seine Regierung und sein Programm und nichts für die gegenwärtige CDU/CSU. Nichts, ganz sicher nichts, wenn man – wie es für mehr als 85 % der Bevölkerung zutrifft – Arbeitnehmer ist. Rechnen Sie die Summe von 234 Milliarden Mark, die ein Ausschuß als erforderlich zur Rettung unserer Wasserversorgung errechnet hat, auf Ihr Kaffee- oder Ihr Badewasser in zehn Jahren um, dann werden wir sehr teures, fast kostbares Wasser trinken, und möglicherweise wird uns dann eine Erhöhung des Benzin- oder Zigarettenpreises nicht mehr so sonderlich interessieren. Diese Preiserhöhung für Wasser jedenfalls ist unumgänglich, nachdem man in blinder Brutalität, einzig und allein auf Umsatz und Profit bedacht, diese Erde, die unsere Heimat ist, vernachlässigt hat. Der Übergang in eine Phase der Korrekturen ist notwendig; diese Phase hat unter der Regierung Brandt/Scheel begonnen und kann nur durch sie fortgeführt werden.

# Gewalten, die auf der Bank liegen

*Rede auf dem Parteitag der SPD*
*am* 12. 10. 1972 *in Dortmund*

Es ist in den vergangenen Jahren in diesem Land viel Gewalt sichtbar geworden, viel über Gewalt gesprochen und geschrieben worden. Stillschweigend hat man sich darauf geeinigt, unter Gewalt nur die eine, die sichtbare zu verstehen: Bomben, Pistolen, Knüppel, Steine, Wasserwerfer und Tränengasgranaten.
Ich möchte hier von anderer Gewalt und anderen Gewalten sprechen, von jenen, gegen die die sozial-liberale Koalition erreicht hat, was sie erreichte: gegen die massive publizistische Gewalt einiger Pressekonzerne, die in erbarmungsloser Stimmungsmache die Arbeit erschwert und Verleumdung nicht gescheut hat. Hätte die sozial-liberale Koalition nur so viel Prozent der Presse, wie sie Wählerstimmen gehabt hat, in fairer Kritik und demokratischer Loyalität hinter sich gehabt.
Die Zeitungen und Zeitschriften, die diese Qualitäten aufbrachten, hat man schon früh auf eine Empfehlung des CDU-Wirtschaftsrats auf die simpelste Weise unter Druck zu setzen versucht, indem man ihnen Anzeigen entzog. Und wenn man weiß, daß jährlich rund vier Milliarden Mark für Inserate ausgegeben werden, kann man sich vorstellen, welche Gewalt hinter solchen Empfehlungen steckt. Und das, obwohl die Herren, die Einfluß auf gewisse Publikationsorgane ausüben, immer so zufrieden aus Moskau zurückkommen, seitdem die Verträge, gegen die man gleichzeitig in seinen Zeitungen polemisieren läßt, abgeschlossen sind. Ist da der Verdacht erlaubt, sich vorzustellen, daß ein Teil der zukünftigen Gewinne aus dem sogenannten Ostgeschäft gegen die sozial-liberale Koalition verwendet wird? Es gibt also nicht nur Gewalt auf den Straßen, Gewalt in Bomben, Pistolen, Knüppeln und Steinen, es gibt auch Gewalt und Gewalten, die auf der Bank liegen und an den Börsen hoch gehandelt werden.
Wenn Sie, meine Damen und Herren, immer noch nicht wissen sollten, wo Ihr Gegner zu finden ist – die Finanzierung dieses Wahlkampfes sollte Ihnen die Augen öffnen.
Eine weitere Gewalt, gegen die Sie Ihre Politik durchzusetzen hatten, war das eingefleischte, fast schon angeborene Gefühl vieler Bürger dieses Staates, denen die Sozialdemokraten als Oppo-

sition ja ganz recht waren, denen es aber doch wie eine Art Staatsstreich, mindestens wie eine ziemliche Unverschämtheit vorkam, daß Sozialdemokraten regierten.
Regieren mußten Sie außerdem gegen eine kaum kontrollierbare Gewalt, die ich nicht denunzieren mag, weil ich sie nicht definieren kann. Selbst wenn wahr wäre, daß gewisse Profite – Profit bedeutet ja nicht nur Geld – beim einen oder anderen Abgeordneten eine Rolle gespielt haben könnten, so sollte Sie doch das nicht wundern in einer Gesellschaft, deren tägliches Gebet, deren Erziehungssystem um Profit, Gewinn, Umsatzsteigerung, Beförderung, Rekord geht.
Vor einigen Jahren hat man – ein wenig zu früh, wie sich angesichts der Debatte um die Ost-Verträge gezeigt hat – die Nachkriegsära für beendet erklärt. Vergessen hat man dabei wohl, daß möglicherweise auch die Phase eines teilweise blinden, brutalen Aufbaus beendet sein könnte, und was nun zu kommen habe, sei eine Phase der Korrekturen, der Profitkorrekturen an Menschen, an der Landschaft, an den Elementen Wasser, Luft, Erde.
Korrekturen möglicherweise auch an diesem überstrapazierten Instrument Gewissen, das auf Profit synchronisiert ist, welche und wieviel Gewalt verbirgt sich in und hinter einer Profitgesellschaft? Ich überlasse es den Philosophen und Theologen, das herauszufinden und uns eines Tages zu offenbaren, was daran christlich hätte gewesen sein können.
Und wieviel Lebenswertes wird durch all diese Gewalten, die unseren Alltag kommandieren, verhindert, deformiert, gefälscht? Welche Art der Lebensentwertung findet da statt, wenn man auf den Straßen Tempo sät und Tod erntet, wenn Gewalt gegen Sachen, wenn auch unfreiwillig, die Produktion fördert, eingeklemmt zwischen blindem Profit, wie falsche Versprechen ihn bringen, und dem Lebenswerten, das man hinter sich zurückläßt? Welche Konflikte stehen da bevor?
Und nun, in diesem Augenblick, wo Sie gegen massivsten Widerstand die Lösung des allerschwersten außenpolitischen Problems der Bundesrepublik, die Liquidierung der Folgen des Zweiten Weltkriegs, eingeleitet haben, wobei Ihre politischen Gegner Geschichtsenthaltung geübt haben, in diesem Augenblick, wo Sie beginnen könnten, sich den oben angedeuteten Konflikten zu stellen, tritt derselbe Gegner mit einem sozialpolitischen Reformgesicht in den Wahlkampf.

Nicht mehr das Abendland ist bedroht, nein, jetzt wird zum Aushängeschild, was nicht alle, aber gewisse Unternehmer jahrzehntelangen sozialen Klimbim genannt haben. Mir wird bange, bange auch um Herrn Katzer, wenn ich ihn da in fast schon brüderlicher Umarmung mit genau den Herren Strauß und Dregger sehe, die ihn aus dem Landesparteitag der CDU in Düsseldorf vor nicht ganz zwei Jahren auf die zynischste, schnödeste Weise torpediert haben, während die Herren Köppler und Kohl Stillschweigen übten. Ich wüßte eine sehr gute Parole für den nächsten Parteitag der CDU, ein Zitat aus dem Grundgesetz: Eigentum verpflichtet. Und wozu Eigentum? Zu mehr und immer mehr und immer noch mehr Eigentum.

Die mehr oder weniger ersessene Kandidatur von Herrn Barzel, die peinliche Art von Gewalt, die Herrn Strauß blind zu machen scheint, gegen die Zeichen einer veränderten Welt, eines veränderten Klimas – ich kann mir nicht denken, daß eine große Partei sich selbst und andere für länger oder immer mit diesen Zumutungen konfrontieren möchte. Ich möchte doch gern wissen, wie dieser plakatierte christlich-soziale Sozialreformismus sich zwischen Fortschritt, Versprechungen und Stabilität durchwursteln sollte.

In diesem CDU/CSU-Paradies würde dann alles steigen: Die Löhne, die Aktiengewinne, die Gemeinschaftsausgaben, die Sozialleistungen, sogar die Rüstungsaufwendungen, wie Herr Barzel neulich andeutete – alles würde steigen, nur die Preise würden stabil bleiben und die D-Mark hart und fest.

Es würde auch nicht die geringsten Interessenkonflikte, also keinerlei Gewalt geben, und wenn wir dann endlich eine Totalgesellschaft von Vermögensunabhängigen geworden sind, wer wird dann noch arbeiten für die Zinsen, von denen wir leben wollen? Ich nehme an, die beiden Brüder, das kleine und das klitzekleine Fritzchen, die da in der Tretmühle Tempo geben und immer noch an die Chancengleichheit glauben.

Ich kann Ihnen, Herr Bundeskanzler, die Rolle des Zuschauers in diesem Paradies nicht gönnen. Sie werden gebraucht, um Gewalt, die eine wie die andere, zu verhindern, um Frieden zu garantieren; um zu verhindern, daß eine personell wie programmatisch verfallene Partei die Macht übernimmt; gebraucht, um zu garantieren, was selbstverständlich ist, aber dann nicht mehr selbstverständlich wäre: Daß Rechtsprechung, Rechtspflege,

Strafvollzug keine Instrumente der Rache sind; gebraucht, um einigen vergessenen Artikeln des Grundgesetzes Farbe und Wirklichkeit zu verleihen, um die Reform des Strafvollzugs durchzuführen.

Noch ein paar Sätze zu der Eigenschaft, in der ich hier spreche. Ich spreche im Namen der Sozialdemokratischen Wählerinitiative, die aus mehreren hundert Gruppen und zigtausend freiwilligen Helfern besteht, die alles tun, um eine zweite Regierung Brandt zu ermöglichen. Ich definiere diese Initiativen, die täglich mehr werden, als eine Gegengewalt von Bürgern, die, erschrokken über den finanziellen Aufwand, der gegen Sie mobilisiert wird, erkennen, was auf dem Spiel steht: der Übergang von einer Unternehmer- zu einer Arbeitnehmer-, von einer von Vorurteilen bestimmten zu einer aufgeklärten Gesellschaft. Und so ist es gewiß kein Zufall, daß zum ersten Male in der deutschen Geschichte eine Gruppe von katholischen Theologen, Professoren, Publizisten – ich nenne nur die Namen Dirks, Lengsfeld, Greinacher, Erb – offen und energisch als Wahlhilfe für die SPD wirken. Beim nächsten Wahlkampf wird es dann hoffentlich nicht mehr notwendig sein, konfessionelle Adjektive zu verwenden. Eines kann ich Ihnen, glaube ich, voraussagen: Die zweite sozial-liberale Koalition wird es nicht leichter haben als die erste, und von Kritik, auch von unserer, wird sie nicht verschont bleiben.

# Luft in Büchsen

Im Bahnhof Zoo in Berlin gibt es schon lange Büchsen zu kaufen, in denen sich laut Aufschrift »Berliner Luft« befindet, wohl ein sentimentales Mitnehm- oder Mitbringsel für jene, die Berlin verlassen oder verlassen haben. Dieser witzige Einfall der Souvenirindustrie könnte sich bald zum ernsthaften Verkaufsschlager entwickeln, und die Aufschrift brauchte nicht einmal »Berliner Luft«, sondern einfach »Luft« zu heißen. Nicht Sauerstoff, nicht, was eiserne Lungen spenden, sondern ganz gewöhnliche Atemluft. Man würde dann morgens seinen Kindern ein paar Büchsen davon mit auf den Schulweg geben, selbst welche mit in die Fabrik oder ins Büro nehmen und beim Frühstück oder in der Mittagspause zwischen Brot, Milch, Kaffee ein paar Schlucke frische Luft zu sich nehmen. Da es Wasser (nicht Mineralwasser, sondern ganz gewöhnliches Quellwasser) schon zu kaufen gibt, erscheint mir die Vorstellung von Luft in Büchsen keineswegs als eine satirische Übertreibung. In einer so produktiven, effektiven, dauernd ihren Profit und ihren Umsatz steigernden Welt wird es (für uns Europäer jedenfalls) genug Brot, Wein, Schnaps, sogar Milch, Butter und Bier geben, aber kein Wasser und keine Luft mehr. Manchmal, wenn ich mein Auto in einem Parkhaus oder auf einem Parkplatz abstelle, hätte ich ganz gern eine Büchse Frischluft bei mir. Wenn wir, diese tüchtigen modernen Menschen, in dieser modernen Industriegesellschaft nach einem neuen Mythos suchen, so bietet sich fast nur einer an: die Sage vom König Midas, dem alles, was er berührte oder mit dem er in Berührung kam, zu Gold wurde. Setzt man für Gold Produktivität, Effektivität, Profit, Gewinn, Zuwachs, so könnte dieser Mythos bald passen.

Ganz gewöhnliche Atemluft wird als Kostbarkeit gehandelt werden, und wir werden zig Kilometer aufs Land hinausfahren, irgendwohin, wo es noch richtiges, ganz normales Trinkwasser geben soll, und wir werden es von Wochenendausflügen in Flaschen, Ballons oder Schläuchen mit nach Hause nehmen, weil wir festgestellt haben, daß es besser schmeckt als das, was unser Wasserhändler uns täglich oder wöchentlich liefert. Alle Früchte und Genüsse dieser Welt werden zu unserer Verfügung stehen, nur das Wasser wird knapp und die Luft rar sein. Mitten in unseren herrlichen Superstädten, wo wir U-Bahnen bauen, damit noch mehr Platz für Autos entsteht, wird wahrscheinlich eine urtümliche, orientalisch anmutende Gestalt wiederauftauchen: der Wasserhändler, und neben ihm stehen wird eine ganze neue Kategorie Händler: der Luftverkäufer. Auch er wird einen großen Tankwagen haben und wird uns für eine Mark oder zwei mal kurz seinen Luftschlauch an den Mund halten. Das Erlöschen des Feuers in den modernen Heimen und Häusern hat ja schon einen neuen Industriezweig kreiert: Die Aktenverbrenner oder -zerreißer, denn da man in seiner eigenen Wohnung nichts, aber auch nichts mehr verbrennen kann, möchte man ja nicht seine gesamte Korrespondenz oder seine Akten der Müllabfuhr anheimgeben.

Über die Ausbeutung des Menschen durch den Menschen wird seit Bestehen der Menschheit spekuliert; über die Ausbeutung der Landschaft noch nicht ganz so lange; in einem blinden, profitgierigen Optimismus hat man über eineinhalb Jahrhunderte lang Industrialisierung betrieben. Immer feste druff, wenn nur die Kohlen stimmen. Die stimmen inzwischen halbwegs, und nun stellt sich heraus, daß nicht nur Mensch und Landschaft ausgebeutet, daß auch die Elemente vergiftet oder vertrieben werden. Es haben genug Architekten und Soziologen, Psychologen und gelegentlich sogar ein paar Theologen gewarnt und gescholten, geschehen ist bisher nicht viel, und wenn man sich überlegt, warum denn jener schwer definierbare Teil der Menschheit, den man die Jugend nennt, so apathisch oder gar pessimistisch ist, so sollte man sich fragen: Welche Zukunft hat man ihnen bereitet oder hält man für sie bereit? Welche Lebensqualität? Auch der Wasserverkäufer und der Lufthändler werden sie nicht mit dieser selbstmörderischen Zivilisation versöhnen.

Bis zum Jahre 1985 werden, wie das Generalsekretariat der Vereinten Nationen mitgeteilt hat, neuntausend Milliarden Mark für Rüstung ausgegeben worden sein, in einer nackten Ziffer ausgedrückt: 9 000 000 000 000 Mark; das ist schon eine fast mystische Chiffre, weil man die Nullen nur noch mühsam handhaben und die Ziffern nur mühsam in Worte übersetzen kann; und um eine Wasserkatastrophe zu verhindern, müssen bis zum Jahre 2000 234 Milliarden Mark aufgebracht werden, das sind zehn Bundeswehretats. Um alle möglichen Katastrophen, die ich hier nicht aufzählen kann, zu verhindern, muß es also Raumordnung, Städteplanung, Verkehrsplanung, Gesundheitsdienste, Bildungsreformen, Umweltschutz geben. Es müssen ganz neue Wertvorstellungen erarbeitet werden, die mit den bestehenden: Profit, Produktivität, Umsatzsteigerung, natürlich in Konflikt geraten, und was vor allen Dingen in allen diesen vielfältigen, verwickelten Problemen eingeplant werden muß, das ist die Zeit, denn es ist höchste Zeit und die Zeit vergeht rasch. Und jeder Politiker, der glaubt, es könne das alles ohne Steuererhöhungen geplant werden, belügt sich selbst oder andere.

Es erscheint schon nicht mehr bloß wie nackter Unsinn, sondern wie selbstmörderischer Zynismus, wenn angesichts der hier nur angedeuteten Probleme ein Wort wie »Plan« von einer Partei wie der CDU/CSU denunziert wird, die sich anbietet, innen- und außenpolitische Probleme zu lösen. Wie sollen wohl diese Probleme gelöst werden, wenn *nicht* geplant wird? Das Gegenteil von Plan braucht nicht Freiheit zu heißen, es kann auch Planlosigkeit heißen, und die Folgen einer planlosen, rücksichtslosen Industrialisierung sehen wir ja.

Atemluft, Trinkwasser dürfen nicht zum Besitz einer privilegierten Schicht werden, die es sich leisten kann, aufs Land hinaus zu fahren, ins Zweithaus oder die Zweitwohnung, wo ihr außerdem die beiden weiteren für Stadtbewohner selten gewordenen Elemente zur Verfügung stehen: das Feuer im Kamin und die Erde im Park oder Garten. Das neue Wort Lebensqualität ist kein schönes Wort, es steht für etwas sehr Altes, das selbstverständliche Lebensmaterial: Luft, Wasser, Feuer, Erde. Und noch etwas, was nicht in die Aufzählung der klassischen Elemente gehört, ihnen aber zugezählt werden müßte, wird zum Besitz Privilegierter: Ruhe oder Stille. Die Anzahl der Lärmvertriebenen wächst täglich, auch die Anzahl derer, die es sich nicht leisten können, vor dem unerträglichen Lärm zu fliehen, weil sie um ihren Arbeitsplatz fürchten müssen.

Die Legende vom Lufthändler könnte bald so wahr werden wie die Legende von dem, der an die Menschen Ruhe und Stille verkauft; irgend jemand, der ein System erfindet, diesen armen und armseligen, verrückten, gehetzten Midasnachfolgern ein Stückchen Stille oder Ruhe ans Ohr zu halten, und es werden natürlich der Wasser-, der Luft- und der Ruhehändler nur Kleinhändler sein; Großhändler, Konzerne werden sich bilden, die Wasser, Luft, Ruhe aufkaufen, horten und mit Profit an den Kleinhändler weiterverkaufen. Es ist schon unfaßbar, wenn man angesichts der nicht mehr nur zu erwartenden, der schon eingetretenen Entwicklung, Worte wie »Plan« denunziert, obwohl man selbst dauernd plant: Werbefeldzüge werden ja auch geplant, und man nennt sie Feldzüge, entnimmt das Vokabularium dem Kriegsbereich.

Nicht nur Staaten und Gemeinden haben einen Haushalt, auch die Erde hat einen, sie hat u. a. einen Sauerstoff- und einen Stickstoffhaushalt, und wir leben schon längst auf Kredit. In der blinden Aufbauphase der Bundesrepublik ist mit rücksichtsloser Euphorie, die nur auf Profit gerichtet war, Ausbeutung und Ausverkauf betrieben worden, und der Rest der Welt hat diesen Wiederaufbau erstaunt als eine Art Wunder wahrgenommen. Die Ursachen dieses Wunders waren nicht nur Fleiß, auch eine allen Beteiligten gemeinsame Blindheit. Immer feste druff. Die Kohlen stimmten, halbwegs in den Lohntüten und auch bei der Errechnung von Aktiengewinnen. Herrliche Zeiten. Ja. Das zweite Wunder wird schwerer zu bewerkstelligen sein: Es bedarf keiner bloß nationalen Planung, die Probleme sind längst international, wie der sowjetische Wissenschaftler Sacharow schon vor Jahren angekündigt hat, als er über ökologische Probleme schrieb, also über den Haushalt der Erde.

## Ein Roman von Iván Mándy

### *Über »Am Rande des Spielfeldes«*

Man hat mir (und anderen) Iván Mándy als einen Autor der »kleinen Leute« angepriesen. Ich kann nach der Lektüre seines Romans *Am Rande des Spielfeldes* diese Definition nicht bestätigen, weil ich immer noch nicht weiß und wohl auch nie wissen werde, was die Adjektive »klein« und »groß«, auf Menschen bezogen, bedeuten. Wieso sollte Tschempe Pempe, der Held des Romans, auch nur annähernd als »klein« bezeichnet werden? Weil er wirtschaftlich und gesellschaftlich heruntergekommen ist, wie man das so nennt? Setzt man da etwa voraus, daß Heruntergekommene klein und die, die es zu etwas gebracht haben, groß sind? Das wird doch wohl nicht wahr sein dürfen. Diesem Tschempe Pempe (der eigentlich Gyula Vidor heißt) geht's tatsächlich dreckig. In diesem merkwürdigen Quartier von Frau Habacs langt's für ihn nicht einmal zu einem Strohsack, er hängt einfach auf der Leine, wie ein Wäschestück, das zum Trocknen aufgehängt wird. Der Bursche hat offenbar ein gutgehendes Sportgeschäft mehr oder weniger verjubelt, weil er das Fußballspiel und die, die es ausüben, zu sehr liebte. Offenbar ein Mensch, der wenig Sinn fürs Kommerzielle hat. Und dennoch: die Frauen mögen ihn, selbst Frau Habacs und sogar seine eigene Frau laufen regelrecht hinter ihm her; und außerdem kann man ihn offenbar noch dazu gebrauchen, Fußballspieler – in diesem Fall die große Torwarthoffnung Miki Hübner – abzuwerben. Und dies, obwohl Tschempe Pempe nicht einmal Fahrgeld für die Straßenbahn in der Tasche hat und andere, vor allem die skrupellosen Tokics und Császár, mit einem schicken Auto und einer Mordsblondine ausgerüstet, ebenfalls hinter Hübner her sind. Wie soll das enden? Schlecht natürlich, wie es bei »kleinen Leuten« zu enden hat, während die »großen Leute« sich getrost ein paar Niederlagen leisten dürfen, ohne deshalb »klein« zu werden, denn die »großen« sind nie, was die »kleinen« von vornherein sind: sie sind nicht kleinzukriegen.

Sport ist ein beliebter Gegenstand der Literatur und der bildenden Kunst geworden; es ist gut, daß die Künstler und Literaten sich um die modernen Gladiatoren Gedanken machen und sie zum Gegenstand ihrer Meditationen erwählen. Manchen gerät das ins Modische, wird existentiell-psychologisch überhöht (was ja auch kein Verbrechen und durchaus literarisch legitim ist) – bei Iván Mándy, in diesem wunderbaren Buch, das all die scheinbare Leichtigkeit hat, hinter der sich Stil verbirgt, spielt der Fußballsport eine ganz andere Rolle; er ist nicht Gegenstand und Stoff des Romans allein, der Roman hat auch fast den Rhythmus eines Fußballspiels, eines leichten, unaggressiven Spiels mit unzähligen kleinen Flanken, mit Dribbeln, Kopfbällen, artistischen Einlagen; musikalisch ist er, eine Tanzfigur, angereichert mit *beaucoup de tristesse,* mit Satire, Analyse, Erinnerungen und Florettseitenhieben gegen jene – nennen wir sie – Nicht-Heruntergekommenen, die die Welt so gern die Großen nennt. Welcher Große wohnt schon, wie Tschempe Pempe mit seiner unnachahmlichen Melancholie feststellt, nicht etwa im Keller von Frau Habacs auf der Wäscheleine, sondern eigentlich »in diesem mächtigen unförmigen Mantel, Brotkrümel in einer zerrissenen Tasche«. Ein solcher Satz kann einen Roman nicht nur retten (was Mándy gar nicht nötig hat), er hebt ihn in eine Dimension, wo Große neidisch werden können auf die Kleinen.

Natürlich gibt's da hübsche kleine Seitenhiebe auf die Hintergründe des Handels mit Fußballspielern, in das Ein- und Ausfuhrgeschäft, das offenbar Tschempe Pempes Gegenspieler Tokics und Császár in größerem Stil betreiben, weil ihr Betriebskapital größer ist: ein Mordsschlitten von Auto, eine filmreife Blondine und die nötigen Piepen. Das sind Leute wie Oszer und Tamko, die dem ahnungslosen Dodo Stefanek auf dem Weg nach Budapest jenes Mädchen ins Abteil schmuggeln, das nicht nur »Liebe auf den ersten Blick« verursacht, dem auch noch die Fußball-Leidenschaft im Blut liegt, das kein »Optika«-Match versäumt, und was ist da natürlicher als daß, nachdem diese »beiden jungen Herzen« sich gefunden haben, Dodo Stefanek von nun für Optika spielt? Das ist doch ganz natürlich, wer möchte denn so grausam sein, zwei junge Herzen, die sich in Liebe auf den ersten Blick gefunden haben, sofort wieder auseinanderzureißen.

Das alles – und mehr – hat nicht den plumpen Charakter bundesdeutscher Fußballskandale, wo man offen vom Scheck-Austausch spricht und Summen nennt. Und dieser Welt ist der träumerische Tschempe Pempe ausgesetzt, der aus purem Idealismus für die »Titania« seine gesamte Wohnung, seinen Mantel, am

Rande des Spielfelds hin und her schleppt, machtlos gegen ein Auto der Marke Puch und junge Damen, die jederzeit bereit sind, Liebe auf den ersten Blick zu erwecken.

Natürlich wirken ungarische Eigen- und Ortsnamen nur außerhalb Ungarns exotisch, da sie weder slawische noch ger- oder romanische Assoziationen erwecken; ich mag mich also täuschen, wenn ich annehme, daß Mándy mit Familien-, Vor- und Ortsnamen eine besondere Art Fußballspiel treibt: sie purzeln nur so übers Spielfeld, die Ebök und Sebök, Breznai Kovács III, Beres, Balla und eine erstaunliche Mittlerpersönlichkeit, die der »Rote Hungler« heißt. Mag sein, daß diese Namen für ungarische Ohren so vertraut klingen wie Beckenbauer, Overath, Seeler und Heldruns, aber möglicherweise klingt ja auch Beckenbauer wenn nicht für ungarische, so doch für englische Ohren exotisch. Da Namen in Romanen eine wichtige Rolle spielen, kann ich nicht annehmen, hier sei zufällig diese Häufung von Namen erfolgt, lauter Fußballnamen, von Stars, Vereinen, Orten, dutzendweise sind sie, und nicht nur durch ihre Exotik als Interpunktionen verwendet, als läse man nicht einen Roman, sondern eine Fußballzeitung; als literarisches Mittel verschafft es dem Roman – und hier wirken für den ausländischen Leser die ungarischen Namen doppelt verfremdend – eine Dimension scheinbarer oder gespielter Vertraulichkeit, als müßte man unbedingt wissen, was Rózsavölgyi und Soroksár sind; etwas wie Schalke 04 oder Rot-Weiß Oberhausen?

Nein, ich widerspreche: Mándy ist kein Autor der kleinen Leute, diese vielen Figuren, skizzenhaft, ironisch, auf knappem Raum (214 Seiten) in vielen kurzen Abschnitten und doch ausreichend vorgestellt, knapp mit Erinnerungen und Schicksalen ausgerüstet, um die Fußballmannschaften Titania, Danubia, die FCs, Schlafwagen und Schlachthaus gruppiert, alle eingespannt und eingesponnen in die große Ein- und Ausfuhr von Fußballern, alle diese nüchternen um den großen Träumer Tschempe Pempe herum, der in seinem Mantel wohnt, angerempelt und doch verehrt von einem Jungen, der vom Fußballruhm träumt: »Du stehst im wappengeschmückten Trikot, ein leichter Wind weht, wenn du dich etwas zur Seite drehst, siehst du die Jungs, mit denen zusammen du den Kampf gegen die elf aus Italien aufnimmst, die Musik spielt, die Hymne ertönt, und du stehst dort, und deine Brust schwellt ein stolzes Gefühl.«

Nein, was sind dagegen diese Haifische mit ihren Puchs und Weibern, denen nicht einmal »Liebe auf den ersten Blick« heilig ist – und noch einmal knallen Namen wie Tore in den Text hinein: Zsák, Plattko, Biró, Norbács, Schlosser, Orth, Konrad II, Nyul I, Nyul II, Eisenhoffer, Jeny, und der unermüdliche Junge, der mit seinem Gummiball übt und übt und übt. Hoffen wir, daß er nicht exportiert wird, um ungarische Fußballkünste auf ausländischen Pisten fremden Vereinen dienstbar zu machen. Tschempe Pempe, nervös über und doch fasziniert von dem Jungen, machtlos gegen Puch und Blondine, versucht den Jungen zu warnen . . . »Was hast du davon, sag es mir« und »Nichts hast du davon«, und da Ball und Junge ihm unerbittlich folgen: »Wenn du zufällig ein Taschenmesser bei dir hast, schlitz ihn auf!« Nicht abzuschlagen der Junge. »Aufschlitzen sollst du ihn! Hörst du, aufschlitzen! und vergiß das Ganze, denn sie zertrampeln dich doch. Hörst du? Zum Schluß zertrampeln sie dich . . . und den Herrgott, der dich dann zusammenflickt, den gibt es nicht, und niemand denkt an dich, niemand denkt später noch an dich!« Und erschöpft, niedergeschlagen auf eine Bank gesunken, immer noch von Ball und Jungen verfolgt, seufzt Tschempe Pempe: »Melde dich am Freitag bei der Titania, um halb drei, zum Training der Jugendmannschaft«, und der Junge sagt: »Ich komme.« Vielleicht wird er viel besser als dieser Miki Hübner, der so gut ja doch nicht war, und falls er besser wird – eingebracht hat's Tschempe Pempe nichts.

Dieser erstaunliche Roman voller Fußball, Budapest und Namen ist beides: Sehr still und sehr schnell, und er macht beides: macht einen vertraut und fremd. Schließlich kann Nyul II, auch wenn es ihn gibt, nicht wahr sein. Und der Rote Hungler – wer soll schon an ihn glauben, obwohl man ihn fast riecht, ihn, der Tschempe Pempe auf die Jagd nach Hübner schickt. Ist das nun fiction oder das Gegenteil davon? Es ist beides, es ist die Geschichte eines Mannes, der in seinem Mantel wohnt und bei Frau Habacs im Keller nachts über der Leine hängt. Ein Versager. Sollte der »klein« sein? Früher hat man aus diesem Stoff Heilige gemacht, heute stehen sie nur noch am Rande von Spielfeldern herum. Ich möchte Tschempe Pempe auch nicht groß nennen, weil andere dann notwendigerweise klein genannt werden müßten. Er ist kein Held und doch kein Schelm.

# Schwierigkeiten mit Essenmarken

## *Über Werner Kochs Roman »See-Leben I«*

Es lebt sich nicht schlecht da unten am See, mit einer klugen Katze, die sprechen, einem Lehrer, mit dem man sich ständig streiten und dem Bauern Greiff, mit dem man Banalitäten austauschen kann (»Ja, so ist das« und noch ein paarmal »Ja, so ist das«). Wenn man dann auch noch von dieser merkwürdigen Kölner Firma, für die man arbeitet, erlaubt bekommt, dort unten seinen Schreibtisch aufzustellen: was will man mehr? Zumal sich die Gesellschaft um ein paar reizvoll-merkwürdige Zeitgenossen erweitert: Diesen ungeheuerlichen Herrn »Nurmi«, der rückwärts lebt und konsequent bis zu seiner Rückkehr in den Mutterleib mit all den unvermeidlichen Liebesschmerzen immer jünger und jünger wird; mit diesem großartigen Opa da auf dem Weisser Hof, der stumm den Fischen im Aquarium zuschaut, Kommentare und Interviews ablehnt, nicht gerade dem Sarg entsprungen, nur an ihm vorbeigerutscht. Mit diesem Bauern Greiff, der, auf seine Freiheit angesprochen, die einzig mögliche Replik: »Wieso frei?« erteilt und dann mit allen Details die Einschränkungen seiner gepriesenen Freiheit aufzählt und gelassen einige drastische arabische Ratschläge über das Zeugen von Söhnen entgegennimmt. Ein wunderbares Leben, obwohl der See ein bißchen zu kalt ist, um wahrhaft idyllisch zu sein: 18, höchstens 19 Grad. Herrlich, dieses erste See-Leben, obwohl die Sekretärin ein bißchen quengelt und die Katze ihre Amoralität mit animalischer Gelassenheit verteidigt. Sie, deren derzeitiger Mann ihr Urenkel, der Stiefvater seiner Mutter, Neffe, Bruder, Mann, Schwager in einer Person ist. Da wird auch im Hinblick auf die Kölner Firma der Schwindel jener Mitmenschlichkeit erwähnt, wie er so auf den Fluren großer Bürohäuser gepflegt wird, und dieser Mensch, der da so wohlgefällig am See lebt, geschieden, mit einer erwachsenen Tochter, bekennt, daß er nicht fernsieht, zitiert aber doch einen winzigen Seitenhieb auf Höfers Frühschoppen, den er in der *Süddeutschen Zeitung* aufgelesen hat. Wenn dann noch die intelligente Katze sympathisch und klug über die Vorurteile meditiert, die der Mensch gegenüber der Dunkelheit hegt, und man sich vorstellen kann, daß das Bürogebäude der Kölner Firma ganz gewiß gläsern und hell ist, dann wünscht man dem Verfasser noch ein weiteres, kluges, dunkelheitsverliebtes Tier zur Gesellschaft: etwa eine Eule. Und wenn sich dann auch noch erweist, daß Schulaufsätze sogar direkte gesellschaftliche Funktion haben können: daß ein Lehrer, dem man zwei Hasen gestohlen hat, das Thema »Sonntagsbraten« stellt und prompt zwei Schüler mitteilen, sie hätten Hase als Sonntagsbraten gehabt – da ist die Welt doch wieder heil, rund und darf aus voller Brust gepriesen werden, wenn auch der See, an dem man lebt, nicht gerade der See ist, der zum Bade lächelt. Gewiß, da fallen ein paar nachdenkliche Nebenbemerkungen, von »Nurmi« etwa, der sagt, daß er und seine Frau »Mitmenschen zwar, aber Außenseiter« seien; da hat ein junges Mädchen kein Geld, um seine Fahrkarte nach München zu bezahlen, und der fünf-, sechsjährige Sohn des Bauern Greiff ist schwierig und will nichts mit der Schule zu tun haben, weil er behauptet – als Sechsjähriger, welch eine Frechheit! –, er wisse schon alles, was er wissen müsse, um den Hof zu übernehmen; ein trotziger, widerborstiger Bengel, dem es nicht im geringsten imponiert, daß er mit Platon verglichen wird, weil diesem ungebildeten und bildungsfeindlichen Lümmel eine der Säulen des Abendlandes nichts weiter ist als ein komisches Wort. Das ist schon alarmierend, wenn auch das See-Leben (jedenfalls das erste!) ungehindert und frohgemut weitergeht. Dann kommt so ein überraschender Satz wie »Ich habe Angst vor der Kölner Firma«, und schon taucht ein Abgesandter dieser Firma auf: jung, kühl, Roth-Händle-Filter rauchend, es kommt zu einer höflichen Unterhaltung, die unversehens zur Auseinandersetzung wird, nicht der Arbeit wegen, mit der man vollkommen zufrieden ist; weswegen denn? Es wird still im See-Büro, »Und Büros dürfen nicht stumm sein, das macht sie verdächtig«.

Man ahnt Schlimmes. Doch so schlimm wird's auch wieder nicht. Es sind da ein paar Verwaltungs-, ein paar formale Details: die Planstelle der Sekretärin, die Schwierigkeiten, Dienstreisen zu verbuchen, weil der Computer in Köln ganz auf Köln als Ausgangs- und Endpunkt von Dienstreisen eingestellt sei. Des Verfassers Verzicht auf jegliche Dienstreisen wird wohlwollend erwogen, aber als fast unlösbar erweist sich ein scheinbar so nebensächliches Problem wie die Essenmarken, von denen dieser naive Mensch da unten an seinem See tatsächlich glaubt, sie kosteten eine Mark und fünfzig, und, indem er sie weder benutze

noch verschenke, erspare er doch der Firma täglich diese Summe. Der Herr mit dem Roth-Händle-Filter weiß das besser: Die Herstellung der Essenmarken sei teurer als das Essen selber, und wenn alle Mitarbeiter der Firma ihre Essenmarken nicht benutzten, so wäre das katastrophal, denn »der ganze Kantinenbetrieb käme durcheinander: die Bedienungen hätten nichts zu tun, der Koch müsse das vorbereitete Essen vernichten, der Pächter erlitte einen unübersehbaren Verlust, das Betriebsklima würde gestört«. Man ist versucht, dem Seelebenmensch die Replik des Bauern Greiff entgegenzuhalten: »Wieso frei?«
Die Idylle will nicht so recht gedeihen, und das Ende will und will nicht happy werden. Der Sohn des Bauern verbockt sich immer mehr, es wird geplant, ihn ins Internat zu stecken; die Katze stirbt, nachdem sie noch ein paar äußerst kluge Sentenzen über die Menschen von sich gegeben hat, und das Unvermeidliche geschieht: der Mensch da unten am See wird nach Köln zitiert. Im Zug trifft er auf einen Metaphysiker, der katholisch ist, die *Welt* liest, CDU wählt, am Telefon seltsame Weisungen bekommen hat. Der Verfasser dazu: »Ich mochte ihn nicht. Und ich mochte seine Geschichte nicht. Er rauchte Zigarren, wählte CDU, war ein Trinker, und für den Tod seiner Frau machte er die Metaphysik verantwortlich. Ich war froh, wieder allein zu sein.« Nicht einmal über Köln hat er Freundliches mitzuteilen, dieser Mensch vom See. »Ich verstehe ihre Sprache, nicht aber ihr Gefühl. Man meint allerorten, sie sei fröhlich, in Wahrheit ist sie unzufrieden und steht nicht mehr zu ihrem Wort. Sie lebt und läßt leben, aber sie läßt nur den leben, der sich fügt; sie verpönt den Außenseiter und verleumdet den Einzelgänger. Sie hat tausend Gesichter und keinen Freund.« »Und anderswo über Köln« – man sitzt in der Kneipe, trinkt sein Bier, und der Mann neben einem sagt: die Juden sind bald wieder obenauf. In Köln fühlt sich dieser Mensch auch nicht wohl. Die Sekretärin des Chefs mißfällt ihm in ihrer aufgedonnerten modischen Sex-Aufmachung, und mit diesen abstoßenden Händen, an denen keine kosmetische Kunst etwas ändern kann. Der Chef ist natürlich nett, liberal, menschlich, mit- und zwischenmenschlich. Er findet die Gerüchte über die Verschmutzung des Bodensees übertrieben, und was die Industrie bisher geleistet hat, findet er enorm, während der Verfasser sieben Seiten weiter mitteilt, »Der Bodensee hat im Augenblick nur noch 11 Prozent Sauerstoffgehalt mehr als die Kloake des New Yorker Hafens«.

Dann trifft dieser arme Mensch auch noch auf seine Tochter, die ausgerechnet »was vom Leben haben will«.

Dieses schlanke Buch von Werner Koch ist listig, tückisch, scheinbar mit der sogenannten leichten Hand geschrieben, und hat doch einen merkwürdigen melancholischen Tief- und Schwergang; es ist gewiß spannender als der Autor ahnt, und wenn er als Schlußbemerkung schreibt »*See-Leben II* erscheint, wenn sich die Verhältnisse geändert haben«, so kann man nur wünschen, daß sich die Verhältnisse bald ändern; man wüßte doch nur zu gern, wie das schier unlösbare Problem der Essenmarken nun gelöst werden kann und was so alles an Mit- und Zwischenmenschlichkeit inzwischen gediehen ist. Möge *See-Leben II* so heiter, melancholisch, tückisch und listig werden wie *See-Leben I.* Und nicht nur das Thema Essenmarken, auch das Thema Köln ist noch lange nicht erschöpft.

# Rede zur Verleihung des Nobelpreises am 10. 12. 1972 in Stockholm

Herr Ministerpräsident, liebe Frau Palme, meine Damen und Herren, anläßlich eines Besuchs in der Bundesrepublik Deutschland hat Seine Majestät, der König von Schweden, einen gelehrten Blick in die Schichten der Vergänglichkeit getan, aus der wir kommen und auf der wir wohnen. Jungfräulich oder gar unschuldig ist dieser Boden nicht und nie ist er zur Ruhe gekommen. Das begehrte Land am Rhein, von Begehrlichen bewohnt, hat zahlreiche Herrscher gehabt, entsprechend viele Kriege gesehen. Koloniale, nationale, regionale, lokale, konfessionelle, Weltkriege. Pogrome hat es gesehen, Vertreibung und immer kamen Vertriebene anderswoher und wurden andere anderswohin vertrieben. Und daß man dort deutsch sprach, war zu selbstverständlich, als daß man's nach innen oder außen hätte demonstrieren müssen. Das taten andere, denen das weiche d nicht genügte, die nach einem harten t begehrten. Teutsche.

Gewalt, Zerstörung, Schmerz, Mißverständnisse liegen auf dem Weg, den einer daherkommt, aus den Schichten vergangener Vergänglichkeit in eine vergängliche Gegenwart. Und es schufen Scherben, Geröll und Trümmer, schufen Ost- und Westverschiebungen nicht, was nach so viel, viel zuviel Geschichte zu erwarten gewesen wäre: Gelassenheit; wohl, weil man uns nie ließ; den einen zu westlich, den anderen nicht westlich genug; den einen zu weltlich, den anderen nicht weltlich genug. Immer noch herrscht Mißtrauen unter den Demonstrativ-Teutschen, als wäre die Kombination westlich und deutsch doch nur eine Täuschung der inzwischen unheilig gewordenen Nation. Wo doch gewiß sein müßte: Wenn dieses Land je so etwas wie ein Herz gehabt haben sollte, lag's da, wo der Rhein fließt. Es war ein weiter Weg in die Bundesrepublik Deutschland.

Als Junge hörte auch ich in der Schule den sportlichen Spruch, daß der Krieg der Vater aller Dinge sei; gleichzeitig hörte ich in Schule und Kirche, daß die Friedfertigen, die Sanftmütigen, die Gewaltlosen also, das Land der Verheißung besitzen würden. Bis an sein Lebensende wohl wird einer den mörderischen Widerspruch nicht los, der den einen den Himmel *und* die Erde, den anderen nur den Himmel verheißt, und das in einer Land-

schaft, in der auch Kirche Herrschaft begehrte, erlangte und ausübte, bis auf den heutigen Tag.
Der Weg hierhin war ein weiter Weg für mich, der ich, wie viele Millionen aus dem Krieg heimkehrte und nicht viel mehr besaß als die Hände in der Tasche, unterschieden von den anderen nur durch die Leidenschaft, schreiben und wieder schreiben zu wollen. Das Schreiben hat mich hierhergebracht. Gestatten Sie mir, die Tatsache, daß ich hier stehe, für nicht so ganz wahr zu halten, wenn ich zurückblicke auf den jungen Mann, der da nach langer Vertreibung und langem Umhergetriebensein in eine vertriebene Heimat zurückkehrte; nicht nur dem Tod, auch der Todessehnsucht entronnen; befreit, überlebend; Frieden – ich bin 1917 geboren – nur ein Wort, weder Gegenstand der Erinnerung noch Zustand; Republik kein Fremdwort, nur zerbrochene Erinnerung. Ich müßte hier sehr vielen danken, ausländischen Autoren, die zu Befreiern wurden, das Befremdende und das Fremde aus der Eingeschlossenheit befreiten, das sich selbst um seiner Materialität willen in die Eigenheit zurückverwies. Der Rest war Eroberung der Sprache in dieser Zurückverweisung an das Material, an diese Hand voll Staub, die vor der Tür zu liegen schien und doch so schwer zu greifen und zu begreifen war. Danken möchte ich auch für viel Ermutigung durch deutsche Freunde und deutsche Kritiker, danken auch für viele Versuche der Entmutigung, denn manches geschieht ohne Krieg, nichts aber, so scheint mir, ohne Widerstand.
Diese siebenundzwanzig Jahre waren ein langer Marsch, nicht nur für den Autor, auch für den Staatsbürger, durch einen dichten Wald von Zeigefingern, die aus der vertrackten Dimension der Eigentlichkeit stammten, innerhalb derer verlorene Kriege zu eigentlich gewonnenen werden. Gar mancher Zeigefinger war scharf geladen und hatte seinen Druckpunkt an und in sich selbst.
Mit Bangen denke ich an meine deutschen Vorgänger hier, die innerhalb dieser verfluchten Dimension Eigentlichkeit keine Deutschen mehr sein sollten. Nelly Sachs, von Selma Lagerlöf gerettet, nur knapp dem Tod entronnen. Thomas Mann, vertrieben und ausgebürgert. Hermann Hesse, aus der Eigentlichkeit ausgewandert, schon lange kein deutscher Staatsbürger mehr, als er hier geehrt wurde. Fünf Jahre vor meiner Geburt, vor sechzig Jahren, stand hier der letzte deutsche Preisträger für Literatur,

der in Deutschland starb, Gerhart Hauptmann. Er hatte seine letzten Lebensjahre in einer Version Deutschland verlebt, in die er wohl trotz einiger Mißverständlichkeiten nicht hineingehörte. Ich bin weder ein Eigentlicher noch eigentlich keiner, ich bin ein Deutscher, mein einzig gültiger Ausweis, den mir niemand auszustellen oder zu verlängern braucht, ist die Sprache, in der ich schreibe. Als solcher, als Deutscher, freue ich mich über die große Ehre. Ich danke der Schwedischen Akademie und dem Land Schweden für diese Ehre, die wohl nicht nur mir gilt, auch der Sprache, in der ich mich ausdrücke, und dem Land, dessen Bürger ich bin.

# Quellennachweise und Anmerkungen

*Vorwort zur »Krebsstation«.* In: Alexander Solschenizyn, »Krebsstation«, Neuwied 1968/69

*Zuschreibung* Nachwort zu Gerd Hoffmann, »Chirugame«, Stierstadt 1969

*Deutsche Meisterschaft.* In: B. v. Nottbeck (Hg.), »Zensuren nach 20 Jahren Bundesrepublik«, Köln 1969

*An die Mitglieder des »Politischen Nachtgebets«.* In: D. Sölle und F. Steffensky (Hg.), »Politisches Nachtgebet in Köln«, Stuttgart u. Berlin 1969

*Blumen für Beate Klarsfeld.* Die Zeit v. 10. 1. 1969

*Es wird immer später.* Die Zeit v. 7. 2. 1969

*Die Studenten haben den längeren Atem.* Kölner Stadt-Anzeiger v. 4. 3. 1969

*Pfäffische Drei-Tage-Freiheit.* Nobis (Mainz), Februar/März 1969

*Die verhaftete Welt.* Merkur (Stuttgart), Mai 1969

*Ende der Bescheidenheit.* Erstdruck: Frankfurter Rundschau v. 5. 7. 1969

*Dank der Eltern.* Das Studienseminar (Frankfurt), Juli 1969

*Antwort an Pfarrer Kurscheid.* Kölnische Rundschau v. 23. 8. 1969. Am 16. 8. 1969 war in der gleichen Zeitung Pfarrer Kurscheids »Aufforderung zum Schuldbekenntnis« erschienen:

Lieber Heinrich Böll,
in alter Verbundenheit möchte ich Ihnen sagen, daß ich Ihre mannigfachen, öffentlichen Kritiken (beispielsweise an Bischof Defregger, den ich nicht verteidigen möchte) noch überzeugender und glaubwürdiger fände, wenn Sie etwa folgendes öffentliche Schuldbekenntnis ablegen würden:
»Ich habe gewußt, daß Hitlers Krieg verbrecherisch ist. Dennoch habe ich meiner Einberufung zum Kriegsdienst keinen Widerstand entgegengesetzt, sondern gehorsam meine Knarre durch Europa getragen, ohne zu desertieren. Somit habe ich, wenn auch nur als unbedeutender Einer unter Millionen, Hitlers Verbrechen mit Leib und Leben gedeckt.«
Vielleicht könnten Sie hinzufügen: »Ich versichere allerdings, daß ich mit meiner Knarre nie geschossen, geschweige gar einen Menschen totgeschossen habe.«
Ich selber (55), war als katholischer Priester vom Kriegsdienst befreit, und so bin ich nicht vor die Forderung geraten, auf Menschen zu schießen. Darum habe ich allerdings die Verbrechen Hitlers wahrscheinlich besser gekannt, weil ich zu Hause mehr Gelegenheit hatte, mich durch ausländische Rundfunksender zu informieren. Um so größer ist aber meine lebenslängliche Schmach, geradezu lächerlich wenig dagegen getan zu haben, sondern froh zu sein, daß ich noch am Leben war, als die Amerikaner, Engländer, Franzosen, Russen und die anderen Verbündeten uns von Hitlers Schreckensherrschaft befreit hatten.
Ich habe das vor meiner Gemeinde mehrfach bekannt. Darüber hinaus interes-

siert sich aber keiner für dieses Bekenntnis, weil ich nicht berühmt bin, worunter ich leide, da ich gern Staat und Kirche reformieren möchte.

Heinrich Kurscheid
Pfarrer an St. Christophorus
in Köln-Niehl

*Kritiklos untertan.* Akzente, Oktober 1969. Antwort auf eine Umfrage der *Akzente*, die mit weiteren Stellungnahmen unter dem Obertitel »Bis zu mir reichende Wirkungen« abgedruckt wurde

*Wilde Poesie der Flüche.* Der Spiegel v. 24. 11. 1969

*Untergrund im Widerstand.* Westdeutsche Allgemeine Zeitung v. 29. 11. 1969

*Ein Satz aus der Geschichte: Der Ort war zufällig.* Südwestfunk, 27. 12. 1969

*Was ist angemessen?* Südwestfunk, 31. 12. 1969

*Vorwort zu »Köln fünf Uhr dreißig«.* Für einen Fotoband von Chargesheimer, Köln 1970 (gedruckt nach dem Manuskript)

*Annäherungsversuch.* Nachwort zu Tolstoi, »Krieg und Frieden«, Frankfurt 1970

*Wer Augen hat zu sehen, sehe!* Vorwort zu »UdSSR – Der Sowjetstaat und seine Menschen«, Stuttgart 1970

*Rede auf der Kundgebung von »Amnesty International«.* Erstdruck (auszugsweise) in: Kölnische Rundschau v. 12. 1. 1970 (u. d. T.: *Böll geißelt Athens Folter*)

*Entfernung von der Prosa.* Programmheft des Düsseldorfer Schauspielhauses zur Uraufführung von *Der Clown* am 23. 1. 1970

*Abschied von Onkel Tom.* Vorwort zu Anne Moody, »Erwachen in Mississippi«, Frankfurt 1970, Vorabdruck in Frankfurter Rundschau v. 24. 1. 1970

*Die Ursachen des Troubles mit Nordirland.* Süddeutsche Zeitung v. 21./22. 2. 1970

*Schwierigkeiten mit der Brüderlichkeit.* Erstdruck: in »Verkannt, verfemt, geduldet. Minderheiten in unserer Gesellschaft«, Schriftenreihe der Kölnischen Gesellschaft für christlich-jüdische Zusammenarbeit, Heft 14/1970

*Leiden, Zorn und Ruhe.* Der Spiegel v. 30. 3. 1970

*Brief an die Freiburger Polizeischüler.* Die Welt v. 6. 5. 1970. Mit Hinweis auf Bölls Erwähnung des Tagebuchs von Che Guevara (vgl. *Schwierigkeiten mit der Brüderlichkeit*) hatten Freiburger Polizeischüler in der *Welt* v. 4. 5. 1970 geschrieben, Böll werde bald ein armer Mann sein, wenn er die versprochenen Prämien an Polizeibeamte zahlen würde, die entsprechend gehandelt hätten. Sie verwiesen in diesem Brief auf den Gegensatz zwischen der »Ausübung ihrer Ordnungspflicht und persönlicher Bewertung« von Protestaktionen und nannten Bölls Urteile zu pauschal und »unbrüderlich«.

*Die Moskauer Schuhputzer.* In: HAP Grieshaber (Hg.), »Engel der Geschichte«, Hamburg 1970 (Der Artikel wurde zum 15. Juli 1970 – Blochs Geburtstag – geschrieben)

*Kommentar zur Verleihung des Literatur-Nobelpreises an Alexander Solschenizyn.* Kölner Stadt-Anzeiger v. 9. 10. 1970 (Titellos in einer Reihe von Stellungnahmen)

*Wir dürfen kein Veteranenclub sein.* Erstdruck: Westdeutsche Allgemeine Zeitung v. 26. 9. 1970

*Einigkeit der Einzelgänger.* Erstdruck: »Ende der Bescheidenheit. Texte der Gründungsveranstaltung des Verbandes deutscher Schriftsteller«, München 1970

*Gesichtskosmetik der Großmächte ein teurer Spaß.* Luzerner Neueste Nachrichten v. 28. 11. 1970

*Über Bernd Alois Zimmermann.* Aussagen im Rahmen der Dokumentation »Bernd Alois Zimmermann. Leben – Werk – Zeitgenossen«, hg. v. Klaus Lindemann und Manfred Niehaus, Westdeutscher Rundfunk 1971

*Günter Wallraffs unerwünschte Reportagen.* Vorwort zur schwedischen Ausgabe der »Reportagen«, Stockholm 1971

*Ansprache zur Einführung einer Lesung von H. G. Adler.* Kölner Stadt-Anzeiger v. 24. 3. 1971

*Die Heuchelei der Befreier.* Erstdruck: Süddeutsche Zeitung v. 24./25. 4. 1971

*Bericht zur Lage der Nation.* Süddeutsche Zeitung v. 26./27. 6. 1971

*Unpassender aus der Lagernation.* Der Spiegel v. 12. 7. 1971

*Der liberale Labberdreck stammt nicht von mir.* Frankfurter Rundschau v. 20. 8. 1971. Dieser Artikel ist eine Antwort auf Hilde Domins Artikel »Das ist pure Romantik«, in der gleichen Zeitung:

Lieber Heinrich Böll und lieber Verf.,
Ich würde Ihnen in unsere fast gemeinsame Hülchrather Straße schreiben, gleich um die Ecke von meiner alten Kölner Wohnung, hätte Ihre Stimme nicht in diesen Jahren einen so großen Widerhall bekommen, daß, was Sie sagen, eine öffentliche Sache ist, der man öffentlich zustimmen und auch öffentlich widersprechen muß.

»Man kann ein Wort fallen lassen und sehen, was es anrichtet«, sagen Sie in Ihrem Interview mit Dieter Zimmer (*Zeit*, 6. 8. 71). »Es kann doch nichts Schlimmes anrichten.« Wieso denn nicht. Gerade Worte richten Schlimmes an. Worte setzen Zeichen, können falsche Wegweiser sein. Weil Sie, Heinrich Böll, inzwischen einer der aussichtsreichsten Anwärter auf den Posten des »praeceptor Germaniae« geworden sind (wie Reich-Ranicki Ihnen in der gleichen Nummer der *Zeit* bestätigt), deswegen bitte ich Sie, zu überdenken und zurückzunehmen, was Sie über die Austauschbarkeit gesagt haben: als sei Austauschbarkeit ein wünschenswertes Ziel für den Menschen. Und nicht eine der Facetten der Entmenschung und Verdinglichung. Als sei es nicht einer der Schrecken, die den Jugendprotest ausgelöst haben und die ganze »Lvw« (Leistungsverweigerung), daß der Mensch so austauschbar geworden ist wie nur irgendein Gebrauchs- und Wegwerfgegenstand.

»Nun«, sagte mir einer, »das hat er sicher nicht gemeint. Er meinte die Austauschbarkeit der Funktionen.« Aber das ist es ja gerade, daß jeder an seinem Platz ersetzbar wird, als sei er ein Apparat. Das führt zum Warencharararakter des Menschen, das führt zu den Identitätsstörungen, zur Vernichtung der menschlichen Bindungen. Und es ist auch gar nicht zu stoppen: denn wer die »Knöpfe« in der sich automatisierenden Industrie drückt, das wird zunächst einmal immer gleichgültiger werden.

Hier habe ich, glaube ich, von Marx bis Marcuse fast alle Gesellschaftskundler auf meiner Seite. (Interessant ist das Studium der Austauschbarkeit beim Funktionswechsel gerade in der US-Gesellschaft. Als Lektüre empfehle ich *Die Pyramidenkletterer*, deutsch bei Econ.) Einen der negativsten und »mörderischsten« Aspekte unserer Gesellschaft, lieber Heinrich Böll, stellen Sie als rosiges Zukunftsziel hin.

Und damit nicht genug, Sie weisen auf die Errungenschaften ferner und chiliastischer Länder hin, die uns auf diesem erstrebenswerten Weg vorausgegangen seien. »Kuba«, sagen Sie leichthin, »China, wo es ja den Wechsel von Positionen gibt«. Im Zug von Arnheim nach Köln erzählte ich Ihnen dieser Tage (das *Zeit*-Interview war sicher bereits im Satz) von der in Kuba eingeführten Zwangsarbeit: für »mögliche Faulenzer« ein Jahr; für ertappte Faulenzer zwei Jahre. Castros Sanktionen gegen Lvw.! Sie hörten es mit geringer Begeisterung. Sicher schwebt Ihnen doch nicht der kubanische Arbeitsdienst oder irgendeine Variante des Ihnen vermutlich aus Ihrer Jugend noch erinnerlichen Arbeitsdienstes als gesellschaftliches Heilmittel vor. (Ganz abgesehen vom gänzlich anderen Stellenwert von L. und Lvw. in den Ländern der Dritten Welt.)

China, gewiß, ist viel weiter entfernt und daher geeigneter als Idealmodell. Wir lesen da von Kolonnen von Lehrern und Intellektuellen, die Feldarbeit tun. Nachdem man ihnen aber wörtlich »gezeigt hat, was eine Harke ist«, hat man ihnen offenbar wieder erlaubt, zu tun, was sie gelernt haben.

Vergleichbares können wir besser und näher beobachten: in der Tschechoslowakei zum Beispiel, wo die Intellektuellen, Redakteure und Autoren des »Prager Frühlings« im besten Fall die Erlaubnis bekommen, Straßenbahnschaffner zu werden oder Taxichauffeure.

Das Deutschland der Nazizeit hat auf seine linken wie auf seine nichtarischen Intellektuellen und Wissenschaftler verzichtet. Waren der Freud, der Einstein, der Brecht und all die andern »austauschbar«? Warum sollten sie es dann in China sein, bloß weil wir von China so wenig wissen?

Im Ernst, Heinrich Böll, was stellen Sie sich unter der von Ihnen befürworteten »Austauschbarkeit der Autoren« vor? Das ist nicht nur eine falsche Bescheidenheit (und Sie redeten ja vom »Ende der Bescheidenheit«), das ist die pure Romantik, die pure Rhetorik. Ganz wie auch die oft gehörte Forderung nach der Rückgängigmachung der Arbeitsteilung etwas Romantisches und geradezu Regressives hat. Wir befinden uns in der zweiten industriellen Revolution. Wir müssen hindurch, es gibt nur die Flucht nach vorn: zu einer größeren Emanzipierung des Menschen. Er wird das Subjekt, nicht mehr das Objekt des Arbeitsprozesses sein.

Hier, lieber Heinrich Böll, rede ich Sie an als »Verf.«. Das Schöne an Ihrem Buch ist, daß die Menschen so inkonsequent, so undoktrinär sind. Nichts paßt zu

nichts, wie wir es im Leben ja täglich sehen. Ihre Leni P. oder G. bleibt die gleiche, ob Sie ihr nun nachträglich das Etikett »Proletarierin« oder gar »wirkliche Arbeiterin« anheften oder nicht. Soziologisch gesehen ist diese Leni ein »drop out«, eine Verwandte der Hippies.
»Xenophilie«, das klingt wie eine Krankheit, das ist eine Krankheit, deren Bazillen man hier verbreiten müßte. Das tun Sie in Ihrem so mitmenschlichen Buch. Aber die Zelebrierung der Kategorie »Proletarier«, so freundlich das Wort in den Ohren klingen mag, gehört ebenfalls zur Romantisierung einer Wirklichkeit, in der dieser Begriff seinen Sinn mehr und mehr verliert, bis er in der Mottenkiste verschwinden wird. Denn wir sind ja allen Ernstes unterwegs zu einer klassenlosen Gesellschaft, wir werden die Chancengleichheit aller Kinder – nach ihren Fähigkeiten – schaffen, ganz wie eine neue Form der Mitbestimmung.
Und hier nun, Heinrich Böll, rede ich Sie ganz dringend an, weil Sie wie kein zweiter deutscher Autor aus Liebe schreiben und weil Sie diese ungewöhnliche Begabung zur Mitmenschlichkeit haben. Ich bitte Sie ganz dringend, in diesem kritischen Augenblick, in dem wir im Flaschenhals des industriellen und gesellschaftlichen Fortschritts stecken, genau zu sein und beim Konkreten, bei den nachprüfbaren Fakten zu bleiben. Weil Worte so viel »anrichten«. Und besonders Worte, die so gehört werden wie die Ihren.
Ich lese in Joachim Kaisers Kritik: »Wie höllisch, finster diese Kriegs-, ja diese Nazizeit auch war – in Bölls Welt bietet sie den großen Gefühlen, dem persönlichen Heil immer noch mehr Chancen, als es der ›liberale Labberdreck‹ des Wohlstandsrummels täte, wenn man sich ihm nicht anarchisch verweigerte.«
Sie sind eine der Stimmen Deutschlands. Machen Sie es sich nicht leicht mit dem, was Sie sagen: mit dem, was Sie loben, und dem, was Sie verwerfen. Erinnern Sie sich, daß der Generation von Jünger der »liberale Labberdreck« auch fatal war. Man wünschte sich das bekannte »Stahlgewitter«. Und danach war dem Sieburg die Bundesrepublik wieder »zu langweilig«.
Es stehen nun einmal keine perfekten Lebensmodelle zur Verfügung, in die wir hineinschlüpfen könnten, als seien es weniger drückende Schuhe. Soviel auch ausprobiert worden ist, diese Modelle haben eine enttäuschende Entwicklung genommen. Gerade wieder Kuba (nicht von ungefähr wird Castro in einer Karikatur bereits ein Stalinbärtchen anprobiert). »Noch nie sind so viele so total dem Willen so weniger ausgeliefert gewesen wie dort, wo angeblich die Herrschaft des Proletariats errichtet wurde«, schreibt Marion Dönhoff in ihrem Leitartikel in der gleichen Nummer der *Zeit* (6. 8. 71). Sie, Heinrich Böll, wissen das ganz aus der Nähe. Seien Sie »der Sand, nicht das Öl, in dem Getriebe«: dem und jenem.

Hilde Domin

*Die internationale Nation.* Erstdruck. (Auszüge wurden veröffentlicht in der Frankfurter Allgemeinen Zeitung v. 29. 9. 1971)

*Die Internationale der Nestbeschmutzer.* Die Zeit v. 17. 12. 1971, eine Antwort auf folgenden offenen Brief Robert Neumanns in der Zeit v. 15. 11. 1971:

Lieber Heinrich Böll,
»Mein Kandidat heißt Heinrich Böll« – das war der letzte Satz meines letzten PEN-Berichts in diesem Blatt, im Mai. Wir beide wissen, wie schwierig der Weg

von dort bis zu Ihrer Wahl zum Internationalen Präsidenten in Dublin unlängst gewesen ist.
Behalten wir die Geschichte dieser Schwierigkeiten für uns. Nur: ich war praktisch seit der Gründung der internationalen Organisation vor nunmehr 50 Jahren dabei – Sie sind erst vor relativ kurzer Zeit zu uns gestoßen. Es wird für Sie vielleicht nicht unwichtig sein, zu erfahren, zu wem Sie gestoßen sind, was das Selbstverständnis dieser Organisation ursprünglich gewesen ist und wie sie heute steht – und was sich an diesem heutigen Stand reparieren läßt. Und da das für Leute unseres Gewerbes ganz allgemein nicht ohne Interesse ist, steht hier dieser »offene Brief« an Stelle meiner privaten Gratulation an Sie.
Als der PEN gegründet wurde, 1921, glaubten die Naiveren unter uns, mit dem Sieg über den wilhelminischen Militarismus sei der Weltfrieden ausgebrochen – garantiert vom eben gegründeten Völkerbund. Von einem Mann namens Hitler hatten wir nie gehört. Gewiß, da gab es ein wenig unüberblickbar verworrene Zustände im fernen Rußland, die neuen Leute dort konnten sich sehr wohl noch zwei Jahre halten oder sogar drei, aber das würde sich arrangieren.
Kurzum, das war der richtige Augenblick für eine große Verbrüderung der Schriftsteller in aller Welt. Eine in England in einschlägigen Kreisen beliebte Romantante namens Dawson-Scott war es, die in die internationale Trompete stieß – als Vordermann und ersten Präsidenten gewann sie sich den durch seine Forsythe-Fortsetzungssaga international vielgelesenen John Galsworthy.
Auf den Trompetenstoß antworteten, wie der Zufall in einem jeden Land es wollte, Repräsentative oder Minder-Repräsentative. In einem großen europäischen Land, in dem das literarische Leben sich seit jeher in einem Ringen literarischer Gangs vollzieht, bewirkte die Übergabe des PEN-Mandats an die sich am flinksten meldende Gruppe automatisch die Nichtteilnahme aller anderen, in denen leider die bedeutendsten Schriftsteller saßen – sie sitzen dort PEN-fremd bis zu diesem Tag.
Aus einem anderen Land, in Ostasien, meldete sich auf den Trompetenstoß ein Prinz mit – zu unserer Verblüffung – ausschließlich zweiunddreißig Prinzen auf der eingereichten Mitgliederliste, und ob dort jeder Prinz schriftstellert oder jeder Schriftsteller geprinzt wird, weiß ich bis zum heutigen Tage nicht.
In wieder einem anderen, sehr großen asiatischen Land schaute ich mir die Situation aus der Nähe an. Es gab dort einen Verband von 3600 meist armen, meist sozialistischen Schriftstellern; das prunkvolle Haus der Dame, die dort der PEN war, konnten oder wollten sie nicht betreten, dazu langten ihre ärmlichen Kleider nicht; so bestand der PEN jenes Vierhundertmillionenlandes aus eben jener Präsidentin, die nicht aus dem Land, sondern eine belgische Millionärin war, sie hatte einen eingeborenen Universitätsprofessor geheiratet, und ihre PEN-Mitglieder waren ausschließlich Kollegen vom Lehrkörper seiner Universität.
Soll ich weiter erzählen? Von dem blühenden PEN jenes Landes im fernen Südamerika, dessen Sekretärin durch lange Jahre lebhaft mit dem Londoner Generalsekretariat korrespondierte – bis dann eines Tages eine wirkliche Schriftstellerin aus jenem Lande nach London kam, von jener lebhaft korrespondierenden Sekretärin wußte sie nichts, auch daß es dort überhaupt einen PEN gab, war ihr durchaus unbekannt, es ergab sich, daß er aus einer vereinsamten älteren Dame in einem entlegenen Dorf bestand, die hatte uns all das Blühende vorgemacht.
Tut nichts, gleich im Staat nebenan war der Präsident der Republik gleichzeitig Präsident des PEN, und sein erster Minister war Sekretär. So sah es quer durch

die Welt mit der Realität aus – im Gegensatz zu der Vorstellung der Romantante Dawson-Scott, sie gründe einen exklusiven Klub der bedeutendsten Dichter in jedem Land. Es stimmte nicht. Es stimmte schon damals nicht.

Noch sehr viel weniger stimmte es natürlich, als Hitler kam. Die Bücherverbrenner schmissen wir hinaus (nach heftigem Widerstand), die Verbrannten, soweit sie Deutsche waren, organisierte in London Rudolf Olden, die Österreicher organisierte ich – unser Problem war, daß neben den »wirklichen« Schriftstellern eine erstaunlich große Zahl Bedrängter das britische Home Office um Einreiseerlaubnis anflehten, ausgerechnet mit der Behauptung eines jeden, er sei der vordringlich gefährdete, vordringlich zu rettende berühmteste verfolgte Autor von ganz Berlin, Breslau, Linz, Klagenfurt. Das Home Office verlangte, je nachdem, Oldens oder meine Bürgschaft für die Behauptungen, und war einer uns auch vollkommen unbekannt, aber politisch oder rassisch wirklich verfolgt, so bürgten wir natürlich für ihn: ja, er war der Berühmteste – auch wenn er in Wirklichkeit nur ein gelegentlicher Beiträger zur Fußballrubrik des Posemuckler Kreisblattes gewesen war. Es war in jenen Tagen von Panik, Tod, Selbstmord eine Selbstverständlichkeit – aber Sie können sich vorstellen, was da alles (neben den wirklichen Schriftstellern) durch unsere frommen Lügen in die Exil-PEN-Zentren geraten ist.

Der Verantwortung für die Österreicher mich nach Krieg und Sieg zu entledigen, gelang mir mühelos, *à l'autrichienne:* ich löste das Exilzentrum auf und schob den ganzen Komplex nach Wien ab. Aber Olden starb vorzeitig und tragisch in einem von den Nazis torpedierten Flüchtlingsschiff – sein Häuflein Nicht-Repatriierbarer blieb ohne Kopf in London und New York sitzen, weil sie *nobody's darlings* waren und die Inlandsdeutschen West sie ebensowenig haben wollten wie die Inlandsdeutschen Ost. So nannten sie sich »Auslandsdeutscher PEN« und sitzen dort heute noch, und wenn die seit dem Tod ihres Schutzheiligen Senator McCarthy alle zusammen noch was geschrieben haben, das erführe ich gern, aber, bitte, ohne Zusendung des Manuskripts.

Trotzdem, sie haben eine Stimme in unserem internationalen Gremium – auch die USA, England, Frankreich, vierhundert Millionen Inder haben ganz wie diese paar liebenswerten Relikte nur eine Stimme. Und je eine Stimme hat auch jede andere kleinste Emigrantengruppe aus den während der Niederwerfung Hitlers oder bald danach von den Kommunisten besetzten Ländern. Sie sind wackere Feinde Moskaus allesamt – und wer sollte ihnen Quartier geben, wenn nicht der Internationale PEN?

Nur stellen sie unglücklicherweise in dem internationalen Gremium (das inzwischen auf etwa 8600 Schriftsteller in etwa 80 Ländern angewachsen ist) einen unerschütterlich antikommunistischen Block dar, dessen Stimmkraft in keinem Verhältnis zu seiner Bedeutung steht und der jede wirkliche, vertrauensvolle und fruchtbare West-Ost-Koexistenz unmöglich macht. Vor allem deshalb, weil der sehr redliche, sehr tüchtige, unentwegt alle Welt bereisende Internationale Generalsekretär nun einmal ein britischer Tory mit der guten alten Kiplingschen Empire-Romantik ist, der sich bei bestem Willen nicht dazu überwinden kann, für die altehrwürdig kommunistenfressenden Exil-Litauer, Exil-Letten und wie sie alle heißen durch die Gründung antifaschistischer Zentren der aus den American-Fruit-Co-Republiken Südamerikas, aus Südafrika, Biafra, Ostpakistan oder auch nur aus Griechenland oder der baskischen Provinz Franco-Spaniens Geflüchteten ein Gegengewicht zu schaffen.

Infolgedessen sind die Sowjetunion und Maos China nicht Mitglieder des PEN, und wo ein Land in Ostasien eine nördliche und eine südliche Hälfte hat – Vietnam, Korea – ist unweigerlich die südliche Hälfte »unser«, während unweigerlich die nördliche Hälfte fehlt (Versteht sich, daß auch Formosa und die Philippinen »unser« sind.)
Der letzte Internationale Kongreß vor der Jubiläumssitzung war im südkoreanischen Seoul; der nächste wird in Manila des brutalen Diktators Marcos sein; und da unsere Progressiven auch dorthin nicht reisen werden, wird man dort in ihrer Abwesenheit wahrscheinlich beschließen, sich nächstens in Bolivien feiern zu lassen, oder in Saigon, oder in Athen – überall, wo eine alibisüchtige, von der Nixon-Administration finanzierte Regierung sich's etwas kosten läßt.
Damit bin ich beim Ende, und das heißt: beim Geld. Der Internationale PEN ist praktisch mittellos, sein Generalsekretär bekommt kein Gehalt. Sein Gehalt bekommt er vom Londoner PEN, dessen Sekretär er ist, in Personalunion. Der Londoner PEN zahlt ihm auch seine Sekretärinnen und seine Reisen. Um die internationale Organisation (die, um ihre Unabhängigkeit zu bewahren, staatliche Subventionen immer abgelehnt hat) so generös finanzieren zu können, multiplizieren sich die Londoner, der Mitgliedsbeiträge wegen, auf, glaube ich, derzeit etwa zwölfhundert. Zwölfhundert englische Schriftsteller! Mitglieder eines ursprünglich »elitär« geplanten Klubs! Sagte ich Ihnen: »Böll, nennen Sie mir rasch zwanzig oder, gut, ein bares Dutzend elitär qualifizierter englischer Schriftsteller« – bei welcher Zahl kämen Sie ins Stocken, bei welcher verstummten Sie? Zwölfhundert, das ist beinahe schon eine Gewerkschaft ohne Qualitäts-Kriterium – und vielleicht sollten wir überhaupt den Stier bei den Hörnern packen und von hier aus weiterdenken? Eine internationale Schriftstellergewerkschaft statt eines »Klubs«? 8600 in 80 Ländern: das wäre kein übler Anfang. Vor allem: er brächte uns endlich auch die Jungen überall, für die ein pseudo-elitärer, von mehr oder minder verdienstvollen Jubelgreisen (einschließlich meiner selbst) geleiteter Pseudoklub begreiflicherweise kein Interesse hat.
Und, nebenbei, wir werden uns für die internationale Organisation eine andere Finanzierungsmethode ausdenken müssen als die durch den Londoner PEN. Jene 1200, von denen Ihnen und mir nur ein knappes Dutzend eingefallen ist, können von ihrem Sekretär vernünftigerweise verlangen, daß er ihre Beschlüsse ausführt. Ist dieser Sekretär mit dem Generalsekretär identisch, der zwischen Kongressen das Schicksal des Internationalen PEN in Händen hat, so ergibt sich eine entscheidende Einflußnahme der *silent majority* jener zwölfhundert auf eine Weltorganisation. Wie viele liebenswerte englische Damen unter ihnen, die einmal im Leben ein Kochbuch gedichtet haben? Ich weiß es nicht. Was alles reizend anachronistisch, aber im Ernstfall einfach nicht tragbar ist.
Das sind nur ein, zwei Punkte unter zwei Dutzend, über die weiterzudenken ist, wenn man das auf eine charmante Weise um fünfzig Jahre veraltete, aber immer noch laufende Vehikel überholen und auf den Stand des Tages um-modernisieren will. Diese zwei Dutzend Reparaturnotwendigkeiten ergeben sich aus dem von mir Gesagten für Sie von selbst. An konkreten formellen Anträgen aus der BRD, aus der DDR, aus Österreich, aus den zweiundzwanzig weiteren Ländern, die Sie gewählt haben, wird es nicht fehlen.
Und: daß Sie mit dem bisherigen Generalsekretär jetzt ausgezeichnet zusammenarbeiten werden, dessen bin ich gewiß. Ein weltoffener britischer Tory ist für eine internationale Organisation nur dann bedenklich, wenn auch sein Präsi-

dent ein britischer Tory ist. Ist der Präsident international gesonnen und progressiv, wie Sie es sind, so ergibt sich eine Mischung, die mich und uns alle eine Menge erhoffen läßt.
Ich gratuliere Ihnen zu Ihrer Wahl.

Ihr
Robert Neumann

*Torpedos.* Der Spiegel Nr. 52, 1971, Leserbrief zu einem Spiegel-Artikel über die Urheberrechtsnovelle in der Nr. 51

*Das tägliche Brot der Bomben.* La provocacione 1972

*Suchanzeigen.* Rudolf de le Roi (Hg.), »Jemand der schreibt«, München 1972

*Vorwort zu »5 Kontinente«.* Frank Auerbach (Hg.), »5 Kontinente. Moderne Erzähler der Welt, vorgestellt von Heinrich Böll«, Tübingen/Basel 1972

*Über Willy Brandt.* Dagobert Lindlau (Hg.), »Gedanken über einen Politiker«, München 1972

*Will Ulrike Meinhof Gnade oder freies Geleit?* Der Spiegel v. 10. 1. 1972. Dieser Artikel löste eine monatelange Kampagne um und gegen Heinrich Böll aus, die weitestgehend dokumentiert wurde durch den von Frank Grützbach zusammengestellten Band *Heinrich Böll: Freies Geleit für Ulrike Meinhof.* Nur Bölls Artikel und Leserbriefe sowie (vgl. den Interviewband) die Interviews werden im Rahmen dieser Ausgabe abgedruckt. Angesichts der zitierten Dokumentation erübrigt sich hier die Wiedergabe von Repliken und Stellungnahmen

*Brief an den Leiter der Pressestelle des Südwestfunks.* Erstdruck: Grützbach-Dokumentation

*Man muß zu weit gehen.* Süddeutsche Zeitung v. 30. 1. 1972

*Verfolgt war nicht nur Paulus.* Der Spiegel v. 31. 1. 1972

*Offenbarungseid.* Die Zeit v. 4. 2. 1972

*Leserbrief an die Süddeutsche Zeitung.* Süddeutsche Zeitung v. 7. 2. 1972

*Nicht Humus, sondern Wüstensand.* Frankfurter Rundschau v. 21. 6. 1972 (u. d. T.: *Das Wort Intellektuellenhetze ist berechtigt* in Frankfurter Allgemeine Zeitung vom gleichen Tag)

*Aus der Vergangenheit lernen.* Scala International, Nr. 3 (Frankfurt), März 1972

*Die Würde des Menschen ist unantastbar.* Vorwort zu »Wie links können Journalisten sein?«, Reinbek (11. August) 1972

*Unsere Wahlen aus deutscher Sicht.* New York Times v. 6. 9. 1972 (in englischer Sprache u. d. T.: *Our election in German eyes,* von Heinrich Böll autorisierte Übersetzung des Herausgebers)

*Sport und Nationalismus.* Allgemeine Zeitung (Mainz) v. 8. 9. 1972 (u. d. T.: *Wenn's ums Leben geht*)

*Hülchrather Straße Nr. 7.* »Köln«, Juli/September 1972

*Der Lorbeer ist immer noch bitter.* Der Spiegel v. 18. 9. 1972

*Wahlrede in Kleve.* Erstdruck

*Gewalten, die auf der Bank liegen.* Erstdruck: Frankfurter Rundschau v. 13. 10. 1972

*Luft in Büchsen.* Wahlzeitung »Wahltag«, Oktober 1972

*Ein Roman von Iván Mándy.* Bücher aus Ungarn (Budapest) Oktober/Dezember 1972

*Schwierigkeiten mit Essenmarken.* Nationalzeitung (Zürich) v. 2. 12. 1972

*Rede bei der Verleihung des Nobelpreises am* 10. 12. 1972 *in Stockholm.* Erstdruck in *Neue politische und literarische Schriften,* Köln 1973

Wir danken den Autoren und Rechteinhabern für die freundliche Genehmigung des Abdrucks der Texte und Offenen Briefe.

# Register

# Heinrich Böll
# Ein- und Zusprüche

Schriften, Reden und Prosa
1981–1984.
416 Seiten.
Gebunden

Bölls Schriften und Reden, inzwischen eine Art Institution bundesdeutscher »Geschichtsschreibung«, begleiten diesmal die Aktualitäten und Zeitstimmungen der Jahre 1981–1984. Vielleicht liegt es an der Stagnation dieser Jahre: Bölls satirischer Ton schlägt wieder überall durch.
Von der kritischen Glosse zur Flick-Affäre bis zur Satire »Kain oder Kabel« ist nur ein kleiner phantastischer Schritt. Die Absurditäten sind schärfer geworden, die Korruptionen und Manipulationen massiver – die Grenzen zwischen Realität und Fiktion verschwimmen. Die Kritik der Tagesereignisse vermischt sich mit der »lyrischen Bitterkeit«, die die Böllsche Satire immer ausgezeichnet hat.

k&w
Kiepenheuer & Witsch